中國新聞史研究輯刊

初 編

主編　方漢奇

副主編　王潤澤、程曼麗

第 3 冊

消費意象與都市空間
——廣州報刊廣告研究(1827～1919)

蔣建國 著

花木蘭文化出版社

國家圖書館出版品預行編目資料

消費意象與都市空間——廣州報刊廣告研究（1827～1919）／
蔣建國 著 — 初版 — 新北市：花木蘭文化出版社，2013〔民
102〕
序 2+ 目 8+270 面；19×26 公分
（中國新聞史研究輯刊 初編；第 3 冊）
ISBN：978-986-322-294-1（精裝）
1. 中國報業史　2. 廣告業
890.9208　　　　　　　　　　　　　　　　102012305

ISBN-978-986-322-294-1

9 789863 222941

中國新聞史研究輯刊
初　編　第三　冊　　　　　　　ISBN：978-986-322-294-1

消費意象與都市空間
——廣州報刊廣告研究（1827～1919）

作　　者　蔣建國
主　　編　方漢奇
副 主 編　王潤澤、程曼麗
總 編 輯　杜潔祥
出　　版　花木蘭文化出版社
發 行 所　花木蘭文化出版社
發 行 人　高小娟
聯絡地址　235 新北市中和區中安街七二號十三樓
　　　　　電話：02-2923-1455／傳眞：02-2923-1452
網　　址　http://www.huamulan.tw 信箱 sut81518@gmail.com
印　　刷　普羅文化出版廣告事業
初　　版　2013 年 9 月
定　　價　初編 12 冊（精裝）新台幣 20,000 元

消費意象與都市空間
——廣州報刊廣告研究（1827～1919）

蔣建國　著

作者簡介

蔣建國，1970 年出生，湖南東安人，歷史學博士，新聞傳播學博士後，暨南大學新聞與傳播學院教授，博士生導師，中國新聞史學會外國新聞傳播史研究委員會副會長，教育部「新世紀優秀人才支持計劃」培養對象，廣東省高校「千百十工程」省級培養對象。主要從事新聞傳播史、消費文化與媒介文化等方面的教學和研究工作。出版學術專著 5 部，在《新聞與傳播研究》、《馬克思主義研究》、《現代傳播》、《韓國學論叢》（韓國）、《新聞大學》、《社會科學戰線》、《國際新聞界》、《天津社會科學》、《學術研究》等學術期刊發表論文 90 餘篇，主持國家社科基金重點項目和青年項目各 1 項、省部級項目 8 項。

提　　要

　　近代廣州是中國新聞傳播業的中心城市之一，廣告業較為發達。形式多樣的報刊廣告作為商業文化的載體，見證了都市消費文化的社會變遷。鴉片戰爭前，報刊廣告的產生與廣州外向型消費文化密切相關，鴉片戰爭後，隨著農業商業化水平的提高和消費型經濟的發展，報刊承接了商業社會的傳播訴求，受眾數量也顯著增長，報刊廣告業創造出新的消費需求，並在形式、內容和傳播方式上有著顯著的進步。報刊廣告在向受眾傳播商業信息的同時，還通過多元化的表現手段和傳播途徑推動消費文化的「下移」。多種類型的報刊廣告擴大了消費文化傳播的時空範圍，為受眾帶來了全新的生活體驗。洋貨廣告注重商品性能和價格的推銷，在形成消費時尚，轉變消費觀念，促進洋貨消費大眾化方面起著推波助瀾的作用；國貨廣告展示了民族企業的成就，從不同層面上反映出社會轉型過程中民眾的消費心態，以及消費文化大眾化進程；百貨公司廣告通過對商品的讚美，展示了新的消費潮流和生活方式；休閒娛樂廣告表達了消費方式的多元化，折射出消費對象之間的差異性和生活方式的多樣性，反映了「有閒」人士在「位置消費」方面的新趨向；文化教育廣告與城市文化教育水平的提高和新思潮的興起密切相關，新式學校和教科書的廣告形象，對新式知識分子的文化消費進行了詮釋。總之，近代廣州報刊廣告以其豐富的內容和表達方式，為我們探究都市消費文化的歷史軌迹提供了新的路徑。

《中國新聞史研究輯刊》總序

　　新聞史是一門科學，是一門考察和研究新聞事業發生發展歷史及其衍變規律的科學。它和新聞理論、新聞業務一樣，都是新聞學的重要組成部分。新聞史又是一門歷史的科學。屬於文化史的範疇，是文化史的重要組成部分。由於新聞事業的特殊性，新聞史的研究和各時期的政治、經濟、文化都有著緊密的聯繫。

　　在中國，近代以來的重大政治運動，和文化史上的許多重大事件，都和當時的新聞事業有著密切的聯繫。從戊戌維新到辛亥革命，每一次重大的政治活動都離不開媒體的宣傳和鼓吹。近代歷史上的幾次大的思想啓蒙運動，哲學和文學領域的幾次大的論戰，新文化運動的誕生和發展，各種文學流派的形成及其代表作品的問世，著名作家、表演藝術家的嶄露頭角和得到社會承認，以及某些科學文化知識的普及和傳播，也都無不和報刊的參與，有著密切的聯繫。各時期的經濟的發展，也有賴於媒體在輿論上的醞釀、推動和支持。

　　新聞史，從宏觀的角度來說，需要研究的是整個人類新聞傳播活動的歷史。從微觀的角度來說，則是要研究一個國家、一個地區、一個時代、一個時期、一類報刊、一類報人，乃至於具體到某一家報刊、某一個報刊工作者和某一個重大新聞事件的歷史。研究到近代以來的新聞史的時候，則還要兼及通訊社、廣播電臺、電視臺和各種現代化新聞傳播機構和新聞傳播手段發生發展的歷史。

　　對於中國的新聞史研究工作者來說，需要著重研究的是中國新聞事業發生發展的歷史。中國是世界上最先有報紙和最先有印刷報紙的國家，中國有

將近 1300 年的封建王朝辦報的歷史，有 1000 多年民間辦報活動的歷史，有近 200 年外國人來華辦報的歷史。曾經先後湧現過數以千萬計的報刊、通訊社、廣播電臺、電視臺和各種各樣的新媒體，以及數以千百計的傑出的新聞工作者，有過幾百次大小不等的有影響的和媒體及報人有關的重大事件。這些都是中國新聞史需要認真研究的物件。由於中國的新聞事業歷史悠久、源遠流長，中國的新聞史因此有著異常豐富的內容，這是世界上任何國家的新聞史都無法比擬的。

在中國，新聞史的研究，已經有一百年以上的歷史。1873 年《申報》上發表的專論《論中國京報異於外國新報》和 1901 年《清議報》上發表的梁啓超的《中國各報存佚表序》，就是我國研究新聞事業歷史的最早的篇什。至於新聞史的專著，則以姚公鶴寫的《上海報紙小史》為最早，從 1917 年姚書的出版到現在，中國新聞史的研究經歷了以下三個時期。

第一個時期，是 1917 年至 1949 年。這一時期出版的各種類型的新聞史專著不下 50 種。其中屬於通史方面的代表作，有戈公振的《中國報學史》、黃天鵬的《中國的新聞事業》、蔣國珍的《中國新聞發達史》、趙君豪的《中國近代之報業》等。屬於地方新聞史的代表作，有姚公鶴的《上海報紙小史》、項士元的《浙江新聞史》、胡道靜的《上海新聞事業之史的發展》、蔡寄鷗的《武漢新聞史》、長白山人的《北京報紙小史》(收入《新聞學集成》)等。屬於新聞史文集方面的代表作，有孫玉聲的《報海前塵錄》、胡道靜的《新聞史上的新時代》等。屬於新聞史人物研究方面的代表作，有張靜廬的《中國的新聞記者》、黃天鵬的《新聞記者外史》、趙君豪的《上海報人的奮鬥》等。屬於新聞史某一個方面的專著，則有趙敏恒的《外人在華新聞事業》、林語堂的《中國輿論史》、如來生的《中國廣告事業史》和吳憲增的《中國新聞教育史》等。在這一時期出版的新聞史專著中，以戈公振的《中國報學史》影響最大。這部新聞史專著根據作者親自搜訪到的大量第一手材料，系統全面地介紹和論述了中國新聞事業發生發展的歷史，材料豐富，考訂精詳，是中國新聞史研究的奠基之作。至今在新聞史研究工作中，仍然有很大參考價值。其餘的專著，彙集了某一個地區、某一個時期、某一個方面的新聞史方面的材料，也都各有一定的參考價值。

第二個時期，是 1949 至 1978 年。這一時期海峽兩岸的新聞史研究工作都有長足的發展。大陸方面，重點在中共報刊史的研究。其代表作是 1959 年

由中國人民大學新聞系編印出版的《中國現代報刊史》講義，和1962年由復旦大學新聞系編印出版的《中國新民主主義革命時期新聞事業史講義》。此外，這一時期還出版了一批帶有資料性質的新聞史參考用書，如人民出版社出版的《五四時期期刊介紹》，潘梓年等撰寫的《新華日報的回憶》，張靜廬編輯的《中國近代出版史料》和《中國現代出版史料》，阿英的《晚清文藝報刊述略》和徐忍寒輯錄的《申報七十七年史料》等。與此同時，一些新聞業務刊物和文史刊物上也發表了一大批有關新聞史的文章。其中如李龍牧所寫的有關《新青年》歷史的文章，丁樹奇所寫的有關《嚮導》歷史的文章，王芸生、曹穀冰合寫的有關《大公報》歷史的文章，吳範寰所寫的有關《世界日報》歷史的文章等，都有一定的影響。這一時期臺港兩地的新聞史研究，在1949年前後來自大陸的中老新聞史學者的帶動下，開展得較爲蓬勃。30年間陸續出版的中外新聞史著作，近80種。其中主要的有曾虛白、李瞻等分別擔任主編的同名的兩部《中國新聞史》，賴光臨的《中國新聞傳播史》、《七十年中國報業史》、《梁啓超與近代報業》和《中國近代報人與報業》，朱傳譽的《先秦傳播事業概要》、《宋代新聞史》、《報人報史報學》，陳紀瀅的《報人張季鸞》，馮愛群的《華僑報業史》和林友蘭的《香港報業發達史》等等。此外，臺灣出版的《報學週刊》、《報學半年刊》、《記者通訊》等新聞學刊物上，也刊有不少有關新聞史的文章。一般地說，臺港兩地這一時期出版的上述專著，在中國古代新聞史和海外華僑新聞史的研究上，有較高的造詣，可以補同時期大陸新聞史學者的不足。在個別近代報刊報人和有關港臺地區報紙歷史的研究上，由於掌握了較多的材料，也給大陸的新聞史學者，提供了不少參考和借鑒

第三個時期，是1978年到現在大約30多年的一段時期。這是中國大陸新聞史研究工作空前繁榮的一段時期。原因有以下幾點：一是隨著政治和經濟上的改革開放，和「實踐是檢驗真理的唯一標準」的討論，前一階段的「左」的思想影響逐步削弱，能夠辯證的看待新聞史上的報刊、人物和事件，打破了許多研究的禁區。二是隨著這一時期新聞傳播事業的迅猛發展，新聞教育事業受到高度重視，大陸各高校設置的和新聞傳播有關的院、系、專業之類的教學點已超過600個。在這些教學點中，中國新聞史通常被安排爲必修課程，因而湧現了一大批在這些教學點中從事教學工作的新聞史教學研究工作者。三是上個世紀80年代以後，各省市史志的編寫工作紛紛上馬，這些史志

中通常都設有報刊、廣播、電視等媒體的專志，有一大批從一線退下來的老新聞工作者，從事這一類地方新聞史志的編寫工作，因而擴大了新聞史研究工作者的隊伍，豐富和充實了新聞史研究的成果。四是改革開放打破了前 30 年自我封閉的格局。海內外、國內外、境內外和兩岸三地的人際交流，學術交流，資訊交流日益頻繁。爲中國新聞史的研究提供了有利的條件。1992 年中國新聞史學會的成立，和下屬的「新聞傳播教育史」、「外國新聞傳播史」、「網路傳播史」、「少數民族新聞傳播史」、「臺灣與東南亞新聞傳播史」等分會的成立，和該會會刊《新聞春秋》的創刊，也對新聞史研究隊伍的整合與交流起了很大的推動作用。到本世紀的第一個十年，中國大陸的新聞史教學研究工作者已經由前一個時期的不到數十人，發展到數百人。陸續出版的新聞史教材、教學參考資料和專著，如李龍牧的《中國新聞事業史稿》、方漢奇的《中國近代報刊史》、50 位新聞史學者合作完成的《中國新聞事業通史》（三卷本）、胡太春的《中國近代新聞思想史》、徐培汀的《中國新聞傳播學說史（1949-2005）》、韓辛茹的《新華日報史》、王敬等的《延安解放日報史》、張友鸞等的《世界日報興衰史》、尹韻公的《中國明代新聞傳播史》、郭鎮之的《中國電視史》、曾建雄的《中國新聞評論發展史》、程曼麗的《蜜蜂華報研究》、馬光仁等的《上海新聞史》、龐榮棣的《史量才傳》、白潤生等的《中國少數民族新聞傳播通史》（上、下）、吳廷俊的《新記大公報史稿》和《中國新聞史新修》、陳玉申的《晚清報業史》，鐘沛璋的《當代中國的新聞事業》等，累計已超過 100 種。其中有通史，有編年史，有斷代史，有個別新聞媒體的專史，也有新聞界人物的傳記。與此同時，還出現了一批像《新聞研究資料》、《新聞界人物》、《新華社史料》、《天津新聞史料》、《武漢新聞史料》等這樣一些「以新聞史料和新聞史料研究爲主」的定期和不定期的新聞史專業刊物。所刊文章的字數以千萬計。使大陸新聞史的研究達到了空前的高潮。這一時期臺港澳的新聞史研究也有一定的發展。李瞻的《中國新聞史》、賴光臨的《中國新聞傳播史》和《七十年中國報業史》、朱傳譽的《中國新聞事業論集》、陳孟堅的《民報與辛亥革命》、王天濱的《臺灣報業史》和《臺灣新聞傳播史》、李穀城的《香港中文報業發展史》、《香港〈中國旬報〉研究》等是其中的有代表性的專著。但受海歸學者偏重傳播學理論和實證研究的影響，新聞史研究者的隊伍有逐步縮小的趨勢。值得提出的，是這一時期海外華裔學者從事中國新聞史研究的也大有人在。其傑出的代表，是現在北京大

學任教的新加坡籍的卓南生教授。他所著的《中國近代報業發展史》，有中文、日文兩種版本，也出版在這一時期，彌補了大陸學者研究的許多空白，堪稱是一部力作。

和臺港澳新聞史研究的情況相比，中國大陸的新聞史研究，目前仍處在蓬勃發展的階段。爲適應新聞事業迅猛發展的需要，上個世紀 80 年代以來，大陸各高校新聞教學點的數量有了很大的發展，檔次也有了很大的提高。師資隊伍出現了極大的缺口。爲適應形勢發展的需要，幾個重點高校紛紛開設師資培訓班，爲各高校新聞院系輸送新聞史論方面的教學骨幹。稍後又大力發展研究生教育，設置新聞學、傳播學的碩士點和博士點，招收攻讀新聞史方向的研究生。到本世紀的第一個十年，擁有博士學位和博士後學歷的中青年新聞史學者已經數以百計。這些中青年學者，大都在高校和上述 600 多個新聞專業教學點從事新聞史的教學研究工作。他們和在中國社會科學院新聞學研究所和各省市社科院新聞所從事新聞史研究的中青年研究人員以及老一代的新聞史學者一道，構建了一支老中青結合的學術梯隊，形成了一支數以百計的新聞史研究隊伍，不斷的爲新聞史的研究提供新的成果。其中有不少開拓較深，頗具卓識，填補了前人的學術研究的空白。

收入《中國新聞史研究叢書》的這些專著，就是從後一時期近 20 年來中國大陸中青年新聞史學者的眾多研究成果中篩選出來的。既有宏觀的階段性的歷史敘事和總結，也有關於個別媒體、個別報人和重大新聞史事件的個案研究。其中有一些是以他們的博士論文爲基礎，增益刪改完成的。有的則是作者們自出機杼的專著。內容涉及近現當代中國新聞事業歷史的方方面面，既反映了中國大陸改革開放以來新聞史研究蝶舞蜂喧花團錦簇的繁榮景象，展示了中青年學者們的豐碩研究成果，也爲中國新聞史研究的進一步發展，提供了不少參考和借鑒。把它們有選擇的彙集起來，分輯出版，體現了花木蘭文化出版社在推動新聞史學術發展和海內外以及兩岸學術交流方面的遠見卓識，我樂觀厥成，爰爲之序。

方漢奇

2013 年 4 月 30 日

（序的作者爲中國人民大學榮譽一級教授，北京大學新聞學研究會學術總顧問，中國新聞史學會創會會長。）

序

　　蔣建國長期從事廣州地區社會文化史和新聞傳播史的研究，呈現在讀者面前的這部《消費意象與都市空間——廣州報刊廣告研究（1827～1919）》，是他繼不久前出版的《廣州消費文化與社會變遷（1800～1911）》之後問世的又一部這方面的專著。

　　近年來，地方新聞傳播史的研究取得較大進展，出版了一批較有影響的學術成果，一些新的研究領域得到了開掘。但是，目前對地方報刊廣告史的整體研究尚未引起足夠的關注。1949 年以前，我國新聞史學者對報刊廣告研究就較爲重視，徐寶璜、戈公振、趙君豪、如來生等學者都對報刊廣告作了精彩的評述。建國後，由於長期受「左傾」思想的影響，報刊廣告史研究被長期忽略。改革開放以來，陳培愛、楊海軍、許俊基等人在對中國廣告史作了較爲全面研究，一些從事社會史研究的學者也重視報刊廣告的個案研究，尤其是在《申報》廣告研究方面，近年有數十篇論文進行了專題探討。但是，由於史料收集、研究視野等方面的原因，以近代地方報刊廣告爲主題的研究還差強人意。

　　在近代地方新聞傳播史研究中，廣州是一個值得特別關注的城市，它不僅是中國近代報刊業的發源地，也是近代報刊業較爲發達的少數城市之一。值得一提的是，目前在中山圖書館、國家圖書館等處保存了數十種清末民初時期廣州地區的零散報刊，它爲研究廣州地方新聞傳播史提供了寶貴的一手史料。蔣建國利用在廣州工作的天時地利之便，從 2002 年開始從事廣州新聞傳播史和消費史研究，他的博士論文主要利用近代廣州報刊史料研究消費文化問題，取得了可喜的成果。博士後研究期間，他在原有史料積纍的基礎

上，繼續從事近代廣州報刊廣告研究，並陸續研讀了北京、香港、臺北等地圖書館所藏的近代廣州報刊縮微膠捲。這種潛心史料搜集的治學態度是值得肯定的。現在他將博士後研究報告修改整理後出版，我樂觀其成，相信也一定會受到關注這一領域研究成果的專家學者和學子們的歡迎。

蔣建國十分注意從傳播學、社會學、歷史學等跨學科的視野研究近代報刊廣告，他將報刊廣告視爲都市文化變遷的歷史見證，並深入探討近代報刊廣告對民眾消費行爲和生活方式的深刻影響。他從近代廣州商業經濟發展與傳媒業的互動、報刊廣告形態與受眾消費的延伸、洋貨與國貨廣告的社會化進程、地方性媒介與報刊廣告的本土文化建構、報刊廣告與消費文化形塑等方面進行了深入研究。因此，本書在一定程度上深化了報刊廣告史研究的領域，開拓了一些前人所未關注的問題，爲近代報刊廣告史研究提供了新的思路和方法。另外，書中輯錄了 100 餘幅圖片，增強了報刊廣告文化的視覺形象，彌足珍貴。它的出版，對關注廣州地方史、廣州地區新聞傳播史，和中國近現代社會經濟文化史的讀者，具有重要的參考價值。

在新聞傳播史的研究方面，我最近一直強調要「多打深井」，多作深入的個案研究。蔣建國的這部專著，就是一部深入個案研究的成果。他「三年不窺園」，長期在圖書館裏和故紙堆打交道，沉得下心，耐得住寂寞，終於有所成就，這一點是值得讚揚也是值得同年齡段的中青年學者們學習的。當然，對於他說來，這些都只應看作是階段性的成果。希望他不畏艱難，不斷開掘，不斷進步，在新聞傳播史研究方面取得更大的成績。

方漢奇

2008 年 7 月　於北京宜園

目次

附　表

附　圖

第一章　廣告：消費文化與社會話語

　　在近代報刊史〔註1〕和城市史、社會史研究中，廣告往往被視爲報刊經營者和廠商促銷的手段，尤其是近代報刊廣告以其相對簡單而雜亂的視覺形象，難以引起歷史研究者的關注。然而，認眞研讀近代報刊廣告的內容，可以從側面審視報刊成長的歷史，都市商業文化發展的歷史，民眾消費文化變化的歷史。廣告內容的推銷特點非常明顯，但廣告作爲反映消費動態和商業文化的重要載體，卻是研究社會變遷的重要史料。本書以近代廣州報刊廣告爲對象，涉及1827年到1919年間近百種報刊，本書將廣告傳播與都市消費文化的空間擴張和歷史演變結合在一起進行研究。這裏所指的消費文化，並不是西方後現代主義消費文化觀念〔註2〕，而是將它視爲反映民眾生活和社會變遷的載體。筆者曾將消費文化定義爲人類在物質消費活動中不斷累積的多元文化，其在此基礎上逐步演化和生成的消費觀念和價值取向。〔註3〕在進入

〔註1〕　通常意義的近代是指1840年以後，但是新聞史研究所指的近代是從報刊的性質來界定的。本書所研究的近代報刊，以1827年《廣州記錄報》的創辦爲起點，它是中國內地最早創辦的新式報紙，內容、形式都不同於古代的邸報，在新聞史研究上，媒介與社會發展並不完全同步。

〔註2〕　後現代主義理論一般將消費文化與消費社會聯繫起來進行研究，並在某種程度上將消費文化視爲消費主義文化。然而，消費文化既是一個經濟範疇，也是一個歷史範疇。英國學者丹·史萊特（Don Slater）認爲，消費文化也不純粹是西方的活動，消費文化約莫於十八世紀始興於西方（Don Slater著，林祐聖等譯：《消費文化與現代性》，臺灣弘智文化事業有限公司，2003年版，第2頁），在歷史研究中，消費文化則與人類活動聯繫在一起，其起源可以追溯到遠古時期。感謝程曼麗教授對本書所研究的消費文化概念提出的疑慮。

〔註3〕　見拙著《廣州消費文化與社會變遷（1800～1911）》，廣東人民出版社，2006年版，第1頁。該書主要從宏觀的層面研究近代廣州物質、精神消費文化的

研究主題之前，本章首先要釐清廣告與消費文化研究的理論脈絡，瞭解國內外研究的現狀，提出本文研究的思路、框架及研究意義。

第一節　西方廣告與消費文化理論

　　17 世紀以來，歐洲印刷技術的革新和商業經濟的發展，爲報紙的發展創造了很好的條件。1609 年，德國發行了世界上最早的報紙《報導》（The Weekly Accout）雜誌，在 1645 年 1 月 15 日，該報第一次在廣告專欄的標題中使用「若干廣告（Several Advertisements）的用語」〔註4〕。「第一份眞正的英文報紙在《倫敦公報》第六十二期，預告於 1666 年 6 月發行特別廣告增刊」〔註5〕。17 世紀的英格蘭，政府對新聞業實行嚴格的檢查制度，各類小報設法避免檢查，並通過刊登廣告尋求生存之道。「廣告業興起，成爲報紙的一個財源，報界遭遇的極端困難因此而得以解決」〔註6〕。在 18 世紀，報紙對於廣告的依賴更爲明顯，1728 年，倫敦出版了《廣告日報》，「類似《廣告日報》的報紙至少用 3 / 4 的版面來打廣告，讀者和廣告人的地位都得以提高」〔註7〕。各類報紙將廣告視爲贏利的重要手段，並以此降低發行成本和銷售價格，18 世紀中晚期，西方報刊普遍重視刊登廣告，正如英國《晨郵報》的老闆斯圖亞特（Daniel Stuart）所言：「廣告不僅增加財政收入，又可吸引讀者，增進發行。而發行增加，又可吸引更多廣告，所以廣告在報業經營中具有雙重作用。」〔註8〕

　　促使報刊廣告發展的最主要原因是商業的繁榮。幾乎所有早期的西方報紙都是在商業中心創辦的，許多早期的報紙都以「廣告報」命名，說明商

　　演變過程。本書則從較爲微觀的層面研究具體的廣告史料，將廣告視爲都市消費文化發展的歷史見證，因而可視爲研究近代廣州都市文化的延伸。

〔註 4〕〔日〕清水公一著，胡曉雲等譯：《廣告理論與戰略》，北京大學出版社，2005年版，第 25～26 頁。

〔註 5〕〔美〕埃德溫・埃默里、邁克爾・埃默里著，蘇金琥等譯：《美國新聞史——報業與政治、經濟和社會潮流的關係》，新華出版社，1982 年版，第 53 頁。

〔註 6〕〔加〕哈羅德・伊尼斯著，何道寬譯：《帝國與傳播》，中國人民大學出版社，2003 年版，第 163 頁。

〔註 7〕〔加〕哈羅德・伊尼斯著，何道寬譯：《傳播的偏向》，中國人民大學出版社，2003 年版，第 127 頁。

〔註 8〕轉引自鄭超然、程曼麗、王泰玄著：《外國新聞傳播史》，中國人民大學出版社，2000 年版，第 64 頁。

業信息在早期的報紙新聞傳播中佔有重要位置。廣告可以快速傳遞商品信息，幫助廣告主實現商品營銷的目的。報刊廣告擴大了消費者的信息搜尋範圍，降低了「信息成本」，在形塑消費者購物動機上扮演著重要角色。同時，報刊廣告為商品的層次性作出了注解，在某種意義上講，「人們利用廣告按照自己的意願建立社會聯繫……正如消費者可以利用廣告瞭解各種不同商品的意義，一種商品在多大程度上是『地位』商品或『奢侈』商品，從而判定它是否適於作為禮品饋贈他人，廣告也可以利用普遍通過饋贈禮品以加強社會關係的做法乘機推銷商品」〔註9〕。報刊廣告還建構社會關係，賦予商品以特殊的文化意蘊，誠如杰克遜·李爾斯（Jackson Lears）所言：「廣告不僅可以激勵人們去購物，也是某種幸福生活的象徵，同時還可以推銷某種生活方式，廣告關注民眾個體的幻想，對現存的經濟政治結構能夠起到宣揚或者或者顛覆作用。」〔註10〕在17～18世紀，報紙廣告不斷商品銷售中發揮重要作用，還不斷促使人們把消費作為一種生活方式，創造出消費文化。

　　19世紀30年代後，歐美發達國家相繼進入「廉價報」發展階段，「低價發行」實現了「文化下移」，使受眾數量快速增長。大量的廣告版面使受眾得到許多「廉價」的商品信息，而廣告也成為報紙利潤的基本生長點。大量的報紙廣告成為消費文化大眾化的媒介力量。19世紀末到20世紀初，西方第二次工業革命極大地提高了商品生產的規模，商品市場日益豐富，商品在城市和流動社會中的意義更為明顯。珀皮（Daniel Pope）認為，現代廣告的濫觴，正是19世紀末期廣告的功能由「告知」轉變為「說服」之時〔註11〕。報紙作為最具影響力的傳媒，通過廣告影響受眾的生活。同時，心理學的研究成果，奠定了廣告學的理論基礎。以瓦爾特·迪爾·斯科特（Walter Dill Scott）1901年出版的《廣告論》為標誌，先後形成了情理廣告派、芝加哥廣告派、USP學派等廣告理論。其中，報紙廣告成為早期廣告學研究的重要對象。19世紀末，百貨商店成為報紙發展的重要資金來源。報紙廣告作為廠商吸引和控制

〔註9〕　〔美〕米切爾·舒德森著，陳安全譯，《廣告，艱難的說服》，華夏出版社，2003年版，第80頁。

〔註10〕　〔美〕杰克遜·李爾斯著，任海龍譯：《豐裕的寓言，美國廣告文化史》前言，上海人民出版社，2005年版，第1頁。

〔註11〕　轉引自楊朝陽著：《廣告理論》，臺北新文京開發出版有限公司，2002年版，第63頁。

消費者的工具，也是西方消費文化興起的重要原因和結果。在「生產者文化」向「消費者文化」轉移過程中發揮了重大作用。

　　19 世紀末，消費性產品最重要的廣告載體還是報紙。誠如傳播學家麥克盧漢所言：「到了 19 世紀末，由於發明了照相凸版製版法，廣告業才進入高速發展的時期。於是，廣告和圖片可以互換……圖片使報紙和雜誌的發行量大增，報刊發行量大增反過來又提高了廣告的質量，使它更有利可圖。」〔註12〕從 1870 年到 1900 年，美國一般發行類的英文日報從 489 份增長到 1967 份，所有日報的每日總發行量從 1870 年的 260 萬份增長到 1900 年的 1500 萬份……從 1880 年到 1910 年，廣告占報紙收入的份額從 50% 增加到 64%〔註13〕。這一時期，其他主要資本主義國家的報紙廣告也迅速發展，報紙廣告成爲大規模商品消費中最爲重要的一環，報紙廣告不僅是推銷商品，而且極大地推動了商品的文化實踐過程。就商品消費的本質而言，是其能夠滿足消費者的需要，而這種需要，是對商品使用價值的「消費」。但是，「歷史是富足的歷史，而不是（基本）需要的歷史」〔註14〕。在農業文明向工業文明的演進過程中，商品滿足消費者基本需要的使用價值作用不斷弱化。「物品的生產和消費不是因爲它們滿足了某些『固定』的需要，而是因爲他們是『頭腦的需要』。滿足我們的虛榮心。」〔註15〕消費者之間的地位競爭以及對時尙的渴求，使商品在滿足使用的同時，打下了深刻的文化烙印，具有豐富的社會意義。誠如凡勃倫在「炫耀性消費」理論中所強調的那樣，人們爲了進行社會地位競賽，使消費品的效用在使用價值之外，「有了作爲相對支付能力的證明和派生效用。消費品的這種間接的或者派生的用途，使消費行爲有了榮譽性，從而使最能適應這個消費的競賽目的的物品也有了榮譽性」〔註16〕。消費者在購買消費品方面的榮譽競賽，使物品所體現的社會意義不斷強化，

〔註12〕〔加〕馬歇爾·麥克盧漢著，何道寬譯：《理解媒介——論人的延伸》，商務印書館，2001 年版，第 286 頁。

〔註13〕轉引自〔美〕約瑟夫·塔洛著，洪兵譯：《分割美國，廣告主與新媒介世界》，華夏出版社，2003 年版，第 19 頁。

〔註14〕〔英〕克里斯托弗·貝里著，江紅譯：《奢侈的概念，概念及歷史的探究》，上海人民出版社，2005 年版，第 181 頁。

〔註15〕〔英〕克里斯托弗·貝里著，江紅譯：《奢侈的概念，概念及歷史的探究》，第 121 頁。

〔註16〕〔美〕凡勃倫著，蔡百受譯：《有閒階級倫》，商務印書館，2002 年版，第 113 頁。

它在不同的所有者之間充當著社會身份區隔的作用。人們為了進行提高消費檔次，對商品的時尚性非常重視。那些能夠給消費者帶來榮譽和地位的商品，不管其使用價值如何，只要能夠滿足消費者的聲望和虛榮，就可以大大超過其本身的使用價值，成為奢侈性消費追逐的對象。廣告為了「引人注目」，不斷為新型的消費者提供「創造性需求」，消費者對時尚的崇拜，帶有宗教般的虔誠，他們通過廣告瞭解商品的優越性，並從購買行為中找到滿足和歡樂，這就使商品的符號意義進一步凸現。它不僅體現社會關係，還傳播社會文化，人與物品的關係在商業社會發生了巨大的變化。

在商業社會，廣告作為社會文化的重要組成部分，除了呈現商品的實用價值外，還通過商品符號展現了消費文化的意義。商品的交換價值，由於商品流動而顯得格外重要。而消費者價值觀的變化，對於商品的價格產生重要影響。在商品流動過程中，時尚使商品具有非同尋常的符號價值。它通過對商品的編碼，賦予商品特有的「社會生命」，使商品通過一系列的編碼和解碼，展現豐富而生動的社會意義。廣告作為商品符號的製造者和撒播者，「通過一種同謀關係，一種與信息但更主要是與媒介自身及其編碼規則相適應的存在，即時的勾結關係，透過每一個消費者而瞄準了所有其它消費者，又透過其它消費者瞄準了每一個消費者……它參照的並非某些真實的物品，某個真實的世界或某個參照物，而讓一個符號參照另外一個符號，一件物品參照另外一件物品，一個消費者參照另外一個消費者」〔註 17〕。在不斷的「參照」過程中，廣告成為形塑和傳播商品符號最為重要的媒介。

在廣告文化傳播過程中，商品從現實世界進入到影像世界。許多廣告關於商品的介紹和推銷，都帶有標誌性的符號意義。「廣告最能說明內容的呈現影響意義以及感染觀眾的方式，將產品置於一種特殊的象徵語境下，構成許多廣告基礎的基本技巧，這種特殊象徵語境賦予自身沒有意義的產品以意義」〔註 18〕。在廣告符號作用下，商品的使用價值被符號價值所遮蔽，由於廣告推銷，商品發生了「意義轉移」，廣告的目的，「就是使消費品變成代表某種文化含義的符號象徵，或是讓消費者在消費品和某種文化意義之間取得某種習慣性聯想，以至一見到某種在廣告上出現過的產品，就聯想到它所代表的

〔註 17〕　〔法〕鮑德里亞著，劉成富、全志剛譯：《消費社會》，南京大學出版社，2001年版，第 134、135 頁。

〔註 18〕　〔美〕黛安娜‧克蘭著，趙國新譯：《文化生產：媒體與都市藝術》，譯林出版社，2001 年版，第 16 頁。

文化意義。」〔註19〕

　　廣告在形塑消費者購物動機上扮演著重要的角色，也是消費者獲取商品知識或者改變生活信念所必須依賴的大眾媒介。廣告在操縱商品的同時，也通過象徵性符號進一步影響消費者。消費者在不斷吸收廣告所傳播的產品理念和價值觀念後，在消費社會化的進程中，影響消費族群的消費觀，進而創造出消費文化，克里斯托弗‧拉希（Christopher Lasch）指出：「廣告製造自己的產品：永不滿足，焦躁不安，充滿渴望而又感到厭煩的消費者。廣告宣傳產品的功能，不如它促使人們把消費作為一種生活方式的作用大。」〔註20〕廣告的最大功效是改變消費者的行為，進而控制消費者的生活方式。

　　在商品世界裏，廣告充當了買賣雙方的中介，它並不僅僅是充當說客，還是營造著一種新的文化。「廣告既是共同象徵文化構築的組成部分，又是共同象徵文化的反映。」〔註21〕在廣告的象徵語境下，消費者和商品進一步風格化。蘇塔‧杰哈里（Sut Jhally）認為：「資本主義「挖空」了產品的真實意義，與此同時，廣告就把自己的意義灌注進去，填滿那些空殼。」〔註22〕消費者通過廣告，得到的是通過符號編碼的商品信息，並賦予了新的符號意義。「廣告在意識形態上的真正的作用，並不是創造需求來影響市場佔有率，更不是消解意識形態——它的作用在於給我們提供意義」。廣告給商品重新編碼，導致了意義輸入上的主觀性。「意義上的重組，使商品原有的『自然』使用價值消失了，從而使商品變成了索緒爾意義上的記號，其意義可以任意地由它在能指的自我參考系統中的位置來確定」〔註23〕。在廣告社會裏，商品的消費不斷超越使用價值，而主要表現為符號消費。

　　在商品消費過程中，消費者為了顯示身份、地位和階層差異，對商品符號的標誌性意義尤為看重。「為了要與眾不同，消費者需要購買能夠表現他自己或她自己記號的商品或者個性有關的商品——能夠代表他們在社會中的為人或表示理想中的自我」〔註24〕。為了顯示身份，消費者之間展開金錢競

〔註19〕 王寧：《消費社會學》，社會科學文獻出版社，2001年版，第155頁。

〔註20〕 Christopher Lasch *The Culture of Narcissism*. New York: w. w. Norton 1978 p. 72.

〔註21〕 〔美〕米切爾‧舒德森著，陳安全譯，《廣告，艱難的說服》，第125頁。

〔註22〕 〔美〕蘇塔‧杰哈里著，馬姍姍譯，《廣告符碼》，中國人民大學出版社，2004年版，第219頁。

〔註23〕 〔英〕邁克‧費瑟斯通著，劉精明譯：《消費文化與後現代主義》，譯林出版社，2000年版，第124頁。

〔註24〕 〔英〕弗蘭克‧莫特著，余寧平譯：《消費文化》，南京大學出版社，2001年

賽，不斷創造出虛假的社會需要，爲廣告商和生產商生產出新的消費符號提供編碼基礎。在以符號爲主的邏輯演繹過程中，「符號價值的邏輯代表了資本主義通過強加一種與商品的大規模生產之需求相適應的文化秩序的最終勝利」〔註25〕。商品符號被無止境地大量僞造，消費者陷於虛構的符號世界裏，用金錢文化維持著無法滿足的虛假需要。

　　廣告在很大程度上顛覆了消費傳統、道德倫理乃至社會制度，使消費話語從原初意義上對需要的滿足變成了無法滿足的消費神話。面對光怪陸離的廣告，「那種建立在眞僞基礎之上的意義和詮釋的傳統邏輯遭到了徹底顛覆，而那種和物質財富生產一樣被工業化了的言語的生產，也就是神話（或範例），找到了現世事件」〔註26〕。然而，廣告符號提供的是眞僞不分的混沌邏輯，爲消費主義文化大行其道提供了廣闊的空間。

　　在廣告符號創造的商品世界裏，消費成爲當代社會的核心話語，消費從客體變成主體，消費作爲生活的神話，導向著消費者的人生。廣告符號充斥了生活空間，「既不讓人去理解，也不讓人去學習，而是讓人去希望，在此意義上，它是一種預言性話語，它所說的並不代表先天的眞相（物品使用價值的眞相），它表明的預言性符號所代表的現實推動人們在日後的加以證實」〔註27〕。廣告符號使消費者陷於虛幻之中，商品爲消費者提供了鴉片般的迷幻，爲了得到商品所帶來的夢幻般的享受，消費由手段變成了人生目的，由需要變成迫切的日常行爲，由理性控制變爲非理性縱欲。

　　廣告符號所取得的神奇地位，對消費主義文化的擴張了提供了極大的便利。廣告作爲一種文化工業，創造了大眾文化的需求，「我買故我在」，廣告符號給購物以新的定義，在廣告符號的渲染下，消費者的購物活動，逐步失去了物質意義，而演變爲一種文化儀式或文化事件。消費主義文化成爲控制消費生活，進而控制生產和社會文化的主流文化，主導著現代西方文化的發展方向。

　　在庸俗而泛濫的消費過程中，消費主義文化所倡導的消費至上的價值觀，消解了人文精神。廣告符號與商品符號在共謀的過程中，過多地強調時

版，第 118、119 頁。
〔註25〕〔英〕西莉亞·盧瑞著，張萍譯：《消費文化》，南京大學出版社，2003 年版，第 66 頁。
〔註26〕〔法〕鮑德里亞著，劉成福、全志剛譯：《消費社會》，第 139 頁。
〔註27〕〔法〕鮑德里亞著，劉成福、全志剛譯：《消費社會》，第 138 頁。

尚、虛榮和差異，導致了感性消費的虛假繁榮，使消費者在受到強烈的視覺衝擊之後，極大地提高了感性上的需求和欲望。但是，在到處充滿誘惑的廣告符號漩渦中，消費者找不到正確的「上岸」途徑，在迷宮般的商品誘惑中，消費者對周圍的「事件」和生態環境置之不顧，消費者醉心於廣告符號構築的鏡象世界，廣告不僅具備商業推銷的功能，在瘋狂額市場佔領過程中，「很可能存在一種政治現實甚至醫療衛生的的核心。廣告人的修辭使公眾進入醉眼朦朧、痴迷快樂的境地」〔註28〕。然而廣告符號提供的是一種膚淺、平面、單向、庸俗的消費文化，它在不遺餘力地推銷享樂主義、功利主義，使受眾在得到廣告文化和享受消費主義生活方式的染識後，被部落化和類型化，壓縮在一個狹小的精神空間裏，失去了應有的對話和交流的機會。以廣告符號構築的傳播場域，形成強大的控制力，通過金錢文化，不斷控制媒介、廠商和市場，進而影響政治、經濟、文化，並以一種強勢的權力話語制約消費者，廣告成為消費社會的霸權主義者，它所導演的消費主義文化，使大眾文化同質化、表面化、碎片化，它以商品籠絡的方式，使受眾成為消費社會的俘虜，遭受消費主義文化的霸權統治。

廣告符號的泛濫，使消費的空間和時間被殖民化。在符號崇拜過程中，消費社會在建構著新的廣告宗教。在消費社會裏，「市場機能與消費取代了傳統文化的功能」〔註29〕。消費主義文化取得了主導地位。然而，「在意義的社會性生產與私人佔有方式之間，有一種不健康的緊張矛盾」。同時，「價值的運動侵襲了人類需要的物質和符號兩個過程，破壞了上層建築與基礎相分離的觀念」〔註30〕。符號生產、消費與社會機制不可調和的矛盾，加深了消費主義文化危機。這種新的文化脫節，表現為消費主義摧毀了傳統的道德倫理，而在消費符號化過程中，廣告作為沒有終極意義的宗教，「缺乏作為聚合社會力量的道德因素」。勢必導致消費社會的「歷史性文化危機」。這種消費主義文化，在廣告符號的強勢語境下，「將作為關係到社會存亡的最重大分歧長期存在下去。」〔註31〕

〔註28〕 〔加〕埃里克·麥克盧漢、弗蘭克·麥克盧漢著，何道寬譯：《麥克盧漢精粹》，南京大學出版社，2001年版，第34頁。

〔註29〕 蘇塔·杰哈里著，馬姍姍譯，《廣告符碼》，第218頁。

〔註30〕 蘇塔·杰哈里著，馬姍姍譯，《廣告符碼》，第219頁。

〔註31〕 〔美〕丹尼爾·貝爾著，趙一凡譯：《資本主義文化矛盾》，三聯書店，1989年版，第138頁。

　　總體上看，西方學術界對於廣告與消費文化理論的研究，明顯受到後現代主義文化思潮的影響，將廣告視爲西方現代化進程中的重要社會現象，分析其在建構社會關係、形成消費文化等方面的作用，揭示廣告崇拜對於社會文化的多重負面影響。但對報紙廣告在建構消費文化方面的具體研究，相關成果尚不多見。由於西方廣告與消費文化理論主要著眼於現代社會的分析，在運用相關理論進行研究近代中國報刊廣告時，要注意其理論的時代背景並加以認眞鑒別。

第二節　近代中國廣告的文化闡釋

　　早在先秦時期，我國便有廣告活動存在。廣告是古代社會的商業信息傳播的重要載體，也是反映古代社會變遷和文化發展的重要內容。但是，我國廣告史的研究起步較晚，直到清末，江蘇無錫人裘可桴寫了一篇《廣告文考》，這是我國最早研究廣告史的專篇論文〔註32〕。1918年，我國成立了最早的新聞研究團體——「北京大學新聞學研究會」，將廣告作爲新聞學研究和教學的一大組成部分，並於1919年出版了徐寶璜所著的《新聞學》一書，其中對「新聞紙之廣告」作了專章論述。1926年，新聞史學家戈公振在《中國報學史》一書中，也對廣告作了專節論述，並指出：「廣告爲商業發展之史乘，亦即文化進步之記錄。」這一觀念，對於後來的廣告史研究，產生了重要影響。該書在第六章第三節專門介紹了報刊廣告的現狀，利用統計分析的方法研究了當時代表性報刊的廣告版面、定價、分類、章程等等。1938年，趙君豪在其出版的《中國近代之報業》一書中，用一章的篇幅介紹「廣告之進步」，趙君豪總結廣告除了「推廣分銷、增加顧客」外，主要有以下幾個方面的功效，一、引起需要也，二、商品保證也，三、劃一貨質也，四、預防競爭也，五、變革習慣也，六、保持顧客也。〔註33〕此外，一些地方新聞史著作也論及報刊廣告經營，如項士元在1930年出版的《浙江新聞史》一書中，在第五章專門論及廣告營銷情況〔註34〕。1948年，如來生撰

〔註32〕裘可桴：《可桴文存》，轉引自劉家林：《新編中外廣告通史》，暨南大學出版社，2000年版，第2頁。

〔註33〕趙君豪：《中國近代之報業》，上海申報館，1938年12月再版，第212、213頁。

〔註34〕項士元：《浙江新聞史》，之江日報社，1930年版。

寫的《中國廣告事業史》（上海新文化社，1948 年版）則是中國第一本廣告史專著。

1949 年之後相當長一段時期，廣告史研究處於沉寂的狀態。改革開放後，廣告史研究引起一些新聞史學者的注意。1981 年，方漢奇在《中國近代報刊史》一書中，對近代報紙商業廣告作了分析，並指出：「資本主義的商業廣告，在報刊的版面占越來越大的比重。通過廣告，加強了帝國主義企業對這些報紙的影響和控制，加深了它們之間的聯繫，使這些報紙的宣傳更加維護那些企業的現實利益，更好地爲它們鼓吹，充當它們的喉舌。」〔註 35〕之後，廣告史研究引起了一些學者的注意，如樊志育的《中外廣告史》（臺北三民書局，1989 年版）、陳培愛的《中外廣告史》（中國物價出版社，1997 年版）、劉家林的《新編中外廣告通史》（暨南大學出版社，2001 年版）、趙琛的《中國廣告史》（高等教育出版社，2001 年版）、許俊基的《中國廣告史》（中國傳媒大學出版社，2006 年版）、楊海軍的《中外廣告史》（武漢大學出版社，2006 年版）等等，這些廣告史著作，都對中國古代廣告發展的基本脈絡、近代報刊廣告的基本狀況、一些重要報刊的廣告形式和內容作了不同程度的介紹。但由於受到教材編寫的局限，這些廣告史著作在理論闡述方面較爲欠缺。王放的《中國報紙廣告一百年》一書，對 19 世紀末以後報紙廣告的發展脈絡進行了疏理，分析了報紙廣告的表現手法、經營特色，以及分類廣告與都市生活的關係等等〔註 36〕。但是對於鴉片戰爭後到 19 世紀末期中國報刊廣告的發展狀況，則語焉不詳。林升棟的《中國近現代經典廣告創意評析——〈申報七十七年〉》一書，運用營銷學、廣告學理論對 1872 年以來的廣告個案進行進行了創意分析〔註 37〕。徐載平等人編著的《清末四十年〈申報〉史料》對清末《申報》的廣告史料進行了爬疏，但尚未進行深入研究〔註 38〕。秦其文采用近代報刊廣告史料對企業廣告進行了綜合研究，認爲企業廣告，尤其是近代工商企業廣告是報紙廣告經營的重要對象，它收益高，手續簡便，是報社聚財斂資的主要渠道〔註 39〕。但對近代報刊廣告與消費文

〔註 35〕 方漢奇：《中國近代報刊史》，山西人民出版社，1981 年版，第 57、58 頁。

〔註 36〕 王放：《中國報紙廣告一百年》，廣州出版社，1998 年版。

〔註 37〕 林升棟：《中國近現代經典廣告創意評析——〈申報〉七十七年》，東南大學出版社，2005 年版。

〔註 38〕 徐載平等編著：《清末四十年〈申報〉史料》，新華出版社，1988 年版。

〔註 39〕 秦其文：《近代中國企業的廣告促銷研究》，南開大學博士論文，2005 年。

化的綜合研究，目前尚沒有相關專著問世。

近年來，一些廣告史研究的專題論文，涉及近代報刊史的諸多領域。如劉家林在《中國近代早期報刊廣告源流考》一文中，考察了我國近代最早出現的報紙雜誌廣告，以及「廣告」一詞的起源〔註40〕。朱英在《近代中國廣告的產生發展及影響》一文中指出，近代中國廣告的產生，是新式商業經營方式演變趨新的產物，與眾多報刊雜誌以及其他各種新興傳播媒體的出現相輔相成，也與西方商業文化在中國的廣泛傳播緊密相關。廣告的產生與興盛對中國工商業的發展起了積極的促進作用。作者認為，目前尚沒未見集中探討近代中國廣告業的專著和專文〔註41〕。但是，該文對於近代中國廣告的介紹，使用的報刊廣告史料並不全面，尤其是一手史料較為欠缺，報刊廣告研究的作用和地位也沒有得到充分論證。

相對而言，一些學者針對近代某一家報紙廣告的專題研究，史料比較充實，論述角度也較為新穎。如對《申報》廣告的研究，相關論文達數十篇之多。陳昱林認為，《申報》廣告的訴求對象多層次化、內容多元化，涉及政治、經濟、文化、社會各個領域，這些廣告敏銳地體現著當時特定歷史文化背景中上海人的社會文化心理。它們所傳播的信息，所宣傳的觀念，推動著當時社會的劇變，對近代上海中西文化的交流、社會風氣的形成曾經發揮過不可小視的作用。……《申報》廣告中體現出的「消費異化」這一社會問題主要表現在：崇洋風氣的彌漫、社會消費的早熟化與惡習型消費〔註42〕。文娟以近代《申報》刊登的小說廣告為線索，著重論述了近代書局對小說的促銷〔註43〕。許紀霖、王儒年將近代《申報》廣告視為都市大眾文化的重要組成部分，並賦予了消費多種功能和價值〔註44〕。張晨陽則對 19 世紀 30 年代初期的《申報》女性廣告進行集中分析，認為女性廣告文化參與了上海都會文化和城市氣質的構建，體現了當時現代性轉型的上海大眾消費的日常審美

〔註40〕 劉家林：《中國近代早期報刊廣告源流考》，《新聞大學》，1999 年第 2 期，第 57、58 頁。

〔註41〕 參見朱英：《近代中國廣告的產生發展及其影響》，《近代史研究》，2000 年第 4 期，第 87 頁。

〔註42〕 陳昱林：《申報廣告視野中的晚清上海社會》，蘇州大學碩士論文，2005 年。

〔註43〕 文娟：近代書局對小說書籍的促銷——以〈申報〉小說廣告為例》，《中文自學指導》，2005 年第 6 期，第 41～45 頁。

〔註44〕 許紀霖、王儒年：《近代上海消費注意意識形態之建構——20 世紀 20～30 年代〈申報〉廣告研究》，《學術月刊》，2005 年第 4 期，第 82～90 頁。

意識〔註 45〕。王省民通過《申報》香烟廣告探討了此類廣告的中西文化融合趨向以及社會生活的開放〔註 46〕。陳彤旭以《申報》廣告爲例，探究了 20 世紀 30 年代上海社會生活的多元價值觀〔註 47〕。劉麗娟以《申報》爲例，探討了近代中國報紙廣告所發揮的政治功效、通過廣告可以表達立場或陳述政論，可以使用聯絡手段或動員方式間接地爲政治服務，廣告中的民族主義內容客觀上助漲了民眾的愛國熱情〔註 48〕。可見，《申報》廣告成爲研究近代社會史的重要對象。除《申報》之外，近代上海其它報刊廣告的研究，近年來也引起了一些研究者的注意。如《上海新報》是上海最早出版的中文報紙，長期沒有受到應有的重視。趙楠通過研究《上海新報》的廣告，指出一些廣告在介紹西方生活用品、生活習慣等物質文明和精神文明方面，給當時上海城市生活帶來了廣泛的影響〔註 49〕。19 世紀末，一些內地城市如漢口、福州、長沙等地的報刊都大量刊登廣告，如許清茂對 1898 年的《湘報》廣告進行了詳細考證，認爲辦報人注意把握報刊廣告的運作規律，充分發揮廣告宣傳作用，爲維新變法服務〔註 50〕。

近代報刊廣告史的綜合研究也引起了一些研究者的注意。尤其是天津、上海等通商城市，報刊廣告業較爲發達，對社會發展產生了深刻影響。孫麗瑩綜合運用了 1886 年至 1911 年天津出版的《時報》、《直報》、《大公報》等報刊史料，綜合研究了報紙廣告與近代天津社會變遷〔註 51〕。王笛在《街頭文化》一書中，利用清末民初的《通俗畫報》和《國民公報》中的廣告，對成都下層民眾的日常生活進行了深入研究，以展示街道的公共空間和大眾文化

〔註 45〕張晨陽：《〈申報〉女性廣告：女性形象、現代性想像以及消費本質》，《婦女研究論叢》，2005 年第 3 期，第 58～64 頁。

〔註 46〕王省民：《從〈申報〉香烟廣告看中西文化的融合》，《東南文化》，2006 年第 3 期，第 67～70 頁。

〔註 47〕陳彤旭：《論 30 年代上海報紙廣告的多元價值觀》，《中國青年政治學院學報》，2002 年第 2 期，第 135～138 頁。

〔註 48〕劉麗娟：《簡論近代中國報紙廣告的政治功效——以〈申報〉廣告爲例》，第 129～132 頁，《福建論壇》，2007 年第 10 期。

〔註 49〕趙楠：《十九世紀中葉上海城市生活——以〈上海新報〉爲例》，《史林》，2004 年第 1 期，第 34 頁。

〔註 50〕許清茂：《〈湘報〉廣告考辨》，《新聞與傳播研究》，2003 年第 4 期，第 56～60 頁。

〔註 51〕孫麗瑩：《報紙廣告與近代天津社會（1886～1911）》，南開大學碩士論文，2003 年。

〔註52〕。美國學者葛凱（Karl Gerth）研究了清末民初大量的國貨廣告，認爲國貨廣告揭示了國貨運動的發展歷程，國貨廣告對中國民族主義和民族消費文化的構建起著非常重要作用〔註53〕。戴柏俊利用了報刊史料對清末天津的廣告業進行了全面的分析〔註54〕。亦鳴論述了近代上海廣告業尤其是報刊廣告的表現形式及其特色〔註55〕。這些論著運用了大量第一手資料，注意論述報刊廣告與社會變遷的關係，對社會史研究有一定借鑒意義。

　　上述報刊廣告史的研究者大多來自歷史學界，他們比較注意史料的歸納和闡述，對廣告傳播的基本規律所論甚少，廣告傳播理論也較少涉及，尤其是廣告傳播與消費文化之間的論述，尚未見到專題論文。而在新聞傳播史研究中，近代報刊廣告史研究相對薄弱，相關論著較爲少見。尤其對廣告傳播與消費文化之間的關係，即廣告如何進行商品推銷並建構消費文化的探討較爲缺乏。其原因可能有如下幾點：一是近代報刊廣告涉及面較廣，進行綜合研究難度較大。二是許多近代報刊廣告資料極爲分散，許多報刊已經失傳，一些報刊也只能見到零散部分，難以進行專題研究。三是對報刊廣告史的研究存在一些偏見，一些研究者認爲，報刊廣告史研究價值不大，僅從廣告內容進行研究，難以挖掘深層的史料價值。廣告僅僅是報刊的陪襯，缺乏新聞價值，廣告史與消費文化史、社會史研究似乎缺乏有機聯繫。特別是近年來西方新聞傳播理論大行其道，對於不起眼的近代報刊廣告史，關注者寥寥，這在很大程度上降低了這一領域研究的興奮點和學術價值。

　　近代報刊廣告文化作爲社會文化的重要組成部分，在告知商品信息，營造商業環境，提高經營效率，推進消費社會化等方面有著明顯的效果。在近代社會，信息傳播途徑較爲有限，報刊廣告是極爲重要的大眾媒介，其內容之豐富，手段之多樣，範圍之廣泛，與招牌廣告、傳單廣告等傳統廣告形態相比，有著許多優勢。同時，報刊廣告受制度約束的程度相對較低，比較全面地展現了都市經濟的本來面目，再現了當時民眾日常消費的歷史進程。因此，研究近代報刊廣告，離不開受眾對象的分析，更離不開消費文化的分析。

〔註52〕　王笛著，李德英等譯：《街頭文化——成都的公共空間、下層民眾與地方政治》，中國人民大學出版社，2006年版。

〔註53〕　〔美〕葛凱著，黃震萍譯：《製造中國：消費文化與民族國家的創建》，北京大學出版社，2007年版。

〔註54〕　戴柏俊：《清末天津的廣告業》，《天津史志》，1994年第4期。

〔註55〕　亦鳴：《近代上海廣告文化》，《上海大學學報》，1992年第2期。

然而，這方面的研究成果卻非常少見。顯然，深入研究報刊廣告與消費文化發展之間的關係，無疑是一個極為重要且不可迴避的問題。

第三節　近代廣州報刊廣告概覽

報刊廣告是商業經濟發展的產物，而消費是商業經濟發展的根本動力，消費文化是商業文化和社會文化的重要內容，廣告文化與消費文化之間存在著密切聯繫。因此，報刊廣告應成為研究消費文化的重要載體，也是傳播史和文化史理論應關注的重要對象。隨著報紙媒體在近代都市的發展，廣告開始充斥著民眾活動的各種公共空間。在近代都市生活中，報刊廣告不僅提供了商業信息，它還以多元的方式，影響和改變消費潮流，與都市文明的步調彼此呼應，相互襯托。里溫（lyon）認為：「廣告是對抗傳統經濟的最大力量，也是對抗宗教徒消費的惟一力量」〔註56〕。在近代中國，廣告雖然沒有像西方工業革命時代那樣具有顛覆性力量，但它作為一種經濟和文化現象，對一些通商口岸城市的巨大影響，的確不容忽視。

近代中國報刊主要集中在商業發達的上海、廣州、天津等少數通商口岸，報刊廣告對於偏遠農村地區的影響仍然十分有限。從受眾的分佈看，城市居民是報紙的主要閱讀者和傳播者，報刊廣告的控制者也以城市商人和資本家為主。各種類型的商業廣告，不僅聯繫著城市民眾的日常生活，也極大地改變了都市文化傳播模式，表徵著都市文化的變遷。廣告所反映出來的消費現象和文化意蘊，對於分析當時社會面貌，提供了很好的詮釋途徑。但是，當前對於報刊廣告史的研究，多立足於對廣告本身的史料解讀。以報刊廣告為媒介，研究都市消費文化和社會變遷，是一個較為新穎的理論話題。

近代報刊廣告的發展線索，與都市文明和社會變遷有著極為緊密的聯繫。在鴉片戰爭之前，外國傳教士和商人將報紙視為傳播宗教和意識形態的工具，其商業價值極為有限。19世紀50年代後，隨著上海、香港商貿業的發展，經營外報的西方人對通商口岸的商業利益頗為重視，《香港船頭貨價紙》（圖1-1）、《上海新報》（圖1-2）的頭版多為交通、店鋪和商品廣告，體現了

〔註56〕 參見陳坤宏：《消費文化理論》，臺北揚智文化事業股份有限公司，1998年版，第79頁。

圖 1-1：《香港船頭貨價紙》報頭

香港船頭貨價紙

第一百九十八號　己未年正月初三日　禮拜六

洋船出賣

新聞

占厘臣

加利咭打戰船

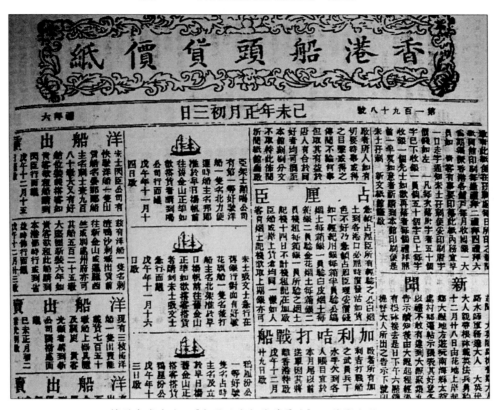

轉引自卓南生：《中國近代報業發展史》附錄影印件。

圖 1-2：《上海新報》報頭

上海新報

禮拜四　壬申年捌月初叁日　新式第七百三十六號

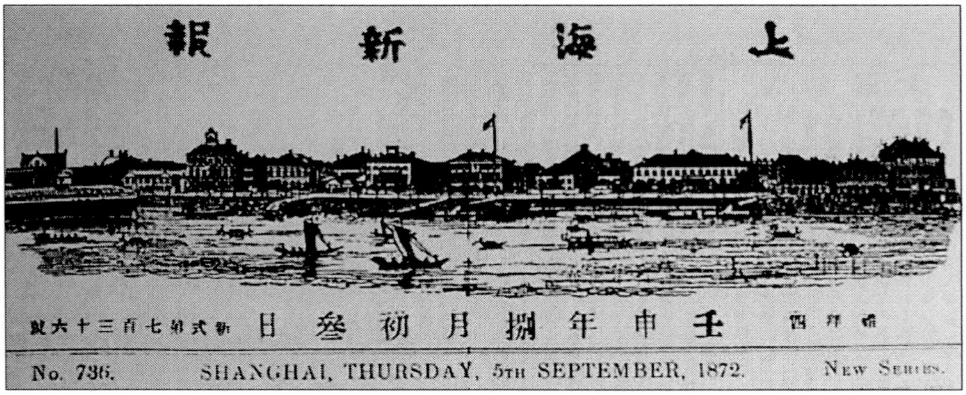

No. 736.　SHANGHAI, THURSDAY, 5TH SEPTEMBER, 1872.　NEW SERIES.

1872 年 9 月 5 日。

外報傳播功能的轉變。之後，《萬國公報》等外報將洋貨廣告視爲傳播西方文明的工具。而 19 世紀 80 年代後，隨著國人自辦報刊熱潮的興起，報刊廣告作爲反映近代民族工業化成就的窗口，受到近代工商人士的高度重視。報刊廣告以洋貨、土貨之別而具有民族和國家的分野，洋貨消費與西方文化之間有著互動關係，而國貨消費則與民族主義和國家主權之間有著意識形態上的關聯性，報刊廣告由此而具有政治意涵。同時，由於廣告涉及日常生活的各類商品和服務，其表現方式也印證了民眾生活形態的變化。因此，本書不是是從營銷學的角度研究廣告，而是從傳播史、社會史和文化史的視角研究廣告與消費之間的關聯性。本書擬從以下幾個方面展開思考：一是廣告與消費的民族性問題，二是廣告與消費者身份建構問題，三是廣告與生活方式變遷的問題，四是廣告與消費的公共空間問題，五是廣告與消費時尚問題，六是廣告與消費地理問題，尤其是報刊廣告與地方文化的互動性問題。要系統解決這些問題顯然有許多困難，本書著重以具體的廣告內容分析爲線索，通過廣告的「敘說方式」和「言外之意」探究其文化意義和社會意義。

近代報刊廣告史料極爲豐富，但從具體的史料運用過程中，還有一個辨僞的問題，尤其是一些醫療、藥品廣告，含有大量的虛誇信息，一些虛假廣告是否真正引導了消費需求，是值得懷疑的。但是，本書從文本出發研究報刊廣告內容，注重的是有關商品和服務向社會滲透的過程，以及受眾如何受到「引誘」並創造消費需求的過程。因此，本書是解構廣告的文化意義，對於此類大眾文化研究而言，「模糊的文字常常提供一些獨特的、深層的和意想不到的信息。」〔註 57〕本書固然重視紳商等社會精英在形塑消費文化方面的引導作用，但對大眾的日常消費與生活方式更爲關注。儘管近代中國社會明顯受到傳統經濟的影響，大眾消費社會離普通民眾還很遙遠。但是，近代報刊廣告在逐步塑造一種消費主義氛圍，並力圖打破小農經濟的藩籬而與都市商業文化保持一致性的步伐。廣告如何在都市空間擴張，如何建構新的生活方式和商業話語，受眾如何在廣告影響下進行漸進式消費，如何建立豐富的消費意象，是本書關注的焦點。

自 1757 年一口通商以來，廣州一直是中國重要的商業城市，其商業文化的歷史積澱頗爲濃厚，城市消費文化具有明顯的地域特色（圖 1-3）。廣州是

〔註 57〕 王笛著，李德英等譯：《街頭文化：成都的公共空間、下層民眾與地方政治》，中國人民大學出版社，2006 年版，第 10 頁。

近代中國新聞傳播事業頗為發達的城市，誕生了近代中國境內的第一份英文報紙《廣州紀錄報》、第一份中文報紙《東西洋考每月統記傳》、第一份中文周報《中外新聞七日錄》、第一份石印中文報紙《各國消息》、第一份石印中文日報《述報》。從 1827 年到 1919 年，廣州先後出版發行了百餘種報刊。廣州報刊業的發展歷程，呈現首尾繁榮，中間平淡的特點。在鴉片戰爭前，廣州是中國報刊業中心，這與廣州的國際地位是相一致的。鴉片戰爭後到 19 世紀末，廣州也出版了多種報刊，但與香港、上海比較，顯得勢單力薄，廣州傳媒的影響力相對較低，但是，這一時期的報刊，在本土化方面，創出了特色，就其對於廣州受眾的影響而言，遠遠超出了鴉片戰爭前的中英文報刊，在印刷技術、新聞報導、廣告策劃、時政評論等方面，也取得了長足的進步。20 世紀初期，廣州報刊業十分發達，反映出廣州作為近代中國革命策源地和嶺南政治、經濟、文化中心的重要地位，廣州報業與香港、上海形成鼎足之勢。

圖 1-3：十三行市集

香港藝術館藏品。

　　由於種種原因，近代廣州報刊有相當部分已經失傳。經過筆者數年的搜尋，找到了 80 餘種報刊，其中關於這些報刊廣告的研究，目前尚沒有相關成果問世。這些珍貴的第一手史料，是本文研究的基礎和前提。同時，筆者多年來從事近代廣州城市消費文化史研究，積纍了大量清代方志、筆記、雜錄、

眼本、家譜等數百種史料，以及數十種有關近代廣州的英文文獻，為本文歷史背景分析特別是商業文化研究，提供了較充實的文獻條件。與近代上海新聞傳播史所取得的豐碩成果相比，有關近代廣州新聞傳播史研究顯得較為冷清〔註58〕。但是，近代廣州是一個典型的消費型城市，報刊廣告業對整個商業社會的發展起著推波助瀾的作用。研究這些多樣化的廣告，在很大程度上可以揭示當時商業發展的基本面貌，瞭解城市生活和社會發展的軌迹。這對深入研究近代廣州報刊廣告史的發展歷程，考察近代廣州社會消費文化的特色，理解報紙廣告在社會變遷中的獨特作用，有著十分重要的歷史意義和現實價值。

本書將報刊廣告史視為社會史的重要組成部分，綜合運用新聞傳播學、消費經濟學、社會學、符號學、文化學、民俗學等多學科方法進行研究，並將報刊廣告視為一種產業、一種社會行為模式、一種文化系統，具體分析其刊出形式、營銷方式、信息環境等方面的特色，以及廣告傳播與消費行為之間的關係。將報紙廣告作為複雜的文化現象，深入考察近代廣州社會轉型過程中社會制度、日常生活、社會政策、社會心理、社會習俗、大眾傳媒等與報刊廣告密切相關的因素，全面探究報刊廣告文化的發展軌迹和基本特徵，揭示廣告在形塑和傳播消費文化方面的功能和作用。

本書採用整體與局部、宏觀考察與個案分析等方法，對報刊廣告進行多方位的研究，重點探討廣告傳播對都市消費文化發展的影響。因此，本書必須緊密結合近代廣州城市發展史進行論述，通過報刊廣告業發展的社會背景分析，探討近代廣州報刊廣告興起的經濟條件和技術條件，總結和歸納報刊廣告的基本類型，對具體廣告形態進行分類研究，如洋貨廣告、國貨廣告、娛樂廣告等廣告形式的內容與特色等等。突出報刊廣告在特定歷史階段的傳播效果，以全新的視角審視報刊廣告對民眾消費行為和消費方式的深刻影響。同時從消費文化的角度對報刊廣告進行綜合研究，從而揭示報刊廣告在都市消費時空變遷過程中的重要意義。

本書的主要觀點是：（一）商業經濟對報刊廣告的發展產生深刻影響。近代廣州商品市場的繁榮，使城市消費型經濟特色較為明顯。早在一口通商期

〔註58〕梁群球主編的《廣州報業（1827～1990）》（中山大學，1992年版）一書，對1827年以來的廣州報刊史做了梳理，但該書對1919前的報刊史研究所論不多，缺乏詳細可靠的一手報刊史料，對報刊個案研究尚不夠深入。

間，廣州的招牌廣告、傳單廣告在傳播商業信息方面起著重要作用。而最早一批中文報刊的創辦，使廣州報刊廣告脫穎而出，開啟了商品信息傳播的新時代。鴉片戰爭後，廣州報刊傳媒一度滯後，但在 19 世紀末期到民國初年，隨著廣州商業的繁榮和各類報刊的大量創辦，報刊廣告成為商品推銷的重要方式，在形式、內容、表現手段等方面都有極大的改觀，報刊廣告展現了城市商業文化發展的基本態勢。通過對不同時期報刊廣告的總體分析，可以看出廣告業發展與經濟、政治、文化等方面存在著極為密切的聯繫。報刊廣告作為商業文化的載體，反映出商業信息傳播的社會化進程。

　　（二）在近代廣州社會，報刊廣告隨著受眾的成長而不斷發展，受眾是形成和傳播消費文化的主體。近代報刊廣告傳播的主要特色是告知性和勸說性，報刊媒介在傳統社會起著大眾傳播主渠道作用。印刷和傳播技術的進步，新興消費型工業的發展，社會變革思潮的興起，公共話語表達欲望的增強，使報刊受眾的閱讀率不斷提高。報刊廣告利用不斷壯大的受眾群體，向社會廣泛傳播商品信息。受眾是廣告發展的原動力，受眾聯繫著媒介和社會，是廣告發展的見證者和推動者。而報刊廣告業的發展，不僅為報刊傳播的大眾化提供了條件，也使受眾的活動範圍更加廣闊，並有力地推動了消費文化的空間擴張。因此，受眾發展的歷史，與消費文化有著密不可分的關係。

　　（三）洋貨廣告推動了消費文化的變革。近代廣州社會轉型在某種程度上也是文化轉型，文化思潮對消費行為和消費文化產生多方位影響。消費文化與流行文化是同步發展的，報刊刊登的各類洋貨廣告，不僅改變了消費者對洋貨的態度和購買行為，也向社會傳播西方消費文化觀（圖 1-4），使洋貨消費具有豐富的文化內

圖 1-4：進口香水

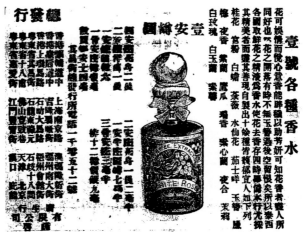

《國事報》，1910 年 5 月 6 日。

涵和社會意義。洋貨廣告的傳播有著明顯的時段性，與商品價格、消費方式和消費觀念有著直接的聯繫。報刊廣告媒介著洋貨文化，日用洋貨由於具有廣泛的消費前景，成爲洋貨廣告的主流，洋布、西藥、洋烟等方面的廣告，由於在性能和價格方面的明顯優勢，在說服受眾方面具有較好的傳播效果，從而在形成消費時尚，轉變消費觀念，推動洋貨消費大眾化方面起著推波助瀾的作用。

（四）國貨廣告促進了消費文化的社會化。近代廣州以生產日用消費品爲主的消費型工業得到了快速發展，它與民眾的日常生活緊密相聯。其中，報刊廣告作爲推介日用商品的重要載體，爲民眾認識和瞭解國貨，發揮了多方面的傳播作用。藥品、保健品、烟酒、服飾等日用商品廣告，與民眾生活息息相關，通過廣告推銷，在很大程度了節約了廠商的交易成本和信息成本，直接推動了國貨消費市場的繁榮，進而極大地改變了民眾的生活觀念和消費方式，有利於拓展廣告主與消費者之間的溝通渠道。國貨廣告與國貨運動互爲一體，尤其是在近代廣州社會轉型過程中，隨著廣州工商業的發展，廣州本地商品成爲國貨廣告的重要內容，國貨廣告不僅傳播民族消費文化理念，還建構廣州本土消費文化模式。國貨廣告以插圖、照片和其他表現方式，豐富廣告文化的內涵，並不斷地傳播著新興潮流和生活方式，對城市「消費革命」產生了直接的影響（圖 1-5）。國貨廣告還從不同層面上反映了社會轉型過程中出現的複雜現象，以及價值觀和生活習俗在引導消費過程中發揮的獨特功能。同時，國貨廣告所體現的社會區隔作用也比較明顯，對經濟發展和民眾消費水平進行了全面的詮釋，是社會變遷的一個縮影。

圖 1-5：國產香水

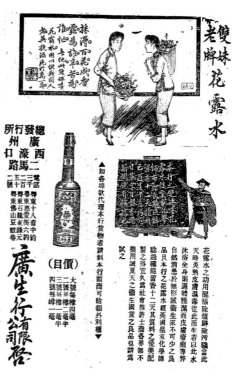

《國華報》，1919 年 9 月 9 日。

　　（五）店鋪和百貨公司廣告拓展了消費文化的公共空間。各類店鋪廣告展現了城市商業經濟發展的成就，店鋪廣告通過品牌營銷，強化了專業化經營的商業形象。尤其是報刊刊登的店鋪「分類」廣告，有利於受眾節約信息搜尋成本，爲消費者提供多樣化的選擇。一些店鋪廣告對新式工業品的推銷，更是開拓了受眾的視野，增強了對工業文明的認識。店鋪廣告的信息傳播，爲受眾提供了一種生活範式和價值追求，即使廣告帶有許多虛假和誇張的成分，它仍然誘導受眾按照廣告倡導的「理想生活」，以擁有某些商品來改變消費方式，樹立對美好生活的信心。

　　百貨公司廣告則傳遞了西方新興消費文化的理念，通過百貨公司這一大眾化的消費空間，新的購物方式逐步在城市社會流行，民眾從流行的商業文化中，更直接地感受到外部世界的變化，尤其是西方現代工業所帶來的巨大變革。廣告對百貨公司的讚美，代表了新的消費潮流和生活方式，在開放和自由的消費空間裏，新興的消費秩序開始顛覆傳統的權力結構，金錢文化超越政治文化，對沉悶的社會等級制度提出挑戰，工業化浪潮所帶來的消費革命，在百貨公司廣告的話語解釋中，逐步被普通民眾所理解和認同，並通過新型的購物體驗，彙聚成巨大的消費潮流，爲城市消費文化帶來幾許清新的空氣。

　　（六）飲食、休閒、文教、交通、博彩等方面的報刊廣告表明了消費方式的多元化。通過閱讀不同種類和內容的廣告，可以折射出消費對象之間的差異性和生活方式的多樣性。如近代廣州報紙刊登的酒樓、戲院等方面的廣告，反映了「有閒」人士在「位置消費」方面的新趨向。酒樓對菜譜、包間的推介，戲院對劇目、票價的公佈，延伸了消費者的食欲和享受。書籍、招生廣告的流行，與城市文化教育水平的提高和新思潮的興起密切相關。新式學校和教科書的廣告形象，爲新式知識分子的教育消費進行了詮釋。火車、輪船改變了傳統的交通觀念，折射出現代化對城市交通業的影響（圖 1-6），而民眾的出行方式，隨著交通工具的發達而變得更爲快捷，並且由奢侈向大眾化消費方向發展。報刊廣告見證了城市現代化的歷程，尤其在清末民初，消費時尚的流行，消費觀念的變革，審美情趣的變化，通過日益豐滿的廣告形象，爲城市消費文化提供「歷史見證」。而博彩廣告的流佈，與報刊的「公共精神」極不相稱，博彩廣告通過具有強烈誘惑力的賭博信息傳播，直接導致了異化消費的加劇，對社會產生了諸多負面影響。

圖 1-6：粵漢鐵路開工典禮

《賞奇畫報》，1906 年第 7 期。

　　總之，本書對近代報刊廣告的研究，既重視廣告文本的解讀，又試圖通過解讀廣告信息，與近代都市社會生活建立密切聯繫，進而對都市消費者和消費文化進行長期的歷史考察。近代廣州報刊最初刊登的市場行情，是否產生過商業信息傳播的變革；報刊廣告業如何進行競爭，並爭取消費者的認可；報刊廣告怎樣滲透到家庭，影響購買行為、動機和「社會參與體驗」，又怎樣在公共場域大行其道；報刊廣告如何與都市消費潮流實現互動；報刊廣告如何建構社會身份，形成文化品位，促進消費大眾化；廣告主、媒體和受眾之間怎樣進行權益博弈，並形成多元的文化共同體；等等。對於這些問題的探究，需要將廣告視為形塑社會文化的重要因素，在都市社會變遷的時空中進行艱苦摸索。

第二章 商貿信息、都市社會與報刊廣告

　　「消費文化就是一個社會擁有大量消費商品」〔註1〕。要研究報刊廣告與消費文化之間的關係，必須首先理解商品在城市社會的作用和意義，從商品信息傳播過程探究廣告興起的原因，以及廣告對都市消費文化發展所產生的影響。

第一節　一口通商：信息傳播與國際形象

一、十三行：國際化的信息港

　　早在秦漢時期，廣州已是南方著名的商業城市，但廣州商業經濟的鼎盛，始於清代。清代廣州商業文化的繁榮始終與其對外貿易聯繫在一起，「雖尋恒貨殖與蕃商水火無交者，亦因市舶之豐歉爲贏縮」〔註2〕。清政府平定「三藩之亂」後，於康熙二十三年（1684）設立廣州、江蘇松江、浙江寧波、福建泉州等對外貿易港口，乾隆二十二年（1757）廣州成爲唯一的通商口岸，之後的八十餘年，廣州一直是全國進出口商品交易中心和對外開放的窗口，一口通商成就了廣州商業的畸形繁榮（圖2-1）。當時曾有人賦詩云：「廣州城郭天下雄，島夷鱗次居其中。香珠銀錢堆滿市，火布羽緞哆哪絨。碧眼蕃官占樓住，紅毛鬼子經年寓。濠畔街連西角樓，洋貨如山紛雜處。」〔註3〕

〔註1〕　〔美〕米切爾・舒德森著，陳安全譯，《廣告，艱難的說服》，引言第3頁。
〔註2〕　同治《南海縣志》卷五，「建置略二」。
〔註3〕　〔清〕印光任、張汝霖：《澳門記略》上卷。

圖 2-1：外國商館

資料來源：〔英〕湯瑪斯·阿羅約繪畫，李天綱主編：《大清帝國城市印象》，上海古籍出版社，2002 年版，第 199 頁。

　　十三行制度，是清代壟斷貿易的結果，十三行就是洋貨行。法國人伊凡初到廣州十三行，描繪了自己的觀感：

　　　　（商館）部分採用歐式風格，部分採用中式風格建造。它由兩層組成，屋頂形成一塊露臺，鋪著花崗岩，當陽光照射時，就像點綴著鑽石。第一層就像個巨大的倉庫，堆著大捆的絲綢，一箱箱的茶葉，成罐的麝香，這些都是歐洲社會準備從中國進口的貨物。我們的住處在二樓，可以看到河景。我們左邊，是龐大的商館建築群，飄著歐洲各國的國旗；相反，在珠江左岸，滿布中國的廟宇和房屋，以及成百上千的街巷。此情此景就像是一幕神話歌劇場景的再現。〔註4〕

范端昂描述十三行貨物流通情況時說：「其出於九郡者曰廣貨，出於瓊州者曰瓊貨，出於西南諸番者曰洋貨，分列十三行中」〔註5〕。李調元在《南海竹枝詞》中咏道：「奇珍大半出西洋，番舶歸時亦置裝。新出牛郎雲光緞，花邊錢滿十三行」〔註6〕十三行成為國際化的商貿區，道光年間的文人史善長在《珠

〔註 4〕　Dr. Yvan *Inside canton* London: Henry Viaetelly Bough Square 1858 p. 32.
〔註 5〕　〔清〕范端昂：《粵中見聞》卷二十一。
〔註 6〕　〔清〕李調元：《粵東皇華集》卷三。

江竹枝詞》中描寫了十三行的異域風情:「金碧洋樓耀眼鮮,旗杆獵獵彩雲邊。隔江人望初燈上,星斗都疑落九天。」〔註7〕十三行當時中外商品最集中的地方,商業貿易造就了伍秉鑒、潘仕成等擁有千萬以上資產的富商巨賈,同時使廣州的消費品市場空前繁榮。除了亞洲各國外,西班牙、英國、美國、荷蘭、瑞典、法國、丹麥等主要資本主義國家都與廣州有貿易往來。從 1764 年到 1833 年,英美和其他西方國家對中國的進出口總值從 554.5872 萬兩上升到 2263.6249 萬兩〔註8〕。外國進入廣州的船隻噸位,在 1730～1830 的一百年間,增加了將近 22 倍,英國進入廣州的船隻噸位,則增加近 36 倍〔註9〕。當時廣州口岸出口商品,以絲茶為大宗,進口進口商品,以毛織品和棉花為大宗。其他商品品種繁多,據《粵海關志》的稅則統計,僅粵海關徵收的衣服、食物、用物、雜貨、船料等類商品多達上千種〔註10〕。特別是一些珍稀洋貨如鐘錶、人參、毛呢、羽紗、燕窩等,成為皇家、官府和富商進行奢靡消費的追逐對象。如乾隆皇帝對洋貨非常感興趣,在乾隆二十三年(1758)的一道諭旨中,他要求廣州洋行,「買辦洋鐘錶、西洋金珠、奇異陳設或新式器物……皆不可惜費」〔註11〕。

　　一口通商貿易,使廣州迅速崛起為世界著名的貿易中心城市。正如瑞典人龍思泰所評論的那樣:「廣州的位置和中國的政策,加上其他各種原因,使這座城市成為數額很大的國內外貿易的舞臺……中華帝國與西方各國之間的全部貿易,都以此為中心。中國各地的產品,在這裏都可以找到……」〔註12〕廣州的開放,使世界各地的商人普遍認為:「在廣州做生意比在世界上任何其他地方都更方便和容易。」〔註13〕廣州貿易體系對西方人具有強烈的吸引力,以十三行地帶的外國人為例,1839 年,常住在夷館區的外國人約有 300

〔註7〕 〔清〕史善長:《味根山房詞鈔》卷一。

〔註8〕 參見嚴中平等編:《中國近代經濟史統計資料選輯》,科學出版社,1955 年版,第 4、5 頁。

〔註9〕 轉引自汪敬虞:《十九世紀西方資本主義對中國的經濟侵略》,人民出版社,1983 年版,第 10 頁。

〔註10〕 參見〔清〕梁廷楠總纂:《粵海關志》,廣東人民出版社,2002 年版,第 172～197 頁。

〔註11〕 中國第一歷史檔案館藏:軍機處寄信檔 1552 卷第 1 冊。

〔註12〕 〔瑞典〕龍思泰著,吳義雄等譯:《早期澳門史》,東方出版社,1997 年版,第 301 頁。

〔註13〕 〔英〕格林堡著,成康譯:《鴉片戰爭前中英通商史》,商務印書館,1961 年版,第 55 頁。

人〔註14〕，這是鴉片戰爭前後的廣州外商的數量。其實，在一口通商期間，大量外國僑民長期居住在澳門，平時則往來於粵澳之間，僑民在廣州的衣食住行對廣州人的消費習慣和消費方式產生了一定影響。

在這個國際化都會裏，貿易是聯結中西商人的紐帶，貿易也促使廣州城市功能的轉變。民國《番禺末業志》云：「各省貨物必先運來廣州，再運去外國，外國貨物亦先運到廣州，乃運進各省。舉國內外，咸以廣州為獨一口岸。故豪商大賈、珍物奇貨皆於斯焉。」〔註15〕從 1757 年至 1840 年，廣州作為國際貿易中心的地位，不僅體現在中西方商品的流通，還凸顯了她作為國際化媒介都市的地位。「作為媒介的城市，具有溝通私人領域和公共領域的基本功能」〔註16〕。在充滿符碼的城市空間，建築物在向人發出信息。空間是由於經驗而產生關聯的場所，而解讀城市的受眾對日常生活和公共領域的探究成為媒介信息的重要來源。中國近代報刊最早出現在廣州，與其國際貿易而帶來的功能轉變有著直接聯繫。貿易的發展推動了社會流動性的加劇，尤其是大量中西方商人彙集於此，極大地提高了信息傳播的重要性和必要性。交流是實現商貿交易的基本前提，而傳播產生於交流的需要，為了降低交易成本和生活成本，尋求一種中西方商人都易於理解和傳播的媒介，成為這座國際化都市媒介延伸的一項重要任務。

二、廣州英語：文化融合與國際交流

貿易範圍的擴大，對於跨文化傳播產生深刻影響。中西商人在業務經營和日常交往過程中，需要解決語言上的溝通問題。一些行商使用「廣州英語」〔註17〕與各國商人進行交流，這種語言「巧妙地運用了聽慣的外國音

〔註14〕 Samuel Wells Williams *Recollections of China prior to 1840* Journal of North-China of the Royal Asiatic Society New Series No.VIII Shanghai 1874 p. 11.

〔註15〕 民國《番禺末業志》卷四，工商業第四。

〔註16〕 城市作為媒介的理論，見〔日〕佐藤卓己著，諸葛蔚東譯：《現代傳媒史》，北京大學出版社，2004 年版，第 24 頁。法國傳播學家讓－諾埃爾‧讓納內認為，媒介的歷史包含了一個廣闊的研究領域，其任務是研究在時代進程中，一個社會如何對自身及其他社會加以表現，以及所有涉及這一研究領域的人們是如何努力使這幅畫面按照自己的意圖而改變的。見讓－諾埃爾‧讓納內著，段慧敏譯：《西方媒介史》，廣西師範大學出版社，2005 年版，第 1 頁。

〔註17〕 「廣州英語」也稱為「廣東英語」，主要是廣州本地人和歐洲人共同使用的一種變種英語，它結合廣州方言，利用了英語的發音，它是中西方語言交流的

調，成功地彌補他自己語言的不足，並按照他的單音節的表達方式，同時使用最簡單的中國話來表達他們的意思」〔註18〕。這種「廣州英語」發展成爲中西商人極爲重要的交際媒介，19世紀初期，在廣州商館附近還出售一本《鬼話》的小冊子，用形象生動的畫面和豐富的想像力，巧妙地解釋外文的意思，從而使當時一些下層的僕人、苦力和店鋪老闆能夠掌握較爲簡單的「廣州英語」，這些粗通英語掌握一定交流技巧的廣州人，在19世紀的中外貿易中，充當著商品信息傳播者的重要角色。英國人圖古德·唐寧在遊記中寫道：

> 有些來訪者看來剛開始自己做生意。他們不懂一個英語單詞，只靠死記硬背學會了這些場合必用的幾個。因此他們像鸚鵡學舌，重複著他們貨物的名稱，將單詞拖長到不合理的長度，並不時停下來回想剩下的部分。「你⋯⋯要⋯⋯買什麼東西？要這樣的貝殼⋯⋯昆蟲⋯⋯扇子？樂於爲你效勞。」你詢問這些新手任何有關他們貨品的問題，他們只會以重複貨品名稱作爲回答。直到你提到「美元」一詞——它好像碰到了這些機器人的另外一個鍵。然後他們就開始他們的「效勞」（pidgeon）中最感興趣的一環。〔註19〕

在19世紀二三十年代，在廣州的外國人當中，僅有3人懂得中文。〔註20〕而廣州大量的行商、買辦、通事等，通過「廣州英語」，與西方商人進行貿易信息溝通，就市場行情和價格等方面進行談判和交流，使貿易重要的交易環節得以實現。通過不斷實踐，「廣州英語成爲許多數額巨大的生意或極爲重要的

產物，也是對外貿易的產物。對於「廣州英語」的研究，主要成果有：章文欽：《廣東葡語和廣東英語初探》，載《嶺嶠春秋——嶺南文化論集》（一），中國大百科出版社，1994年版；劉聖宜、宋德華：《嶺南近代對外文化交流史》，廣東人民出版社，1996年版；周振鶴：《鬼話：華英通語及其他》，《讀書》，1996年第3期；周振鶴：《紅毛番話索解》，《廣東社會科學》，1998年第4期；吳義雄：《「廣州英語」與十九世紀中葉以前的中西交往》，《近代史研究》，2001年第3期。這些論文都對「廣州英語」的源流進行了考證，但關於「廣州英語」的傳播意義，則很少提及。

〔註18〕〔美〕威廉·C·亨特著，馮樹鐵譯：《廣州「番鬼」錄》，廣東人民出版社，1993年版，第44頁。

〔註19〕〔英〕圖古德·唐寧著：《番鬼在中國（1836～1837）》，第56～57頁，未刊稿。

〔註20〕這3人是傳教士馬禮遜、商人亨特和德庇時，他們所懂的中文，僅僅局限於廣東話，對於高深的中文，也只能是略知皮毛而已。見〔美〕威廉·C·亨特：《廣州「番鬼」錄》，第44頁。

事情的便利的交際媒介」〔註21〕。「廣州英語」作爲壟斷貿易時期形成的特殊
文化現象，在鴉片戰爭後，對於其他通商口岸城市的貿易也產生重要影響。
上海、天津、南京、廈門等城市在通商之初，都需要廣東籍的買辦從事中介
服務，爲當地商人充當翻譯，「廣州英語」遂在這些城市流傳開來，成爲五口
通商初期的外貿通用語言，並發展爲另外一種洋涇濱英語，在傳播外貿信息
方面發揮著更爲重要的作用。

　　「廣州英語」不僅解決了中西貿易中的許多難題，還成爲當時廣州人與
西方商人日常交往的媒介。西方商人除了交易上需要與行商、通事、買辦交
流外，在日常生活中，他們與廣州下層民眾和其他商人有著較爲廣泛的交
往。由於清政府不也許外國人在廣州過多，那些往來於澳門與廣州之間的船
隻，成爲船家與西方人交流的一大平臺。許多西方人初次到廣州，就靠這些
船家充當翻譯，引導他們與當地商人交流。而西方商人的日常消費，不僅需
要買辦給他們操辦，在日常生活中，如果沒有中國僕人爲他們提供各種服
務，他們難以在廣州生活下去，這些僕人不僅要照顧洋商們的日常起居，對
於西菜的製作和其他西方生活方式，也耳濡目染。僕人們通過「廣州英語」
進行交流，瞭解到西方人生活的各個方面，當他們邁出商館，則成爲西方文
化的傳播者。儘管這種淺層次生活習俗的傳播，與文字傳播有著很大的差
距，但是，在 19 世紀初期，這種在下層人之間流行的「廣州英語」，對於中
西民間文化傳播，仍然具有重要意義。除了商館的僕人之外，居住在商館附
近的商家、居民、疍民等，也有機會學習和傳播「廣州英語」。鴉片戰爭前
夕，美國人霍貝斯（Robert Bennet Forbes）記載：「在商館附近少數街道向外
國人開放，十三行街在商館後面，廣場前面劃分爲三條街，豆欄（Hog Lane）
街、新中國街、舊中國街，在這些街道溜達，可以看到許多小小的中國商
鋪，買到諸如手工藝品、象牙、銀器、鳥籠、爆竹、中藥、茶葉之類的商
品，這裏還有一座教堂。」〔註22〕在這個開放的公共空間，外國人與廣州人
可以自由交易和交流，「廣州英語」作爲語言媒介，爲日常消費和生活消閒增
添了新的通道。乃至下層社會的疍女也運用「廣州英語」與「番鬼」進行交
易和嬉戲：

〔註21〕 〔美〕威廉・C・亨特：《廣州「番鬼」錄》，第 45 頁。
〔註22〕 Phyllis Forbes Kerr (ed). *Letters from China:the Canton-Boston Correspondence of Robert Bennet Forbes 1838~1840*. Mystic Seaport Museum. c1996, p. 10.

女孩們（蜑女，筆者注）也駕著小船出來了。她們是爲將橘子、大蕉之類的水果賣給路人。這些女子身體尤爲健壯，駕船技術非常好……一些年輕的番鬼假裝想買水果，放慢船速，以讓女孩趕上……當她相當靠近番鬼船時，再次大喊：「你們要水果！是全部要大蕉，還是橘子？」但當船上有只手毫無目的地伸出船尾，好像要去抓什麼東西時，划船者用盡全力駛離了這一充滿誘惑的獎品。就這樣，事情結束了又開始，直到這位少女已離初次開始這場徒勞無益的追趕之地一二米遠。這位天朝帝國的水果商並沒有甘心不報此仇，她勃然大怒，用清亮動聽的中國話咒罵這些逃跑的叛逆者。其間不時能聽到「番鬼」一詞，而這也是他們唯一能聽懂的；之後，又用許多奇怪的英文咒罵（這裏還是不重複爲好）。後面這些話令番鬼不禁哄然大笑，而這位可憐受騙的犧牲者剛剛還很生氣，現在卻也情不自禁笑了。這裏需要公正地補充一點的是，此時番鬼是眞想買水果了，以對受害一方光明正大地補償，但爲時已晚。雖然他們不停叫喊，招手讓女孩過來，但這位膚色黃褐的少女仍站在遠處的小船上，她只是愉快地微笑著，露出潔白的牙齒，回答道：「不可以。」這句話用最佳的倫敦英語表達就是：「我希望你能買到。」〔註23〕

同時，洋貨貿易的盛行，影響著城市文化的公共話語體系。在一口通商期間，十三行是世界各國的商貿活動中心。在那裏，各種洋貨琳琅滿目，爲廣州人初步認識西方物質文化提供了很好的機會。一般認爲行商、通事、買辦和商館僕役是最先瞭解西方消費文化的少部分人群。但是，在 19 世紀初期，這種小範圍的瞭解，有了擴張的趨勢，正如李調元的竹枝詞所反映的那樣：「廣州夫娘高髻妝，不戴素馨必瑞香。見客纖纖紅指甲，一方洋帕獻檳榔」。〔註24〕當時廣州社會的下層婦女，在日常生活中非常注意裝扮，在社交場合經常使用洋手帕，這在某種程度上證實了當時下層婦女已經使用了進口洋貨，雖然是價格不高的手帕，但洋貨消費已經進入下層社會，這在當時中國其他城市是難得一見的。

三、中西商人與傳教士：行走的媒介

在傳統社會，商人政治地位極爲低下。但是，廣州一口通商之後，行商

〔註23〕　〔英〕圖古德・唐寧著：《番鬼在中國（1836～1837）》，第 44 頁，未刊稿。
〔註24〕　〔清〕李調元：《粵東皇華集》卷三。

憑著雄厚的經濟實力，通過向朝廷捐獻巨款，爲皇帝備辦貢品而獲得官位。如同文行創始人潘啓就曾獲得三品頂戴，怡和行行商伍崇曜更是晉升一品光祿大夫。行商還通過向廣東地方官員行賄，得到地方政府的庇護。這些行商憑藉強大的經濟資本和政治資本，壟斷了廣州口岸的對外貿易。而他們在與外商進行貿易活動的過程中，積纍了豐富的談判技巧和貿易經驗。與之同時，他們與外商的交流也日益深入，成爲溝通中西文化的重要中介人物。他們不僅較早對珍稀洋貨有全面瞭解，還通過私人領域的密切交往，對西方文化有著深刻體會。他們與外商作爲「行走」的媒介，爲早期中西貿易和文化傳播作出了一定貢獻。

值得注意的是，在一口通商期間，傳統知識精英難以近距離接觸西方商人，他們固守著傳統道德禮儀，對廣州的「番鬼」們不屑一顧。而行商們在經濟利益最大化的原則下，能夠以平和而寬厚的態度對待外商，一些行商甚至與外商建立了深厚的友情。如乾嘉年間十三行的總商潘有度多次接待外商，與他們品茶賞園，縱談西洋近事，有一首宴客詩爲證：「客來親手酌葡萄，響徹琉璃興倍豪。寒夜偎爐傾冷酒，不知門外雪花高。」〔註 25〕在這裏，他對西方人喜歡喝葡萄酒，且喜飲冷酒的生活習慣是較爲尊重和熟悉的。他對西方用品也較爲喜愛，收藏了當時最佳的世界地圖和航海圖，以及「千里鏡」等珍貴物品，其學識和眼界超過當時的一般商人。他寫下的《西洋雜咏》20首，對 19 世紀初期的西方文明，作出了自己的主觀評價，其中有相當一部分詩是對西方消費品和消費文化的總體認識。如他對望遠鏡的描述非常獨道：「萬頃琉璃玉宇寬，鏡澄千里幻中看，朦朧夜半炊烟起，可是廣寒人家住。」〔註 26〕這些誇張而生動的描述表達了他對千里鏡功效的認識，也體現了他對擁有這種當時中國社會極爲少見和奢侈消費品的優越感。行商們通過他們的言傳身教，在廣州上層社會傳播著經過他們過濾的「西洋觀」，並通過都市空間向其他社會階層撒播。

與之相似，一些外商長期在廣州生活，通過他們的書信和日記，爲西方世界傳播了豐富多彩的廣州形象。如美國人羅伯特·貝勒特（Forbes Robert Bennet）對 1838 年 12 月 30 日參加的一次宴會作了生動描述：

我們被明官（Mingqua）、明官的侄兒和其夥伴群亨（音譯）請進一

〔註 25〕 《番禺潘氏詩略》（第 2 冊），《義松堂遺稿》。
〔註 26〕 《番禺潘氏詩略》（第 2 冊），《義松堂遺稿》。

個燈火通明的大廳，大廳一邊座位的一半是安排給我們的，另外一半是與客人相區分的左邊，右邊為敬。寒暄之後，每個座位右邊放上一個小茶壺，茶杯上加上了小許茶葉，我們品著沒有糖和奶油的中國茶。大約過了五分鐘，晚宴正式開始。我們走進餐廳，兩邊的椅子上蒙著華美的紅布，兩張桌子約 6 英尺長 3 英尺寬，也鋪著漂亮的桌布。主人們坐在右邊，左邊空著以備上菜之用。首先端上的是各式精美的小水果盤，大約有 20 餘種水果，第一道是一碟堆成金字塔模樣的水果，點綴著一朵小花。不同的水果顏色相映成趣。……大約吃六小碗不同的湯之後，僕人們不斷更換湯碟，……吃完六道菜後，我們抽著喜歡的雪茄煙離開了座位，大約過了 15 分鐘，又被邀請重新入座。……第一道菜是與火腿、蔥、胡蘿蔔等佐料一起熬成的鴨肉，剛好嘗過它，第二道端上的是切成細片的鯊魚鰭，五個碗裝著湯劑，第三道菜是八角杯裝著的烤成咖啡色的小鳥，……另外七八個盤子盛著各式各樣的菜肴，我們只能偷偷張望，品味著每道佳肴。……〔註 27〕

行商接待外國客人的盛宴，集中表現了當時廣州社會最為豐富的餐飲文化，其宴會的程序、規格蘊涵著深刻的文化品味，它對餐飲細節的講究，對茶、水果等的製作，對菜譜的選擇，都是通過精心設計的，使西方人對此讚歎不已。

西方人還不簡單滿足於與中國社會精英的交流，他們對廣州城市生活充滿了好奇之心。美國人奧斯曼德·笛費安尼（Osmond Tiffany JR）來到廣州後，就對廣州社會各階層的生活方式和風俗習慣抱有濃厚興趣，他說，「日復一日，我漫步在廣州街頭，觀覽各種商鋪，花很多時間呆在珠江水上人家並與疍民相熟。我竭盡所能地與社會各階層打交道。」〔註 28〕正是這些西方人深入廣州街頭，才為西方社會傳播了真實的廣州形象。如法國人伊凡描寫了廣州陰暗的一面：

在商店前面，在每個街角，沿著房屋，到處可見成群的乞討者：盲

〔註 27〕 Phyllis Forbes Kerr. *Letters from China:the Canton-Boston correspondence of Robet Bennet Forbes 1838~1840*. Mystic Conn: Mystic Seaport Museum c1996 p. 83 84.

〔註 28〕 Osmond Tiffany JR. *Canton Chinese* Boston and Cambridge: James Munroe and Company 1849 p. 1.

人靠著墻，拄著棍；做零工的女裁縫正在縫補舊衣服；理髮師們正
在給老人剪髮，或者做一些當時街上流行的捲髮。乞丐們享受著在
廣州的唯一特權：他們可以呆在任何商店的門口，唱歌或者長時間
聚在一起互相敲打竹板，而店主沒有權力趕走他們！這些可憐的惡
棍直到得到救濟品才會被迫離開！一個人必須經歷這種歌唱和這種
不協調的聲音的折磨，才能懂得這種風俗的特殊本質。一場
Auvergnats 的音樂會，燉鍋和銅勺的聲音，都比這些穿著破舊衣服
乞討的人和諧。我經常看到這些衣衫襤褸的人固執地與貪財的商店
主競爭……〔註29〕

與商人和遊客們的輕鬆描述不同，19 世紀初期來到廣州的傳教士們則懷有很
強的政治目的。在近代西方社會，宗教在意識形態上具有很強的滲透力，通
過宗教途徑說服中國民眾，是來華傳教士的重要任務。但是，15 世紀以來，
傳教士在中國的宗教傳播活動，效果並不明顯，難以改變中國人對於「蠻夷」
的偏見。由於制度約束、語言障礙和文化隔膜，傳教士的活動範圍和傳教途
徑非常有限。但在 19 世紀初期的廣州，傳教士的境遇比其他內地城市要好一
些。其原因在於廣州已開放多年，一些西方人活躍在廣州的上層社會，在處
理官員、商人之間的關係方面，積累了較為豐富的經驗，當時廣州社會許多
商人對這些外國人持友好態度，一些行商與洋商甚至成為朋友。這就為傳教
士進入廣州社會提供了一定的便利條件，通過洋商的幫助，傳教士有更多的
機會深入到廣州民間社會，近距離地接觸民眾，觀察社會生活的方方面面。
一些廣州人甚至還可以用「廣州英語」與外國人直接交流，這是在當時中國
其他城市無法見到的文化奇觀。

　　在對廣州社會多方瞭解的基礎上，一些外國傳教士認為，在清政府的嚴
屬控制下，利用傳統方式進行傳教，不但有極大的危險性，其傳播效果也不
明顯。為了更直接地與中國文化親近，一些傳教士開始學習中文，從口頭傳
播轉向文字布道。這在中西文化傳播史上具有重要意義，它改變了單純的人
際傳播模式，極大地拓展了傳播的空間。這些傳教士遊走於廣州城鄉和中國
內地，「他們對影響通商口岸之外的中國人接觸和瞭解西方消費者和西方視覺
消費文化中所扮演的角色卻十分重要。通過他們帶有西方文化背景的服飾和
舉止，傳教士實際上充當了可以行走的廣告，他們不僅僅在新的信仰形式上

〔註29〕 Dr. Yvan *Inside canton* London: Henry Viaetelly Bough Square 1858 p. 63.

爲中國人提供了選擇。這些傳教士的住所爲當地人提供了更多接觸新的物質文明和生活方式的機會」〔註30〕。

　　中西方商人和傳教士利用他們嫻熟的專業知識和交往技巧，爲19世紀初期的廣州社會打造了一個具備國際化特色的信息港。他們與生活在傳統社會的一般民眾有著顯著的區別。他們在商業、文化乃至政治上有著極爲迫切的利益訴求，爲了達到各自的目的，他們很大程度地開放了私人的生活空間，使私人領域和公共領域有著融合的趨向。他們關注商貿行情和政治動向，彼此有著共同的利益鏈條。每次的見面和交流，都有可能蘊涵著最新的「消息」。因此，這些以十三行爲中心進行國際交流的商人和傳教士們，是行走的媒介。他們憑藉對商貿信息和社會事務的敏銳觀察力，在19世紀初中西交往和文化傳播中發揮著核心作用，無論是他們使用廣州英語進行交流，還是使用書信和雜記進行文字傳播。他們都擴展了廣州信息傳播的空間，提升了廣州作爲國際化都市的影響力。

四、商業文化：空間擴張與廣告傳播

　　對外貿易的發展，使廣州府〔註31〕及其珠江三角洲地區自然經濟不斷瓦解，商業經濟逐步繁榮。從消費的角度講，城市的基本經濟功能是滿足居民生活的基本需求。而糧食是最爲重要的生活資料，張維屏說：「粵東人多而米少，粵之米，不給粵東之食，向取於粵西……邇來無慮是者，則已有洋米故也。洋米來自外洋，風順數日可至，粵東得此接濟，雖荒歉或可無恐。」〔註32〕廣州地區的糧食能夠從國內外市場獲得，有了比較多的市場選擇，使米價保持相對穩定，爲了農業商業化發展提供了較好的基礎。在較爲開放的市場體系中，經濟利益是農民從事生產和流通的最終追求目標。相對於種植水稻，種植其他經濟作物能夠帶來更多的經濟效益。19世紀初期，廣州商貿經濟的繁榮，吸引了國內大量商人前來經商和居住，大量農村流動人口也到廣州尋找生計，城市人口的大量增長，對附近鄉村而言，意味著區域內貿易

〔註30〕〔美〕葛凱著，黃震萍譯：《製造中國：消費文化與民族國家的創建》，北京大學出版社，2007年版，第39頁。

〔註31〕清初廣州府轄12縣，清代中後期，轄14個縣，其轄區覆蓋珠江三角洲大部分地區。珠江三角洲是西江、北江和東江三角洲的總稱，本文所討論的農業商業化問題，主要是廣州附近的南海、番禺、順德、增城、花縣等地的農業發展對廣州消費市場及其廣告業的影響。

〔註32〕陳在謙：《嶺南文鈔》卷十。

機會的增多和市場的擴張。

早在清代前期，以廣州為中心的嶺南市場，已成為全國商品的交易中心之一。「清代前期嶺南地區主要商品的流通總額達 6008.7 萬兩，人均 2.4 兩，遠高於全國人均 1 兩的水平。扣除轉口貿易，嶺南本地市場流通的商品總值達 5134 萬兩，而廣州作為轉口貿易的中心，可以從貿易中得到豐厚的利潤，其消費水平遠遠高於嶺南其他地區。在交易品種中，糧食占到 31.6%，布匹、鹽、絲織品、鐵器、缸瓦瓷器等占 33.45%，經濟作物占 35%」〔註33〕。除了糧食主要是由外部市場運銷而來，主要手工業產品和經濟作物，基本上是由本地市場衍生的。這些商品交易，除了依託廣州這一主要的批發中心外，農村商業零售基本在各級圩市中完成的，圩市作為聯結城鄉商品交易的紐帶，對廣州這樣的中心城市而言，存在著巨大的商業機遇。

圩市作為公開化的市場組織，極大地降低了信息搜尋成本。圩市的發展不是一成不變的，它隨著人口密度、消費需求、交通狀況以及地區經濟發展的變化而不斷調整。廣州作為區域性中心城市，市場化程度遠遠超過廣東其它地區。南海縣圩市數在明代後期僅為 19 個，嘉慶道光年間達到 133 個，其中包括桑市、繭市、穀市、豬市、花市、賣書坊、燈市等 33 個專業市場。番禺縣在乾隆年間的圩市數為 88 個，廣州城內的圩市在同治年間 29 個〔註34〕。圩市交易的商品，大部分是一些當地的產物和當地人必需的生活品，「在產物缺乏、地方狹小的集市中，單交易著米糧蔬菜之類和茶鹽農器等，反之，在產物多的地方，是有各樣各色的產物彙集於此交易的」〔註35〕。圩市的增多，為廣州商業經濟的繁榮提供了更為廣闊的市場。誠如杰克遜・李爾斯所言：「集市並不代表一種被團團包圍的孤立農業傳統，而是象徵了鄉鎮地區與國際化大都市的融會之處。」〔註36〕

由於國際市場對廣東生絲的大量需求，在鴉片戰爭前，廣州生絲的生產和養蠶、樹桑業非常興盛。如南海九江鄉遍種桑樹，「墙下幾無隙地」

〔註33〕 參見羅一星：《清代前期嶺南市場的商品流通》，《學術研究》，1991 年第 2 期，
　　　　第 75～77 頁。

〔註34〕 根據同治《南海縣志》卷五、同治《番禺縣志》卷十八、宣統《番禺縣志》
　　　　卷六、同治《廣州府志》卷六十九綜合計算而得。

〔註35〕 〔日〕加滕繁著，王興瑞譯：《清代村鎮的定期市》，《食貨》，1937 年第 5 卷，
　　　　第 44 頁。

〔註36〕 〔美〕杰克遜・李爾斯著，任海龍譯：《豐裕的寓言，美國廣告文化史》，第 8
　　　　頁。

〔註 37〕。大量栽種經濟作物，使九江鄉的稻田幾乎消失，農民的基本生活物質需要從市場上購買，這種專業化生產的直接後果是對外部消費品市場的嚴重依賴，農民的消費不再是一個家庭內部的問題，而成為市場網絡體系中的一個鏈條。在道光年間，「九江鄉一天消費 2 千石穀物。所需要的大米都需要從廣州等地的市場中購買，一年需要糧食的數量約為 70 至 80 萬石」〔註 38〕。農業的專業化，使農民的消費支出發生較大的改變，家庭直接消費的農產品與間接從市場上獲取消費品之間的比例不斷降低，農村市場化水平得以明顯提高。

商業化農業是農村的一次產業革命。「高度發達的商業化農業，直接誘導了市場規模的擴大。也誘發了組織變化，組織從諸如家庭和手工業的縱向一體化走向專業化」〔註 39〕。專業化導致技術變遷，降低了商品產出成本。儘管缺乏明確的產權界定，從事商業化農業生產的農民，由於土地制度的約束，無法得到所有的勞動成果，作為生產者主體，他們所擁有的農業產品數量較為有限。但是，商業化農業分工的細密化，使農民的基本消費資料和擴大再生產都必須尋求市場。而土地所有者租金的獲得，必須通過農業商品的貨幣化才能如期獲得。對農民而言，種植經濟作物，其根本目的是為了獲得更多的貨幣，以獲得比種植糧食更多的比較利益，以豐富的消費品提高家庭生活水平。因此，專業產生導致了城鄉市場網絡的延伸，市場成為與民眾密切聯繫的生存體系。概言之，沒有市場，農業商業化達不到最終的目的，農民的預期消費更加無法實現。同樣，沒有市場，城市消費體系的穩定性和消費結構的多元化將無法實現。

鴉片戰爭前，廣州是當時中國交通最為發達的城市，從廣州開通了到達拉美、日本、帝汶、北美、歐洲、大洋州、俄羅斯等世界各地的航線，廣州也是國內重要的水陸航運中心，全國進出口貨物，都需要通過粵海關檢驗進出。同時，珠江三角洲四通八達的水系，為廣州通往各圩市的航運創造了條件，交通的發達，極大地促進了廣州商品市場的流通和集結。

對外貿易的獨特優勢、市場網絡的拓展、交通的便利和悠久的商業傳

〔註 37〕　道光《南海縣志》卷六，「物產」。

〔註 38〕　參見高王凌：《傳統模式的突破——清代廣東農業的崛起》，《清史研究》，1993 年第 3 期，第 106 頁。

〔註 39〕　〔美〕道格拉斯·C·諾斯著，陳鬱鬱，羅華平等譯：《經濟史中的結構與變遷》，上海三聯出版社，1999 年版，第 88 頁。

統，使 19 世紀初期的廣州成爲中國商業之都。清代以降，廣州城區面積發生較大變化。「清初順治四年（1647），總督佟養甲築東西二翼城，各長二十餘丈，直至海旁，爲門各一，即今所謂雞翼城也」〔註 40〕。雞翼城擴展了原有的街道布局，形成了東西向的商業大街，二大街口，則爲南北小巷，密密並排，伸向江邊。清代中期以後，廣州城區街道布局奠定了今天廣州老城區的基本格局，全城屬於番禺管轄的街道有 48 條，屬於南海管轄的街道有 44 條，道光年間，廣州商業繁華，歌舞昇平，成爲世界著名的商業都會（圖 2-2）。正如一首竹枝詞所言：「昇平舊事記從前，動費豪家百萬錢。昔日繁華今日夢，有人閒說道光年。」〔註 41〕廣州城南豪畔街一帶，是傳統的商業中

圖 2-2：廣州地圖

引自 Descripton of the city of canton, Canton 1834。

〔註 40〕〔清〕仇巨川纂，陳憲猷校注：《羊城古鈔》，廣東人民出版社，1993 年版，第 96 頁。

〔註 41〕雷夢水等編：《中華全國竹枝詞》（4），第 2756 頁。

心：「朱樓畫榭，連屬不斷，皆優伶小唱所居，女旦美者，鱗次而家，其地名西角樓。隔岸有百貨之肆，五都之市，天下商賈聚焉。屋後多有飛橋，跨水可達曲中，宴客者皆以此爲奢麗地……當盛平時，香珠犀象如山，花鳥如海，番夷輻輳，日費數千萬金，飲食之盛，歌舞之多，過於秦淮數倍。」〔註 42〕豪畔街是當時著名的商業中心，俞洵慶在《荷廊筆記》中記載：「隔岸爲濠畔街，商賈聚焉。今街名如舊，市肆依然。」〔註 43〕十三行及其附近街道，則是洋貨交易的集中地帶，中外客商雲集，成爲 19 世紀初期廣州商業發展的一道獨特風景。

　　隨著商業的繁盛，商家在生意上的競爭日趨激烈。一些商家注意通過招牌廣告提高知名度，在 19 世紀初期的廣州外銷畫中便有描繪商業廣告的圖畫，一位小商販正在出售「黃瑞明香」〔註 44〕，英國畫家托馬斯·阿羅姆描繪 19 世紀初期的廣州街道，明顯受到西洋文化的影響，商鋪二樓的窗戶，裝著澳門風格的百葉窗，商鋪也類是歐洲風格的「騎樓」，在商鋪二樓的臨街白牆上，寫著「酒米批貨」幾個大字，是一幅非常顯眼的招牌廣告〔註 45〕（圖2-3）。顯然，在西方人眼中，廣州街頭的招牌廣告非常招人注目。法國人伊凡（YVAN）描繪了 19 世紀三四十年代廣州商鋪的廣告：

> 商鋪裝飾奢華，招牌美觀，或側或橫，排在商店的入口處。這些招牌乃用黑、紅或藍底，配以絕妙的文字，鍍金，用浮雕雕鏤。無論你看向哪邊，右邊抑或左邊，你總會看到商人追求完美的招牌，它們的確是迷人的裝飾品，環繞著鋪面周圍。沒有一個國家，即使在巴黎，人們也不會發明這麼機智的方法，通過展示它們來宣傳貨物，並吸引顧客。一瞥到這些奇特貨物，猶如夢境一般。〔註 46〕

美國人亨特也多次記載了廣州街頭的「招牌紙」，它與一般招牌廣告不同，具有傳單廣告的性質，他描述了一家「同記和合」縐紗鋪的招牌紙：

> 竊以爲，縐紗如義理節操，不容有絲毫瑕疵，具有無可爭議之美質。

〔註 42〕　〔清〕屈大均：《廣東新語》卷十七，第 475 頁。

〔註 43〕　〔清〕俞洵慶：《荷廊筆記》卷四。

〔註 44〕　此畫作於 1790 年，圖上有「黃瑞明香」四個大字，見《18～19 世紀羊城風物——英國維多利亞阿伯特博物院藏廣州外銷畫》，「各行各業」。

〔註 45〕　參見：Phyllis Forbes Kerr (ed). *Letters from China: the Canton-Boston Correspondence of Robert Bennet Forbes 1838~1840*. Mystic Seaport Museum. c1996, pp. 60, 61.

〔註 46〕　Dr. Yvan *Inside canton* London: Henry Viaetelly Bough Square 1858, p. 59.

為求製作之盡善盡美，織機、用料、工匠，皆須精心選擇。惟有此數項俱佳，方得馳譽各省，歷久不衰。

本號產品，能集此數美於一身，故自開業之始，以迄於今道光□年，歷經二十九載而保有可羨之品質。惟今為防他人冒充本號產品，特採用二字新名，見於所有包裝，自此使用，不再更改。故若見有所售綢紗紋理疏鬆，表面粗糙不平者，即此已斷定其為冒牌之劣貨，斷非本號之織品。

數載以來，有人於工藝未能得其要領，而覺模仿我印章為易為，以此欺騙顧客。故此本號取名「同記」（Tung-Kee），以彩色字體印於所有包裝，並加「和合」（WO-H0）二字。〔註47〕

此類「打假」廣告，在當時商鋪頗為常見。如另外一家熔金鋪的廣告，揭發一些不法商販的行徑，並設法加以制止：

圖 2-3：廣州街頭

〔英〕湯瑪斯‧阿羅約繪畫，李天綱主編：《大清帝國城市印象》，上海古籍出版社，2002 年版，第 201 頁。

〔註47〕〔美〕亨特著，沈正邦譯：《舊中國雜記》，廣東人民出版社，1992 年版，第222 頁。

更有本錢不足之同業，雇傭流氓無賴，襲用我鋪廣告（原文翻譯有誤，當時並無「廣告」之稱呼，應爲告白，筆者注）詞句，模擬我鋪口吻，仿照我鋪款式，而製造低劣之貨品，千方百計，以圖欺騙……（今年）乾隆二十三年（1758）四月，本店採用竹紋紙爲招牌紙，見之可與所有假冒者區分。凡有欲購本鋪貨品者，請熟認此招牌紙，勿忘鋪名──「益美合記」（Yik-Me-Hap-Kee）與「德龍雲記」（Tik-Lung-Wan-Kee）及帖旁之小印〔註48〕。

值得注意的是，亨特第一次到達廣州的時間是 1825 年，當時他才是一個 13 歲的少年，而這則廣告創作於 1758 年，說明它至少有 67 年以上的傳播歷史。19 世紀初，這類招牌紙在廣州商鋪較爲盛行，亨特在雜記中曾多次提到。另外，在街頭也可見到其他類型的廣告，如有一則巡遊廣告云：「一個看來雙目失明的男人，不時背著招貼牌在廣州的街上行走。他是一個賣藥的小販。這種藥方的『歷史』吸引了許多人跟著他，一邊走一邊看那貼牌，這是可以想像得出的最滑稽的情景：他邁著穩定的、沉靜的步子走著，而『讀者』們則急切地跟著」〔註49〕。這類流動的廣告牌，以新奇吸引受眾，在傳播上的轟動效果較爲明顯。

商業的繁榮，爲飲食服務業的發展提供了很好的條件。「食在廣州」具有悠久的歷史，在 19 世紀初，一些酒樓、食品店、茶樓紛紛利用招牌廣告、傳單廣告招徠顧客。如位於永安橋的永利酒店，始於明代，歷史最爲悠久。據史料記載：「廣州城貨店，以小東門外永安橋區永利酒店爲最古。區偉川孝廉昌豪嘗語余曰：『吾家酒店，始自前明，然無徵不信，君盍爲詩以徵之？』余即席賦絕句云：『萬瓦鱗鱗雉堞遮，小東門外一簾斜。永安橋畔行人識，二百年前舊酒家。』偉川喜，越日以舊酒爲報。」〔註50〕值得注意的是，詩中所說的酒簾，是酒樓的重要標識物，具有招牌廣告的意味。梁松年在《夢軒筆談》中記載廣州酒樓的酒簾：「今羊城酒樓以花紅紙作大圓毯縷，紙尾四周垂懸於店門，首此則古酒店之變制。」〔註51〕古代酒簾多用布製，其成本很高，且顏色花樣單調，而花紅紙價格低廉，可以根據酒樓的經營特色和店主的審美情趣進行多樣化的設計，既節省成本又能彰顯個性，從一個側面反映了當

〔註48〕　〔美〕亨特著，沈正邦譯：《舊中國雜記》，第 198～199 頁。
〔註49〕　〔美〕亨特著，沈正邦譯：《舊中國雜記》，第 156 頁。
〔註50〕　《番禺縣續志》卷十二。
〔註51〕　〔清〕梁松年：《夢軒筆談》卷九「酒簾」。

時酒樓廣告的特色。

阮元督粵期間（1817～1826 年），廣州民間社會對西方消費方式已經有了初步瞭解，在酒樓內部裝飾上，利用「西洋畫」進行廣告傳播，「省城布政司街酒館用木版畫西洋夷館式。元（阮元）曰：『此被髮祭野也』。立諭郡縣拆毀之」。〔註52〕這一看似不大的事件，有著深刻的文化意義。它說明當時的公共消費場所，已經對西方文化有一種嚮往，酒館主人敢於拋棄傳統酒館的裝飾，以西方情調取悅於顧客，儘管被官方加以壓制，但是這種崇洋之風在公共消費場所的出現，說明西方文化已經在廣州有了一定的影響。在 19 世紀初，廣州街頭的酒館並不多見，酒館的張貼畫，無疑是在向社會傳播著一種對異質文化。這在當時中國任何內地城市，都是不可想像的事情。

19 世紀初期，一些點心鋪也兼營酒樓業務，並採取上門服務的方式，為主顧操辦各類筵席，如位於官帽巷的某點心鋪，其招牌紙云：「本店精工製作喜慶筵席、龍鳳包點、中秋月餅……滿漢筵席，豐儉由人。」〔註53〕

廣州人喜飲茶，街頭茶店隨處可見。一些位於十三行的茶店，對其多年經營的午時茶用招牌紙寫道：「萬應午時茶，氣味純正芳香；性質溫和，不寒不熱。健脾開胃，止渴生津，祛寒去濕……所用各藥，均經精心挑選，品質超群，不惜工本，飲者無不稱便……每小包兩塊，每盒二十小包。惠顧君子，請認明招牌。」〔註54〕此類招牌紙的推銷意圖較為明顯，成為商家品牌營銷的重要策略。

除了招牌紙之外，廣州民眾在商務活動和日常生活中，也利用廣告解決一些難題。「譬如當一個小孩走失了，或者有人不見了一隻狗，或者東西被盜，尋找的辦法至為可笑。一張手抄的帖子，寫著那孩子，或狗，或失物的情形，張貼在街頭或公眾場所，許下尋回的賞格。如果丟失的是孩子，常常把帖子貼在棍子一端，由一個人打著穿街過巷；這人肩上還用竹竿挑著一面鑼，邊走邊打，不時停下來，讓行人讀那帖子」〔註55〕。可見，在非商業領域，廣告也是傳遞信息並行之有效的媒介。

值得注意的是，19 世紀初期，一些廣州竹枝詞也反映了商業廣告發展的

〔註52〕 黃佛頤編纂，仇江等校點：《廣州城坊志》，廣東人民出版社，1994 年版，第223 頁。

〔註53〕 〔美〕亨特著，沈正邦譯：《舊中國雜記》，第 192 頁。

〔註54〕 〔美〕亨特著，沈正邦譯：《舊中國雜記》，第 191～192 頁。

〔註55〕 〔美〕亨特著，沈正邦譯：《舊中國雜記》，第 159 頁。

狀況。葉廷勛在《廣州西關竹枝詞》中也感歎道：「古寺長安日出遲，鋪陳百貨欲居奇。珍奇不少傳家寶，流落民間價不知。」〔註56〕表明了商人注意商品陳列，商品信息傳播的意圖較爲明確。又如江仲瑜《羊城竹枝詞》云：「雙門高聳五雲中，列肆東西寶貨充。種得水仙成蟹爪，果然人巧奪天工。」〔註57〕描繪了道光年間廣州街頭商品琳琅滿目的狀況。

　　19 世紀初期廣州街頭的各類廣告，已成爲當時較爲常見的一種傳播媒介。這些形式多樣、內容豐富的廣告，成爲商業文化和視覺文化的重要組成部分，也是市場豐裕和消費社會化的象徵。各類廣告的流行，極大地提高了商品營銷的傳播效果，使商品信息傳播具有更強的流動性，爲不同類型的消費者提供了「深度背景」的廣告信息，商人們對商品質量的甄別和讚美，爲消費者瞭解市場，觀賞商品，降低供求信息不對稱的風險，提供了很好的載體。尤其是大量的傳單廣告隨著流動受眾的傳播而不斷深入到民間社會，傳單「閱讀率」的提高，使廣告作爲文化載體的作用得以提升。傳單廣告採用了先進的製版技術，印刷數量大，成本低廉，能突破傳播的空間限制，比較眞實地反映了廣州商業經濟發展狀況和消費文化的社會變遷。

第二節　鴉片戰爭前報刊廣告的萌芽

一、對外開放與近代報刊的出現

　　19 世紀初期，廣州洋貨市場是面向全國銷售的，洋貨行面向民眾開放，儘管大多數洋貨並非普通民眾所需，然而，大量的洋貨擺設在大街小巷，製造了一種新奇而豐裕的形象：「異鄉貨物隨著市場交換逐漸撒播開來，或許已經在世俗的世界中橫向地影響了意識的發展。」〔註58〕洋貨在呈現過程中，不僅體現其價值和使用價值的功能，還具有豐富的文化意義，既便普通的看客，也會從中感受到某些新奇和趣味。而這些洋貨的眞正使用者，是當時洋貨消費文化的主導者，在 19 世紀初期，只有廣州的民眾才有得天獨厚的條件，

〔註56〕　〔清〕葉廷勛：《廣州西關竹枝詞》，見雷夢水主編：《中華竹枝詞》（4），北京古籍出版社，1997 年版，第 2761 頁。

〔註57〕　〔清〕江仲瑜：《擲餘堂吟草》，見雷夢水主編：《中華竹枝詞》（4），第 2750 頁。

〔註58〕　〔美〕捷克遜・李爾斯著，任海龍譯：《豐裕的寓言，美國廣告文化史》，第 9 頁。

感受洋貨所營造的西洋氣息，成為洋貨文化的感受者和傳播者。在這個意義上講，一些洋貨具有文化傳承和社會歷史的作用，「就好像人一樣，有能力影響我們的信仰，指導我們的行為，能夠自我展示，引申出責權關係並帶給人快樂」〔註59〕。19世紀初期的洋貨和「廣州英語」還充當著大眾傳播媒介的作用，在廣州這樣一個具有開放傳統的都市空間裏，向社會下層撒播著西方物質文化的符號。而西方精神文化，由於文字上的隔閡，難以向廣州民間社會滲透，直到報刊傳媒的出現，才露出一絲希望之光。

　　一口通商時期，廣州是世界矚目的國際貿易城市，彙集了來自歐美的大量客商，由於制度、觀念、文化等方面的差異，許多外商對於稱之為「Canton」的廣州非常陌生。這個充滿神奇的城市，卻是許多西方人淘金樂園。在一些外商的日記和通訊中，廣州被描繪成為當時最具魅力、最為富裕的東方城市。一些傳教士也將這個中國唯一開放的口岸，視為傳播「福音」的橋頭堡。一些西方人甚至聲稱：「廣州是中國唯一有感覺的城市」。要想到中國發財，認識中國文化，必須經過漫長的旅程，來到這個國際化大都市，從中西貿易中尋求無限的商機。

　　但是，廣州畢竟離西方世界非常遙遠。儘管16世紀以來，西方的報紙傳媒在信息傳播方面逐步主導著傳播的空間。而在18世紀末到19世紀初，中國的傳播技術和管理體制卻非常落後，程序化的官方報導，只能為極少數官員所掌握。普通百姓只是通過政府的布告瞭解一些大事。至於經貿信息，基本上依賴人際傳播。除了極少數的「中國通」之外，西方商人對廣州行商、通事、買辦有著嚴重的依賴，他們之間通過「廣州英語」傳播著貿易信息，進行日常交易和文化對話。在報紙作為大眾傳媒出現之前，西方商人通過廣州行商、通事、買辦，積纍了對廣州貿易體制和交易習慣的基礎知識，進而通過私人交往，進入行商家庭，初步瞭解廣州上層商人的生活狀況，對中國人的生活習慣有了一定認識。這些私人交往，通過西方人之間的口頭傳播和文字傳播，為中西貿易和文化交往打開了一扇小小的窗口。然而，這是一扇極為狹窄的窗口。只有極少部分西方商人對廣州社會有膚淺的認識。

　　傳播產生於社會的需要。廣州貿易的繁榮，使越來越多的西方國家，對於這個東方城市產生交往上的衝動。但是，文字、語言的隔膜，時間和空間的限制，使西方國家對這個神秘的城市感到陌生。那些身處廣州的外商，深

〔註59〕　〔英〕西莉亞・盧瑞著，張萍譯：《消費文化》，第19頁。

刻體會到自己國家的利益訴求，對於本國較為發達的報紙媒介也有清醒的認識。他們需要利用大眾化的媒介，向西方國家傳播來自廣州的信息。同時，一些傳教士也希望通過中文媒介，傳播西方基督教的「福音」。這種對大規模傳播的渴求，是來自廣州的外商和傳教士，而不是精明的中國商人，是值得深思的。

早在明代，一些傳教士已經在廣州等地進行傳教活動，然而，在廣州這樣一個商貿城市，早期傳教士的傳教活動並沒有取得明顯成效。1722 年 11 月 1 日，耶穌會傳教士楊嘉祿（Jacques）在一封信中說：「若把組成廣州的所有人計數在內，有人認為至少有一百萬人口……但這麼多百姓中基督徒有多少呢？可惜僅寥若晨星！不過廣州畢竟有幾處教堂，還有熱忱的傳教士。只是此地商貿的喧嘩吸引了中國人全部的注意力。」〔註 60〕可見，在廣州這樣一個具有濃重商業氛圍的城市傳教，其效果並不明顯。十九世紀初，英國倫敦傳道會派遣馬禮遜（Robert Morrison）入廣州傳教，「服御飲食，與華人同。有天主教人來自北方，教以漢文……英商延馬氏在羊城為翻譯，由是日幹公事，晚則宣道，教授聖經……嘉慶十九年（1814）有蔡科信道領洗，此為粵人信耶穌教之始……一千八百三十四年（即道光十四年）馬氏卒，葬於澳門，馬氏傳道於中國，二十五年，備嘗艱苦，領洗者僅四人」〔註 61〕。可見，傳教士儘管在華活動頻繁，要使華人真正信奉基督教非常困難。由於馬禮遜多年研習中文，在傳道過程中，深知在中國這樣的大國，各地語言風俗不同，但文字是一致的。馬禮遜和其他傳教士感到，要想廣泛開展傳教活動，必須利用中國文字，將基督教經典翻譯成中文，免費散發給中國民眾。而當時清政府對傳教士的活動密切監視，馬禮遜和米憐（William Milne）遂在馬六甲建立傳教基地，馬禮遜重視馬六甲，有以下三個理由：「（一）檳城是英國在馬來半島最早獲得的殖民地（政治穩定因素）；（二）當時已有不少華僑僑居（傳教對象的存在）；（三）靠近中國（方便對華傳教）」〔註62〕。他們在這裏建立印刷所，大量印刷宗教書籍，宣傳基督教教義。他們在布道過程中，深刻認

〔註 60〕 《耶穌會傳教士楊嘉祿（Jacques）神父致修道院長拉法埃利（Raphaelis）先生的信》，見〔法〕杜赫德編，鄭德弟譯：《耶穌會士中國書簡集》（2），大象出版社，2001 年版，第 272～273 頁。

〔註 61〕 《聖教東來考》，第 6、7 頁。原件藏於廣東基督教協會，承蒙陳志強先生借閱並複印，深表謝意。

〔註 62〕 卓南生著：《中國近代報業發展史》，中國社會科學出版社，2002 年版，第 15 頁。

識到報紙比起一般中文書籍有著獨到的優勢，其傳播範圍廣、閱讀對象多，傳播速度快。對於急於擴大宗教影響，打開對華宣傳窗口的傳教士而言，創辦報紙，成為進一步擴大宗教影響的必然要求。1815 年 8 月 5 日，在馬禮遜和米憐的合作下，世界上第一份近代中文報紙在馬六甲誕生了，它就是《察世俗每月統記傳》（Chinese Monthly Magazine），這份採用雕版印刷的，每期 5 到 7 頁，1821 年才停刊，共出版七卷 84 期，其主要內容為宗教知識，特別是對《聖經》的解釋，為了適應中國人的道德說教，該報還結合儒家傳統倫理進行宣傳，同時，也傳播一些簡單的科學知識，如對日食、月食的介紹，令華人大開眼界。

值得注意的是，《察世俗》還注意刊登廣告，以擴大報刊的影響力。這類「告貼」是非營利性的，卻是中國近代新聞史上最早的報刊廣告，其文云：

> 凡屬呷地各方之唐人，願讀《察世俗》之書者，請每月初一二三等日，打發人來到弟之寓所受之。若在葫蘆、檳榔、暹羅、安南、咖留吧、寥里、龍牙、丁幾宜、單丹、萬丹等處，所屬各地方之唐人，有願看此書者，請於船到呷地之時，或寄信與弟知道，或請船上的朋友來弟寓所自取，弟均為奉送可也。〔註63〕

但是，這份以宗教傳播為主的報紙，並沒有將眼光投向廣州社會。它與真正意義上的新聞紙有較大差距。它很少關注政治時事和社會新聞，其商業信息量非常有限。儘管廣東人梁發參與了這份報紙的編輯和撰稿工作，但他作為一名基督徒，主要興趣在宣傳宗教教義方面。雖然他曾經多次回廣州，利用廣東府試和鄉試的機會，散發報紙和宣傳品，但他並沒有將廣州見聞通過報紙介紹給海外受眾。19 世紀的最初 20 年，海外華文傳媒關於廣州的報導極為罕見。

1822 年 9 月 12 日創辦的《蜜蜂華報》（A Abelha da China），是中國境內的第一份外文報紙，它以葡萄牙文印刷，由葡萄牙人安東尼奧主編，由於葡萄牙人久居澳門，該報主要關注本國事態，對於中國消息，則很少刊登。但澳門距廣州畢竟只有百餘公里，葡萄牙人在廣州十三行建有商館，廣州發生的重大事件如果涉及到葡萄牙人的利益，《蜜蜂華報》也會對此進行報導。如道光二年（1822）的火燒十三行事件，使許多外國商館蒙受巨大損失，《蜜蜂華報》就刊登了一位葡萄牙人的見聞，「11 月 1 日（下午），周五晚十時許，

〔註63〕 《告貼》影印件，轉引自卓南生著：《中國近代報業發展史》，第 31 頁。

我跑到莊園的北邊，當時大火已經吞沒了彼爾遜先生的新莊園和魯伯爾茨（Robarts）先生、弗拉謝爾（Fraser）爵士舊莊園中的房屋。11 月 2 日上午九時，一些印度水兵前來救火，他們拉倒了一些房屋……公司的倉庫燒毀了，舊莊園有四分之三的部分保留下來，新莊園只剩下了四分之一，公司的損失大約爲四百萬葡幣，中國的 Goqua、Chouqua，Mauqua 的 Hongs〔註 64〕全部燒毀了，許多中國人在火災中喪生……」〔註 65〕這是外文報紙對於廣州火災的一次新聞報導，雖然簡單直白，卻對一次重大火災作了較爲全面的描繪。然而，關於廣州的報導實在太少，這份報紙的受眾對象畢竟是葡萄牙人。

　　在廣州外圍創辦的中西文報紙，是一些傳教士對中國意識形態的初步滲透，他們在宗教布道的過程中，對中國人和中國文化有了一定瞭解，對報紙傳播的社會作用有更深刻的認識。儘管在辦報活動中遇到各種困難，但多年的辦報經驗，使他們領會到，在中國這樣一個地大物博的古老國家，民眾對西方國家有著很多偏見，特別是中國統治者的狂妄自大，對中西文化交流非常不利。傳教士在南洋一帶的頻繁活動，使他們有機會直接與華僑交流，對如何克服中國的偏見，有了一套成功的說服經驗。特別是通過報紙的散佈，使傳教活動取得了較爲明顯的效果。馬禮遜、米憐、麥都思等傳教士，深受倫敦布道會等宗教組織的讚賞。而西方統治者對於傳教士的活動也頗爲關注，19 世紀初期中西貿易的巨大逆差，使西方國家非常希望打開中國這個封閉國家的大門，改變貿易中的不均衡狀況。這樣，傳教士們不但帶著宗教傳播的任務，還以宗教布道爲掩護，利用西方先進的傳播工具，爲西方國家提供更可靠的中國政治、軍事和文化等方面的情況。

二、早期中英文報刊與廣告的濫觴

　　道光年間，清政府對西方傳教活動的禁錮，有所鬆動。特別是廣州一口通商所帶來的巨大經濟利益，使最高統治者對於廣州貿易體制充滿了期待。

〔註 64〕 Goqua、Chouqua、Mauqua 是當時廣州三位著名行商的名字，根據梁嘉彬考證，Goqua 係東裕行行商謝嘉梧，Chouqua 指東生行，Mauqua 指廣利行，見《廣東十三行考》，廣東人民出版社，1999 年版，第 328、224 頁。又據〔美〕馬士記載：此次火災，Mauqua（茂官）所受損失最重（《東印度公司對華貿易編年史》（第 4 卷），中山大學出版社，1991 年版，第 65 頁）。Hong 即「行」，指十三行的商鋪，譯爲夷館、商館。

〔註 65〕 轉引自程曼麗：《〈蜜蜂華報〉研究》，澳門基金會，1998 年版，第 146～147 頁。

廣州商人與地方官員之間，經過雙方長期的試探和博弈之後，在分享外貿利益方面形成了一套潛規則，並在某種程度上結成了利益同盟。十三行行商的私人別墅，是當地官員經常出入的地方，地方官接受行商的賄賂，風險很低，他們在共同追求經濟利益的過程中，會就一些貿易細節和處理外國事務等方面達成妥協。行商不但是中西貿易的重要角色，也是中西方交往不可或缺的人物。他們長期跟外商打交道，積纍了處理對外事務的豐富經驗。許多西方商人在貿易過程中，與行商、通事乃至中國僕人建立了友誼。他們通過行商的引薦，開始私下對地方官員進行賄絡，在 19 世紀初期，一些廣州地方官員家裏藏有望遠鏡、地圖、鐘錶之類的舶來品，這些珍貴的洋貨，有相當部分來自洋人的「孝敬」。洋人們通過賄絡的方式，與地方官員、商人、紳士等上流社會人士有了很好的私交，爲深入廣州社會，瞭解中國情況，打下了堅實的基礎。

　　隨著與中國人交往的增多，許多西方人感到，除了利用宗教打開中國的大門之外，對於這個保守而自大的國家，更應利用西方科技、文化的優勢，向中國人展示西方文明的先進之處。通過文化傳播，促使中國人改變對西方人的傲慢和鄙視態度，這樣的轉變是一個漫長的過程，需要許多具有獻身精神的西方人充當傳道者。這些人必須對中國的情況有相當的瞭解，一般應該懂得中文，在中國有一定的社會關係，才能在漫長的旅途後進入中國內地考察。一些熱情的傳教士在深入中國民間社會進行詳細考察後，對中國的落後和貧窮有深刻認識，特別是對官員腐敗和政府無能感受頗深。對於這個虛弱的國家，大量地輸入鴉片，不僅可以獲取暴利，而且能極大地改變中西實力的對比。而要控制鴉片的銷售，通過戰爭打敗這個原本神秘的東方帝國，是以英國爲首的西方國家越來越強烈的願望。這對那些具有強烈政治意識的傳教士而言，爲西方國家效勞的願望更爲迫切。「他們爲此議論紛紛，並積極爲本國當局出謀獻策，行動上也變得日益肆無忌憚，到處踐踏清廷法令，並非法派出船隻多次到中國沿海搜集情報，窺探虛實」〔註 66〕。廣州作爲當時中國的唯一通商口岸，無疑是外國人最多，活動最爲頻繁的城市。如 1831 年東印度公司的統計表明，除了英國公司之外，非葡萄牙人的外僑人口中，英國人共 32 人，且大多數爲英國商人〔註 67〕。英國在對華貿易中處於絕對優勢。

〔註 66〕　方漢奇主編：《中國新聞事業通史》（第 1 卷），第 179 頁。
〔註 67〕　〔美〕馬士著，區中華譯：《東印度公司對華貿易編年史》（第 4 卷），中山大

英國人在廣州貿易中積纍的豐富經驗，爲其開展輿論宣傳，策劃對華戰爭的前期情報工作，加強西方文化的強勢導入，都有較爲明顯的優勢。而借鑒傳教士前期辦報的經驗，發揮報紙的「喉舌」作用，是一些具有媒介從業經驗的傳教士長期以來的願望。從 19 世紀 20 年代後期開始，西方人首先在廣州開展辦報活動，企圖通過媒介，爲入侵中國做好輿論上的準備。

　　《廣州記錄報》（Canton Register）（圖 2-4）是中國出版的第一家英文報紙。1827 年 11 月 8 日，英商馬地臣（James Matheson）和美商伍德（Wiliam W. Wood）在廣州創辦。該報以報導經濟、商業行情及中國官方公佈的材料爲主。在創刊時曾聲稱：我們的主要努力是發表豐富而準確的物價行情〔註 68〕。1833 年，該報開始出版商情副刊《廣州市價表》，對於廣州本地市場價格行情非常關注，從其對商業行情的報導來看，其目的主要是爲西方讀者提供廣州進出口商品的價格行情，從而加深對廣州市場的認識，爲外貿活動提供大量一手信息。該報具有廣告傳播的性質。是中國內地英文報刊廣告的萌芽。

圖 2-4：Canton Register

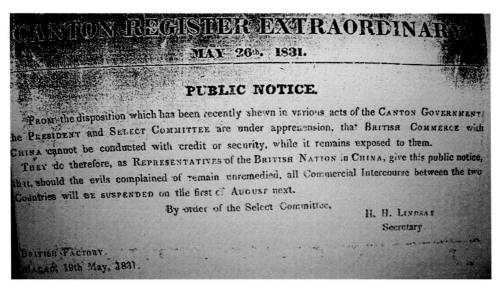

資料來源：暨南大學新聞與傳播學院資料室藏影印件。

　　學出版社，1991 年版，第 269 頁。
〔註 68〕 方漢奇主編：《中國新聞事業通史》（第 1 卷），第 186 頁。

廣州中文報刊的出現，要稍晚一些。《東西洋考每月統記傳》（Eastern and Western Ocean's Monthly Investigation）是中國境內出版的第一份中文報刊，於1833 年 8 月 1 日創辦，創辦者為普魯士傳教士郭士立（Karo Friedrich Auqust Gutzlaff）。他 20 歲時加入荷蘭布道會，23 歲來到荷蘭的殖民地巴達維亞，並開始學習中文，26 歲時另外加入倫敦布道會，大力宣傳基督教新教，並與來華的英國傳教士、商人和外交官建立了廣泛的聯繫，為他進入中國內地開展傳教活動打下了基礎。1831 年，郭士立曾經到達北京、天津進行傳道，1833年 4 月他返回廣州，對來華的工作任務已經有了明確的認識，通過創辦一份報紙，「改變中國人對西方人的形象，當為最為重要的事項了」〔註 69〕。其宗旨是為在華特別是在廣州的外國人的利益服務，這與《察世俗》的辦刊方針有明顯的區別。郭士立在出版計劃書中曾宣稱：「這個旨在維護廣州與澳門的外國人利益的月刊，就是要促使中國人認識我們的工藝、科學和基本信條，與其高傲和排外的觀念相抗衡」〔註 70〕。而宗教方面的任務，則退居其次。在他看來，滿足西方利益集團的現實需要，比起長遠的宗教布道，顯得更為重要。可以說，郭士立在辦報理念上實現了由「宗教」到「世俗」的重心轉移。

值得注意的是，《東西洋考》對廣州貿易動態非常關注，注重報紙在傳播商貿信息方面的特殊作用。在 19 世紀 30 年代，廣州對外貿易空前繁榮，除了鴉片貿易之外，西方輸入商品的種類和比例也發生了較大變化。毛織品、五金、毛皮和其它西方產品所佔比重較大，中國輸出的茶葉、生絲、南京布、食糖等產品在西方國家銷路頗廣，在廣州的貿易總量是非常可觀。郭士立對貿易行情特別重視。他注意研究到《東西洋考》的受眾對象，認為在廣州這樣一個以外貿為中心的城市，行商和其它商人是社會的中堅力量。這些人思想較為開放，對市場信息最為敏感，而郭士立本人與廣州商人交往較為密切，知道商人迫切需要瞭解進出口貿易行情和商品價格。而在信息嚴重不對稱的情況下，一般商人要想快速、詳細地瞭解某種商品的價格，往往要付出較高的信息搜尋成本，而且，如果信息嚴重滯後，會使許多商人錯失貿易良機。為了滿足這些商人的迫切需要，進一步提高報紙的社會影響力，《東西洋考》從道光甲午年（1834）正月開始，開闢《市價篇》專欄，介紹「省城

〔註 69〕 卓南生：《中國近代報業發展史》，第 47 頁。
〔註 70〕 The Chinese Repository (1833) Vol. 2, p. 186.

洋商與各國遠商相交買賣各貨現時市價」（圖2-5），分為「出口的貨」和「入口的貨」，對廣州市場進出口貨物的市場價格進行詳細調查，定期在報紙上進行公佈，如1834年正月的進口洋貨價格為：「密臘，每斗平等八元至十四元；海參每擔頂上三十六元至五十元，次等六元至十二元；檳榔，每擔二元二毛五；冰片，每斗六元至二十元；呀蘭米，每擔經擇二百八十元至三百元，未擇一百八十元至二百元；花布，長二十八碼，每匹二元半至四元半；燕窩，每斗頂上三十元，次等一十一元；洋布，長四十碼，每匹三元半至四元，上幼洋布每匹長四十碼，四元至五元；洋米，每擔二元六毛至二元八毛；魚翅，每擔上等二十八元，平等二十三元至二十四元……」〔註71〕對物價的詳細報

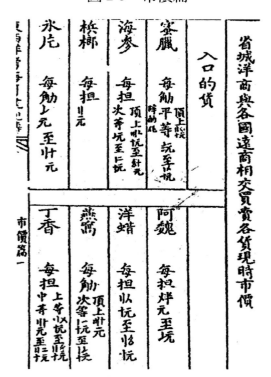

圖2-5：市價篇

資料來源：愛漢者等編，黃時鑒整理：《東西洋考每月統記傳》，中華書局，1997年版，第93頁。

導，顯示出《東西洋考》作為當時廣州唯一中文媒體的權威性，為中文讀者提供了大量有用的貿易信息和價格行情。

《東西洋考》的貨價行情，是我國境內中文報刊廣告的萌芽，在報刊廣告史上具有重要意義。它在近代報刊史上首次對市場貨價行情進行了披露，記錄了108種進出口貨物的詳細價格，「對於研究當時的中外貿易有很高的資料價值」〔註72〕。作為報導貨價行情的專欄，《市價篇》所列舉的貨物價格，是在對廣州市場進行綜合調查和統計後得出的，可信度很高。它具備廣告傳

〔註71〕 參見《東西洋考每月統記傳》，道光甲午（1834）正月，市價篇。引自愛漢者等編，黃時鑒整理：《東西洋考每月統記傳》，中華書局，1997年版，第80頁。

〔註72〕 黃時鑒：《前言》，見愛漢者等編，黃時鑒整理：《東西洋考每月統記傳》，《前言》，第20頁。

播的基本要素，由報刊媒體所發佈，對特定的生活者或者使用者傳播價格信息，具有告知或公告的意義。這種物價行情的報導，開啓了近代廣州報刊廣告的新風，晚清廣州相繼出版的一些報刊繼承了《東西洋考》貨價行情報導的傳統。

　　儘管當時廣州街頭有其他形式的廣告，但就其傳播形式而言，與報刊廣告有著較大區別。傳統的招牌廣告，位置固定，在傳播空間受到明顯限制。而一些傳單廣告，則針對性不強，受眾的眞正需求與廣告內容有著較大差距。《市價篇》比較集中地對廣州進口出貨物價格行情進行公佈，其信息量大大超過了招牌廣告和傳單廣告，當時廣州國際貿易處於最爲繁榮的時期，《市價篇》對於貨物價格動態的公告，在降低信息搜尋成本方面，正如美國經濟學家道格拉斯·C·諾思所分析的那樣：「信息費用由於買者和賣者大量存在而降低，在這些條件下，價格包含了同樣的信息。」〔註 73〕《市價篇》集中公佈當時廣州市場的主要貨物價格，充分利用了報刊傳播範圍廣，時效性較強等方面的優勢，從而有利於降低交易成本。買賣雙方通過閱讀《市價篇》，對市場貨價進行理性分析，就某類貨物的價格進行綜合判斷，改變了傳統的價格搜尋模式，使遠離廣州市場的客商通過閱讀《市價篇》直接掌握價格行情，爲促進大規模的交易提供了一條更爲快捷的通道。

　　《市價篇》反映了鴉片戰爭前夕廣州消費市場的態勢。經過 70 多年的一口通商，廣州進口洋貨的價格普遍下降。以羽紗爲例，1798 年，市場價格每匹平均爲 40 兩〔註 74〕，1829 年，羽絨（羽紗）的價格爲每匹 27.5 兩〔註 75〕。1834 年，《東西洋考》的《市價篇》中記載的價格爲每匹 15 元至 18 元〔註 76〕。從 1898 年到 1834 年，羽紗作爲一種奢侈品，其價格下降的趨勢非常明顯。在 18 世紀晚期到 19 世紀初，英國輸往廣州口岸的貨物主要以毛織品和金屬品爲主，種類比較單一，而在 1834 年，《市價篇》上公佈的進口商品多達一百餘種，貿易的種類有了較大幅度的提高。如洋佈在 18 世紀是奢侈品，但

〔註 73〕〔美〕道格拉斯·C·諾思著，陳郁、羅華平譯：《經濟史中的結構於變遷》，上海三聯書店、上海人民出版社，1994 年版，第 38 頁。

〔註 74〕〔美〕馬士著，區宗華譯：《東印度公司對華貿易編年史》（第二卷），中山大學出版社，1991 年版，第 628 頁。

〔註 75〕〔美〕馬士著，區宗華譯：《東印度公司對華貿易編年史》（第四卷），第 198 頁。

〔註 76〕《東西洋考每月統記傳》，道光甲午（1834）二月，市價篇。引自愛漢者等編，黃時鑒整理：《東西洋考每月統記傳》，第 94 頁。

在 1834 年，其價格已經大爲下降。「花布，長二十八碼，每匹二元半至四元半；洋布，長四十碼，每匹三元至五元；上幼洋布，每匹長四十碼，四元至五元」〔註77〕。當時的土布價格相對較低，「蘇藍布，每百匹九十一元，土藍布，每百匹七十五元」〔註78〕。但是，洋布比毛織品實用，對於社會中上層而言，其價格還是可以接受的，19 世紀初期，洋布消費在社會中上層逐步流行。

《市價篇》總共刊出了 5 期，之後由於種種原因而停辦了。但是，它確立了一種報導方式，對以後的報刊物價報導產生了深刻的影響。創辦於 1838 年 10 月的《各國消息》。延續了《東西洋考》的物價報導特色，從其第 2 期內容看，第三至第七頁，主要刊登「廣東省城與各國遠商相交買賣各貨現時市價」〔註79〕，對進口洋貨的價格報導較爲詳細，如海參、檀香、燕窩、嗶嘰等貨物的價格，都有刊載。另外，在第 2 頁上還對廣州商業行情進行了分析，讀者可以看出一段時期以來某些洋貨的價格行情的變動情況。許多商人通過閱讀這份報紙，可以得到市場行情的可靠信息，爲以後的交易提供了決策參考。大量的商業信息，反映了《各國消息》傳播的轉向，它極大地提高了報紙的經濟價值，迎合了廣州外貿經濟發展的需要，實用價值得到了很大提高。

第三節　十九世紀中後期的報刊廣告業

一、報刊業的沉寂與復蘇

第一次鴉片戰爭後，中國被迫實行五口通商，西方人關注的焦點從廣州移向上海。大量具有開拓意識的粵商也不斷遷移到上海，廣州貿易地位逐步下降，在廣州的外國人數量也不斷減少。1855 年，上海的進出口總額開始超過廣州，成爲中國第一大港口。而廣州在二次鴉片戰爭期間遭受外國侵略者的洗劫，貿易日漸蕭條，加上太平天國起義和盜匪盛行，廣州商業經濟發展受到嚴重制約。同時，香港作爲新的國際貿易港口，在 19 世紀 50 年代後迅

〔註77〕　《東西洋考每月統記傳》，道光甲午（1834）四月，市價篇。引自愛漢者等編，
　　　　黃時鑒整理：《東西洋考每月統記傳》，第 127 頁。

〔註78〕　《東西洋考每月統記傳》，道光甲午（1834）二月，市價篇。引自愛漢者等編，
　　　　黃時鑒整理：《東西洋考每月統記傳》，第 95 頁。

〔註79〕　參見卓南生著：《中國近代報刊報業發展史》，第 62 頁。

速發展，並取代廣州成為國際貿易中心城市，許多粵商將商行總部遷往香港，直接與外商在香港進行貿易，僅將廣州作為貨物中轉地。廣州的新聞傳播事業逐漸落後於香港、上海。19 世紀 50 年代後，《遐邇貫珍》、《香港船頭貨價紙》、《香港中外新報》、《中外新聞七日報》、《香港華字日報》等中文報刊相繼在香港創辦。19 世紀五六十年代，上海也出現了《六合叢談》、《中外教會新報》、《上海新報》等報刊，這些報刊將上海視為傳播西方文化和商業信息的窗口，以迎合西方利益集團貿易擴張的需要。1862 年，《上海新報》的一則《本館告白》對廣告的價值和作用進行了深刻剖析，其稱：

> 大凡商賈貿易，貴乎信息流通。本行印此報，所有一切國政、軍情、市俗利弊、生意價值、船貨往來、無所不載。類如上海地方，五方雜處，為商賈者或以言語莫辨，或以音信無聞，以致買賣常有阻滯。觀此聞報，即可知某行現有某貨定於某日出售，屆期親赴看貨而面議，可免經手輾轉宕延，以及架買空盤之誤。又開店鋪者，每以貨物不銷，費用多金刷印招貼，一經風雨吹殘，或被閒人扯壞，即屬無用。且如覓物、尋人、延師、訪友，亦常見有招貼者，似不如敘明大略，印入此報，所費固□無多，傳聞更更覺周密。又有客商往來通商各口，每以舟楫不便為憾，此報載列各船開行各口日期，於附搭寄信等事甚便，閱此無不備然。……〔註80〕

廣州在創辦報刊方面，落後於香港和上海。但她畢竟是有著深厚文化底蘊的城市，與香港、上海有著緊密的聯繫。特別是香港報業有著非常密切的關係。從 1843 年到 1870 年，廣州仍然創辦了數家中英文報刊，英文報刊主要有，創辦於 1843 年的《廣東探報》（Reports From Canton），1860 年由香港遷往廣州出版的《中國之友》（The Friend Of China）等等，這些英文報紙主要刊登廣告和航運信息，存在時間不長，影響不大。而傳教士在廣州創辦的《中外新聞七日錄》和《廣州新報》，是這一時期廣州報刊業的代表。但是這幾份中文報刊卻很少刊登廣告，其商業經營的意識非常淡薄。鴉片戰爭後，隨著外商和傳教士大量遷移，廣州的商貿地位大為大為降低。第二次鴉片戰爭期間，英法聯軍佔領廣州後，毀炮臺，劫庫款，焚房屋，〔註81〕開始了長達三年的

〔註80〕 《本館謹啓》，《上海新報》，1862 年 6 月 24 日，第 1 頁。
〔註81〕 蔣祖緣、方志欽主編：《簡明廣東史》，廣東人民出版社，1993 年版，第 474頁。

殖民統治，廣州社會各界對西方殖民者極爲痛恨，由此滋長了強烈的民族主義情結，在廣州的西方傳教士由原來的宗教布道轉向醫學傳教，並以此拉近與下層民眾的距離。因此，這些傳教士創辦的中文報紙，在傳播理念上偏向當地民眾感興趣的時政和民生新聞，並以很低的價格向下層民眾發行。從受眾的角度分析，香港、上海的中文報紙的讀者以商人爲主，而廣州報紙的讀者多爲傳教士結識的病友和下層民眾，他們消費能力很低，不同類型受眾對報紙的訴求有著很大差異。這就使廣州報刊淡化了商業價值而追求地方新聞的趣味性〔註82〕。

經過鴉片戰爭後近 30 年的恢復和發展，19 世紀 70 年代後，廣州經濟逐步走出了困境。1876 年的貿易值爲 25739690 海關兩〔註83〕，1886 年達到 37593405 海關兩〔註84〕。廣州外貿經濟得到迅速發展，「儘管處在逆境和市場激烈競爭之中，廣州仍然保持著商業中心的重要地位，且在人們的技術和勤奮方面尤其如此」〔註85〕。

19 世紀晚期，廣州作爲連接香港和嶺南貿易市場的中介，充當著轉口貿易中心的角色。這一時期，廣州出口貿易以廠絲爲主，茶葉、棉布等傳統出口貨物數量大爲降低，進口商品以工業消費品爲主，奢侈品和藝術品所佔比重很低，貿易結構發生了明顯變化。但是，廣州作爲貿易城市的基本功能並沒有消退，隨著西方工業文明的發展，對外貿易經濟的作用和意義更爲突出。19 世紀晚期廣州城市的發展，進一步體現了商業城市的基本特徵，又在近代社會轉型過程中呈現自身的新特點。其中，生產與消費分離度，遠遠高於鴉片戰爭前，專業化生產使珠江三角洲的家庭自給型經濟基本解體，廣州商業經濟在嶺南市場的直接輻射力大大超過一口通商時期，民眾對外部市場的依賴十分嚴重，通過農業商業化生產換取消費資料的交易模式非常明顯，其中部分生活資料不再由廣州本地市場供給，而是通過進口西方工業品獲得。這使晚清廣州呈現明顯的消費型城市的特徵。

〔註82〕 關於 1840 年代至 1870 年代的廣州中文報刊，國內現存的僅有《中外新聞七日錄》，這份報紙是中國最早的石印新聞週報，它刊登西方新聞、香港、上海等地新聞和廣州地方新聞，其中廣州地方新聞以反映下層民眾的生活爲主，可讀性很強。

〔註83〕 《近代廣州口岸經濟社會概況——粵海關報告彙集》，暨南大學出版社，1995 年版，第 176 頁。

〔註84〕 《近代廣州口岸經濟社會概況——粵海關報告彙集》，第 295 頁。

〔註85〕 《近代廣州口岸經濟社會概況——粵海關報告彙集》，第 209 頁。

　　經濟的發展，爲報刊業興起提供了良好的條件。但是，正如前面所分析的那樣，外國傳教士不再將廣州視爲傳教的中心，而將資金、技術、人力和物力投入到香港、上海報業，在 19 世紀 70 年代前，廣州很少創辦中文報刊，這對於一個正在恢復和發展的嶺南中心城市而言，是很不正常的。而香港、上海等地早期自辦報刊的經營者，有相當部分來自廣州，廣州本地創辦的報刊之所以晚於香港等地，「一個重要原因是廣州爲香港的近鄰，香港報紙都兼以廣州地區的讀者爲發行對象，傳送也比較方便，在當地辦報的迫切性因而減弱」〔註 86〕。但是，廣州畢竟具有中國內地最爲悠久的辦報歷史，對於傳教士對中文報業的壟斷，有遠見的廣州文人早已表示不滿，在香港出現第一批中國人自辦報刊後，廣州當地文人也不甘落後，開始了自辦報刊的努力。1872 年創辦的《羊城採新實錄》，是廣州地區中國人自辦的第一張報紙，但該報存續時間不長。從 1884 年到 1896 年，廣州掀起了一股辦報的熱潮，先後創辦了 10 多種報刊，主要有《述報》、《廣報》、《嶺南日報》、《嶺海報》、《嶺學報》、《中西日報》、《中華日報》等，這些報刊在近代新聞史上具有一定影響。

二、報刊廣告：形式與內容的變化

　　19 世紀五六十年代，隨著香港、上海的崛起，廣州的國際貿易地位逐步降低，許多廣州大商人、買辦、通事香港、上海創業，西方社會也不再將廣州視爲傳播中國信息的中心。特別是香港報刊業的興起，使廣州的傳媒業發展受到很大牽制。《東西洋考》刊登市價行情的傳統，由於廣州報刊業的衰落而難以繼承。而從 1855 年起，香港的《遐邇貫珍》新開闢「布告欄」，內容每號相似，如汽船出發時間的預告、英國製藥商及牙科醫生的「告貼」和「啓貼」等，同時也刊登了英華書院的招生通知〔註 87〕。而創刊於 1857 年的《香港船頭貨價紙》，內容以船期、貨價、行情和廣告等商業訊息爲主，也可以說是中國的第一家以商業新聞爲中心的報紙〔註 88〕。這一時期，報刊商業廣告已經在香港大行其道，成爲瞭解傳播香港商業信息的重要渠道。而上海最早的中文報紙《上海新報》英文名稱爲 The Chinese Shipping List & Advertiser，

〔註 86〕　方漢奇主編：《中國新聞事業通史》（第 1 卷），中國人民大學出版社，1992
　　　　　年版，第 325 頁。
〔註 87〕　參見卓南生：《中國近代報刊報業發展史》，第 83 頁。
〔註 88〕　卓南生：《中國近代報刊報業發展史》，第 115 頁。

直譯爲《中文船期廣告紙》，即是一張船運商情的一覽表〔註89〕，以刊登廣告爲主要目的。但是具有悠久廣告傳統的廣州，由於商業的衰落、報刊業的凋零，報刊廣告難得一見。

　　同治四年（1865），由英國傳教士湛約翰主編的《中外新聞七日錄》（圖2-6），打破了廣州報刊業的長期沉寂狀態。這份報紙充分利用醫學傳教士在廣州開辦的幾家醫院發行。作爲依附於醫院的報紙，該報主要是報導新聞和傳播科技知識，正如其創刊號小引所言：「我儕傳耶穌教者，忻忻而創是《新聞錄》，非欲藉此邀利也。蓋欲人識世事變遷，而增其聞見，爲格物致知之一助耳。若其中之所載，間有文理不通，事實不符者，是余智之所未逮，萬望諸君恕而正之。今所印第一張，即行分送，不取分文。嗣後喜看者，每張須給錢二文。聊爲紙料、人工之費焉」〔註90〕。由於不以贏利爲目的，該報對於刊登廣告並不熱衷。在 19 世紀 60 年代中期，廣州商業已經處於恢復階段，民眾對商業信息的需求較爲迫切。但《中外新聞七日錄》在一些新聞性質的文章中，仍然有廣告性質的文字。如創刊號刊登了《博濟醫局》、《惠愛醫院》、《男女義學》、《西關義學》四篇帶有廣告性質的文章，雖然沒有標明爲「告白」，但其推銷的意圖較爲明顯。如博濟醫局爲湛約翰主持，自然要加以介紹，「此局多年施醫送藥，每逢禮拜一、禮拜三、禮拜五看症，倘有奇難

圖 2-6：《中外新聞 7 日錄》創刊號

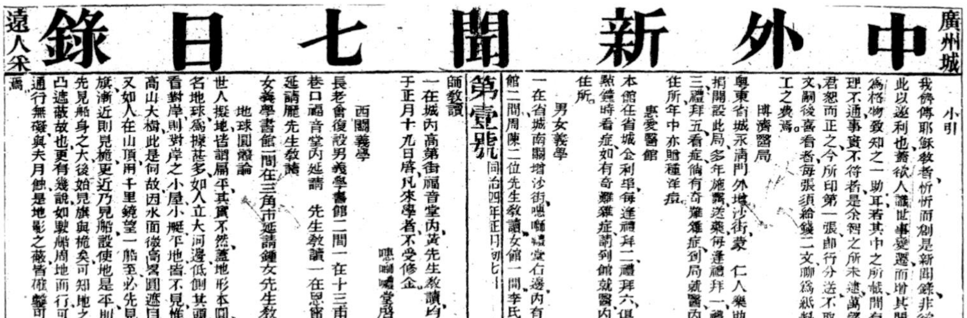

1865 年 2 月 2 日。

〔註89〕1868 年後，上海新報進行了改版，第一、三、四版爲廣告，第二版爲中外新聞。關於《上海新報》的研究，參見趙楠：《十九世紀中葉上海城市生活——以〈上海新報〉爲視點》，《史林》，2004 年第 1 期。

〔註90〕《小引》，《中外新聞七日錄》，1865 年 2 月 2 日。

雜症，到局就醫，內有住所，年中亦贈種洋痘」〔註 91〕。博濟醫局是一所慈善醫院，但該文廣告宣傳的意圖仍然較爲明顯。又如介紹西關義學：「長老會復設男義學書館二間，一在十三甫珠巷口福音堂內，延請□先生教讀，一在恩寧里，延請龐先生教讀。女義學書館一間，在三角市，延請鍾女先生教讀。」〔註 92〕還有一家唐英書塾的廣告云：「英國人未士詹伯家，向在河南洲嘴設教番話、番字。因門徒多而館房少，現遷西關三角市。凡有志欲學者，請至三角市唐英書塾。每月修金銀貳元，半幼童初學者，每月修金一圓半。甚易上手，且唐書並解。」〔註 93〕這則刊於農曆 1867 年 8 月的廣告，從一個側面反映了當時廣州社會已有學習英語之風，前幾年的普遍仇外情緒也有所緩和。

該報還通過刊登西方書籍廣告，以擴大西方文化影響。如一則售書廣告云：「有英國醫士合信所著《全書》，在惠愛醫館、博濟醫局、雙門底福音堂出賣，每套五本，價銀九錢。惠愛醫館、河南太盛洋貨鋪有《英華字典》出賣，每套價銀兩員（元）。」〔註 94〕這是一則帶有商業推銷性質的廣告，儘管標題沒有注明，但其意圖是推銷書籍，並列出價格，向讀者表達的意圖較爲明確。第 139 號的《本館告白》，則是一則倡明辦報宗旨的廣告，對投稿作者申明：「蓋欲絕子虛烏有之談，故先示杜漸防微之意也。若夫無稽之談，不經之論，或倡邪說以害正教，或造訛言以毀商人，或假公事以報私仇，或居下流而訕上位者，一概不敢妄錄。留心斯文者，請賜教焉而勿吝。」〔註 95〕這則廣告，體現了該報追求新聞報導客觀、公正的立場。這在當時是具有遠見的辦報方針。

但是，這份以新聞報導爲主的周報，除了少數幾期刊登廣告性質的文字之外，並沒有延續《東西洋考》報導廣州市場行情的做法，這與辦報者的宗旨和廣州的形勢有著密切關係。當時廣州商情不再是西方社會關注的焦點，而傳教士在廣州的醫學播道事業，與早期的宗教布道有著很大的差異。以新聞打動讀者，是辦報者的主要目的。而商業行情，並不能引起這些沒有商務背景的傳教士的注意，更不能引起以街坊爲主體的下層受眾的關注，這

〔註 91〕 《博濟醫局》，《中外新聞七日錄》，1865 年 2 月 2 日。
〔註 92〕 《西關義學》，《中外新聞七日錄》，1865 年 2 月 2 日。
〔註 93〕 《英國先生標紅》，《中外新聞七日錄》，1867 年 9 月 5 日。
〔註 94〕 《各種書出賣》，《中外新聞七日錄》，1865 年 2 月 16 日。
〔註 95〕 《本館告白》，《中外新聞七日錄》，1867 年 10 月 3 日。

在 1865 年創辦的《廣州新報》則表現更為明顯。《廣州新報》的創辦者美國傳教士嘉約翰（John Glasgow Kerr）也是一位醫生，該報特別注重以當地新聞吸引讀者的注意。很少見到廣告性質的文字。西方傳教士在辦報方針上的轉變，導致了新聞傳播的偏向，使報刊遠離商業市場，未能充分發揮傳播商業信息的作用。而 19 世紀 70 年代，除了 1872 年創辦的《羊城採新實錄》短暫發行之外。廣州市場上難以見到本地報刊的蹤影，更談不上報刊廣告的傳播。

1884 年創辦的《述報》（圖 2-7），打破了廣州報刊業的沉寂。《述報》是我國最早出版的石印日報，印刷非常精美，字體工整美觀，版式設計獨出心裁。其《本館告白》聲稱：「每日一張，每月逢十書局停工。本館初開，事皆草創，每月亦逢十停派。」〔註96〕該報每期第 1、2、4 頁「述中外緊要時事」，第 3 頁「譯錄西國一切圖式書籍」，第 4 頁刊登「各行告白及貨物行情、輪船出入日期」〔註 97〕。可見，每期的廣告所佔的比重較大。但是在 19 世紀 80 年代，一般商家和企業的廣告意識不濃，《述報》的廣告一般以書籍類為主，如《海墨樓石印書局告白》、《越南今地輿圖》、《售書告白》等廣告，都以較為固定的版式，出現在 1884 年每期的《述報》的廣告欄目上。其中書籍廣告基本上為海墨樓石印書局所刊登，因為同為一家主顧，刊登廣告頗為方便，而且節約費用。其他類型的廣告，尚不多見。

創辦於 1886 年的《廣報》，則是一傢具有濃厚商業氣息的報紙。其告白稱：「本局所出報章，凡本城地方，向例皆即日派到，以供快覽。如即日未有

圖 2-7：《述報》

1885 年 1 月 16 日。

〔註96〕 《述報》，1884 年 9 月 19 日。
〔註97〕 方漢奇主編：《中國新聞事業通史》（第 1 卷），第 325 頁。

報送到者，即是派報人之誤。」〔註98〕日報傳播的時效性可見一斑。《廣報》主要面向廣東地區，在海外也頗有影響。《廣報》創辦之際，廣州的商業經濟已經基本上擺脫了兩次鴉片戰爭以來的頹勢。各類生絲、廠絲大量出口，極大地促進了珠江三角洲地區農業商業化的發展和近代民用工業的繁榮。1884 年至 1885 年，廣州口岸共出口 2218 包廠絲去倫敦，出口 5973 包縑絲到歐洲大陸，出口 3412 包經絲去美國，出口 2006 包長絲到印度〔註99〕，由於國際市場對蠶絲的大量需求，絲價不斷提高，一般每擔在 400 至 500 元之間。絲屬於初級加工品，特別是機器縑絲的大量出口，使廠絲的附加值大為提高。以絲為主要產業的加工業直接帶動城市相關產業發展，特別是商業、飲食服務業等發展迅速，廣州城市的消費型特色進一步顯現。新興的商人階層和大量流動人口，對於商品信息非常敏感，迫切需要通過便捷的途徑，獲取相關的市場信息。《廣報》作為廣州最具影響力的大眾媒介，自然注意到民眾對商品信息的渴求，為了更好地向讀者報導廣州市場動態，《廣報》每期都有一個名為《省城貨價行情》（圖 2-8）的欄目，早在鴉片戰爭之前，傳教士在廣州創辦的《東西洋考每月統記傳》、《廣州記錄報》等報紙中也時有所見。但是這些報紙刊登的市價行情，主要以刊登進口商品的價格行情為主，且內容較為簡單，對廣州本地日常用品並沒有作詳細分析。

《廣報》的貨價行情則立足於日常消費品價格的報導，主要反映了米、油、豆、水產品的最

圖 2-8：省城貨價行情

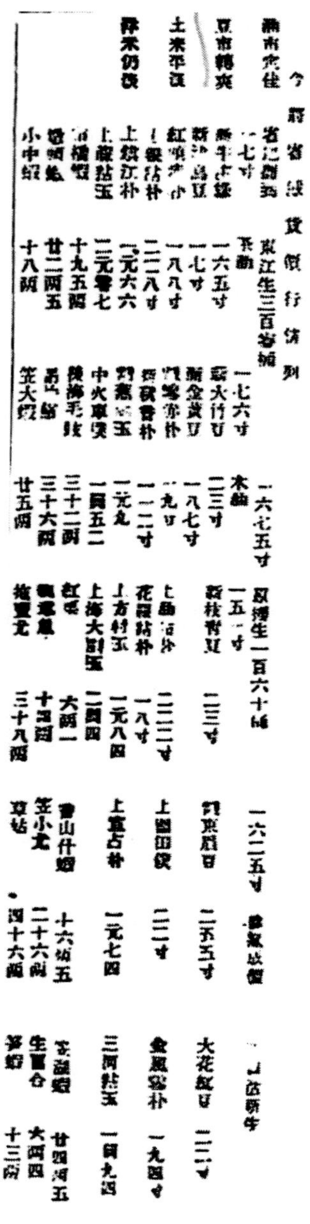

見《廣報》，1887 年 11 月 18 日。

〔註98〕 《廣報》，1887 年 11 月 25 日。
〔註99〕 《近代廣州口岸經濟社會概況》，第 292 頁。

新價格。《廣報》廣告具有時代特色，它在形式和內容上都有所突破。其廣告版面經常根據內容的需要進行調整，如 1887 年 11 月的廣告，內容較少，但幾則廣告都具有鮮明特色。以 11 月 15 日的 4 則廣告為例，第一則是《股份價值行情》，第二則是藥店的推銷廣告，第三則是一家旅店的廣告，第四則是推銷其創辦人鄺其照編譯的《華英字典》的廣告。同時，《廣報》的廣告注意編排上的美觀，由於使用鉛字排版，在版面設計上，注意突出廣告標題，視覺衝擊力較強。

19 世紀 90 年代，廣州經濟已呈現一派繁榮的景象。一個集貿易、工業、農業為一體的經濟體系已經顯示出強大功能。機器繅絲業為廣州經濟帶來了巨大的轉機，使廣州的社會結構和消費水平發生深刻變化。新的專業農民、工人、城市雇工、民族資本家等社會階層，改變了傳統的階層劃分。外貿收入成為廣州保持較高消費水平的重要經濟來源。為生產和生活服務的各行各業，特別是不斷增多的商業店鋪，擴大了消費市場的網絡體系，金融業作為服務於新式絲廠和農民擴大再生產的借貸機構，獲得了廣闊的生存空間，大量民辦工業在鄉間創辦，有利於城鄉經濟的融合，城鄉之間的社會流動性也大大增強。報刊與商業社會的聯繫非常緊密，報刊廣告的內容和形式發生了巨大變化。

創辦於光緒十七年（1891）的《嶺南日報》，在內容編排上，與之前的廣州本地報刊有著明顯的區別。它在第一版顯著位置刊登廣告（圖2-9），體現了其廣告營銷策略方面的大膽突破。在此以前，廣州其他報紙很少在第一版刊登廣告。《嶺南日報》的廣告，在某種程度上反映了商業的變化態勢，與《廣報》相比，《嶺南日報》涉及的廣告類型更多，除了藥品廣告占占據重要版面外，其他一些類型的廣告也在紛紛亮相。如戲院在頭版刊登票價及劇目廣告，

圖 2-9：《嶺南日報》

1893 年 11 月 15 日。

乃是報紙廣告業的新現象。在清末傳播媒介較爲落後和單一的情況下，報紙作爲大眾媒介的傳播優勢是獨一無二的。戲院老闆非常重視在報紙上作劇目的宣傳。一些戲院定期在廣州當地報紙的顯要位置刊登最近將要出演的劇目，使戲迷能夠及時瞭解到演出市場的信息，選擇自己喜愛的節目。這種提前公佈劇目的做法，較爲主動地爭取到潛在的觀眾，是戲院經營者的重要廣告營銷手段。

《嶺南日報》的廣告還體現了當時民用工業發展的成就，洋務運動後，廣州大工業由於缺乏清政府的支持，發展較爲滯後。但是，適應民眾日常消費的民用工業卻在 19 世紀 90 年代後得到快速發展，一些民用工業儘管規模不大，但採用了西方先進工藝技術，產品性能較好，價格也較爲適中，頗受消費者歡迎。爲了拓展市場，許多廠家和店鋪在報紙上刊登廣告，大力推銷其產品。如《始創上門油漆行》、《廣聚元精造各款皮箱》、《均和安記機器廠創制機器水龍租賃》等廣告，反映了新興行業開始走向市場，進入民眾的日常生活。企業和商業店鋪在報紙上推銷商品，成爲 19 世紀 90 年代報刊〔註100〕廣告的新趨勢。

創辦於 1891 年的《中西日報》，是《廣報》風格的延續。但其廣告卻比《廣報》有了很大的改觀。《中西日報》的廣告內容，與同期的《嶺南日報》很少重複。廣告涉及的範圍更廣，如書院課榜、道觀告白、招生廣告、書籍廣告、遷鋪廣告、欠款聲明、戲院廣告、租房廣告、商品拍賣廣告、茶樓酒樓廣告等等，拓展到文教、商業、餐飲、娛樂業等各個行業。其中一些新式廣告，爲其他報紙所罕見。如 19 世紀 90 年代初，一些茶樓酒樓經營者對香港、澳門飲食業在本地報刊刊登廣告的方式，有所啟發。他們認爲，在茶樓酒樓競爭加劇的狀況下，通過報刊廣告提高知名度，是招徠生意的便捷途徑。一些酒樓爲了吸引顧客，紛紛在發行量較大的《中西日報》上進行廣告宣傳。如當時著名的怡珍酒館，「開設已有數十年，歷經變故，今仍在故址重建，」利用開業之際，刊登廣告云：「樓上廳房布置甚佳，已於本年四月十五日開張。大小滿漢，而外有堂小酌。山珍備蓄，海錯紛陳。酒旨肴嘉，咸擅易牙之技；價廉貨美，洵稱適口之宜。故凡仕官紳商到滋歡敘者，無不意悅

〔註100〕 傳教士李提摩太曾經統計了 1894 年的中國報刊，他認爲當年中國有報紙 76 種，其中上海 32 種，香港 6 種，粵東 6 種，粵東報紙基本上集中在廣州，廣州報刊數量雖與上海有較大差距，但仍然位居國內第二。見李提摩太：《中國各報館始末》，《時事新論》卷一，國政。

情怡。」〔註101〕這是廣州報刊較早刊登的酒樓廣告，它注意突出其烹調方面的特長，企圖通過廣告營銷提高品牌知名度。

　　在清末維新運動中，廣州維新志士充分利用報紙的喉舌作用，以開啓文明之風，廣西方見聞，傳播西方文化。在維新派的大力倡導下，一些開明官紳、商人也紛紛加入到辦報的行列中。這一時期報刊的派系鬥爭較為明顯，在倡明辦報動機的同時，無論是維新派還是保守派，都充分利用當時報刊輿論頗受民眾關注的時機，大量刊登各類廣告，以獲取厚利。如《安雅書局世說編》的第一、二版顯要位置均刊登廣告，第三、四版才刊登新聞，第五、六版基本為「各行告白」。廣告占到三分之二左右的篇幅，除了傳統的醫藥、書籍、茶店、拍賣等廣告外，房地產、保險、學堂招生、招工、洋貨、郵政、彩票等各類廣告，都經常在報紙上出現，它充分反映出報刊在服務工商業方面的強大功能。報紙廣告種類的大量增加，表明當時新興行業積極開拓廣州消費市場，各行業在品牌營銷、產品推廣、信息傳播等方面，都非常注重報刊廣告的特殊功效（圖2-10）。如《安雅書局世說編》1901年11月28日第1、2版廣告主要有：《大清廣州郵政局》、《大西洋澳門彩票改開大彩》、《嗎啡粉發售》、《德厚祥記告白》、《買屋告白》、《育才書社告白》、《書社聚會》、《鴻濟公司階磚發客》、《廣東全省彩票》、《賣屋告白》、《禮耀堂買屋地續告》〔註102〕，等等。其中包括房地產廣告4則，彩票廣告3則。另外，學堂招生和企業招工廣告，也常出現在該報。同時，一些廣告海採用插圖的形式引起受眾的注意，如一則《嗎啡粉發售》的廣告，配上了產品商標；一則治療眼病的

圖2-10：
廣告手段的變化

《安雅書局世說編》
1902年2月1日。

〔註101〕《省城怡珍酒館告白》，《中西日報》，1892年6月16日。
〔註102〕《安雅書局世說編》，1901年11月28日，第1頁。

廣告，配上了一雙眼睛圖；一則藥品廣告，配上一個藥葫蘆圖等等，在廣告創意上注重圖文並茂，以提高廣告傳播的營銷效果。

第四節　二十世紀初期報刊廣告的繁榮

一、消費型經濟與報刊廣告發展的契機

　　20 世紀初期，廣州消費型工業的快速增長爲報刊業特別是報紙廣告的發展提供了強大的動力。據不完全統計，1895～1913 年珠江三角洲興建機器船舶修造廠 10 餘家、水電廠 4 家、機器磨粉業 6 家、建築材料磚瓦、水泥、玻璃廠 4 家、火柴廠 5 家、捲烟廠 2 家、印刷造紙等廠 3 家、繅絲廠 50 餘家、織染廠 5 家、機器織布廠 10 餘家〔註 103〕。據 1912 年農商部統計，當時廣東有 2426 家工廠，其中有 2212 家設於 1911 年以前，使用動力的有 136 家，共擁有動力 4566 馬力。廣東無論「工廠數」和「使用動力數」都居全國首位〔註 104〕。當時廣東的機器工業主要集中在廣州地區，特別是與城市居民生活密切相關的輕工業、交通運輸業、修理業都集中在廣州。1910 年，廣州新設重要機器廠礦 15 家，資本總額達到 578.1 萬元〔註 105〕。其中大部分爲民辦的輕工企業，其產品主要是居民日用消費品，特別是小型機器企業基本上從事日用工業品的生產。廣州之製造廠，「凡用外國機器製造者曰襪、曰絲辮線、曰膠灰，其出貨俱稱大宗；此外用機器製造之貨尙絡繹不絕……此該地商務所以日見發達也」〔註 106〕。張之洞督粵期間，對廣州工人製造機器的才能深爲贊許：「粵工多習洋藝，習見機器，於造槍、造彈、造藥、造雷皆知門徑」〔註 107〕而工匠對於工業產品的製造則更爲熟練，「粵東取材宏富，其人與西人相習，其製造與西人相似，至於工匠靈敏，製作堅固，即西人亦贊許之」〔註 108〕。廣州在推行工業化的過程中，主要依賴本地民間資本，其發展方向

〔註 103〕參見許檀：《鴉片戰爭後珠江三角洲的商品經濟與近代化》，《清史研究》，1994 年第 3 期，第 73 頁。
〔註 104〕參見丘捷：《辛亥革命前資本主義在廣東的發展》，《學術研究》，1983 年第 4 期，第 72～74 頁。
〔註 105〕王敬虞編：《中國近代工業史資料》（第二輯下冊），第 654 頁。
〔註 106〕《廣州商務調查》，《東方雜誌》，1909 年第 6 期。
〔註 107〕孫毓棠編：《中國近代工業史資料》（第一輯下冊），科學出版社，1957 年版，第 1223 頁。
〔註 108〕孫毓棠編：《中國近代工業史資料》（第一輯下冊），第 1223 頁。

以滿足居民的日常消費的工業品爲主，這與洋務運動期間的軍需工業有了很大的區別。清末廣州工業，正如學者曾仲謀所認爲的那樣：「是以消費工業即與衣食住有關的工業爲主體……主張推進祖國社會的發展，非要振興解決生活的現代工業不可，於是中國現代工業之一部的廣東工業的消費工業，便隨著其現代軍需工業而振興了。又因爲當時國人不知道自我獨立的解決生活問題的重心，並不只在於消費工業，而實在於主要的以生產工業爲基礎的現代工業經濟的生產工業與消費工業，所以只振興上述的消費工業，以爲那就可以解決自身的生活問題了。」〔註109〕

消費型工業的興起，爲機器製造業發展提供了廣闊的市場（圖2-11）。《農工商報》就曾對洋商從事機器貿易業務評論道：「洋貨中以買機器一項，爲生財捷徑，而我國有志實業者，苦無問津，殊可慨也。」〔註110〕其實，廣州消費型工業，基本上是依賴進口機器而發展起來的。即便是較爲簡易的火柴業，「土制雖有太和、平洲、義和、佛山巧明、三眼橋崇昌、清遠老怡和公司，除盒片外，其餘柴枝、赤磷、鹽酸等資料，全靠外國運入」〔註111〕。可見廣州製造業的技術創新能力很低。雖然有能工巧匠，但缺乏基本的科技知識，

圖 2-11：機器廣告

《光漢日報》，1911 年 12 月 5 日。

〔註109〕　曾仲謀：《廣東經濟發展史》，廣東省銀行，1940 年版，第 121 頁。
〔註110〕　《想買機器者須知》，《農工商報》，1907 年第 6 期。
〔註111〕　《製造火柴調查》，《農工商報》，1907 年第 35 期。

就是簡單的模仿，也受到原料和技術的限制，未能取得技術上哪怕很小的革新。清末，廣州一些地方官員對於技術進步還有所注意，如有新聞報導民間能人仿製顯微鏡的活動，官方表示公開支持，認為「裨益教育，杜塞漏邑」。由此可以看出某些地方官員對振興民族製造業還是有所期待的。只是這種獎勵措施，在當時的制度性缺陷中，顯得十分寥寂。

除了機器工業外，廣州的手工業仍然保持著較為穩定的發展態勢。1912年統計廣東不用動力的工廠有 2290 家〔註112〕。其中以廣州為中心的珠江三角洲地區是手工業工廠最為集中的地帶。這些企業涉及到織造、器具、飲食、藥品等各種行業，成為區域經濟發展的重要力量。

民國初年，由於朝代更替和社會動亂，廣州商業曾一度受到影響。如1912 年 7 月 11 日的《民生日報》報導云：「近來銀價日高，而紙幣價日落。一般小販商人，倍形困頓，即大行商業，各項交易，因銀根短少之故，不無牽障。打銅街燈籠街各銀號，多以生理不前，輒行停閉……而各項小販，紛紛檢收貨物，負擔自歸。其商業之大者，亦連忙上鋪不暇。市面情形，較昔日倍行冷淡」〔註113〕。但是，在 1912 年至 1919 年間，「希望與失望、前進與倒退、失敗與成功相互交替」〔註114〕。動亂並沒有對進口造成很大的影響，1912 年至 1920 年的 9 年時間裏，進口總值均維持在 15000 萬左右的水平上〔註115〕，西方新型工業品的進口額大量增加。隨著機器工業的發展，新型火柴、捲烟、製藥、電力、自來水等企業紛紛設立，粵漢、廣九、新寧、三佛鐵路的開通，加上輪船、汽車交通工具的使用，使廣州與港澳和珠江三角洲城鄉之間的聯繫更為緊密。這些有利條件，使廣州工商業在動亂中，仍然保持著較快的增長勢頭。如士敏土廠、製造新局、輪船招商局、電力公司等，已頗具規模。士敏土廠「自劃歸實業司接管後，經關司長劉總辦加以整頓，一面改良制土，以應市面之販運；一面推廣銷路，以杜外人之攙奪……日前每桶價值三元有奇，近則漲至四五元有奇。暹羅及南洋各埠，尚紛紛投資頂買，爭先恐後。幾有應接不暇之勢雲」〔註116〕。工商業的發展，使商業形態

〔註112〕 轉引自丘捷：《辛亥革命前資本主義在廣東的發展》，《學術研究》，1983 年第 4 期，第 73 頁。

〔註113〕 《羊城市面之悲觀》，《民生日報》，1912 年 7 月 11 日。

〔註114〕 《近代廣州口岸經濟社會概況——粵海關報告彙集》，第 993 頁。

〔註115〕 黃增章：《民國廣東商業史》，廣東人民出版社，2006 年版，第 11 頁。

〔註116〕 《士敏土之大有起色》，《民生日報》，1912 年 9 月 11 日，第 5 頁。

發生了極大的變化，民國初年，先施、眞光、生生、大新等新型百貨公司紛紛設立，直接推動了消費文化的大眾化進程。

消費型工業的興起，金融、交通、保險等新興行業的發展，推動了城市經濟的快速發展。爲報刊業的繁榮提供了有利的環境。報館的開設，不僅需要社會各方面的資金投入，更需要進行獨立的產業化運作。除了少數官報之外。私人性質的報刊，必須有明確的社會定位，通過自身的辦報特色吸引受眾，進而積纍經濟資源和文化資源。報紙要獲取更多的利潤，就必須充分利用營銷手段，進行市場化運作。這樣，各類企業、店鋪與報刊之間互爲依託。企業通過報刊廣告推銷產品，提高知名度，報紙則從各類廣告客戶那裏獲取源源不斷的資金，不斷進行市場擴張。沒有發達的市場，就不可能有繁榮的報刊業。

報刊業的發展與政治環境的變化也有著密切聯繫。20 世紀初，各種政治勢力紛紛登場，在控制話語權方面，他們都從傳統的門派之爭，轉向成熟的整體對抗。各派別面對的社會形勢，與 19 世紀末也有明顯區別。由於清政府在社會公共領域缺乏足夠的制約能力，使地方政治勢力空前膨脹。尤其是在廣州這樣一個具有革命傳統，開放而相對自由的城市，各種政治派別之間的爭論和鬥爭更爲激烈。作爲近代第一份中文報刊的誕生地，廣州的傳媒事業有著很好的文化根基，各種政治派別對報紙傳媒十分倚重，並視之爲擴大政治影響的有效途徑。除了利用 19 世紀末原有的報紙進行政治宣傳外，各派政治勢力競相創立屬於本派別的報刊，並以此作爲向對方進攻的最有效武器。檢視 20 世紀初廣州新創辦的報刊，大部分都有明確的政治主張，在受眾看來，政治傾向的差異意味著對某種報刊的取捨。政治性報刊代表著不同利益集團的現實訴求，也爲受眾的意識形態劃分了一條明顯的界線。

戊戌變法失敗後，新思潮在廣州迅速傳播，新興民族資產階級和進步知識分子對於君主立憲深感失望。孫中山早年經常在廣州從事革命宣傳活動，並培養了一批革命信徒。在孫中山革命排滿思想的影響下，許多廣州革命志士充分利用報刊媒介揭露清政府的腐敗無能，宣傳民主革命思想，主張以暴力革命推翻清政府的統治，建立民主共和國家。在 20 世紀初期，民主革命派的創辦了許多報刊，如《群報》、《人民報》、《南越報》、《國權報》、《平民報》、《天民報》、《齊民報》、《震旦日報》等等，這些報紙，言辭頗爲激烈，威脅到清政府的統治基礎，出版後便遭到地方當局的多方查禁，存在時間不長，

壽命最短的《天民報》，僅出版兩天，就被地方當局取消。

　　一些革命黨人所創辦的報刊，在版面形式上進行了創新。爲了更多地傳播革命道理，突出新式報刊的獨特個性。一些報刊分爲莊諧兩部，莊部刊登論說、電訊、新聞等，諧部則以副刊的形式出現，專門刊登粵謳、歌謠、南音、班本、小說、野史等等，內容通俗易懂，形式多樣，許多作品來源於日常生活，多方面表現了市井文化，同時，在敘事中夾帶議論，對封建落後思想進行批判和諷刺，深受讀者喜愛。

　　同時，廣州城內還存在一些具有守舊和鼓吹君主立憲思想的報紙。這些報紙大多與地方政府有著一定的聯繫，利用官方資源，獲取一些獨家報導，以博得名聲。如《羊城日報》、《國事報》等，這些報紙迎合清政府假意維新、預備立憲的需要，故意裝出爲民請命的架勢，利用民眾對貪官的仇恨心理，揭露一些地方小官吏的不法行徑，以博得讀者嘉許，而對地方大員，則絲毫不敢得罪。由於保守派多爲地方士紳，經濟實力雄厚，善於觀言察色，對於時勢有較爲深入的研究，其創辦的報刊銷路頗廣。

　　針對當時革命派和保守派的論爭，一些商業社團保持了中立的態度。20世紀初期，一些商業團體和大商人，特別關注經濟利益，對於政治上的紛爭則避而遠之。他們充分利用廣州商貿發展的良機，注意發揮商業報紙在傳播商業信息方面的獨特作用。報紙經營者善於拓展商業市場，尋求與工商企業的合作。如《七十二行商報》、《商權報》、《總商會報》、《農工商報》等，這些報刊不涉及黨派、不參與政治爭鳴，以傳播商業行情、獲取利潤爲主要目的。

二、報刊廣告發展的新階段

　　20世紀初期，廣州報刊發行量的快速增長，影響力逐步增強，爲推動報刊廣告業的發展提供了很好的條件。與19世紀晚期相比，這一時期的報刊廣告在投放數量、文案製作、表現手段、涉及範圍、傳播方式等方面都有顯著的變化。

　　廣告收入是維繫報刊生存的重要支柱。誠如民初報史專家姚公鶴所言：「報館於售報之外，其大宗收入，本以廣告爲首……故報館營業之盈絀，實以廣告之多少爲衡。」〔註117〕由於清末民初的廣州報刊基本上爲自負盈虧的

〔註117〕姚公鶴：《上海報業小史》，見楊光輝等編：《中國近代報刊發展概況》，新華

經濟實體，各家報刊爲謀求盈利，無不重視刊登廣告。廣告一般都占到報刊版面的一半以上，如 1910 年的《七十二行商報》（圖 2-12），每期共出 8 頁，其中第 1、2、5、6、8 頁和第 3 頁的一半版面爲廣告，又如 1910 年的《國事報》，每期也出版 8 頁，其中第 1 至 4 頁及第 7、8 頁的一半版面爲廣告。各報普遍將最爲重要的第一、二版辟爲廣告專版，將廣告費視爲報紙的重要資金渠道。以《羊城日報》1906 年 10 月 9 日的第一版廣告爲例，主要廣告爲：《沙面裕興泰洋行廣告》、《省港火船》、《鐵路眾股東公鑒》、《招牌同名廣告》、《南雅石印書局遷鋪廣告》、《培正師範傳習所增廣學額廣告》〔註 118〕。值得注意的是，此前廣州報紙廣告所用名稱一般爲告白，廣告〔註 119〕一詞在當時

圖 2-12：《七十二行商報》

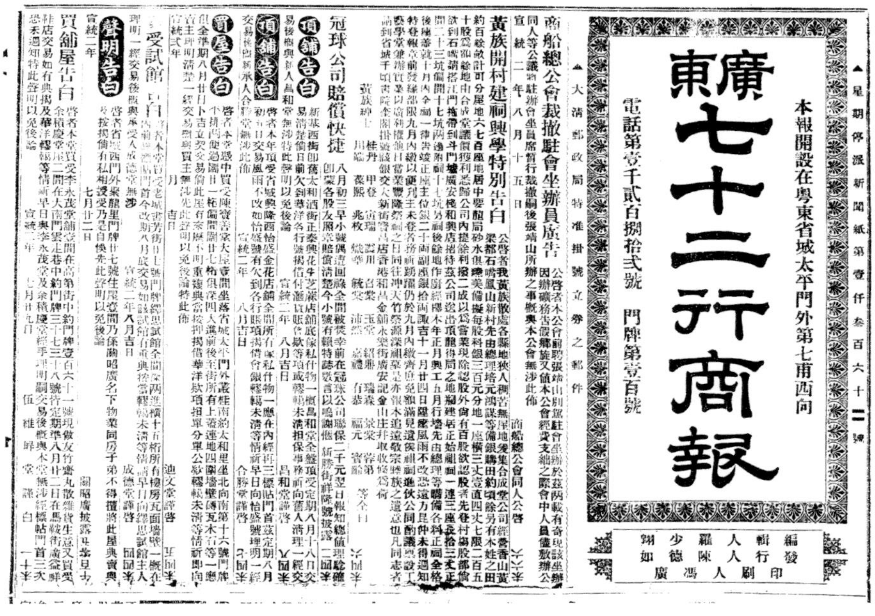
星期停派新聞紙第壹仟叁百六十二號
廣東七十二行商報
本報開設在粵東省城太平門外第七甫西向
電話第壹千貳百捌拾弍號　門牌第壹百號
大清郵政局特准掛號立劵之郵件
編輯人羅少翔
發行人陳德如
印刷人馮廣
商船總公會裁撤駐會坐辦員廣告
黃族開村建祠興學特別告白
冠球公司賠償快捷

1910 年 9 月 10 日。

出版社，1986 年版，第 270 頁。

〔註 118〕見《羊城日報》，1906 年 10 月 9 日，第 1 版。

〔註 119〕劉家林認爲，我國報紙最早使用「廣告」二字的當數《申報》，1901 年 10 月 18 日的《申報》正張第二版下第四欄載有一則報紙創刊的廣告——《商務日報廣告》。見劉家林：《新編中外廣告通史》，暨南大學出版社，2002 年版，第 4 頁。可見，廣告一詞，出現在中國報紙上，時間較晚，而 1906 年的《羊城日報》，普遍使用「廣告」標題，說明其對廣告一詞的運用頗爲自如。

還頗爲時髦，一些報刊在第一版以「廣告」稱之，而其它版面的廣告仍然稱爲「告白」。

　　清末民初的報刊廣告數量也有明顯的增長。如 1887 年 11 月 17 日的《廣報》刊登廣告共 11 則，1892 年 11 月 15 日的《嶺南日報》刊登廣告共 15 則，1901 年 11 月 29 日的《安雅書局世說編》共刊登廣告共 35 則，1910 年 5 月 6 日的《國事報》刊登廣告共 67 則，而民國初期的《七十二行商報》、《民生日報》每期的廣告投放量一般都在 60 則以上。下圖對幾份報紙的廣告投放量進行了比較：

表 2-1：清末部分報紙廣告投放數量比較　　　　　　　　　（單位：則）

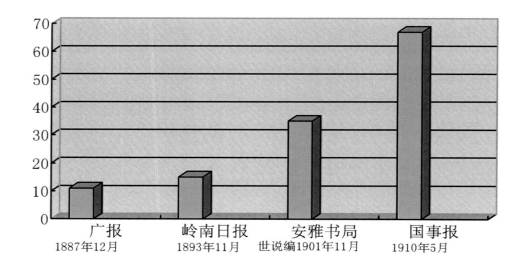

　　20 世紀初期的報刊廣告內容涉及到當時各行各業。如《七十二行商報》的廣告，與其「七十二行」相稱，內容涉及當時幾乎所有商業領域。從商品廣告的種類分析，醫藥廣告仍然佔有較大比重，如潘人和號、兩宜軒、梁同濟、朱芳蘭等老字號都經常在該報刊登廣告。除了商品廣告之外，其他新興行業的廣告也佔有較大比重，如銀行廣告、保險公司廣告、公司招股擴股廣告、房地產廣告等等，這些廣告反映了清末廣州金融業、工業和房地產業的繁榮。經常刊登廣告的有上海匯豐銀行、大清廣州銀行、上海華通水火保險公司、冠球聯保火險有限公司、普華保險有限公司、香港福安保險公司、中國華安人壽保險有限公司等數家金融保險機構，這些機構資金雄厚，在拓廣

業務時，重點關注那些具有投資偏好和較強經濟實力的紳商，從而選擇在商業性報紙進行推銷。由於商人經營的基本條件是選擇理想的鋪面，當時房地產廣告主要是以鋪面轉讓和買賣爲主，每天相關廣告多達十多則乃至數十則，多冠以《買鋪告白》、《頂鋪告白》、《聲明告白》等名稱，各類商鋪轉讓廣告，反映了清末民初廣州商業經濟的繁榮。中小商人數量的增多，極大地改變了城市階層結構和人口結構，促進了城市消費型經濟的發展。

　　清末廣州報刊廣告的市場分割呈現多元化態勢。各類報刊所登廣告，涉及當時城市各行各業，而藥品、保健品、日用品廣告佔有主導地位。特別是保健品廣告，占據了報紙頭版顯著位置。如 1910 年 5 月的《國事報》，在頭版第一條刊登了《華大寶利醫生新發明無腥氣鱉魚肝油》（圖 2-13）廣告，係香港中西藥房發佈，對魚肝油的功能吹噓得神乎其神，第二條廣告爲推銷紐約波典牛奶公司的牛奶廣告（圖 2-14），第三條是威建大藥房推銷的仁丹廣告。而《南越報》的廣告，多刊登補腦汁、愛理士紅衣補丸、人造自來血等補品。許多補品廣告刊登一個整版，如中法大藥房發佈的《人造自來血》廣告，聲稱「一國之盛衰在於民氣，而一身之強弱在於血氣」〔註 120〕。將補品與國家興盛聯繫起來，頗爲誇張。但是，這些補品價格很貴，如艾羅醫生補腦汁，「每大瓶銀二元，每打二十元」〔註 121〕，這些神乎其神的補品廣告，往往帶有嚴重的

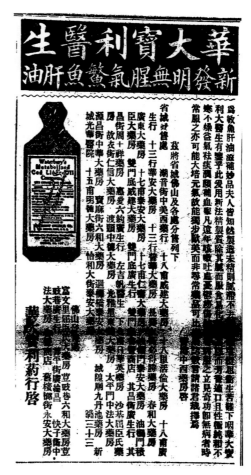

圖 2-13：魚肝油廣告

《國事報》，1910 年 5 月 6 日。

〔註 120〕　《人造自來血》，《南越報》，1910 年 5 月 19 日。
〔註 121〕　《艾羅醫生補腦汁》，《南越報》，1910 年 4 月 14 日。

圖 2-14：進口奶粉廣告

《國事報》，1910 年 5 月 6 日，第 1 版。

虛假欺騙的成分。即使是一些民主革命派所辦的報刊上，保健品廣告的吹噓也屢見不鮮。

圖 2-15：真光公司減價廣告

清末民初，隨著廣州經濟的發展，特別是機器動力的廣泛使用，報刊上出售機器的廣告較多。香港、廣州的一些洋行紛紛利用報紙媒介推廣機器產品，如碾米機、麵粉機、採礦機器、織布機器、印刷機器等等，這些新型機器廣告較為全面地展示了製造技術的巨大優勢。與之相應的機器產品，如皮鞋、襪子、糖果、烟酒等日用消費品，則成為報刊廣告的新寵。特別是清末廣州禁止鴉片運動取得一定的成傚之後，各類香烟廣告趁勢而入，以另外一種方式誘導消費者，具有較好的推銷效果。而眞光公司（圖 2-15）、先施公司等新式百貨公司的廣告，則體現了大眾消費方式的流行。

《國華報》，1918 年 8 月 17 日。

一些專業性較強的報刊則針對目標受眾細化的特點，突出一些行業性較強的廣告。如《天趣報》、《遊藝報》為消遣娛樂類報紙，其受眾主要為「有閒人士」，這類讀者對於酒樓、茶樓、賭館、妓院等娛樂場所的消費需求較為旺盛，在這類報紙上投放飲食、娛樂消遣類廣告，效果較為明顯。清末廣州酒樓業頗為發達，一些酒店為了開拓市場，利用《遊藝報》讀者對象頗具消費力的特點，經常在該報刊登廣告。酒樓廣告注意突出菜譜、消費環境等方面的特色，強調酒樓的消費檔次。清末廣州高級酒樓往往與妓院為鄰，許多著名酒樓都集中在陳塘、東堤一帶，高級酒樓可以極大地滿足富豪們的聲色之娛。酒樓為了招徠生意，務必突出其與妓院的密切關係，在《遊藝報》、《天趣報》的廣告宣傳中大力吹噓有妓女陪同的宴飲妙處。另外，治療性病的廣告就大有用武之地。在每天的第一版上，性病、性藥廣告都較為常見。香港一家洪桂昌的診所，在《遊藝報》上常年刊登《擅醫花柳》、《珍珠白濁丸》等廣告，吹噓其治療性病的神奇功效：「包醫限期列左……限日全愈，過期不愈，原銀加倍送回。」〔註 122〕此類廣告，對於那些因嫖染病的好色之徒，無疑提供了很多治療的信息，但是性病廣告帶有嚴重虛誇的成分，其實際治療效果並不明顯。性病廣告的虛假宣傳，與廣告管理無序和道德墮落有很大關係。

清末民初的各類官報，內容較為枯燥，但傳播官方的信息較為準確。其受眾對象以官紳、學生和知識分子為主。出版商和書莊在此類報刊上刊登廣告，具有較強的針對性。在《兩廣官報》、《廣東公報》、《廣東警務公報》、《廣東教育官報》等報刊上，書籍廣告較為常見。如《廣東教育官報》面向學校和教育行政機關，故其廣告以教科書為主，每期最後幾頁為售書價目，如廣雅書局就多次刊登教科書廣告，該廣告刊登的書籍共 40 種〔註 123〕，涉及當時各類學堂的各科教材，此類廣告從一個側面反映了當時廣東新式教育教材編撰工作的成果，以及新學的普及程度。由於教科書發行量大，成本低廉，出版商的定價相對較低，適應了各類學堂的客觀需求。

總之，近代廣州報刊廣告的發展歷程，是社會變遷的一個縮影。鴉片戰爭前，廣州報刊對商業信息的傳播，標誌著近代報刊廣告業的萌芽。鴉片戰爭後的 30 多年，報刊廣告業曾一度沉寂，但從 19 世紀 80 年代起，隨著廣州

〔註 122〕　《香港洪桂昌邊鋪告白》，《遊藝報》，1905 年 7 月 12 日，第 4 頁。
〔註 123〕　《售書價目》，《廣東教育官報》，1910 年第 1 期。

商貿業的恢復和繁榮，城鄉經貿聯繫的加強，專業化生產水平的提高，報刊廣告業得到快速發展，並成爲商業文化的重要載體。報刊廣告展現了商品社會的豐裕景象，爲消費者提供了全新的信息傳播方式。全面深入地研究報刊廣告的具體內容、表現手段、說服方式和傳播效果，可以多視角分析廣告文化背後所蘊涵的豐富意義。而廣告如何承載消費者的期待和欲望，見證消費者生活方式和都市社會的變遷，則需要從消費文化與社會文化的層面進行全面解讀。

第三章　廣告、受眾與消費文化形塑

第一節　技術、成本與廣告傳播

一、廣告形態：技術和視覺的角度

　　價格低廉的報紙總是倚重兩個東西，一是技術進步，一是新聞〔註1〕。近代廣州報刊印刷技術一直走在全國的前列。1833 年創辦的《東西洋考每月統記傳》，是國內最早採用石印技術〔註2〕的報刊，之後，《各國消息》、《述報》等報刊都採用了石印技術。石印的文獻，文字和圖畫與原作不差毫釐，文字多為蠅頭小字，筆畫清晰，彩色石印的文獻，畫面的色彩明暗濃淡一同原作，幾乎可以亂真〔註3〕。石印與傳統雕版印刷相比，製版速度相對較快，節約了時間成本和印刷成本。但石印技術有許多不便利之處，石板笨重，不便於操作，石板材質碎，製版和印刷很不容易。使用石印技術印刷的報刊，由於印刷速度較慢，複製成本較高，對於廣告欄目的設置，一般採取簡單處理的方式。廣告字體、標題設計都比較單一，很少見到圖文並茂的廣告，視

〔註1〕　〔加〕哈羅德‧伊尼斯著，何道寬譯：《傳播的偏向》，第 138 頁。

〔註2〕　石印是平版印刷的一種方法，是德國人 A‧遜納菲爾德（1771～1834）於 1798 年發明的。它是根據石材吸墨及油水不相容的原理創制的，其基本程序是：先將文稿平鋪在石版上，上面塗上脂肪性的藥墨，使原稿在石版上顯印出來，然後塗上含酸性的膠液，使字畫以外的石質略為酸化再開始印刷。因酸化的石材受水拒墨而無色，未酸化的部分拒水著墨而顯色，這樣便將字畫按原樣印在空白紙頁上。見 http://baike.baidu.com/view/363847.htm。

〔註3〕　http://baike.baidu.com/view/363847.htm。

覺衝擊效果不太明顯，這些早期的報刊廣告，一般以貨價行情、書籍廣告、輪船航行日期等方面的內容爲主，廣告文案缺乏創意，說服力和視覺衝擊力不強。

　　19世紀末期到20世紀初，隨著鉛印技術〔註4〕的廣泛使用，報刊的印刷質量大爲改觀，報刊版式的設計也不斷創新。如《廣報》在報頭兩側標明其「派報處」，醒目地向受眾進行「推銷」。其經營網點的多少，不僅代表了報刊的發行範圍，還向受眾展示自身的實力（圖3-1）。這種「軟廣告」，爲清末廣州各大報刊普遍採用。隨著發行量的增多，20世紀初期的一些報刊頭版的「代理處」增加到20多處，1912年5月出版的《民生日報》（圖3-2），在港澳和省內外的代理處更是達到了52處〔註5〕。代理處的增多，體現了報刊發行量和影響力不斷擴大。

　　鉛印技術的使用，也促進了報刊排版水平的提高。在《廣報》創刊之前，廣州報刊一般使用「書頁式」排版，類似傳統的書籍裝訂方式，每版所排印的字數較少，版式設計存在許多局限。《廣報》採用鉛印技術後，採用對開的大張排印方法，在版面設計上可以有較多的發揮空間。報頭字體非常顯眼，報頭下方列有當日的目錄，新聞標題也非常醒目。各欄目之間留有一定的空隙，顯得較爲整齊、開闊。值得注意的是，隨著排版技術的進步，報刊經營者非常注重版面的商業價值，19世紀末，《嶺南日報》率先在廣州報刊

圖3-1：《廣報》報頭

1887年11月15日。

<hr>

〔註4〕　創刊於1853年的《遐邇貫珍》是中國近代最早使用鉛字印刷的中文報刊，但內地報刊採用鉛字印刷始於1872年的《申報》。漢字鉛印技術是由傳教士引進的，其始作俑者爲傳教士馬里遜，他於1807年到廣州傳教後，開始秘密雇人刻製漢字，因被官府得知不告失敗。1859年，傳教士姜別利在寧波創制電鍍字模，開創了鉛字印刷的新時代。1872年，上海申報館子購置歐式手搖輪轉機，每小時可印報幾百份，使報紙印刷技術有了質的飛躍。

〔註5〕　《本報代理》，《民生日報》，1912年5月7日，第1頁。

圖 3-2：《民生日報》的代理處

1912 年 5 月 7 日。

頭版刊登廣告，如 1893 年 11 月 1 日的頭版刊登了 3 條廣告，其中第一條非常醒目，廣告標題「瀾石梁財信藥酒膏藥丸散」，採用黑體正楷字，排在頭版目錄之後，格外顯眼。20 世紀初，廣州創辦的報紙，頭版基本上都刊登廣告。如《安雅書局世說編》1901 年 11 月 29 日第一版的廣告多達 20 則，涉及文化教育、房地產、郵政、醫藥、博彩等行業，頭版廣告收入成爲報刊的重要盈利點。

　　值得注意的是，隨著印刷技術和排版水平的提高，圖畫開始出現 19 世紀末期的廣州報刊上。趙君豪在《中國近代之報業》一書中，比較了文字和圖畫廣告的傳播效果，他說：「吾人披閱報紙，對於文字廣告，排列緊密，且又冗長者，且不喜詳加閱覽，獨於圖畫廣告，致其欣賞之意，或注視甚久，不肯捨去，以其具有藝術氣韻，能引人入勝也。」〔註6〕近代廣州報刊的早期文字廣告一般以告知受眾商品信息爲主，廣告文案製作較爲簡單。如《述報》刊登的廣告，多爲介紹海墨樓新近出版的書籍名稱。又如《廣報》上的廣告，

〔註 6〕　趙君豪：《中國近代之報業》，第 209 頁。

內容較爲簡單，版面設計上也頗爲單調。隨著技術的進步和報刊業競爭的加劇，報刊經營者在廣告創意方面有了新的認識，如1901年的《安雅書局世說編》開始運用圖像進行「符號傳播」，並以此豐富報刊的視覺形象。

由於圖畫廣告的藝術性和觀賞性，廣州各大報刊紛紛採用各種圖案、圖片進行廣告推銷。如1906年10月9日的《羊城日報》頭版，刊登一則《沙面裕興泰洋行廣告》，繪製了一副巨大的七層寶塔，與沙面附近的花塔極爲相似，將寶塔圖像移植到洋行的介紹中，有暗示洋行位置和經營優勢之意（圖3-3）。在《羊城日報》其他各版的廣告中，香烟、進口機器圖片較爲常見。1910年前後的廣州報刊廣告中，還在顯眼位置配上照片予以推銷。一些醫療廣告刊登患者的照片，向受眾現身說法，宣稱某診所醫生是如何神奇地治好某種病患，某種藥品如何神奇地使病人恢復體力和保持容顏，等等。如《國事報》1910年

圖3-3：沙面洋行廣告

《羊城日報》，1906年10月9日。

5月6日，第2頁的廣告，就有2幅照片，一幅爲「鎮江名士」（圖3-4）其廣告云：「貴醫士所制之保腎丸，恰能治鄙人病症，即就近由本埠中西藥房購服半打，不意未到半月，宿病全除，且飯量增加，精神倍昔。」〔註7〕而另一名來自上海的「長老會牧師俞國楨夫人」，其「形象」雍容華貴，並陳述道：「患血薄氣衰、胸背疼痛、嘔吐、暈眩等症，服韋廉士大醫生紅色補丸血而獲痊愈。」〔註8〕利用人物形象現身說法，成爲清末民初廣州報刊廣告的重要營銷手段。照片形象作爲視覺說服手段，在清末報紙廣告中的重要性不斷凸顯。正如保羅・梅薩里（Paul Messaris）所言：「所有通過攝影手段製作的形象不僅是圖像符號，他們同時也具有標誌性。當攝影形象作爲某一廣告論點的文

〔註7〕 《鎮江名士來函》，《國事報》，1910年5月6日，第2頁。
〔註8〕 《拯我疾苦》，《國事報》，1910年5月6日，第2頁。

獻證據時，標記性是視覺說服過程中一個至關重要的組成部分。」〔註 9〕廣告照片的使用與印刷技術的提高有著密切聯繫。20 世紀初，廣州的一些專業排版公司從西方引進了先進的「電版」技術，利用機器進行排版，大大提高了印刷質量和速度。如粵東編譯公司號稱粵東唯一印刷部，「購備各種新式機器，多聘名手工匠，電鑄、銅模、銅版及華洋大小鉛字，約物花形發售，並攬印各種書報文件仿單，均屬工精價廉，異常快捷。」〔註 10〕一些印刷商還引進西方新式電版技術，比一般鉛印品質量要高出許多。西關一家博藝公司的廣告稱：「國愈文明，測量、建築、製器愈進步，而事事需攝影與圖畫傳播，攝影圖畫，則以電版為至疾速，至精良。故近日商標、族譜、教科標本等，恒多用之。以其雖極細緻之品，一經撮印，亦玲瓏光艷可愛。」〔註 11〕這種電版技術，當時在國內非常少見，對報紙書籍印刷質量的提高，起了重要作用。清末廣州出版的報紙，有時配有精美的照片，與採用先進的製版技術有很大關係。

圖 3-4：醫藥廣告

《國事報》，1910 年 3 月 27 日。

　　技術的進步，導致了廣告傳播方式的變革。在 1890 年代之前，廣州報刊廣告一般採用「告知」性傳播方式，主要向受眾介紹商品的功能和價格，而在 20 世紀初期，隨著圖片、照片等大量形象符號的使用，廣告的說服功能大大增強。特別是藥品、化妝品廣告，利用俊男美女的形象，對商品的特殊功

〔註 9〕　〔美〕保羅・梅薩里著，王波譯：《視覺說服——形象在廣告中的作用》，新華出版社，2004 年版，第 12 頁。
〔註 10〕　《廣東唯一印刷部》，《農工商報》，1907 年第 9 期。
〔註 11〕　《博藝公司精良電版》，《時事畫報》，1908 年第 27 期。

能大加渲染。如一則韋廉士紅色補丸的廣告，聲稱療效甚佳，曾使「天津少年精力復原」，並配以「蔡仲琪君玉照」，照片上這位年輕公子眉清目秀，精力充沛。是因為吃了這種補丸後，「胃口有味，面色轉紅」〔註12〕（圖3-5）。而另外一種以「BEAUTIFYING WATER」為醒目標題的廣告，在一個巨大的放大鏡裏，一個美女脈脈含情地注視著受眾。其廣告詞聲稱：「凡老幼男女皆可使用此花顏水，均得轉醜成美。」〔註13〕（圖3-6）這類具有誘惑力的文字，在廣告圖像的配合下，巧妙地運用受眾的視覺反應，抓住人物形象與產品之間的某些聯繫，在特定情境下有著「虛擬現實」的效果，從而激發受眾的購物欲望，達到引誘受眾消費的目的。這種說服式廣告，比起早期的單純的商品功能介紹，其廣告技巧要高明得多。

圖 3-5：洋藥廣告

圖 3-6：花顏水

《人權日報》，1914年9月26日。　　《人權日報》，1914年9月26日。

二、廣告價格與發行市場

外國人在廣州所創辦的早期報刊，廣告較為少見。誠如戈公振所言：「往

〔註12〕　《脫離病床》，《人權日報》，1914年9月26日，第6頁。
〔註13〕　《BEAUTIFYING WATER》，《人權日報》，1914年9月26日，第6頁。

者交通阻滯，報紙鮮少，偶有廣告，亦只輪船進出、拍賣貨物及尋人之類耳。」
〔註14〕鴉片戰爭前，廣州作爲中國報刊業中心，出版了 9 種報刊，其中 7 種
爲英文報刊。這些英文報刊的受眾對象爲外國讀者，大量報導中國政治、經
濟和文化方面的問題，特別是對鴉片貿易的合法化進行辯護，體現了西方國
家掠奪中國財富的圖謀。由於這些報刊大部分銷往西方國家，對 19 世紀二三
十年代廣州貿易的發展起著一定的輿論導向作用，使廣州在國際貿易上的地
位和影響大爲提高，也使貿易體制上的爭端不斷上升爲國際問題，同時，更
多的西方人進一步認識到中國的落後和保守。但是，這些英文報刊在廣州的
影響力很低。中文報刊在創辦之初，發行量很低。如《東西洋考每月統記傳》
的創刊號僅印 600 本，不久加印 300 本，在廣州擁有一些中國讀者，但是訂
閱的很少〔註15〕。直至 19 世紀 70 年代前，外國傳教士在廣州創辦的報刊，
一般採取贈送的方式，利用「文字播道」方式開展宗教活動，由於宗教報刊
缺乏商業性和盈利的動機，故其對刊登廣告的熱情不高。即便是 1865 年創辦
的《中外新聞七日錄》採取有償閱讀的方式，但每期僅售價二文，極爲廉價，
雖然該報宣稱每期讀者上萬人，但是創辦者並沒有市場化運作的意識，對於
傳播商業信息並不熱衷。

　　1880 年代，中國人自辦的報刊在經營性質上與宗教報刊有著明顯的區
別。《述報》第 4 頁刊登「各行告白及貨物行情、輪船出入日期」〔註16〕。該
報每期 4 頁，其中廣告版面占到 1／4，可見辦報者對於廣告營銷較爲重視。
但是《述報》的發行範圍主要以廣州地區爲主，當時廣州工商業雖然較爲繁
榮，但廣告推銷的氛圍尚不濃厚，商業店鋪很少在《述報》上刊登廣告。稍
後的《廣報》銷路要好一些，1887 年該報在國內外設立了 16 個銷售點，但每
期的銷量難以突破 5000 份。報刊銷量直接影響廣告傳播的範圍和效果。除了
少數藥店經常刊登廣告之外，其它行業仍然對報刊廣告興趣不濃。

　　隨著維新思潮的涌起，報刊作爲輿論喉舌的作用不斷被強化，許多商人
和企業主注意到報刊在傳播商業信息方面的重要作用，對報刊廣告日益重
視，紛紛在報刊上刊登廣告，以招徠生意。1900 年後，《安雅書局世說編》的
頭版經常刊登廣告，說明了報刊經營者將廣告視爲盈利的重要手段，以顯著

〔註14〕 戈公振：《中國報學史》，臺灣學生書局，1976 年版，第 282 頁。
〔註15〕 方漢奇主編：《中國新聞事業通史》（第 1 卷），第 183 頁。
〔註16〕 方漢奇主編：《中國新聞事業通史》（第 1 卷），第 325 頁。

位置虛位以待，將廣告費收入視爲報刊的生財之道。廣告收入的增長，也進一步促進了報刊銷量的提高。如《羊城日報》、《國華報》等報紙的銷量都曾達到萬份以上。

印刷技術的進步和報紙銷量增長，也使報費有下降的趨勢。如《羊城日報》「零沽每張十五文，另附張每張五文，本城每月報費銀四毫，本省各埠每月報費銀四毫五仙，港澳每月報費銀五毫」〔註17〕，《遊藝報》「每月收銀二毫半」〔註18〕，《光華報》「零沽每張三仙，本城每月報費五毫」〔註19〕，《七十二行商報》「零沽每張二仙，本城每月報費四毫五仙」〔註20〕，《震旦日報》「零沽每張三角，本城每月報費銀五毫。」〔註21〕《兩廣官報》「每冊報費三角，全年六元五角」〔註22〕（圖3-7）。一些政論性、學術性報刊的價格更爲低廉，如《砭群叢報》就聲稱：「本報以發揚道德，鼓吹學術，提倡學術之故，意不在牟利，是以定價格外從廉。……本報每冊附入精本書畫碑版至十紙或十餘紙之多，及本報各種內容，每冊凡一百二十餘號，僅收工本銀三毫。」〔註23〕又如《文言報》在創刊號中注明，「每月出報兩冊，收銀三豪，先交全年者三元……如先定閱此報者，將來兼閱日報，報價照八折減收，日報每月收銀四毫，先交全年者，四元。」〔註24〕《文言報》係文摘性質的雜誌，爲了提高發行量，與其日報捆

圖 3-7：《震旦日報》

1911 年 11 月 20 日報頭。

〔註 17〕　《報費價目》，《羊城日報》，1906 年 6 月 19 日，第 1 頁。

〔註 18〕　《遊藝報》，1905 年 8 月 12 日。

〔註 19〕　《本報價目》，《光華報》，1911 年 12 月 15 日，第 1 頁。

〔註 20〕　《本報價目》，《七十二行商報》，1910 年 9 月 20 日，第 1 頁。

〔註 21〕　《價目》，《震旦日報》1911 年 11 月 20 日，第 1 頁。

〔註 22〕　《報費》，《兩廣官報》，1911 年第 14 期。

〔註 23〕　《發行章程》，《砭群叢報》，1909 年第 1 期。

〔註 24〕　《文言報》，1902 年第 1 期。

綁發行，訂戶可以獲得八折優惠，這是報紙規模化經營的體現。總體上看，清末民初廣州一般報刊的年訂閱費在 7 元以下。這對普通受眾而言，常年訂閱一份報紙，已成爲比較容易實現的文化消費項目。

　　報紙價格的下降具有多方面的意義。首先，對於辦報者本身而言，如果不通過擴大發行量降低報紙成本，報紙的經營就難以爲繼。辦報者爲了提高新聞的可讀性，不僅要以獨家新聞和特色新聞取悅於受眾，還必須使新聞變得更加通俗易懂，更適合文化水平不高的受眾閱讀。而發行量的增加，則使版面的經濟價值得以提高，報刊經營者進而可以擴大廣告營銷的範圍。這樣，「廣告業在一個新的基礎上進行核算，在每份定價大大降低、購買者數量數倍增加的情況下，發行人就會指望著出售自己報紙上相應擴大的廣告版面〔註 25〕。其次，由於報紙價格的降低，極大地提高了它作爲大眾傳播媒介的社會價值。誠如哈貝馬斯所言：「發行人爲報刊建立了一個可靠的商業基礎，但並沒有使報刊本身商業化。一份報刊是在公眾的批判當中發展起來的，但它只是公眾討論的一個延伸，而且始終是公眾的一個機制，其功能是傳聲筒和擴音機，而不僅僅是信息傳遞的載體，但也還不是作爲文化消費的媒體。」〔註 26〕相對廉價的報紙使公眾能夠廣泛參與公共領域的討論，尤其是批判性的公共輿論，不僅是報刊關注的新聞焦點，也是報紙吸引公眾參與的賣點。報紙在貼近社會的過程中，也使公眾找到新的社會認同和身份建構方式。最後，由於報紙經常刊登大量廣告，廣告本身成爲解讀社會文化的載體。廣告的文化性質和新聞性質尤爲明顯。誠如趙君豪所言：「凡社會間一切動態，自廣告中所顯露者，較之新聞陳述，尤爲眞切，蓋廣告多爲各個分子自己所刊佈之文字也。」〔註 27〕

　　隨著報刊銷量的增加，報刊經營者對廣告業務頗爲注重，廣告費逐步成爲報刊收入的主要來源。1884 年的《述報》曾對刊登的廣告按字收費。其告白價格，「第一日每字價銀四釐，第二日至第七日按日每字價銀三釐，第八日起，按日每字價銀二釐。不論登報幾天，至少以五十字起計，多則以十字遞加。圖樣另議」〔註 28〕。其廣告定價綜合考慮了客戶的市場需求，可操作性

〔註 25〕　〔德〕哈貝馬斯著，曹衛東等譯：《公告領域的結構轉型》，第 221 頁。
〔註 26〕　〔德〕哈貝馬斯著，曹衛東等譯：《公告領域的結構轉型》，第 220 頁。
〔註 27〕　趙君豪：《中國近代之報業》，第 223 頁。
〔註 28〕　《述報》卷十，第 1 頁。關於報紙廣告的新聞性和社會性，將在第九章進行詳細討論。

強。但隨著商業經濟的發展，廣州報刊一般根據廣告版面和刊登時間的長短決定收費的額度﹝註29﹞。如 1906 年的《賞奇畫報》就在頭版位置刊登了其廣告價位（圖 3-8）：

表 3-1：《賞奇畫報》1906 年廣告價目表 （單位：元）

	全　頁	半　頁	1／3頁	壹　角	每方寸
一　個　月	16	9	6	5	3
三　個　月	36	21	14	12	8
六　個　月	66	36	24	20	12
十二個月	220	64	44	34	20

資料來源：《賞奇畫報》，1906 年第 1 期。

從上表可以看出，《賞奇畫報》的廣告版面費並不高。即使全年刊登整頁的廣告，最高價格才 220 元，這在當時廣州報刊市場是比較適中的價格。而清末的各類官報由於商業價值較低，廣告價格較為低廉，以《兩廣官報》為例，可以看出一些端倪：

表 3-2：《兩廣官報》1911 年廣告價目表 （單位：元）

	兩　頁	全　頁	半　頁	1／4頁
一　　期	11	6.4	3.6	2
二　　期	20	11.5	6.5	3.6
四　　期	35	20	11.5	6.4
八　　期	60	35	20	11
十二期	84	50	27	15
半　　年	130	77	43	24
全　　年	210	120	68	38

資料來源：《兩廣官報》，1911 年第 14 期。

﹝註29﹞ 但是民國初年，仍有報紙按字數和時期收取廣告費，如汕頭《民權報》1913年 3 月 28 日的《告白刊例》稱：一禮拜，壹百字收銀壹圓，二禮拜，壹百字收銀壹圓八毫，一月壹百字收銀三圓。……這類廣告收費方式在當時的廣州報刊很少見到。

圖 3-8：廣告價目

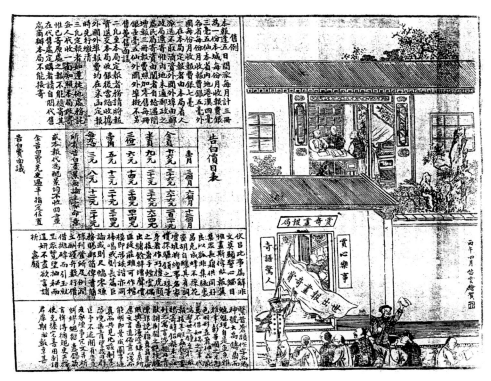

《賞奇畫報》，1906 年第 2 期。

　　值得注意的是，《賞奇畫報》每年出刊 24 期，而《兩廣官報》每年出刊
36 期，且兩 2 個版面的廣告費比《賞奇畫報》的 1 個版面還要便宜 10 元。可
見，在 20 世紀初期，報刊的廣告版面費較為便宜，一般商鋪和企業主都能接
受這樣的價位。尤其一些政治性刊物，辦報經費由紳商籌措，廣告費定價更
為低廉，如《廣東白話報》、《嶺南白話報》採用粵語寫作，文字淺顯，適合
於社會底層人員閱讀。由於不太注重商業化運作，其廣告價格自然較低：

表 3-3：《廣東白話報》廣告價目表 （單位：元）

	全　幅	一　頁	半　頁	一　角
一　月	10	6	4	2
半　年	45	30	20	16

資料來源：《廣東白話報》，1907 年第 1 期。

表 3-4：《嶺南白話雜誌》廣告價目表　　　　　　　　　　　　（單位：元）

	全　篇	全　頁	半　頁	一　角
一　月	7	4	2.5	1.5
季	18	10	6	4
半　年	32	18	10	6
全　年	60	30	18	10

資料來源：《嶺南白話雜誌》，1908 年第 2 期。

《廣東白話報》（圖 3-9）在公佈廣告價目時，特地注明「如登全年另價」〔註30〕。明示廣告主如長期刊登廣告，則另有更多的優惠。如《振華五日大事記》在廣告價目中特別注明，刊全年告白送報一份免費〔註31〕。清末新式報刊在辦報方針上更注重「公共責任」，在向普通受眾進行通俗性文化傳播時，以開啓民智作爲重要目的。

圖 3-9：《廣東白話報》

1907 年第 1 期封面。

與定期出版的刊物相比，報紙由於發行量大，廣告傳播的效果更佳。但報紙廣告費一般不直接對受眾公佈，這似乎意味著廣告主可以與報刊經營者進行價格博弈，雙方的實力都是決定廣告成本的重要因素，那些發行量上萬份的大報，顯然有著很高的廣告價值，廣告版面費比雜誌要高得多。而一些小報只能採取「薄利多銷」的策略。同時，那些具有較強實力的廣告主，由於長年在報刊上刊登廣告，可以獲得許多優惠和折扣，由此可以降低廣告成本。這方面的一個很有說服力的例子就是廣州總商會開列的農曆 1906 年 12 月的廣告費，其報告云：

　　支《安雅報》刊告白，七折，實銀壹百九十二兩二錢七分；支《嶺

〔註30〕　《廣告價目表》，《廣東白話報》，1907 年第 1 期。
〔註31〕　《告白價目》，《振華五日大事記》，1907 年第 1 期。

海報》刊告白，實銀八十八兩九錢五分；支《羊城報》刊告白，七
折，實銀二百零五兩八錢八分；支《時敏報》刊告白，七折，實銀
二百一十九兩一錢三分；支《諧玲報》刊告白，七折，實銀四十二
兩三錢三分；支《國事報》刊告白，七折，實銀一百兩零四錢二分；
支《國民報》刊告白，七折，實銀五十五兩九錢四分；支《廿世紀
報》刊告白，七折，實銀二十兩六錢七分；支《七十二行報》刊告
白，七折，實銀八十五兩七錢八分；支《商會報》刊告白，七折，
實銀一百一十六兩六錢八分；支港（香港）循環、中國、華字、中
外報局刊告白銀九十兩零四錢六分。〔註32〕

從廣州總商會的廣告費開支中我們可以發現，對於總商會這樣的大客戶，各
家報刊均給予七折的優惠，這顯然是報刊公開的廣告價目中不能「明示」的。
而大客戶對各家報刊的廣告投放也是有選擇性的，在某種意義上看，廣州總
商會每月的廣告費開支中，可以看出當時廣州各家報紙的實際地位。如《羊
城報》、《時敏報》、《國事報》發行量較大，故其得到的廣告收入較多。當然，
客戶的廣告費支出還受到季節、業績等方面的影響。如廣州總商會支給《七
十二行商報》的廣告費中，農曆 1907 年 7 月爲一百七十三兩六錢，8 月則爲
七十六兩六錢正〔註33〕。兩個月的廣告費支出相差很大。

　　清末民初，廣州商業經濟的發展，進一步促進了報刊廣告的繁榮。正如
伊尼斯所言，由於商業廣告和交流的需要，「商業城鎮」中的報紙漸漸成長
〔註34〕。1902 年，廣州只有 4 種報紙發行，即：《安雅報》、《中西日報》、《嶺
海報》、《嶺南日報》，1911 年，這裏已有 16 種報紙〔註35〕。清末輿論環境的
相對寬鬆，革命派、立憲派紛紛運用報刊傳播政治主張和社會新聞。對新聞
時效性的追求，使更多的報紙發展爲日報，並充分利用電報技術所帶來的革
新，快速準確地爲受眾提供信息。清末民初，廣州各報多採用機器印刷，報
紙印量大增。報童在街頭販賣報紙，已成爲商業社會的一大景觀。如創刊於
1905 年《天趣報》爲廣州色情報紙之嚆矢，該報「每晚十點鐘出版」〔註36〕，

〔註32〕　《茲將總公司十二月份費用進支總結列呈》，《廣州總商會報》，1907 年 3 月
　　　　　11 日，第 1 頁。
〔註33〕　《廣州總商會報》，1906 年 10 月 21 日，第 2 頁。
〔註34〕　《本報代理》，《民生日報》，1912 年 5 月 7 日，第 1 頁。
〔註35〕　《近代廣州口岸經濟社會概況──粵海關報告彙集》，第 990 頁。
〔註36〕　《閱報諸君快看快看》，《天趣報》，1910 年 12 月 14 日，第 3 頁。

旋即「派人預晚將該報購出，在各酒樓發賣，以供諸君快覽」〔註37〕。印刷技術的提高，使受眾接受的信息量大大增加，新聞的時效性得以加強。廣告傳播的效果也隨之有了明顯改觀。

第二節　廣告受眾與信息傳播

一、受眾消費水平探測

　　由於缺乏詳細的統計資料，對 19 世紀中後期以來廣州報刊受眾的消費水平很難作準確的評估。受眾分層與社會階層分層有著直接的對應關係，清末民初，隨著報刊受眾範圍擴大，一些社會下層人員也成爲報刊受眾對象，當然，比起社會中上層，下層受眾的報刊閱讀率還是較低的。下層受眾當中，產業工人的閱讀能力相對較高。商人、資本家、新式知識分子和官僚多屬於社會中上層，他們是報刊的重要受眾對象。受眾的消費能力直接影響著廣告傳播效果，而收入是消費的基礎，我們可以通過受眾收入水平和消費支出狀況來探測消費水平的變化。

　　方行認爲，清末江南溫飽型農民年生活消費總支出 93296 文錢，如按照銀一兩兌錢 1600 文折成銀，共約 58.7 兩〔註38〕。這是一個五口之家的基本消費支出，考慮到廣州城內的生活水平比農村地區要高，城市生活還有一些額外的開支，廣州一般民眾的家庭消費支出要高於這個水平，1880 年代，廣州紡織女工的工資爲每月 4 元左右，高級的絲織工人每月 8 元左右〔註39〕。每元按照 0.72 兩計算，一般女工的年收入約爲 34.56 兩，絲織工人的年收入爲 69.12 兩。這些產業工人除了養活自己以外，最多只能撫養一個家庭成員。一個普通工人家庭必須有兩人工作才能維持家庭基本生活需要。清末廣州地區繅絲業等新興行業工人數量眾多，1894 年統計爲 10300 人，占當時全國工人總數的 13.2% 以上〔註40〕。其中大部分爲紡織業和製造業的工人，而手工業和其他行業的工人多達數萬，「執業人多者以泥水、造木、打石爲最」〔註41〕。普

〔註37〕　《閱報諸君快看快看》，《天趣報》，1910 年 12 月 14 日，第 3 頁。
〔註38〕　方行：《清代江南農民的消費》，《中國經濟史研究》，1996 年第 3 期，第 97 頁。
〔註39〕　這裏所列舉的數字，是 1896 年左右的工資水平。
〔註40〕　孫毓棠：《中國近代工業史資料》（第一輯下冊），第 1202 頁。
〔註41〕　《番禺縣續志》卷十二，「工商業」。

通工人僅僅靠微薄的工資收入，他們的日常消費支出僅以維持生存爲主。20世紀初，隨著物價的上漲，社會下層人員的收入有較大上升，如 1912 年的統計顯示，人力車夫和轎夫的月工資從 12 元或提高到 18 元，貨船船工的月工資從 6 元提高到 10 元或 12 元，刺繡女工的日工資由 20 分增加到 40 分〔註42〕。這些增加的收入，主要用於購買日用商品，這對於沒有任何生產資料的工人而言，尤其如此。清末民初，隨著廣州服務業和消費型工業的發展，數以萬計的城市產業工人和雇員增強了對消費市場的依賴，他們成爲日用商品的重要購買者，報刊廣告在傳播日用品信息時，其受眾對象逐步轉向以普通消費者爲主，因此，社會下層人員在啓動日用品消費方面起著重要作用。

中產階層在消費文化的轉變重扮演著先行者的角色。但只有一個社會中產階層相當強大，在社會政治和文化生活中具有重要影響時，其在消費方面的社會角色才能充分發揮出來。清末民初，廣州作爲一個消費型城市，由於缺乏大工業的支持，難以培育出強大的中等收入階層。中產階層主要來源於中小商人、中小民族資本家、下層官員等，土地資本、商業資本在中產階層的資本構成中佔有相當大的比例，中產階層用於消費的現金量所佔比例不高。同時，中產階層在廣州社會階層中的比例偏低，其消費力與社會上層有很大的差距。如廣州一位普通塾師記載，光緒二十二年（1896），其存銀才六兩六錢九分二釐，雖然每月有數元的工資，還有一些其他收入，但其生活較爲節儉。光緒二十二年（1896）一月至四月，其生活消費性支出爲銀二十二兩，食品消費支出占到總支出的一半以上〔註43〕。對於當時流行的時髦洋貨，則消費不多。

20 世紀初期，隨著社會流動性的增強和新興行業的增多，一些新的職業群體收入水平有大幅度的提高，從而可以進入社會中層的行列。如當時廣州興辦的一些官辦企業，其高級管理者的收入頗爲可觀，如廣州自來水公司成立不久，於 1909 年由董事局公議「總理每月支薪水銀一百兩，夫馬銀五十兩」，廣東官紙印刷局的高級管理人員工資更高一些，「會辦一員，月支薪水銀二百八十兩」〔註44〕。這一收入水平在當時廣州企業管理人員中尚屬較低水平，但是，這僅僅是薪水，不包括企業的年終分紅，從收入水平看，他們

〔註42〕《近代廣州口岸經濟社會概況——粵海關報告彙集》，第 1051 頁。
〔註43〕《進支銀簿》，光緒二十二年（1896）。
〔註44〕廣東清理財政局編：《廣東財政說明書》卷十六。

無疑屬於中等收入階層。同時，城市消閒娛樂業的發展，使一些娛樂場所的明星也邁入中等消費者階層。例如清末廣州戲劇消費非常盛行，一些戲班的名角，由於演技高超，受到戲迷的喜愛，身價倍增，從政治地位而言，他們不可能享有較多的政治話語權，但是從經濟地位看，少數伶人的收入，則可以完全進入社會中層。如光緒中期華天樂班和四喜京班的幾個名角，「其工金動至四五千之多，以一年之力而得中人之產，亦可謂聲價高矣」〔註45〕。他們所擁有的文化資本，也足以讓社會中下層人士側目，達官富紳也視若上賓。又如一些高級塾師，由於享有很高的學術聲譽，年金可達千元以上，成為豪富們競相聘用的對象，受到社會的普遍尊重，享有很高的經濟和社會地位。

中產階層作為報刊的重要受眾群體，其整體作用不容忽視，他們往往具有強烈的革新願望，對外界的反映十分靈敏，模仿和創造力較強。相當部分中產階層擁有較為豐厚的文化資本，對知識和新事物的傳播起著紐帶作用。中產階層是消費文化的新主角。20 世紀初期，隨著中產階層整體地位的提高，報刊廣告在推銷時尚商品時，往往將中產階層的生活方式與前衛和潮流結合在一起，並賦予豐富的消費想像，從而激勵購物的動機。當時報刊所刊登的保健品、化妝品（圖3-10）、電器、服裝廣告，都注意突出「新潮」、「地位」，將中產階層分為企業家、美術家、小說家等新興職業，為他們的身份貼上商品標籤，從而創造出更多的消費需求。

圖 3-10：法國香水廣告

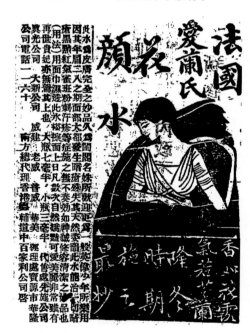

《廣東中華新報》，1918 年 2 月 24 日。

清末，隨著捐納制度的普遍推行，通過捐納取得功名、職銜所需的官場消費支出下降。大商人通過捐納可以比較輕易地獲得紳士的身份。紳商聯合

〔註45〕 《伶人徙迹》，《廣報》，1887 年 11 月 17 日，第 1 頁。

的情況已經很普遍，形成了人數頗多，影響頗大的亦商亦紳群體。富裕商人和少數中高級官僚成為廣州上層社會階層的主體。同時，一些民族工業領域的資本家，擁有數以百萬計的財富，也躋身於社會上層的行列。與中產階層相比，社會上層具有物質消費方面的優勢，他們對日常生活的開支，有比較自由的發揮空間。同時，作為社會地位的象徵，上層人士必須有僕役為他們的家庭生活服務，「他們（僕役）的唯一任務是懵懵懂懂地侍侯主人，從而證明他們的主人有力量消費大量不生產的勞務。……這些人的一生是消耗在如何保持一位有閒紳士的尊榮這一點上。其結果是，一部分人為主人生產財貨，另一部分人，大都是以主人的妻子或正妻為首，則在明顯有閒的方式下為主人進行消費，以證明主人能夠經受金錢上的巨大損耗而不影響到他的財富」〔註 46〕。通過代理消費和代理有閒，突出上層人物的社會地位和經濟實力，是其消費支出的一大追求，這就為奢侈品和娛樂業廣告提供了廣闊的消費市場。社會上層對貴重物品的明顯消費是他們博取榮譽的一種手段，上層人物要維持屬於自己階層的生活水準，必須不斷地進行金錢競賽，這种競賽，是促進奢靡之風流行的原動力。20 世紀初期，報刊刊登的留聲機、高級鐘錶、高級傢具廣告，主要以社會上層為受眾對象。

二、廣告傳播範圍的擴大

　　報刊受眾的成長是一個漫長的過程，尤其在傳統社會，由於受經濟發展水平和家庭消費能力的制約，即使像廣州這樣的商業都會，普通民眾的教育水平仍然較低，這在鴉片戰爭之前更為明顯。1833 年，《東西洋考》面向廣州發行時，由於訂閱量極少，不得不免費贈送。由此可見，一般民眾對報刊這種新媒介還非常陌生，與 19 世紀初期西方工業革命所帶來的購物狂歡不同，當時的廣州，儘管是中國最為開放的城市，但除了十三行一帶具有國際情調外，在其他城區，仍然處於較為封閉的狀態，一般民眾對於外來信息的接受，多依賴人際傳播。民眾對於報刊這種新媒介，尚缺乏足夠的閱讀興趣。這一方面與當時報刊本身的宗教、政治色彩有關，另一方面則表明了報刊傳播缺乏民意支持。所以，儘管《東西洋考》推出的《省城洋商與各國遠商相交買賣各貨現時市價》欄目，刊登具有較高商業價值的貨價行情，但在廣州當地並沒有引起應有的反響。進出口商品的價格對於城市普通民眾的

〔註46〕　〔美〕凡勃倫著，蔡百受譯：《有閒階級論》，第 50 頁。

日常生活並沒有產生多大影響，民眾日常消費所需的商品，並不能通過報刊貨價行情得以反映。傳教士注意到了進出口貿易信息的重要性，但還不太可能深入廣州市場，為一般民眾的生活提供「價格指導」。因此，《東西洋考》對貨價行情的報導近延續了 6 期便無果而終，中國內地早期的中文報刊在培育廣告受眾方面，並沒有找到合適的方法和途徑。有竹枝詞描寫早期的新聞紙云：「一紙新聞海上傳，旁搜博採廣敷宣。所聞所見未聞見，拉雜書成日日編。」〔註47〕

19 世紀五六十年代，香港、上海的報刊相繼大篇幅刊登廣告，如《遐邇貫珍》在 1855 年的第一期便有「布告編」，1859 年的《香港船頭貨價紙》是一份以船期、船務和貨價、行情為主的報紙〔註48〕。而創刊於 1861 年的上海《中外新報》則對船期以及船隻停靠碼頭的航運消息、洋銀、銅錢兌換率等的銅錢價、各地物價信息及地皮買賣租賃等各種廣告〔註49〕。但是，1865 年創辦的廣州《中外新聞七日錄》，除了最初出版的幾期中刊登了幾則廣告性質的文字外，這張依託於惠愛醫館的報紙，是湛約翰和其他美國傳教士進行醫學布道的媒介。因此，該報與廣州商業市場並無接觸，對商業廣告亦不感興趣，受眾難以得到有用的商貿信息。

1880 年代，廣州人自辦的報刊，由於具有贏利的目的，開始重視刊登廣告。1884 年，《述報》刊登的 7 則廣告，其中 6 則為海墨樓書局的書籍廣告，成為海墨樓書局擴大業務的重要信息發佈園地。由於《述報》關心中法戰爭等重大政治新聞，受眾對象中知識分子群體佔有很大的比例，而書局的主營業務仍然以出版書籍為主，通過刊登書籍廣告吸引受眾的注意，是書局擴大影響的重要手段。而當時的廣州洋行和其他商鋪，對於報刊廣告的營銷效果並沒有引起足夠重視。與當時上海《申報》每期五花八門的商品廣告相比，當時廣州《述報》傳播商業信息的功能尚未得以充分體現。

1886 年的《廣報》，則注意借鑒《申報》的先進經驗，對於報刊版式設計和印刷質量都有較大的改正。《廣報》主要面向廣州發行，地方新聞佔有很大的比重。為了擴大廣州銷售市場，《廣報》加大了商業信息傳播的力度，《廣報》每期所刊登的貨價行情，立足於日常消費品價格的報導，特別是對米價、

〔註47〕〔清〕陳坤：《嶺南雜事詩鈔》卷五。

〔註48〕卓南生著，《中國近代報刊發展史》，第 106 頁。

〔註49〕趙楠：《十九世紀中葉上海城市生活──以〈上海新報〉為視點》，《史林》，2004 年第 1 期，第 34 頁。

油價、豆價、水產品的分析（圖 3-11）。《廣報》所
刊登的貨價行情，對同類商品的幾乎所有品種及其
價格都進行分析，有助於受眾全面瞭解市場行情。
由於《廣報》每期都刊出市場行情，受眾可以動態
地瞭解廣州一個階段以來物價的變動情況，為日常
消費提供參考，也為各類投資者和商人提供決策信
息。這類看似枯燥的數字，其實隱含著重要的商業
價值。

　　《廣報》注意受眾的投資興趣，還經常刊登《股
份價值行情》，這是香港、廣州等地的銀行、保險公
司和其他股份公司的股價行情的最新告示，為受眾
提供真實可靠的一手信息。其廣告云：「香港上海銀
行現每百員值銀一百四十三元，於仁保險公司每股
價銀八十七元五，中外保險公司每股現值銀六十五
元五……」〔註50〕共列舉了 25 家公司的股份價值，
這類股份行情，與貨價行情有著較大區別。其受眾
對象有相當一部分是投資者，其信息指向十分明
確，刊登此類信息，對於提高受眾的閱讀興趣，滿
足受眾的投資需求，有著一定的作用。

　　《廣報》還為廣告主提供了「話語」表達的平
臺，一些廣告通過對某些商業糾紛的揭示，表明了
廣告主的價值觀念與傳播傾向。如一則《客寓聲明》
廣告云：「仙湖街大學士祠，用福來升號作試寓公館
生意，三十餘年，大公至正，上用悅來字號，生理
亦均，公正誠實，遠近咸知。惟本年用差司事人，
親戚、兄弟、朋友無一不被其欺騙，生客更甚，東
家之被其騙資更不必言矣。且無辜負累東家耗去訟
費一百餘兩。生意因之減色。今已新人接手，改換
字號，地方乾淨，招呼週至，特告貴客，以便光顧

圖 3-11：貨價行情

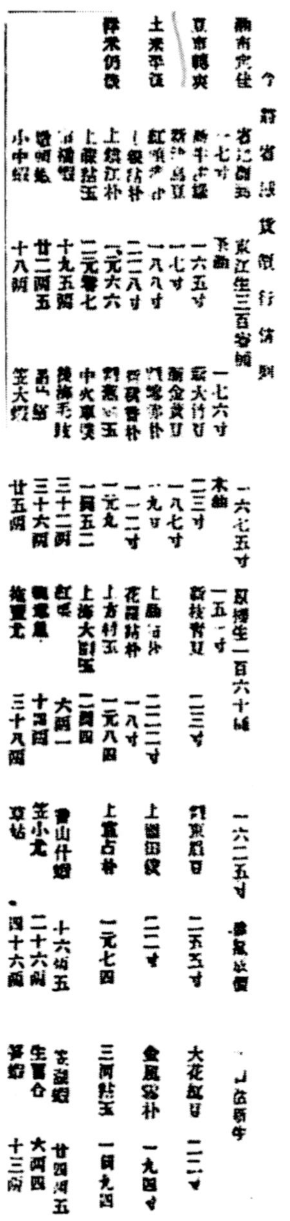

《廣報》，1887 年 18 月 20 日

〔註50〕　《丁亥年九月二十九日禮拜壹股份價值行情》，《廣報》，1887 年 11 月 15 日，
　　　　　第 2 頁。

焉。」〔註 51〕可見，這家旅店刊登廣告的用意比較明確，就是要消除原有品牌的不良影響，以新的形象引起廣大受眾的注意。另外，《廣報》還刊登藥品、書籍等其它類型的廣告，與當時的商業市場開始接軌，對於受眾的訴求較為重視。

1890 年代後，報刊媒介的重要性進一步彰顯，隨著報刊發行量的不斷增長，受眾數量也不斷上升。《嶺南日報》、《中西日報》等報刊開始刊登戲院廣告，這類廣告不僅為戲院提供了商業推銷的機會，也為一般受眾的文化消費提供了更多的信息流。如位於珠江河南的大觀戲院，在 1893 年 11 月的《嶺南日報》上預告節目：「初七日正本，演至初九，共戲六套，初七正本西河會，初七晚演出頭江南盛……初八日正本說群賢。」同時，該戲院還在廣告中定期公佈票價，以供不同類型的消費者選擇。「男位：藤椅，日收銀三錢二分，夜收銀三錢六分，木椅，日收銀一錢二分，夜收銀一錢二分；女位，藤椅，日收銀三錢六分，夜收銀四錢五分，木椅，日收銀一錢二分，夜收銀一錢二分」〔註 52〕。這種根據座位、時段、男女性別等劃分的票價，適應了不同類型受眾的需求，體現出報刊廣告在傳播娛樂信息方面的準確性和細緻性。

三、報刊發行與廣告傳播

20 世紀初期，隨著各種新思潮在廣州社會的影響力不斷擴大，各類報刊紛紛利用輿論陣地爭奪潛在的受眾。報刊市場的分割進一步加劇，受眾的教育水平、思想觀念、閱讀興趣對報刊的傳播產生直接影響。一些革命派和立憲派的政黨性報刊，由於是獨立經營，為籌措資金，擴大政治影響，都非常注重商業化運作。如《國事報》、《羊城日報》、《光華報》、《震旦日報》等，頭版基本上刊登廣告，以獲得更多的資金來源，這些政黨性報刊的廣告版面一般占到一半以上。而商業性報刊的廣告性質則更為濃厚。如《七十二行商報》每期第一、二、五、六、八版都是廣告，第三版上半部分也刊登廣告，廣告內容占全部版面的 2 / 3 以上。最大程度地滿足廣告主的要求，提高報刊的贏利水平，突出商業信息的獨特價值，是商業性報刊的主要經營方針。正如 1905 年廣東總商會倡辦《商務報》時所言：「以啟發商智，聯絡商情，宣

〔註 51〕 《客寓聲明》，《廣報》，1887 年 11 月 15 日，第 2 頁。
〔註 52〕 《河南大觀戲院大有年》，《嶺南日報》，1893 年 11 月 15 日，第 1 頁。

達隔閡，研究實業爲宗旨。」〔註 53〕清末民初，隨著時事性與商業性報刊的增多，報刊在廣州社會的影響力不斷增強，受衆可以根據政治傾向、個人偏好和信息訴求選擇合適的報刊。

爲了維護報刊業的共同利益，廣州在全國較早成立了報界同業公會，同業公會雖然是鬆散型的社團，但針對報刊業共同面對的問題，往往會達成一致的協議。如《廣州總商會報》就刊登了約束派報工人和受衆繳費的廣告：「現同業決議，凡購報代派之工人，如有拖欠尾數諭十分之一者，即公同扭解地方官押追。閱報諸君亦請歲晚清數，如有少欠，派報人開列門牌、公司、名號，公司登報，閱者幸垂諒焉。」〔註 54〕這種集體意義上的規約，對於分散的受衆而言，存在著一定的權益不對稱。如 1912 年，廣州各大報刊針對紙張、油墨價格上漲而統一上調報價，並刊出《廣州報界全體廣告》，其稱：「現因紙墨騰貴，決議舊曆七月起，實行每月每份照舊加收一毫。本城派報人每張收銀一分三釐四，鄉代理派報人每張收銀一分四釐，零沽每張四仙。如有暗中短價者，查出照章議罰。」〔註 55〕（圖 3-12）當然，這種統一漲價的決議，對於規範報刊發行市場有著一定的積極意義。

隨著報刊發行量的增長，報刊受衆的規模迅速擴大。在 19 世紀 90 年代前，廣州報刊發行處一般設立在書局或者書樓，如《廣報》在廣州城內的唯一派報處就設在「雙門底聖教書樓」〔註 56〕，這裏是讀書人雲集的地方，設立銷售點，便於受衆及時購買。而 1892 年的《中西日報》（圖 3-13），則在廣州城內設立 6 個「派報掛號處」，包括「本城黃黎巷福昌書信館、同興街萬泰打餉店、杉木欄逢源席店、馬鞍街美南鞋店、雙門底聖教書樓、西門口永盛號」〔註 57〕。其中有 4 個代銷點爲商業店鋪，說明《中西日報》的受衆中，有相當一部分人選擇在店鋪購買報刊。店鋪作爲商品交易的場所，爲報刊的發行提供廣闊的空間，店鋪充當報刊發行處具有雙重意蘊：一是由於代理報

〔註 53〕　《東方雜誌》，1905 年第 2 卷第 3 期。

〔註 54〕　《報界同業廣告》，《廣州總商會報》，1907 年 2 月 18 日，第 4 頁。

〔註 55〕　《廣州報界全體廣告》，《民生日報》，1912 年 9 月 11 日，第 5 頁。報界公會作爲清末民初的重要社團組織，不僅對報刊業的經營管理制定了諸多制度和協議，同時，它作爲媒介協會的價值導向作用和商會影響力也值得關注。關於這一問題的具體討論，可參見趙建國的《全國報界聯合會述論》，《新聞與傳播研究》，2007 年第 1 期。

〔註 56〕　《廣報》，1887 年 11 月 16 日，第 1 頁。

〔註 57〕　《中西日報》，1892 年 6 月 18 日，第 1 頁。

圖 3-12：廣州報界全體告白

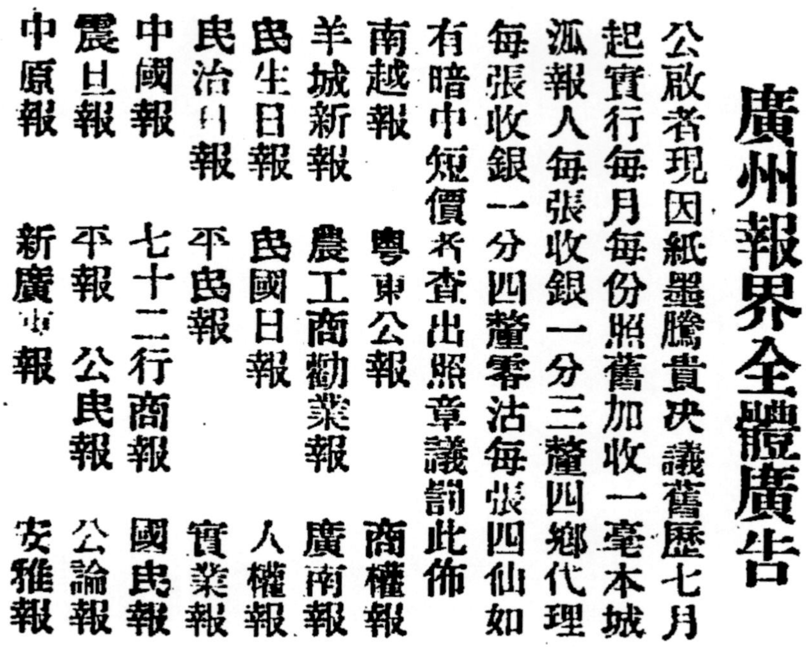

廣州報界全體廣告

公啟者現因紙墨騰貴決議舊歷七月
起實行每月每份照舊加收一毫本城
沽報人每張收銀一分三釐四鄉代理
每張收銀一分四釐零沽每張四仙如
有暗中短價者查出照章議罰此佈

南越報　　粵東公報　　商權報
羊城新報　　農工商勸業報　　廣南報
民生日報　　國國日報　　人權報
民治日報　　平民報　　實業報
中國報　　七十二行商報　　國民報
震旦報　　平報　公民報　　公論報
中原報　　新廣東報　　安雅報

《民生日報》，1912 年 9 月 11 日。

圖 3-13：《中西日報》

中　西　日　報
CHUNG HSI YET PAO.

1892 年 7 月 2 日。

刊發行，店鋪便具有傳播信息，溝通消費者的功能。二是對於受眾而言，在
店鋪購買報刊，是在商業環境中的消費行為，受眾可能就是店鋪的顧客，或
者臨近的街坊。這些受眾不再限於「知識分子」的身份，他們與店鋪消費者
的身份可能混同，但可以肯定的是，店鋪這一大眾化的報刊銷售和閱讀場
所，在一定程度上實現了「文化下移」。普通民眾可以在附近的店鋪實現文化

消費行爲，這是報紙廣告取得營銷傳播效果的重要前提。正是由於報刊與商業的聯姻，使其經營成本不斷降低。早在 1893 年，《嶺南日報》就在報頭之下的顯著位置，向受眾宣稱：「今日另出附張，不加分文。」〔註58〕如果沒有大量廣告所帶來的利潤，精明的報刊經營者顯然是不願意隨便增加額外成本的。

廣告版面的增加，不僅有效地降低報刊營運成本，還爲報刊的擴張創造了條件。在 20 世紀初期，廣州各大報刊紛紛擴充版面，在增加新聞內容的同時，將廣告視爲盈利的最主要手段。廣告內容涉及藥品、房地產、金融、文化教育、博彩、機器、飲食、娛樂等各個行業，與商業社會融爲一體。報刊廣告成爲消費時尚的風向標，也是商業繁盛的表徵。在商業文化的影響下，報刊廣告獲得極爲廣闊的市場，並通過發行市場的促銷，不斷深入民間社會，推動報刊文化的流行。同時，報刊爲適應普通受眾的需要，在辦報風格上也朝著通俗平實的風格轉移，以迎合大眾化閱讀的需求。正如《賞奇畫報緣起》所言：「本報程度以合於普通社會爲主，圖說互用，務令同群一律領解。」〔註59〕文

圖 3-14：《遊藝報》

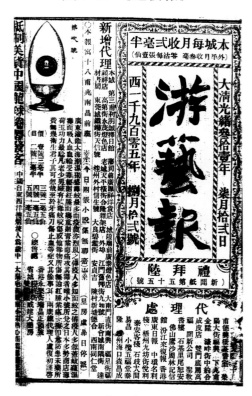

1905 年 8 月 12 日。

字的通俗化，使報刊受眾群體不斷擴大。如《遊藝報》（圖 3-14）是一家著名的休閒娛樂類報紙，該報刊登了大量的酒樓茶樓、藥品廣告，特別是治療「花柳病」廣告，所佔版面甚多，這與其經常報導娛樂新聞和花邊趣事有關，其受眾對象多爲「有閒人士」，此類廣告的針對性較強，傳播效果較好。正是由於對受眾的細分，《遊藝報》在頗爲著名的「德興橋茶香室」設立代理處，以

〔註58〕　《嶺南日報》，1893 年 11 月 15 日，第 1 頁。
〔註59〕　《賞奇畫報緣起》，《賞奇畫報》，1906 年第 1 期。

供鬧市中的「閒人」購閱。而《天趣報》更是將售報處開到了陳塘附近的酒樓，這些酒樓與妓院爲鄰，爲酒色俱全的銷金之窟，《天趣報》的色情廣告和妓院新聞，恰好滿足了好色之徒的消費需求。由此可見，報刊廣告市場的細分化與受眾的閱讀偏好有著密切的聯繫。

哈羅德·伊尼斯指出：「廣告業在大城市至關重要，加強了大報的財政地位，使報紙之間和城市之間的競爭更加激烈。」〔註 60〕清末廣州報刊及其廣告的多元化、通俗化態勢，極大地促進了報刊銷售量的提高，不僅像《羊城日報》這樣的大報發行量達到數萬份，一般報刊的發行量亦在數千份以上。報刊發行量的迅速增加，使城市文化傳播發生了偏向。在 19 世紀中期以前，廣州報刊的發行量較少，文字傳播的主要載體是書籍，而書籍的受眾對象是當時的知識分子群體，一般民眾由於受知識水平、購買力的約束，難有機會閱讀書籍。即便如此，書籍與報紙相比，仍然具有很大的局限性，正如加布里埃爾·塔爾德所言：「書籍不可能產生報紙那樣的重大影響，這是因爲，雖然書籍使操同一種語言的讀書人都感覺到同樣的語文身份，但是它們並不關心當前令人興奮的問題，文學有力地驗證了民族的生存狀況，但是激勵民族活力並使之萬眾一心、眾志成城的，正是報紙每天的波動狀況。人們從報紙推出的具體事實中獲得趣味性，書卻不是這樣，書籍吸引讀者的辦法，主要是靠它思想內容的普泛性和抽象性。」〔註 61〕19 世紀末，隨著廣州消費型經濟的繁榮，廣告業有效地推動了報刊的快速發展。報刊與書籍在文化消費市場並駕齊驅，並有超越書籍的態勢。這是因爲，報刊有效地傳遞了「大都會的公開的閒話」，特別是對受眾身邊「世俗的、日常的東西」大量報導，極大地調動了民眾的閱讀興趣。在其他信息傳播渠道較爲狹窄的情況下，報刊廣告所提供的「購物指南」，顯然是最爲可信的商品信息來源。報紙給受眾以親切感，爲受眾提供大量有用的信息，「因此，報紙起初就像私信，其對象是個體的人，它只是私信的若干份抄本而已。……它正在成爲全世界每個人閱讀相同的東西」〔註 62〕。

〔註 60〕 〔加〕哈羅德·伊尼斯著，何道寬譯：《帝國與傳播》，中國人民大學出版社，2003 年版，第 172、173 頁。

〔註 61〕 〔法〕加布里埃爾·塔爾德著，〔英〕特里·N·克拉克編：《傳播與社會影響》，中國人民大學出版社，2005 年版，第 237 頁。

〔註 62〕 〔法〕加布里埃爾·塔爾德著，〔英〕特里·N·克拉克編：《傳播與社會影響》，第 245 頁。

　　受眾的重要性也受到了社會精英尤其是報界知識分子的高度關注。廣州《半星期報》（圖 3-15）的主編就對報刊的普及與受眾的成長提出了很有針對性的評論，由此可以反映出當時媒介生態環境的變化，其文云：

圖 3-15：《半星期報》封面

1908 年第 4 期。

> 報紙爲國民之暮鼓晨鐘，凡具耳目者，應無人不日手一報紙，以當遊歷所不及，使社會鉅細如在目前。果爾，以廣東三千萬之眾，應有日銷一萬份報紙之報館三千家，詎統廣東全省，凡日報、旬報、月報、無定期之雜誌，不滿三十家，而每家之所謂暢銷者，仍不及萬份。即合上海、香港及外界報紙之入廣東流域者，亦不滿三萬份。攤勻計之，約二百人中僅有閱報紙者一人。嗚呼，庾嶺以南不啻一盲國也，不啻一聾邦也！雖然我廣東人非眞盲且聾也，惟不閱報紙，於中外時事，一無所聞；於新舊學說，絕少研究。雖日居高樓大廈，日走通衢大道，猶面壁而立也，又安得不長在黑暗哉！毋怪乎官賊交迫，東西侵淩，而一般不痛不癢之民，仍酣鼾睡也。〔註63〕

論者顯然對當時廣東報刊發行量深感不滿，但這種批評是針對廣東全省新聞業發展狀況而言的，而廣東報刊絕大部分集中在廣州，以廣州報刊發行量計算，顯然廣州受眾的閱讀閱讀率要遠遠高於全省水平。1907 年的廣州《振華五日大事記》就介紹了當時廣州報刊市場情況：「吾見乎粵省區區一府之地，則有所謂官報，有所謂學報，有所謂商報，有所謂畫報十餘家。其報紙之出版也，日以萬餘計焉。」〔註64〕當然，《半星期報》的評論也反映了新聞界和

〔註63〕　《說中流以下閱報之簡捷法》，《半星期報》，1908 年第 2 期，第 2～4 頁。
〔註64〕　《報界政界之關係》，《振華五日大事記》，1907 年第 2 冊。

知識界對普及報刊的焦慮之情，正是在這樣的背景下，清末民初廣州報刊業得到了快速發展。1912 年 9 月 11 日，《民生日報》刊登了《廣州報界全體廣告》，統計當時的報紙有：《南越報》、《粵東公報》、《商權報》、《羊城新報》、《農工商勸業報》、《廣南報》、《民生日報》、《民國日報》、《人權報》、《民治日報》、《平民報》、《實業報》、《中國報》、《七十二行商報》、《國民報》、《震旦報》、《平報》、《公民報》、《公論報》、《中原報》、《新廣東報》、《安雅報》〔註65〕等 22 種。

　　隨著報刊的不斷增長，廣告也通過依附於報刊，擴大了受眾閱讀的範圍。報刊受眾的增長，與教育水平和「閱讀率」有著直接聯繫。如何提高報紙的影響力，也受到報界精英的關注，《半星期報》的評論從受眾的消費水平、消費傾向、閱讀能力等方面進行了分析：

> 凡中流以下之不閱報者，卻有二端：一則乎作勞動，月得無幾，俯仰衣食無不賴之。值此艱難時代，救死不贍，則閱報之費似無所出，其難一：一則中流以下，識字能解文義者，是鮮其人。雖有人日送千百份報紙來，亦多得些蓋瓮物。如俗語所謂盲佬挽燈籠無異，其難二。惟有此二難，無法補救，聽我廣州三千餘萬之人，不啻盲聾者，永遠占十之八九，則我廣東復何忘耶！我中國復何望耶！是以鄙人籌有閱報簡捷之法，以爲中流以下之諸君，告夫諸君多農業、商中人也，其家居則有食熟烟錢，此無益之耗費也。其在則有禡祭費，有飲茶錢，有店用下欄錢，此工值外之餘款也。若節其三分之一，以錢□蓄之，均足以閱報一份二有餘，其法一：至鄉里以內，必有學子，一店之中，必有稍通文墨之人，倘值工夫，餘暇移其講《水滸》、《西遊》、嫖經博情之閒話，將是日之報紙，宜宣讀講解，以開導鄉里同伴之不識字者，彼未有不大快，其法二。〔註66〕

顯然，論者對中流以下社會階層難以讀報感到失望。對如何提高報刊文化的影響，提出從兩個層面解決問題，一是需要受眾有消費偏好和閱讀興趣，二是需要民間知識分子著力傳播報刊信息。因此，只有當報刊滲透到民間社會，

〔註65〕　《廣州報界全體廣告》，《民生日報》，1912 年 9 月 11 日。從這些報刊的名稱可以看出，當時廣州報刊主要有兩類，一類是隨著辛亥革命的勝利，以倡導民主、進步爲主調的資產階級革命派報刊，一類以倡導實業和商務爲主要特色的報刊。

〔註66〕　《說中流以下閱報之簡捷法》，《半星期報》，1908 年第 2 期。

使普通民眾有機會成爲報刊受眾時，社會才會逐步走向文明和開放。雖然論者沒有直接提及報刊廣告的傳播，但是，如果沒有報刊的大眾化，廣告傳播的社會空間就會受到明顯限制。

當然，普及報刊文化的關鍵問題還是受眾是否能進入「閱讀門檻」。清末民初，廣州新式教育和傳統私塾教育都取得了長足進步，廣州是中國最早接觸「西學」的城市，對西式教育頗爲推崇，《申報》有評論云：「其通商最先，與洋人又相習最久，諸童幼而習之，長而狃焉，且地處濱海，人皆習於風濤，遠與險固非其所畏也。」〔註67〕1892 至 1901 年的《粵海關十年報告》客觀地反映了當時廣州人對西式教育的渴求：「廣州人中有很多人都想學習英文，因此，每年都有一些私立學校開辦，以滿足這一需求。但在許多情況下，這些學校的老師根本不適合他們所教的科目，不過他們所得到的支持表明了那裏對教育的需要。現在廣州人當中出現了這樣一種趨勢：放棄舊學，學習西方學科，特別是各種科學知識。」〔註68〕在重視新式教育的同時，廣州人對於傳統私塾教育仍然保持著強烈興趣，誠如《嶺南雜事詩鈔》中所載：「廣州人多好學，聘名師訓子弟，不憚遠道，不惜重修，一家之力不足，聯約數家、數十家而集其成。」〔註69〕清末民初，「廣州雖設立教育局屬行教育，但私塾仍日多一日。塾童送塾師竟有年修達百金之優厚者，粵人重視私塾，於此可見」〔註70〕。新舊教育制度的並存，極大地推動了廣州基礎教育的普及，促進了民眾文化教育水平和閱讀能力的提高。據 1912 年廣東警察廳對廣州 7 至 10 歲男女兒童入學狀況的調查顯示：「男童計一萬二千六百四十九人，現就學者，五千一百六十人，未就學者，七千四百八十九人；女童共一萬一千三百七十一人，現就學者，一千五百零二人，未就學者，九千八百六十九人。」〔註71〕各類學校的快速增長，意味著許多社會中下層的子弟有機會接受新式教育，從而在整體上提高了城市文化教育水平，爲報刊受眾的成長提供了良好的文化氛圍。清末，《廣東白話報》、《婦孺報》、《女界燈學報》等報刊以社會下層受眾爲主要閱讀對象，內容淺顯，通俗易懂。如《婦孺報》在《例言》中稱：「本報以淺順爲主，使婦孺讀書四年者即可閱

〔註67〕　《論廣東招選學童事》，《申報》，1886 年 3 月 20 日。
〔註68〕　《近代廣州口岸經濟社會概況——粵海關報告彙集》，第 938 頁。
〔註69〕　陳坤：《嶺南雜事詩鈔》卷四。
〔註70〕　雷夢水等編：《中華竹枝詞》（4），第 2912 頁。
〔註71〕　《男女童就學人數之調查》，《民生日報》，1912 年 7 月 11 日，第 5 頁。

看」。〔註72〕

1919 年左右，廣州本地報刊已超過 30 家。報刊的發行量也呈普遍上升的態勢，當時主要報刊的發行量如下表所示：

表 3-5：1919 年前後廣州主要報刊的發行量　　　　　　（單位：份）

報刊名稱	發行量	報刊名稱	發行量	報刊名稱	發行量
七十二行商報	3000	廣州晨報	4000	國華報	16000
羊城報	4000	廣州共和報	6000	新報	4000
人權報	5000	廣東報	3000	眞共和報	8000
共和報	5000	新國華報	3000	互助報	600

資料來源：《粵海關十年報告》（1912～1921），見《近代廣州口岸經濟社會概況——粵海關報告彙集》，暨南大學出版社，1995 年版，第 1057 頁。

儘管這統計數字不一定十分準確，但大體可以看出當時報刊市場的發展態勢。除了《互助報》之外，其他報紙的發行量都超過 3000 份，這些報紙主要在廣州發行，僅以這 12 家報紙為例，總計 61600 份的發行量，當時廣州人口，「據說為 150 萬」〔註73〕。按照統計的報刊發行量，如果這些報刊有在廣州地區一半發行量，大約每 50 人擁有一份報紙應該是比較一個保守的估計了，報刊受眾的數量由此可見一斑。

報刊的同質化、新聞內容的趣味性和廣告傳播的多樣化，極大地改變了清末民初廣州民眾的文化消費狀況。讀報不僅是知識分子的「分內之事」，也逐漸成為許多民眾的日常生活習慣。隨著報刊價格的不斷降低，更多的下層人士參與到讀報的行列中來，發行範圍的擴大使報刊的公共空間不斷拓展，並逐步消弭了受眾的身份差異。報刊紛紛在店鋪、茶樓設立代銷處，說明了它已經深入民間社會，成為大眾化的閱讀對象。不僅稍有文化的普通民眾可以隨時加入到讀報的行列，在清末，一些深處高牆之內的妓女，也能通過閱報而知曉天下事。一些妓女在空閒時，對報紙新聞頗感興趣，如《天趣報》就描寫一位妓女彩玉，「持某報與讀」，恰恰該報載有一封信，題為彩玉致十八郎書，「梁為之誦解，校書聞之，罵不絕口，並謂該函乃十八自作多情，並

〔註72〕　《例言》，《婦孺報》，1904 年第 8 期。

〔註73〕　《近代廣州口岸經濟社會概況——粵海關報告彙集》，第 1011 頁。

非我所寄云云」〔註74〕。在清末廣州，許多報紙新聞特別是花邊新聞具有一定的娛樂性，其眞實性自然有待考究。而這位妓女通過讀報，瞭解到一些社會動態，表明了報刊受眾群體不斷擴大的趨勢。

　　值得注意的是，隨著清末報刊的增多，廣州報業同行成立自治性組織以維護團體利益。其個中緣由，正如《東方雜誌》所云：「粵省報界同仁，以粵報業幼稚，非聯結團體，維持研究，不足以發達言權，灌益社會。」報界公會的成立，是報業聯繫受眾的重要中介。「附設一閱書報處，招待外界人士入座翻閱，藉開民智，而廣社交」〔註75〕。閱報處是報界公會與受眾之間保持密切交往，提高辦報質量的重要舉措。同時，受眾通過集體讀報活動，可以交流思想，拓廣視野，增長才智。這種集體性的讀報活動在清末廣受歡迎，乃至廣州城郊亦有閱書報社，如「番禺瀝滘鄉公立閱書包社一所，業已開辦」〔註76〕。隨著報刊發行範圍的擴大，廣東其他地區也出現了閱報社，如新會縣荷塘鄉一位叫黎灌甫的開明人士，「聯集同志在該鄉組織一閱書報社，以期開通鄉人智識，現經成立，一切新出興圖書籍及省港滬各報購置齊備，昨日開幕，各學界、紳界、商界到參觀者約數百人。」〔註77〕一些開明女子也創辦書報社，有報導云：「南海沙頭鄉已有女閱書報社，茲聞省城黃女士韻玉，亦糾合同志女士杜清持等十九人，在城西創設一女子閱報社，以愛群閱書報社爲定名，即可開辦。」〔註78〕清末女性報刊受眾的增多，不僅反映了廣州教育的進步，也進一步驗證了報刊在社會的影響程度之廣。

第三節　受眾與消費文化變遷

　　受眾既是報刊市場的推動者，也是消費文化的塑造者。他們通過閱讀報刊廣告瞭解市場動態、商品行情和消費潮流，並利用獲得的信息指導消費實踐，在具體的消費行爲中不斷推動著消費文化的發展。

　　報刊的發展始終受到受眾需求的制約和牽引，正如丹尼斯・麥奎爾所言：

〔註74〕　《採玉對客辯誣》，《天趣報》，1910 年 12 月 22 日。
〔註75〕　《東方雜誌》，1908 年第 5 卷第 6 期。
〔註76〕　《東方雜誌》，1907 年第 4 卷第 7 期。
〔註77〕　《新會荷塘鄉又有閱書報社出現》，《廣州總商會報》，1907 年 10 月 11 日，第 5 頁。
〔註78〕　《東方雜誌》，1904 年第 1 卷第 10 期。

「大眾媒介的發展歷史表明，受眾既是社會發展的產物，也是媒介及其內容的產物。人們的需求刺激出更適於他們的內容供給，或者說大眾媒介有選擇地提供那些能夠吸引人們的內容。」〔註79〕受眾聯繫著媒介和社會，是社會發展的見證者和推動者。而報刊廣告業的發展，不僅爲報紙的大眾化提供了條件，也使受眾的活動範圍更加廣闊，有力地推動了消費文化的空間擴張。因此，受眾發展的歷史，與消費文化有著密不可分的關係。

一、商業文化視閾下的社會流動

鴉片戰爭前，廣州報刊發行量很少，英文報刊主要面向廣州外商和海外市場，《東西洋考》、《各國消息》等中文報刊主要採取贈閱的方式，受眾對象十分有限。由於中文報刊以宗教布道和政治說教爲主要目的，缺乏商業經營的眼光，難以與當地商業市場建立緊密的聯繫。而十三行壟斷貿易，使資本和貿易資源被極少數行商壟斷，由於他們與外商建立了密切的聯繫，對於貿易信息的收集，更多地依賴人際傳播，依靠與地方官員和外商之間的特殊資源，少數行商成爲世界級富豪。廣州商人之富，歷來爲西方人所羨慕。如十三行怡和行商伍秉鑒，在道光十四年（1834）之財產總額，爲二千六百萬以上。同孚行行商潘正煒，「每年消費三百萬佛郎，其財產竟尙富於一國王之地產。資產超過一萬萬佛郎，……彼之家園窮奢極侈，以雲石（大理石）爲地，以金、銀、珠、玉、檀香爲壁」〔註80〕。在西方人眼裏，道光年間，廣州行商是世界上最爲富裕的商人，他們的消費水平，可以與西方王室媲美。而十三行行商之外，一般中小商人要獲得貿易資源，則非常困難，他們的業務受到行商的限制，難以在整體上形成一股強大的對抗力量。由於傳教士創辦的報刊在辦報方針上並沒有考慮一般民眾的消費需求，遠離廣州地方社會的宗教說教和西方新聞難以引起普通民眾的注意，從而使官商與下層民眾都對報刊漠然視之。從總體上看，報刊與廣州商業社會的疏遠，使其作爲新媒介的作用受到極大限制，與當時較爲發達的書坊業相比，報刊並沒有在民眾的文化消費和消費文化的發展中取得應有的位置。

鴉片戰爭後，隨著廣州國際貿易地位的式微，像十三行商人那樣富甲天下的商人非常少見，相當一部分廣州商人向上海、香港等地轉移。外商也紛

〔註79〕 丹尼斯・麥奎爾著，劉燕南等譯：《受眾分析》，中國人民大學出版社，2006年版，第35頁。
〔註80〕 梁嘉彬：《廣東十三行考》，廣東人民出版社，1999年版，第285、266頁。

紛撤離廣州。1860 年代，香港、上海的報刊大量刊登輪船航行信息和商業廣告時，廣州由於失去貿易優勢，缺乏應有的商業報導價值。《中外新聞七日錄》作爲傳教士創辦的報紙，並沒有樹立商業經營的宗旨，其受眾對象以下層民眾爲主，在提供大量的本地新聞時，卻沒有注意刊登商業廣告。當時廣州街道的店鋪也沒有注意到報刊廣告的傳播效果，這份號稱有上萬受眾的報紙，由於缺乏商業資本的運作，始終沒有突破每周一張的限制，所刊登的新聞也有很大局限性。許多下層社會的受眾有能力花 2 文錢購買這份報紙，但並沒有與他們的日常消費建立某種聯繫，報刊仍然遠離受眾的商業性訴求。

　　1880 年代後，廣州商業經濟得到了較快發展。商業性農業繼續得以發展，蠶桑生產的規模和範圍大不斷擴大。由於國際市場對廣東生絲的需求日益增多，絲價上漲，生絲的生產和出口，成爲挽救廣州貿易頹勢的重要產業。1880 年，廣州出口生絲爲 11526 擔，1901 年，增加到 32075 擔〔註81〕。陳啓源於 1872 年在南海創辦中國第一家機器繅絲廠——繼昌隆絲廠，成爲中國近代機器革命的先聲，它在勞動生產率方面有了極大的提高，生絲的質量也有很大的改進。這種用機器生產出來的生絲，色澤光潔，質量遠勝於土絲，爲英法等國所樂用。廣州廠絲價格不斷上升，1881 年爲每擔 400 元，1885年，價格將近提高 100 元，舊廠絲售價爲 470 元，上等勒流經絲售價 530 元〔註82〕。機器絲廠創辦費用不多，生產技術和設備較爲簡單，廣州當地具有豐富而廉價的勞動力資源，行業規模不斷擴大。19 世紀 80 年代初，南海、順德有機器絲廠十餘家，至 1899 年，廣州機器繅絲業，約計有 200 家土絲出洋，「想將來銷場日旺，則繅絲機器亦可料逐漸加多。」〔註83〕

　　機器繅絲業的發展，帶動了廣州地區經濟結構的調整，也促進了技術與社會的互構。生絲業對原料需求的不斷增長，進一步掀起了「廢稻種桑」高潮。「種桑養蠶之戶，僅南海西樵各鄉，約有萬餘家」〔註84〕。幾乎家家都從事蠶桑業的生產。蠶桑業的發展，極大地改變了珠三角的生產和消費模式，在產業集群化的過程中，新式繅絲業一般設立在原料豐富的農村地區，工人大多爲來自農村的婦女，這些婦女是中國最早的產業工人，她們脫離了傳統

〔註81〕 孫毓棠編：《中國近代工業史資料》（第一輯下冊），第 968 頁。
〔註82〕 《近代廣州口岸經濟社會概況——粵海關報告彙集》，第 262、293 頁。
〔註83〕 宣統《南海縣志》卷四，「異地略三」。
〔註84〕 《近代廣州口岸經濟社會概況——粵海關報告彙集》，第 384 頁。

的家庭束縛，依靠工資收入維持生計，在生活形態上與傳統社會有著顯著的區別。尤其值得關注的是，清末廣州一些新型行業廣泛使用女工，進一步加速了女性的社會流動和思想解放〔註85〕。1903年，廣三鐵路（廣州至三水）鐵路開通後，鐵路局長夏重民曾大量招收女子為售票員，風氣為之一變，鬍子晉在《廣州竹枝詞》描中寫道：「夫綱打破漸開明，女子相矜執業鳴。鐵路職員留紀念，群雌咸頌夏先生。」〔註86〕而酒樓茶館則大量聘用少年女招待，其性別優勢非常明顯，鬍子晉對此深有感觸，讚歎道：「當爐古艷卓文君，侑酒人來客易醺。女性溫存招待好，春風口角白圍裙。」〔註87〕獨立的經濟能力使職業女性在消費方面擁有了更多的自主權，在與城市生活的「互動」過程中，這些新女性作為新興的消費群體，對新的生活方式和消費文化的傳播起到非常重要的作用（圖3-16）。如清末常有女子結伴到百貨公司購物，到戲院觀劇，甚至夜宿白雲山。1906年的《賞奇畫報》曾報導云：「七月二十三日，白雲寺突有強盜多眾闖入，緊閉山門，將諸客衣物搜劫一空，後座觀音閣有數女子衣文明裝，並為所剝奪，寸絲不掛，蓋難見人。……」〔註88〕

　　注重文化消費的女性多為新式學堂的女學生。1907年，廣東提學司就針對女學生外出看戲提出警告：「日後如有不知自愛，帶有徽章入戲院觀劇者，即由巡兵報明本局查究……」〔註89〕而知識女性參與各種社團和集會（圖3-17），顯然受到報刊媒介有關自由思想的影響，並成為報刊新聞關注的新熱

〔註85〕　關於廣州女子的思想解放運動，有著極為複雜的社會原因。清代中後期，廣東順德女子開始流行「不落家」，以結拜「金蘭」的方式，在女性中尋找伴侶。而這些不願嫁人的女子卻有著特別的消費習慣，在某種意義上看，她們與傳統女性道德觀和價值觀已經有了很大區別。到了清末民初，隨著民族工商業的發展，新式職業女性的價值觀和生活方式，已經在朝著自我解放和女性主義的方向發展。而關於這一時期職業女性的消費文化研究，目前尚很少見到。

〔註86〕　鬍子晉：《廣州竹枝詞》，見雷夢水主編：《中華全國竹枝詞》（4），第2901頁。

〔註87〕　鬍子晉：《廣州竹枝詞》，見雷夢水主編：《中華全國竹枝詞》（4），第2901頁。

〔註88〕　《夜劫山寺》，《賞奇畫報》，1906年第15期。李覲桓在《粵垣聽鼓筆記》中記載：「粵諺二十四日為安期申仙翁飛升之期。白雲山有祠宇在焉，省城內外男女赴白雲山燒香者陸驛不絕。二十三日夜，有男女四百餘人在山祠宇住宿，有盜三十餘人乘機往劫，除簪珥搶奪外，剝男女衣褲而逸。蓋盜賊本死有餘辜，而婦女之人入山燒香住宿，大傷風化，自取其禍。」

〔註89〕　《示禁女子觀劇》，《廣州總商會報》，1907年10月10日，第4頁。

圖 3-16：廣告手段的妙用

《安雅報》，1912 年 10 月 25 日。

圖 3-17：女界保學會

《賞奇畫報》，1906 年第 17 期。

點。如農曆 1908 年 4 月出版的《半星期報》就報導了全省女性參加國恥大會的盛況，「會場內已不下萬人，……開議三條：一、以國恥二字銘之首飾作紀念；二、貿易自由；三，調查日貨，銳志改革，並提議輪船會社集股事，隨即認股千餘份。」〔註 90〕上萬女性參與公共集會並形成決議，表明了清末民初女性已作為一股重要的力量參與公共事務的討論和管理，她們的身份認同、群體意識和愛國精神是社會進步和開放的重要標誌，也直接推動了媒介生態環境的好轉。

社會流動性的加快，還體現在新興社會階層的發展。隨著 1901 年的書院改制和 1905 年廢除科舉制度，知識分子階層發生了巨大的分化與轉變。舊式官僚雖然還掌握著各級官方機構，但是傳統禮法在規範社會地位方面的作用已經衰微，地方精英內部卻湧現了以新式知識分子和開明紳士為主體的新興力量，形成了以學界、紳界為主導的社會階層。他們思想開明，熱愛自由和民主制度，對改變舊制度最為熱衷。一些新式報刊為滿足新階層的政治訴求，將政治評論和政治新聞視為擴廣銷路的重要手段。如《珠江鏡》就明白地告訴讀者，「珠江鏡之意義，大約可分為三，一曰鏡珠江之政治，二曰鏡珠江之人物，三曰鏡珠江之風俗。」〔註 91〕新興階層不僅需要打破封建官僚集團的權力壟斷，他們還期望以新的方式建構身份和社會地位。由於科舉制度的沒落，一些社會精英轉向於從生活方式和輿論獲得商會認同，而報紙則迎合了精英門的訴求，為他們提供了發表言論和關注公共領域的很好方式。因此，無論學界、紳界還是商界，都在清末劇烈的社會變革中重新進行階層和身份的重建。除了政治話語外，商品成為重新劃分社會等級和個人名位的重要標識物（圖 3-18）。尤其是在辛亥革命之後，「中國人開始使用不同商品來改變他們的社會儀表，以此在視覺上表明他們的社會地位。因而出現了新的中國工業，它們致力於生產新的商品並服務於這些新的需要。越來越多的中國人從頭（帽子）到腳（鞋和襪子）改變了他們的外表，這種轉變影響到諸如手錶、眼鏡和手杖這樣附屬物品的生產，新的衛生觀念也伴隨這些特殊商品進入中國。」〔註 92〕報刊廣告正是適應了新式消費潮流的需要，為廣大受眾建構了極為豐富的商品符號體系。尤其是那些新型工業品，為受眾形塑了新的

〔註 90〕 《追述女界之國恥大會》，《半星期報》1908 年第 2 期，第 27 頁。
〔註 91〕 《珠江鏡概言》，《珠江鏡》，1906 年 5 月 19 日，第 2 頁。
〔註 92〕 〔美〕葛凱著，黃震萍譯：《製造中國：消費文化與民族國家的創建》，第 47 頁。

消費潮流和生活夢想〔註93〕。

　　社會流動性的加快和城鄉聯繫的加強使廣州作爲消費品供應中心的地位日益突出。珠江三角洲地區農民的糧食和日常消費品，需要通過廣州這一進口通道分運到附近圩市和農村。而洋莊絲的大量出口，極大地改變了廣州傳統的轉口貿易結構。鴉片戰爭前，廣州出口市場主要依賴中國內地的貨物，19 世紀 70 年代後，絲業成爲廣州出口的主導產業。作爲一種具有較高附加値和利潤的產品，洋莊絲極大地改變了一般低級農產品廉價出口的態勢。通過機器加工而形成的產業鏈條，將農戶與機器絲廠緊密聯結起來，廣州的進出口貿易主要爲本地農工商業的發展服務。在清末之際，一個集貿易、工業、農業爲一體的經濟體系已經顯示出廣州在地區市場的

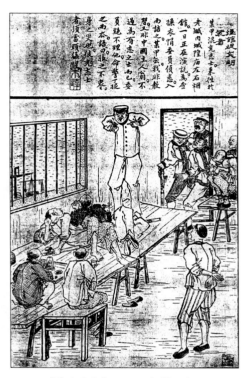

圖 3-18：社會新潮

《賞奇畫報》，1906 年第 6 期。

強大功能。機器繅絲業爲廣州經濟帶來了巨大的轉機，同時使廣州的社會結構和消費水平發生深刻變化。新的專業農民、工人、城市雇工、民族資本家等社會階層，改變了傳統的階層劃分。外貿收入，成爲廣州保持較高消費水平的重要經濟來源。爲生產和生活服務的各行各業，特別是不斷增多的商業店鋪，擴大了消費市場的網絡體系，金融業作爲提供新式絲廠和農民擴大再生產的借貸機構，獲得了廣闊的生存空間，城市經濟的繁榮與鄉村經濟的發展融爲一體，城鄉之間的社會流動大爲增強。

　　從 1911 年廣州城區居民的職業分類統計，我們可以看到清末廣州社會階層的基本變化態勢。該統計以戶爲單位，將廣州居民劃分爲以下種類：「官宦 1086，紳士 454，軍界 739，警界 1109，學界 10408，報界 93，商賈 15028，航業 74，販業 11482，工藝 19390，傭工 2260，鹽務 246，司事 521，館幕

〔註93〕　關於廣告建構社會身份和消費文化的研究，將在第 4 到第 7 章進行深入討論。

464，美術 642，醫業 1128，方技 434，種植 360，畜牧 246，差役 2320，代書 115，優伶 497，挑夫 2316，轎夫 5320，廚役 418，看守 79，書辦 523，牙保 178，巫道 416，更練 85，司祝 803，僧人 178，糞夫 520，乞丐 129，尼姑 889，娼妓 2758，瞽姬 218，出洋 1602，信教 102，閒居 5471」〔註 94〕。商人數量占到城市居民的首位，與商業相關的服務業的居民也佔有很大的比重，廣州已經是一個具有高度社會流動性的商業城市。

二、受眾與消費文化形塑

　　商業社會的「流動性」特徵，使商品作為社會流動、身份區隔、日常消費的標識物，成為報刊廣告無法擺脫的「必需品」，報刊所面對的大量受眾，「尤其是處於社會流動和地域流動中的人，需要與更廣闊的世界建立聯繫」〔註 95〕，而報刊廣告顯然是聯繫受眾和商業社會的信息中介。「由於廣告是商業活動中重要的催化劑，不僅是商業手段與目的，也是與時間競走的速食行業，必須講求時代性，合乎消費者的習慣，亦即與流行的趨勢緊密相聯」〔註 96〕。1880 年代後，廣州報刊開始重視刊登廣告，顯然與廣州經濟結構的調整，消費市場的發展，流動人口的增多有著密切關係。報刊廣告不僅作為商業營銷的手段，還作為一種流行的文化現象，建構人們的生活方式，推動著消費文化的發展。

　　報刊廣告的流佈，與受眾消費水平的提高有著密切聯繫。清末廣州民眾的收入水平，隨著城市經濟的快速發展有了較大提高。20 世紀初期，手工業和其他一些行業的工資收入都有一定提高。如《粵海關十年報告》指出：「木工、泥工及石匠現在掙的工資比本十年開始時多了，一個普通苦力現在每天可掙 5 角，而過去僅掙 2 角。僕人現在每月可掙 12 元，而過去僅掙 7 元。水手及火夫的工資已由每月 9 元左右增加至 14 元或 15 元。工程師的月工資由 25 元左右到了 40 元。普通輕便快艇的水手，十年前每月掙 8 元或 9 元工資就感到滿足了，而現在很容易就能掙到 14 元。」〔註 97〕而精於雕刻之匠，「雖

〔註 94〕　《省城戶口職業分類表》，《香港華字日報》，1911 年 9 月 11 日。
〔註 95〕　〔美〕米切爾·舒得森著，陳安全譯：《廣告，艱難的說服》，華夏出版社，2003 年版，第 90 頁。
〔註 96〕　參見蕭湘文著：《廣告傳播》，臺北威仕曼文化事業股份有限公司，2005 年版，第 11 章。
〔註 97〕　《近代廣州口岸經濟社會概況——粵海關報告彙集》，第 984 頁。

受象牙鋪傭雇，然鮮有即在鋪中工作者。蓋以居家工作，月可得銀幣三十圓（元）也」〔註98〕。當時米價在每石 5 至 6 元左右，月收入超過 30 元的工薪階層，訂閱一份年價為 5 至 6 元的報紙，在日常消費支出中所佔比例還是較低的。受眾消費力的提高，對於報刊擴大發行提供了堅實的基礎，也為廣告傳播提供了更為廣闊的輻射範圍。

報刊與商業社會之間的緊密關係，從報館的選址可以看出端倪。清末民初，大部分報刊設立與西關第七、八甫一帶，有竹枝詞云：「氣象文明喜不禁，西關報館盛如林。鄭聲靡蕩成風尚，小說趨時半誨淫。」〔註99〕1912 年，西關一帶有報館 22 家，各類報刊作為傳播商業文化的主要媒體，與商業中心聯結在一起，有著採集商業信息的地緣優勢，也可吸引大量潛在流動性人群的注意。

在濃厚的商業文化環境中，大量的流動人群失去了原有社群中的信息來源，在陌生的商業大街，他們難以通過人際交往的途徑獲得有關消費的信息，「因而受到還能接觸到的任何信息－如廣告－的影響。」〔註100〕而在清末民初，廣州報刊作為最重要的大眾媒介，在發佈廣告信息方面的優勢，遠遠超過商業街道的「招貼」，它打破信息傳播的時空限制，使受眾在一種「文化語境」下獲得有關購物和商品使用的經驗和知識，尤其對那些缺乏消費實踐的受眾而言，會變得相對無知而轉向對報刊廣告的信息依賴。在傳統社會，受眾使用的「經驗性」商品非常有限，大量進口洋貨和新式工業品，以神秘而陌生的面目出現在市場當中，許多消費者對它們一無所知，尤其是那些流動人群，依靠社群獲得商品信息的途徑更為狹窄，這就使廠商與消費者之間存在著嚴重的信息不對稱。19 世紀中期，洋貨在各大通商口岸銷路不暢，除了制度性、文化性因素之外，缺乏大眾媒介的正面傳播亦是重要原因。19 世紀末期，廣州報刊刊登的大量廣告，不僅為廣告主提供了無限的商機，更為重要的是，「催生廣告的社會變遷不僅提高了大量生產並做廣告的產品對人們的重要性，而且改變了消費的標準，更加注重產品的質量。」〔註101〕

清末民初，廣州報刊刊登形式多樣的廣告，使報刊進一步與商業社會融為一體（圖3-19）。對於商業文化而言，價值觀和意識形態的作用甚微，廣告

〔註98〕 《廣州雕刻象牙業》，《農商公報》，1914 年第 2 期，第 21 頁。

〔註99〕 胡子晉：《廣州竹枝詞》，見雷夢水等主編：《中華竹枝詞》（4），第 2905 頁。

〔註100〕 〔美〕米切爾·舒得森著，陳安全譯：《廣告，艱難的說服》，第 65 頁。

〔註101〕 〔美〕米切爾·舒得森著，陳安全譯：《廣告，艱難的說服》，第 104 頁。

主和報刊經營者只是就某一個具體廣告價格進行談判，雙方的觀念差異，在利益面前顯得十分脆弱。報刊廣告作為商業文化的代言者，以不斷擴張的品種、內容和形態，向廣大受眾灌輸著商品信息，改變並塑造著受眾的生活方式，在都市商業社會裏逐漸培育著新的消費形態和消費潮流，成為都市消費文化變遷的重要動因。

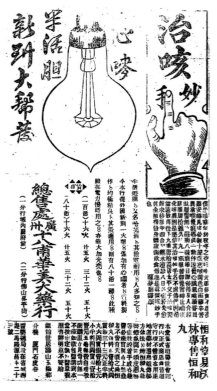

圖 3-19：廣告手段的妙用

《安雅報》，1912 年 10 月 25 日。

圖 3-20：廣告與家庭生活的聯繫

《國華報》，1918 年 8 月 10 日。

　　在傳統社會，受眾與消費者之間尚存在概念上的明顯差異〔註102〕。但報刊廣告作為整合和擴張消費市場的媒介生產方式，增強了報刊的商業功能。受眾利用閒暇時間閱讀報刊，卻受到報刊廣告的「引誘」和「操縱」，在得到

〔註102〕在當代廣告傳播研究中，一些研究者認為應該將受眾等同於消費者，因為廣告的目的是轉變受眾的消費觀念，使之成為商品或服務的購買者。然而，這僅僅是一種廣告傳播「理想」，片面誇大了廣告的功能。

許多商品信息後，「他們還得再額外花錢去購買媒介所廣告的商品，再次爲媒介買單」〔註103〕。對於具體的報刊而言，到底有多少受眾在廣告的影響下變成現實的消費者，是一個難以統計的迷局。因此，從廣告媒介的變量中無法得到準確的結果。但是，廣告媒介了生活方式，具體的廣告形態描繪了受眾的需要和欲望，其本身就是消費文化的歷史見證（圖3-20）。當然，我們需要從「個案」中尋找廣告商品和服務對受眾的影響，並由此探究廣告媒介消費文化的具體進程。

〔註103〕丹尼斯・麥奎爾著，劉燕南等譯：《受眾分析》，中國人民大學出版社，2006年版，第19頁。

第四章　洋貨廣告：消費誘導與觀念變革

第一節　洋貨廣告與消費潮流

一、洋貨消費結構的變化

　　一口通商期間，對外貿易使廣州洋貨市場空前繁榮。除了亞洲各國外，當時的主要資本主義國家西班牙、英國、美國、荷蘭、瑞典、法國、丹麥等都在廣州做生意，西方資本主義社會生產的工業品和主要的農副產品，都可以在十三行的貿易中見到。十三行就是洋貨行，詞人朱樹軒在《羊城竹枝詞》中描述十三行的洋貨貿易盛況：「番舶來時集賈胡，紫髯碧眼語啁嗚。十三行畔搬洋貨，如看波斯進寶圖。」〔註1〕詞人鮑鉁在另外一首竹枝詞中寫道：「海珠寺前江水奔，諸洋估舶如雲屯。十三行里居奇貨，刺繡何如倚市門。」〔註2〕十三行是當時中國中外商品最集中的地方，洋貨的大量涌入，改變了廣州商業的傳統風格，外貿已經成爲城市繁榮和商人致富的基本動力。廣州口岸對琥珀、皮貨、千里鏡、鐘錶、洋紅等高檔消費品有較爲強烈的需求，這些奢侈消費品，除了部分轉運到北京和內地城市外，相當部分爲廣州本地的官紳和商人所消費。正如兩廣總督阮元詩云：「西洋夷船來，氈毹（即呢羽也）可衣服。其餘多奇巧，價貴甚珠玉。持貨示貧民，其貨非所

〔註1〕　〔清〕吟香閣主人選輯：《羊城竹枝詞》卷二。
〔註2〕　雷夢水等編：《中華竹枝詞》（4），第 2747 頁。

欲。」〔註3〕阮元從市場營銷和消費者購買行為的角度綜合考察了當時廣州洋貨消費市場的現狀，比較客觀地描述了當時廣州洋貨消費狀況。西方國家對中國消費市場缺乏深入調查，所輸入的洋貨並非日用所需，多為不實用的奢侈消費品，很難引起普通消費者的購買欲望。道光年間，番禺人江仲瑜有竹枝詞云：「表可占時英吉利，炮能制勝佛郎機。奇珍異物知多少，不是中華日用資。」〔註4〕從整體上看，鴉片戰爭前，洋貨作為奢侈性消費符號，僅能社會上層的開明人士中使用，是炫耀性消費的標識物。廣州街頭的洋貨店大多從事批發生意，缺乏廣告推銷方面的意願。

洋貨進口結構對洋貨消費產生直接影響，鴉片戰爭前，廣州進口英國等西方國家的商品，如毛織品、金屬品等，「沒有任何一樣是值得中國人民歡迎的。……東印度公司收支平衡的全部秘密都在鴉片上」〔註5〕。鴉片戰爭後，由於五口通商和廣州貿易地位的下降，儘管廣州鴉片進口總量仍然很大，通過廣州口岸進口的鴉片數量占進口洋貨的比重有下降趨勢。香港作為進口鴉片的中心市場，成為中國內地鴉片消費的供應地，廣州城市消費的鴉片也大量通過走私從香港運入。在對走私鴉片打擊較為嚴厲的 1888 年，進口鴉片達到 13114.69 擔，以後的年份基本上沒有超過這一數字，1906 年進口 11146 擔，是 1900 年以來數量較大的一年〔註6〕。與鴉片戰爭前相比，廣州的鴉片貿易地位大為降低。從 1843 年開始，棉花成為廣州最大宗的進口貨，其次才是鴉片，1854 年以後，以棉製品為最多。而上海的進口貨物，以鴉片為盛。即使是 1856 年，普通商品固不及鴉片價值之多〔註7〕。廣州貿易結構顯然較早地從鴉片貿易為主轉向一般的洋貨貿易。

1865 年以後，隨著廣州對外貿易的逐步恢復，洋貨進口保持了一定的增長態勢。1867 年，進口棉布 279158 匹，手帕 33086 打，棉紗 18740 擔，棉花 256770 擔，毛織品 35137 匹，毛毯 2490 床〔註8〕，此外還有金屬、顏料、染料、象牙、火柴等其他商品。1881 年，有 21 個進口品種的貨值超過 10 萬海

〔註3〕　〔清〕金武祥：《粟香隨筆》卷六。
〔註4〕　雷夢水等編：《中華竹枝詞》（4），第 2754 頁。
〔註5〕　嚴中平等編：《中國近代經濟史統計資料選輯》，科學出版社，1955 年版，第 17、18 頁。
〔註6〕　《近代廣州口岸經濟社會概況——粵海關報告彙集》，第 304、408 頁。
〔註7〕　參見嚴中平：《嚴中平文集》，第 79～87 頁。
〔註8〕　《近代廣州口岸經濟社會概況——粵海關報告彙集》，第 30、32、33 頁。

關兩，包括米、棉紗和棉線、棉織品、藥品、玉石、毛織品、參、金屬、烟草、蠟、朱砂等〔註9〕。19世紀80年代後，洋貨充斥了廣州市場，根據《粵海關十年報告》記載：「在當地的消費品中，毛巾開始普遍地使用，並淘汰了國產品，據說較大的幾種毛巾被廣泛地用來做內衣，外國金屬的使用，無疑有了很大的增長。使人感到非常驚奇的是美國麵粉的需求量穩步增長，火柴在最邊遠的地區也可見到，煤油價格低廉，使用方便，因而被普遍使用，……」〔註10〕洋酒、洋糖、香水、肥皂、沙發等作為新潮商品，很快在廣州市場上暢銷，洋貨進口的種類逐步增多，價格也因為西方國家工業化水平的提高逐漸下降。到19世紀末，縫衣針、紐扣、搪瓷等日常用品取代國產貨，成為城市生活的必需品，而留聲機、電風扇、電話等新式電器，也開始進入廣州的消費市場，並作為奢侈品，在社會中上層之間很快流行起來。到20世紀初，進口棉織品的種類比以前更加繁多，所有主要的毛織品都有所增加，而且新品種如花呢、嗶嘰、毛毯、小地毯等，越來越受顧客的歡迎。水泥、香烟和雪茄烟、日本煤和（安南）東京煤、電器、紙、汗衫、褲子和短襪、鐘、表以及其他類似的雜貨，需求量都很大〔註11〕。不僅如此，洋貨在廣州鄉村也日漸行銷，《南海鄉土志》云：「自通商以來，洋貨日盛，土貨日絀。」〔註12〕日用洋貨取得了全面優勢（圖4-1），對城市消費市場的

圖4-1：肥皂廣告

《國民報》，1913年6月3日，第1頁。

〔註 9〕 《近代廣州口岸經濟社會概況——粵海關報告彙集》，第258頁。
〔註 10〕 《近代廣州口岸經濟社會概況——粵海關報告彙集》，第865、866頁。
〔註 11〕 《近代廣州口岸經濟社會概況——粵海關報告彙集》，第956頁。
〔註 12〕 《南海鄉土志》卷十五，「商務」。

格局和洋貨廣告的傳播產生了極大影響。

二、洋貨廣告與消費市場的擴張

　　五口通商以來，洋貨市場的繁榮爲報刊洋貨廣告的發展提供了基礎條件在 1860 年代前後，香港和上海的中文報刊刊登的洋貨廣告數量則遠超過廣州報刊。如《香港船頭貨價紙》1859 年第 198 號就刊登了 6 則洋貨廣告。其中有藥品、鞋皮、白米、咖啡等，如一則洋藥廣告云：「花旗國老當臣醫生自製藥水，名沙時把釐刺。馳名天下，凡用之者，無有不效此藥。專治婦科各症、傷風、咳嗽、內傷……現本港藥店皆有出賣。」〔註 13〕而另外一則鞋皮廣告則稱：「茲有新到好來路鞋皮出，如貴客欲貿者，請到本新聞紙館面議。」〔註 14〕1862 年 6 月 26 日，上海一家名爲祥茂洋行的商鋪在《上海新報》刊登了一則《外國雜貨發客》的廣告云「今有新到什棉、餅乾、酸果、洋醋、廣生、芥末、生菜油、舊平頭呂宋烟、車釐、罷（白）蘭地、小面鏡仔、大小窗門鐵鉸、東洋竹籃仔、馬豆出賣。但和意者，請到貨船公司賬房面議。」〔註 15〕這是早期中文報紙刊登的幾則洋貨廣告，儘管內容較爲簡單，推銷藝術性不強，但卻意味著洋貨開始進入通商口岸，專業性的洋行在經營過程中已經注重報刊廣告的信息傳播作用。

　　但是，在 1860 年代，廣州報刊的商業化運作水平較低，特別是對洋貨消費所帶來的信息資源並沒有引起應有的重視。廣州進出口貿易對香港市場的依賴較大，本地報刊對洋貨市場並無多大興趣，洋貨廣告極爲罕見。逮至 1880 年代，這種沉寂的狀況並沒有得到有效改善。鴉片戰爭後的近 40 年間，廣州傳媒業與香港、上海的差距不斷擴大，在傳播洋貨信息方面更是如此。尤其是第二次鴉片戰爭前後，廣州民眾的仇外情緒高漲，對洋貨亦感厭惡，這直接影響影響到洋貨消費市場的發展。另外，隨著大量粵商遷往上海、香港，本地商業大爲衰退，社會上層的「炫耀性」消費也受到抑制，洋貨作爲「媚外」的符號，有違地方精英的本土主義意識形態。抵制洋貨也成爲反英美資本主義的象徵，洋貨滯銷有著其深刻的社會原因。

〔註 13〕　《香港船頭貨價紙》，1859 年 2 月 5 日，第 2 頁，轉引自卓南生：《中國近代報業發展史》附錄影印件。

〔註 14〕　《香港船頭貨價紙》，1859 年 2 月 5 日，第 2 頁，轉引自卓南生：《中國近代報業發展史》附錄影印件。

〔註 15〕　《外國雜貨發客》，《上海新報》，1862 年 5 月 24 日，第 2 頁。

　　1890 年代後，隨著珠三角商業性農業的發展和出口貿易水平的提高，廣州經濟對西方市場的依賴性大為增強，民眾的仇外情緒也大為緩解。數十萬粵商在海外經商，不僅帶回豐厚的資本，也直接加深了對西方社會的瞭解，廣州民眾出洋留學熱也開始陞溫，這些有利條件極大地改變了廣州媒介生態環境。廣州報刊在商業性經營的過程中，開始關注香港和海外的市場行情。一些洋貨店也注意到報刊廣告在傳播商業信息方面的中介作用，在報紙上介紹一些洋貨品種及其價格情況。如香港《廣東日報》在廣州有很大影響，該報經常刊登香港多家洋行的洋貨廣告，如經裕泰洋行就多次刊登留聲機和唱片廣告，聲稱「代理美國域打公司狗嘜唱碟、留聲機器，久蒙仕商賜顧。」〔註16〕（圖 4-2）而牙粉、洋煤、西藥、香水、鐘錶等洋貨廣告則經常出現在香港中文報刊上。隨著洋貨的大量進口，洋貨成為報紙廣告的重要對象，廣州各洋貨店為了擴大銷售，提升知名度，紛紛在當地報紙上進行廣告宣傳，洋貨廣告對推動洋貨消費的大眾化和西方消費文化的傳播起著重要的媒介作用。

圖 4-2：留聲機

《廣東日報》，1904 年 4 月 22 日。

〔註16〕　《廣東日報》，1904 年 4 月 22 日。

　　19 世紀末，廣州市場的洋貨經營者大多是本地客商，本地洋行林立。要在市場上取得競爭優勢，必須加大商品信息的披露和經營特色的宣傳。在 19 世紀 90 年代初，一些本地洋行就充分考慮到洋貨的市場佔有率，利用廣告宣傳吸引顧客的購買欲望。如當時設在廣州河南鰲洲島上的阿軒打洋行，1892 年曾多次在《中西日報》上刊登洋貨拍賣廣告，拍賣不僅要有好的洋貨，而且在品種質量上也要有特色，阿軒打在其廣告中對此頗為得意。其稱：

> 茲有洋來家私，臺、椅、交子彈弓床、藤床、鐵彈弓床、花旗椅、螺絲寫字椅、彈弓椅仔、皮大椅、皮楊妃床、大餐臺、大圓臺、大鏡石、梳妝檯、洗面臺、大小字臺、鏡西碎櫃、鏡衣櫃、玻璃書櫃、雪櫃、洋畫、玻璃、銅玩器、各色花籃、花樽、花蝶、時晨鐘、瓷器、餐碟面盆、白銅餐羹叉、餐刀、玻璃風罩、洋燭燈、小童車仔碌各等什物，準於本月二十七、八兩日十二點鐘在河南鰲州中約洋人酒店內開投，以價高者得，此佈，風雨不改。〔註 17〕

廣告中列出的許多商品在當時非常時髦，對一般消費者而言，洋傢具在當時屬奢侈品，但店主在報紙上進行廣告推銷，說明洋傢具在廣州擁有一定的市場潛力，它在一定程度上反映了當時廣州中上社會階層追求新奇、豪華的消費風尚。

　　一些位居沙面的洋行也在刊登推銷時髦洋貨的廣告，如吻者士洋行就對新到的肥皂（條梘）和鐘錶大加介紹，其廣告稱：「本行現有英國條梘並各款大小時辰鐘等貨出售，此貨由香港新創公司製造，不惜工本，製法得宜……較之日本所到之梘及時辰鐘等大小相同。……」〔註 18〕在 1890 年代，肥皂還是奢侈品，但已經開始在廣州社會銷售並逐步推廣。沙面洋行的洋貨和西洋建築，被廣州人視為帝國主義的象徵，但民眾也羨慕它的美麗和秩序井然，認為它是「西方創造力和改造力量的產物」〔註 19〕沙面儘管不能與上海外灘相比，但卻為廣州人瞭解西方文化和生活方式開啟了一扇窗口。

　　清末，廣州與香港的經濟貿易往來非常密切，廣州的洋貨消費與香港市場有著密切的聯繫。香港的一些洋行為了與廣州本地洋行競爭，經常在廣州的報刊刊登洋貨廣告。如《時事畫報》曾多次刊登香港囉士洋行的廣告，

〔註 17〕　《夜冷出投》，《中西日報》，1892 年 5 月 21 日，第 2 頁。
〔註 18〕　《中西日報》，1895 年 6 月 5 日，第 3 頁。
〔註 19〕　轉引自〔美〕葛凱著，黃振萍譯：《製造中國——消費文化與民族國家的的創建》，第 62 頁。

聲稱其經營的西妹嘿黑襪「精美絕倫，已歷年，所凡所到各款洋貨無不美備」，深受客商歡迎，但是很快被其他廠商的冒充，「故特在每盒內加多招紙，有囉士洋行，以別眞僞」〔註 20〕。香港公利洋行代理美國紐約波典公司的牛奶，爲推廣生意，對於內地代理商家，「可許以特別利權」〔註 21〕，在《國事報》等報紙上多次將其專營的罐頭牛奶圖片在頭版刊登，以強化其視覺效應（圖 4-3）。位於呂宋的泰記糖果廠專門製造西洋糖果，爲開拓中國市場，在香港設立分廠，並設法將產品打入廣州市場，多次在廣州報紙刊登廣告。這家「正鋪在中環大馬路，廠在灣仔龍安門」〔註 22〕的外資企業，深知香港對廣州消費市場的輻射力，通過廣告信息傳播，提高其產品與歐美洋糖果的競爭力。

圖 4-3：進口牛奶廣告

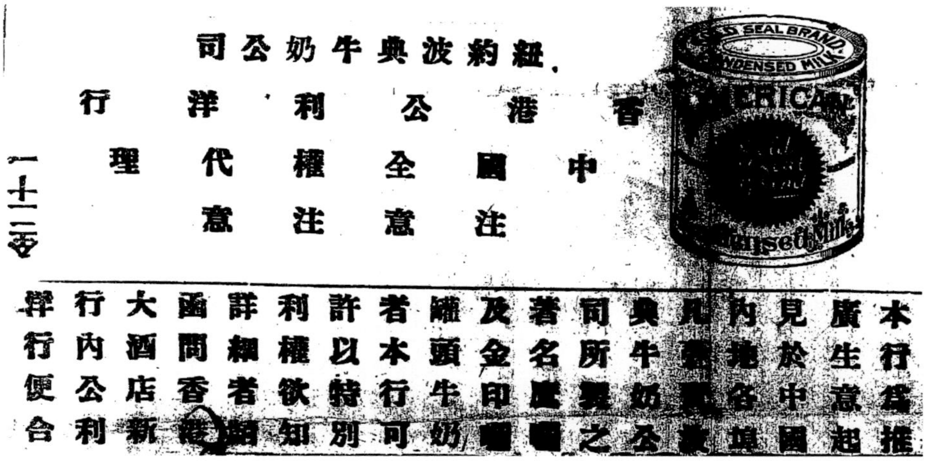

《國事報》1910 年 5 月 6 日。

另外，許多外國公司在廣州設立了代理處，爲了提高其產品知名度，也意識到當地報刊的重要性，在顯要位置刊登洋貨商品信息，並運用當地的語言風格進行推銷，以迎合受眾的閱讀趣味。如美國旗昌洋行經常批發白糖，在 1887 年的《廣報》上多次刊登公告，規定每周三進行拍賣，對出投的數量

〔註 20〕　《香港囉士洋行》，《時事畫報》，1907 年第 7 期。
〔註 21〕　《AMERICAN CONDENSED MILK GOLD SEAL BRAND》，《國事報》，1910 年 5 月 6 日，第 1 頁。
〔註 22〕　《西洋糖果新張廣告》，《光漢報》，1911 年 11 月 18 日，第 7 頁。

不進行限制，鼓勵客商多投，並規定當次的投價，如「二十四日投出之白糖，價銀每擔六元二毫半」〔註 23〕，這在客觀上有利於讀者瞭解洋行商品的價格行情。

　　清末廣州的洋貨店以專業經營為特色，經營規模一般不大，但已遍布主要的商業街道。從當時商業繁華的西關到河南地帶，洋貨店較為常見。正如當時的報紙評論那樣：「粵垣有洋貨行盛行，熱鬧街道遂多洋貨攤，……新式洋貨駢羅充斥，月中生意頗不洽談。」〔註 24〕許多當地洋行為了招攬生意，在當地報紙展示其經營的特色洋貨，如沙面裕興泰洋行常在《羊城日報》上告示其經營品種，1906 年 3 月介紹的產品為：「本行現有新款各色九牙邊，工精色美，價甚相宜。」〔註 25〕隨著市場行情的變化，該洋行在 9 月份的廣告中，經營的品種則大不相同：「本行現有顏料、銀朱砂、絲線、各款金鏢洋遮，均有現貨。」〔註 26〕該洋行還經營各種梳（蘇）打，在《安雅書局世說編》上刊發廣告，解釋其經營的玉晶蘇打、純粉蘇打、濃晶蘇打等產品的用途、特色。如玉晶蘇打，「功用甚多，最好煉絲、煉綢……又可以洗擦機器、銀銅錫各器皿及玻璃、雲石、玉器等物，更可以洗身洗手，其用甚多……」〔註 27〕（圖 4-4）而蜜花公司經營嗎啡粉多年，經常在當地報紙上刊登嗎啡粉的到貨信息，並印製了英國嗎啡粉的商標，便於讀者識

圖 4-4：蘇打廣告

《安雅書局世說編》，1902 年 1 月 3 日。

〔註 23〕　《按期出投白糖》，《廣報》，1887 年 11 月 16 日，第 2 頁。
〔註 24〕　《巧於行竊》，安雅書局世說編》，1901 年 11 月 11 日，第 1 頁。
〔註 25〕　《沙面裕興泰洋行廣告》，《羊城日報》，1906 年 3 月 29 日，第 1 頁。
〔註 26〕　《沙面裕興泰洋行廣告》，《羊城日報》，1906 年 10 月 19 日，第 1 頁。
〔註 27〕　《的觀洋行各種蘇打發售》，《安雅書局世說編》，1902 年 1 月 15 日，第 1 頁。

知。這種嗎啡粉，「由英京運到，在河南福場大街怡盛福集木店發售」〔註28〕。嗎啡是含有劇毒的麻醉品，當時尚不為廣州民眾所認識，許多人將它作為戒鴉片的替代品。

一些洋藥兼具保健品的功能，對消費者具有較大的吸引力。如西方國家生產的魚肝油，味道甘甜，又能治咳嗽、傷風、癆傷、吐血等病，市場銷路很好。一些洋行和藥店為搶占市場，在報紙上廣為推介。《中西日報》刊登司各脫鱉魚肝油的廣告云：「味如牛乳，甚易下咽，其功效比之淨鱉魚肝油足勝三倍之多。專治癆傷、吐血等症……屢試屢驗。」〔註29〕由於銷路很好，市場上出現了許多假冒的魚肝油，為了便於區分，打擊假貨，提升營銷商的知名度，一些洋行在報紙上刊登了許多打假廣告。如香港省城新旗昌公司在《安雅書局世說編》刊登「聲明假冒」廣告，認為「假貨有水，摻雜上下，不和其油，不久變壞，腥臭難嘗，服之損人脾胃」。而真正的司各脫鱉魚肝油則「徹底調和，粉白如乳，味道甘香」〔註30〕。這種打假廣告對維護品牌的市場聲譽，提升商家的知名度，提高消費者的認知力，起到了較為明顯的市場推銷作用。為了凸顯一些洋藥的「使用價值」，報刊廣告對其功能加以宣揚，如一種名為葛拉夫止痛油的廣告稱：「天下獨一無二之止痛藥即是葛拉夫止痛油，此油係美國紐約埠林文烟廠監製，專治燙傷、瘀血、耳痛、毒蟲咬……塗此靈奇之神油，立時可止，家庭中皆須備此葛拉夫止痛油，以防一時之需。」〔註31〕這種新式洋藥，價格自然不菲，「每樽大洋七角」〔註32〕。

19世紀末至20世紀初，西方工業文明已經相當發達，西方新式工業品經由香港很快就可以傳到廣州市場，煤油、火柴、肥皂等進口工業品也開始在行銷，一些雜貨店隨之轉變經營模式，並擴大經營規模。如廣州鬧市的裳衣街唱和、故衣街旋記、沙基大街元亨、十三行信棧、同興街恒豐、杉木欄羊來等店鋪，不僅專營「三井頂靚紙製捲烟仔」，還兼營各類洋貨，「兼有上等粗幼枝火柴、各色毛布匹頭、花紗、改良巾、毛巾、煤炭、麵粉、洋紙……各種大小機器、軍裝、各款洋雜貨」〔註33〕。各式洋貨已經進入廣州大街小

〔註28〕 《嗎啡粉發售》，《安雅書局世說編》，1902年1月15日，第1頁。
〔註29〕 《司各脫創制乳口淨鱉魚甘油》，《中西日報》，1892年5月21日，第4頁。
〔註30〕 《聲明假冒》，《安雅書局世說編》，1901年7月24日。
〔註31〕 《葛拉夫止痛油》，《總商會新報》，1917年9月4日，第2頁。
〔註32〕 《葛拉夫止痛油》，《總商會新報》，1917年9月4日，第2頁。
〔註33〕 《三井頂靚紙捲烟仔》，《羊城日報》，1906年10月9日。

巷的店鋪，成爲民眾日常消費品。各類店鋪對洋貨推銷的強烈需求，爲報刊廣告業的發展提供很好的市場基礎。

隨著西方工業品的大量進口，許多時尚而實用的電器商品逐步流入廣州市場，開始受到社會中上層的偏愛，並形成消費時尚。20 世紀初，廣州一些商家開始專營電器，如一家名爲振發公司的廣告稱：

> 本號專辦乾電手燈、電話、電鐘、電燈線、電鐘線、大小儉電金絲膽、炭膽、電風扇及電燈所用各等材料；各種家私、銅鐵什貨、儉油燈嘴燈紗、保險剃刀、大光燈、軟紗發行。價廉物美，兼修理。關於電學大小機件、莊（裝）配各款電器，價值務求克己，工程務求妥速。〔註 34〕

這家位於廣州西關十八甫的家用電器店，對電器經營非常專業，特別是兼營修理業務，可以爲消費者提供較好的售後服務。電器店的經營，比較客觀地反映了當時廣州電器消費的市場潛力。在 20 世紀初期，廣州的一些著名酒樓茶樓，都安裝了電燈、電話、電風扇，這些新式設施，自然成爲經營者招徠顧客的「亮點」，而社會中上層對於電器的偏好，則將其作爲時尚和炫耀的標誌性符號。民國初年，電燈、電風扇的專營廣告也見於當時的廣告中，如華美電器西藥行就刊登了博利安（Brilianl Wire）電泡的廣告，其稱：「博利安電泡，燈光燦耀，用電極少，眞可謂光明費省惟一之電泡。」〔註 35〕

清末洋務運動推動了製造業的發展，爲機器進口業提供了廣闊的市場。機器製造業利潤很高，以廣州爲中心的南方地區，對進口機器需求量很大。一些洋行專營機器，經常在報紙上刊登廣告，推銷機器產品。如瑞記洋行的廣告稱：「本洋行在省城、香港開設有年，接辦開礦築路鐵軌、龍頭製造、織造、捲烟、印務，一切日用大小機器，總期貨適於用，價取相宜。」，爲方便顧客採買，還宣稱「各種機器均有形圖說，略備存本行，以便採擇」〔註 36〕（圖 4-5）。沙面瑞記洋行經營各類「大小機器」〔註 37〕（圖 4-6）爲當時的新興工業提供了許多新式設備。由於當時官方和企業對機器採買缺乏基本的瞭解，往往造成很大的經濟損失。一些洋行對此問題頗有心得，在機器使用、修理方面爲顧客提供更爲全面的服務。省港安記洋行的廣告頗有打動顧

〔註 34〕《看看振發公司電器》，《光漢日報》，1911 年 12 月 5 日，第 7 頁。

〔註 35〕《博利安電泡》，《新報》，1918 年 11 月 2 日，第 4 頁。

〔註 36〕《瑞記洋行機器告白》，《羊城日報》，1906 年 10 月 9 日。

〔註 37〕《沙面瑞記洋行》，《廣州總商會報》，1907 年 6 月 7 日，第 2 頁。

客之處：

> 機器一項，款式紛繁，修理龐雜，差之毫釐，失之千里。邇來富商
> 巨賈，振興實業，或因事屬創始，布置失當；或良窳莫辨，誤認珠
> 魚，因此裹足者不少。本行直接歐美各大名廠，專辦各種新式機
> 器……特聘著名機師，常川駐港，悉心講求，使各振興事業家，得
> 以面談方略，詳審機宜。〔註38〕

洋行聘請專業機器工程師為顧客提供信息咨詢，確實有利於顧客購買實惠的機器。20 世紀初期，廣州在市政設施和新式工業方面取得了很大發展，機器進口業提升了現代化水平，提高了產品的技術含量，降低了產品的生產成本，從而促進了具有廣州特色的輕紡業和其他消費型工業的發展。

圖 4-5：瑞記洋行　　　　　　圖 4-6：瑞記洋行機器廣告

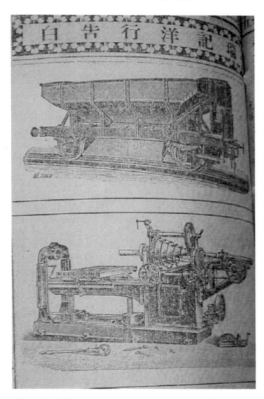

《羊城日報》，1906 年 10 月 9 日。　　見《總商會報》，1907 年 6 月 7 日，第 2 頁。

〔註38〕　《一本萬利之機器》，《光漢日報》，1911 年 12 月 5 日，第 7 頁。

在洋貨盛行的廣州市場，商家要想在市場競爭中取得優勢，必須在商品的稀缺和新奇上花工夫。對上流社會而言，洋貨與消費時尚有著密切聯繫，在很大程度上起到「身份區隔」的作用。許多精明的洋貨行將經銷新奇洋貨作為牟取暴利的重要手段，他們利用上流人物獵奇的心理，注意推銷新式工業品。如電風扇在英美等國使用不久，就有商人將其引進到廣州市場，有廣告云：「新款洋莊風扇，在省城十八甫達行堂鑲牙店發售」〔註39〕。在家用電器十分罕見的清末社會，電風扇是一種高檔奢侈品。而廣告主是竟然是十八甫的一家牙店，說明店主有獨到的市場眼光。

一些洋商對廣州洋貨市場也很有研究，如日商三井洋行注意到鴉片生意清淡，就大力鼓吹進口香煙的好處，在廣州各家報紙推銷其「三井牌」捲煙的奇妙效果。其廣告稱：「此烟氣味清香馥鬱，亦溫潤純良，吸食此烟，健脾爽神，大有衛生之裨益……」〔註40〕（圖4-7）其目的是希望癮君子們儘快接受這一新的品牌。

由於洋品牌具有極大的轟動效應和高額利潤，許多廠商便想方設法使用洋氣的商品名稱來提高知名度。如清末廣州一些婦女喜歡使用進口化妝品和保健品，並形成一種消費時尚。香港大正洋

圖4-7：日本香煙廣告

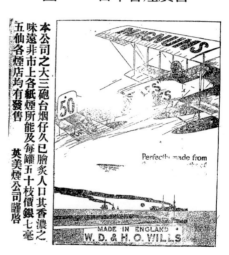

《羊城日報》，1906年10月9日。

行大藥房將花露水稱之為「美容藥精」，並以青年男女為傳播對象，承諾只要購買此種產品，便「無愁容貌之醜陋」〔註41〕（圖4-8）。一些進口花露水還以「花顏水」之名強調其美容之妙用，如日本大阪順和堂大藥房，就在其廣告中稱讚道：「僅以數滴滴入洗臉水中，該盆內之水即逢藥水而變色如乳，其馨馥觸鼻，雖鮮花繆玫瑰與蘭花亦退一步。且合衛生，專治皮膚所發小瘡……凡男女老幼使用此花顏水，均可轉醜成美。」有如此「神奇」功效的花顏水

〔註39〕《新款洋莊風扇》，《安雅書局世說編》，1901年9月1日，第1頁。
〔註40〕《三井洋行靚紙捲烟仔》，《羊城日報》，1906年10月9日。
〔註41〕《美容藥精》，《羊城新報》，1914年1月27日，第1頁。

售價自然很高：「大瓶實銀一元，中瓶實銀五毫，小瓶實銀三毫五分」〔註42〕。
可見，此類商品的利潤極高，在國內難覓競爭對手。又如屈臣氏大藥房研製
的花露水便聲稱，「若當盛夏之時，可以免暑氣之侵……選料極鮮，配製極巧，
與市上所售各種香水，實遠勝之，而價更為相宜……」〔註43〕

圖 4-8：洋酒廣告

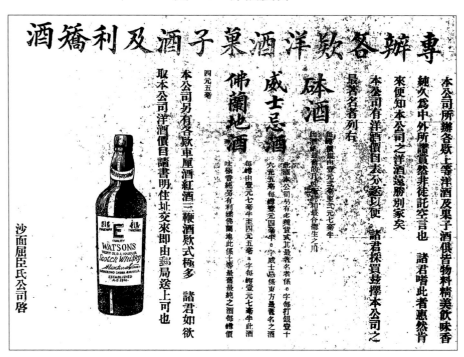

《民生日報》，1912 年 12 月 16 日。

　　由於花露水很快在市場上流行，一些藥房為了迎合消費者崇洋的心理，
通過悉心研究，利用國外配方，仿製國外保健品，在產品名稱上一般使用洋
名。如六和大藥房採用中外名花研製成功一種花露水，為吸引顧客，取名為
「荷蘭水」。在《時事畫報》上多次刊登廣告，聲稱：「芬芳馥鬱，香美異常，
氣味濃厚。」〔註44〕與進口花露水幾無異樣，這種「不中不西」的花露水在
當時市場上很快行銷起來。

〔註42〕　《BEAUTIFYING WATER》，《人權日報》，1914 年 9 月 26 日，第 6 頁。
〔註43〕　《屈臣氏鮮花露水》，《安雅書局世說編》，1901 年 8 月 30 日，第 1 頁。
〔註44〕　《特別花露香水》，《時事畫報》，1909 年第 7 期。

第二節　洋貨廣告與西方消費文化的滲透

一、洋貨消費觀念的變化

　　鴉片戰爭前，洋貨的價格較高，其消費群體一般爲官商富紳，但洋貨消費作爲一種時尚，其消費示範作用非常明顯。在上層社會中流行的西洋觀，作爲一種消費思潮，對洋貨消費文化的推動作用不可低估。隨著洋貨的大量進口，尤其是隨著一些奢侈洋貨消費的增加，新興的洋貨消費觀日漸深入社會，開始由較高社會階層向較低社會階層傳播，引導著炫耀性消費的發展方向，洋貨消費對城市消費風尚的影響十分明顯。「較低的社會階層總是向著較高的社會階層看齊，他們在那些服從於時尚興致的領域很少遇到抵抗，因爲單純外表的模仿最易於達到目的。……一個階層越是接近其他的階層，來自較下層的對模仿的尋求與較上層的對新奇的向往就變得越加狂熱」〔註 45〕。在濃郁的商業文化氛圍中，這種新的洋貨消費時尚在廣州社會的流行和傳播，要遠遠勝於封閉和保守的內地封建城市。

　　鴉片戰爭後，廣州在對外通商方面的絕對優勢逐漸失落，上海、香港兩地迅速崛起，並逐步取代了廣州的龍頭位置。但是在中國近代化的歷程中，廣州作爲華南地區的中心城市，在政治、經濟、文化等方面仍然具有較強的優勢，由於毗鄰香港，近代資本主義的新事物、新觀點傳入香港後，很快便被廣州人感知，經過香港的「一傳」，形成一條西方消費文化傳入中國內地的重要渠道。並被模仿、流行和傳播。19 世紀 50 年代以後，隨著廣州與香港之間輪船航班的增多，交通條件的改善，香港進出口貨物到達廣州的時間大爲縮短。香港與廣州成爲相互依靠的兩大物資流通中心，在洋貨銷售方面，香港人口不多，消費數量有限，其龐大的進口商品，需要廣州市場進行批發和零售，並通過廣州源源不斷地運往全國各地市場。而廣州在嶺南市場具有強大輻射力，可以直接銷售大量洋貨，清末廣州報紙上刊登大量香港洋行的廣告，說明了廣州市場對香港商業發展的重要性。香港在貿易上取得了主導地位，但是這種優勢，如果沒有廣州作爲鏈接，其貿易地位就不可能得以鞏固和發展。因此，晚清廣州仍然是傳播西方文明，形成消費風尚，引領消費潮流的南方大都會，也是洋貨消費方面最爲前衛的城市之一。

〔註 45〕　〔德〕齊奧爾格·齊美爾：《時尚的哲學》，見羅鋼、王中忱主編：《消費文化讀本》，第 245 頁。

　　洋貨通過與日常生活建立聯繫，進而逐步改變民眾的消費偏好，這在照明方面更是如此，在 19 世紀 80 年代後，煤油作為照明的燃料，已經被廣州居民普遍地使用，煤油價格低廉，當時廣州煤油價格大約每斤 4.5 分〔註 46〕，比起蠟燭和桐油燈，煤油燈的亮度是其數倍，在一些公共場所，如劇院、酒樓，燃氣燈的使用較為普遍。1888 年廣州街頭開始用上電燈，這距愛迪生發明電燈僅僅 9 年。張之洞首先在總督衙門安裝了一百盞電燈，張之洞認為「電燈除了照明外，另一優點即可減少火災。」並鼓勵華僑資本家黃秉常在廣州設立電燈公司，到 1890 年廣州四十條街道店鋪和公共場所已經使用著七百盞電燈。「廣州人很懂得電燈的好處：電燈便宜，在窄狹的街道上牽電線的困難已經克服。……電燈每月收費，十六支光燈一元六角，十支光燈一元，如用電錶，每安培時一分半」〔註 47〕。1918 年，華美電器西藥行的廣告對強調了節約電燈費的重要性：「諸君一年之光陰消磨於燈光下者，不知何時也。夜間非燈火不能辦事，然逐日所需之品，其費用亦不能不計。」〔註 48〕廣州人在使用電燈方面的例子，可以看出在消費文化觀方面務實求新的特色。

　　18 世紀後期以來，洋米一直在居民的糧食消費中佔有相當比重，洋米對穩定廣州糧食價格起著重要的調節作用。「甚至在年成較好時，從這些國家輸入的米也較多，足以充分維持對當地市場的供應，以至糧價很少波動，讓最貧窮的人也可以購買」〔註 49〕。19 世紀 80 年代後，廣州居民的洋米消費量進一步加大。「洋米幾乎全部為廣東省所購，而且是通過九龍關進口的。廣東省能夠為購買糧食付出 11500000 兩白銀，但並未傳聞任何特殊的荒歉，也沒有任何災情的象徵引起外界的注意，這就說明廣東省的富源是可驚的」〔註 50〕。同時，廣州居民對美國麵粉的需求也大為增加。「美國麵粉成為一項主要糧食，已經有相當時間了，而 1888 年它那早已驚人的數字，又從 73333.69 擔增加到 87241.09 擔了。這個結果正好說明人民的普遍繁榮，因為美國麵粉，價錢雖貴，但因其色白粉細而受到歡迎，並且現在已經普遍食用了」〔註 51〕。

〔註 46〕　《近代廣州口岸經濟社會概況——粵海關報告彙集》，第 857 頁。
〔註 47〕　孫毓棠：《中國近代工業史資料》（第 1 輯），第 1019 頁。
〔註 48〕　《博利安電泡》，《新報》1918 年 1 月 2 日，第 4 頁。
〔註 49〕　姚賢鎬：《中國近代對外貿易史資料》，第 1096 頁。
〔註 50〕　姚賢鎬：《中國近代對外貿易史資料》，第 1097 頁。
〔註 51〕　姚賢鎬：《中國近代對外貿易史資料》，第 1097 頁。

　　洋貨店在引導洋貨消費風氣方面起著重要作用。19 世紀 70 年代，廣州的洋貨店已經較爲常見。特別是長壽里、雙門底及西關一帶，洋貨店鋪較爲集中。光緒初年的一首竹枝詞云：「異寶奇珍集百蠻，雙門夜市物爛斑。賣將彼美西洋鏡，若個蛾眉似妾顏。」〔註 52〕一些洋貨店開設夜市，極大地方便消費者購買。1912 年的《民生日報》在描繪清末廣州商業狀況時說：「從前晚上三鼓過後，仍多買賣，絡繹不絕。」〔註 53〕在洋貨消費大眾化方面，廣州最有特色。洋貨店非常講究營銷技巧，對消費者尤爲尊重，「凡交易而不成者，亦怡悅其顏色以對之。如交易已成，則於買主臨行時，必致聲道謝，雖數十錢之易，亦然」〔註 54〕。同時，爲了招徠生意，洋貨店充分發揮消費者的選購自主權，對一切消費者開放，「任人觀覽，不問爲誰，皆可徑入，肆人絕不加以白眼也。故著名之洋貨公司，自晨至夜，終日宣闐，遊人極多。蓋舶來品皆爲奇技淫巧之物，必使人詳觀之，方足以引起其購買之興趣。苟珍襲櫃中，不令他人瀏覽，則人且不知某肆之有某物，又何論於購買也」〔註 55〕。洋貨店這種友好、平等、開放的態度，營造了良好的購物環境，對洋貨消費的推廣起著重要的中介作用。

　　19 世紀 80 年代，西洋商品已經深入地影響廣州的消費風尚。一些新奇洋貨，在廣州市場頗受歡迎。「外國玩具，特別是用機械的，似乎也受到歡迎。經過街道時，我看到從前確沒有見過的東西，那就是許多傢具店陳列出售的外國保險箱，但主要是舊式的，我懷疑這項貿易將來未必不能發展。……玻璃、刀、圖畫、裝飾品、玩具、糖果、藥品、文具、蜜餞、表、珠寶、錫器、縫紉機以及無數的其他貨物，都有買主」〔註 56〕。肥皂作爲一種新的洗滌用品，也逐漸出現在廣州市場上，廣州人對新式時髦商品的接受能力非常快，對於有一定消費能力的社會中上層而言，購買並使用肥皂，可以成爲日常生活消費中的前衛表現。而在公共消費場所，能夠提供肥皂，自然作爲吸引顧客的一個手段，也是提升消費檔次的一種手段。這樣，僅僅過了一年，商務報告對肥皂在廣州的消費前景充滿了興奮和期待：

　　　　對於英國商人，有更大利益並有前途的另一種輸入品就是肥皂。貿

〔註 52〕　〔清〕吟香港閣主人選輯：《羊城竹枝詞》卷一。
〔註 53〕　《羊城市面之悲觀》，《民生日報》，1912 年 7 月 11 日，第 4 頁。
〔註 54〕　〔清〕徐珂：《清稗類鈔》（第 5 冊），第 2291 頁。
〔註 55〕　〔清〕徐珂：《清稗類鈔》（第 5 冊），第 2291 頁。
〔註 56〕　姚賢鎬：《中國近代對外貿易史資料》，第 1096 頁。

易報告中雖僅有 4365 箱，價值 2334 鎊，但顯然的，需要正在增加，因爲現在經常可以在街頭貨攤上看到它，而且還沒有足以同它競爭的土產品。皮爾肥皂的銷路或許不會多——買一塊這種肥皂花錢太多，因爲在沒有用去一半以前，也許會被老鼠或蟑螂吃掉——但對黃色肥皂，卻經常有需要，而小塊的上等肥皂，係旅館和輪船所使用的那種，則已有了銷場。〔註57〕

外國棉襪的銷量非常好，香港等地洋行在廣州設立專門的代理處，洋酒經過一段試銷後，在廣州也打開了銷路。這一時期，外國工業品已經深入廣州市場，由於毗鄰香港，一些西方最新生產的洋貨，也可在廣州市場上買到。香港的一些洋貨店在廣州設有分店，很快就將當時的一些流行洋貨引入廣州，如香港一家洋行在西關十八甫設立昭隆泰分店，各色洋貨品種繁多，包括：「外洋家私、臺椅、鐵床、彈弓床、鏡櫃、橙色瓷器、巧銀器、玻璃玩器、花旗各款洋橙、頂上花旗、各色香梘（肥皂，引者注）、自來火、電燈盒、各色金山毛、奇巧上香水、時樣新款臺面毛、頂上各色金山毛……」〔註58〕其中部分新款家私和日常用品，在當時是很具有品位的奢侈品。對於上流社會而言，購買新式洋貨成爲一種新的誇耀財富的手段。「在士紳和富人中，似乎有一種欣賞外國奢侈品的傾向，如扶手椅、沙發、彈簧床等，但對於這些貨物是否有任何眞正的或廣泛的嗜好，是值得懷疑的。作爲新奇的貨物而購買的這些東西，在許多情況下顯然都是當作珍奇品，只是用於裝飾，而不是爲了實用」〔註59〕。對新奇進口高檔商品的偏愛，促使商人加深對西方市場的研究，盡量進口新式洋貨迎合上層社會的嗜好。如留聲機在西方上流社會使用不久，1896 年就進入廣州市場，並很快受到了上層社會的歡迎。需求量大增。1896 年進口金額爲 851 海關兩，到 1899 年上升爲 15499 兩……空白唱片也隨之輸進，用於錄製地方音樂和歌曲〔註60〕。1904 年到 1906 年，《廣東日報》和《珠江鏡》等報刊曾多次刊出留聲機的廣告，並繪有留聲機的圖像。光緒末年，外國香水、補腦汁、自來血等新潮洋貨受到了消費者的歡迎。民國初年，電風扇已在廣州市場暢銷，華美電器西藥行的廣告稱：「地路燈名廠電風扇，質料精良，風力浩大，坐（座）、臺四葉六葉均備，在各埠久

〔註57〕　姚賢鎬：《中國近代對外貿易史資料》，第 1097 頁。
〔註58〕　《告白》，《中西日報》，1892 年 5 月 21 日，第 2 頁。
〔註59〕　《近代廣州口岸經濟社會概況——粵海關報告彙集》，第 858 頁。
〔註60〕　《近代廣州口岸經濟社會概況——粵海關報告彙集》，第 910 頁。

已暢銷。」〔註61〕

應該看到，洋貨消費是一個漸進的過程，當某些洋貨開始進入中國市場時，起初是滿足了通商口岸的外國人的需求。而這些外國人作為「行走的媒介」，在大都市的影響卻不可忽視，他們的奢侈消費為當地上層社會樹立了「榜樣」，尤其是那些經常與外國商人交往的商人和高級文人，對新的舶來品往往情有獨鍾。這些社會精英通過消費洋貨而顯示身份區隔，從而傳播時尚和所謂的高雅文化。由於稀缺性洋貨與地位和時尚相關聯，「這種關聯在很大程度上是廣告業的創造，它是消費大眾的目標，他們希望購買這些物品，以仿傚已經擁有者。但是，一旦擁有，這些物品就失去了原有的地位，其他物品又會取而代之戴上『奢侈』的特殊標簽。」〔註62〕19世紀末以後，隨著洋貨進口數量的快速增長，奢侈洋貨的暫時性和可替代性特點更為突出。尤其是在洋貨進口結構中，絕大部分是日用消費品，且價格遠低於國內同類商品，洋貨的比較優勢非常明顯。這樣，洋貨在通商口岸很快暢銷，並逐步向社會大眾和其他地區傳播。當通商口岸成為新鮮的、西方精神的、工業消費文化的擴張和交互性的展示窗口時，它們也為中國其它地區提供了西方商店裏到底有些什麼的視覺展示。這些活動的窗口給中國帶來了第一手信息，不僅帶來了外國的技術和思想，而且通過百貨商店、廣告、藥房、博物館、動物園、公園、餐廳、舞廳和許多其他商業形式，以及其他服務於外國人的娛樂形式，也帶來了西方的消費者和視覺文化〔註63〕。

二、洋貨廣告、商品美學與消費文化傳播

洋貨消費文化的盛行，與報刊媒介的傳播有著直接的聯繫。清末以來廣州報刊業的快速發展，為洋貨銷售與受眾消費構築一條快速的信息通道。報刊廣告作為洋貨市場的「晴雨錶」，直接影響著消費者的信息供給和消費需求。在19世紀末到20世紀初，報刊是廣州社會最重要最廣泛的大眾傳媒，在信息傳播方面佔有絕對優勢，由於大部分消費者的洋貨購物經驗十分有限，周圍初級社群對此也難以有充分的信息傳遞。因此，「消費者的信息環境

〔註61〕 《地路名廠電風扇》，《廣州共和報》，1919年8月11日，第1頁。

〔註62〕 〔美〕克里斯托弗‧貝里著，江紅譯：《奢侈的概念——概念及歷史的探究》，上海世紀出版集團，2005年版，第220頁。

〔註63〕 〔美〕葛凱著，黃振萍譯：《製造中國：消費文化與民族國家的創建》，第36、38頁。

越是貧困化，廣告就能取得越大的成功」〔註64〕。洋貨廣告在形塑消費者的
購物動機，傳播商品美學、推動洋貨消費文化的大眾化方面，起著十分重要
的作用。

　　報刊廣告在傳播信息的時空維度上，利用了受眾在接受商品信息方面的
心理狀態和現實訴求。1880 年代後，洋貨開始大規模進入廣州市場，憑藉性
能和價格上的優勢，已經使許多消費者逐步擺脫了對舶來品的厭惡。普通民
眾在日常消費方面越來越多地使用洋貨，在消費行為、消費觀念方面發生了
巨大的轉變。

　　受眾對於西方消費品的接受和認同，體現了消費的社會化進程。以洋布
為例，在 19 世紀 20～30 年代，洋佈在廣州市場頗為少見，其價格也頗高，
但是隨著洋布的大量輸入，其價格也逐步降低。廣州洋布市場的流行過程，
述厚堂編錄的《物意管窺》有一段較為精闢的論述：

> 嘉慶末道光初，洋布是為稀罕之物。白如雪滑如紬，色水可愛，係
> 紅毛、花旗貳國所來，其長短活實有定列。紅邊七潤、金頂為上上
> 之布，每尺價銀二錢四分，中者一錢八分或二毛左右。其鬼子每每
> 屢屢得利，回國復又源源而至，其價賤。至道光二十一年，各國亦
> 帶來，其時更低。夷人見價賤，亦以次貨而就之，所來之貨稀疏之
> 極。其重結者呼洋扣，其次係新衣舖，客貨造裏，其家用衣著俱取
> 洋扣。道光二十六七年始有洋扣出現。今之頂上洋扣，亦難比上日
> 之七潤金洋布。〔註65〕

19 世紀四五十年代，洋佈在廣州的消費量仍然較少。但是一些富有人士已經
對洋布產生較大興趣，特別是一些洋布店的商人，常常穿著洋服，給顧客一
種「光鮮」的印象。19 世紀 90 年代，主要進口洋布的價格都在每匹 2 元左
右，一般都低於同類土布的價格，價格繼續下跌，從而促進了城市居民對洋
布的消費。20 世紀初，洋布的消費迅猛增長。以當時最為暢銷的漂白市布為
例，1901 年達到 209700 匹，比 1892 年的 49120 匹，〔註66〕增長了 4 倍多。
1910 年，廣州市場的洋布每尺僅為銀 3 分左右〔註67〕，比土布價格要便宜許
多，洋布取得了布匹市場的絕對優勢。洋布從道光年間的奢侈消費品基本上

〔註64〕　〔美〕米切爾‧舒得森著，陳安全譯：《廣告，艱難的說服》，第 49 頁。
〔註65〕　《物意管窺》卷四。
〔註66〕　《近代廣州口岸經濟社會概況──粵海關報告彙集》，第 906 頁。
〔註67〕　《買物歸來價值記》，宣統二年（1910）。

轉變爲普通日用消費品。

洋布價格的下降，爲報刊廣告的推銷提供了很好的條件。清末廣州許多報刊都刊登裁縫店的洋服大加推銷。如始興公司在廣告中聲稱：「本公司巧造中西各種服飾。」〔註68〕西裝成爲時髦裝束，有報告稱：「省城近年競尚維新，社會中人無論男女，均喜西裝服飾，即棉線衫一項，亦銷流甚廣，計是年進口估價關平十三萬四千兩，其胡禮號衛生褲，最爲時尚」〔註69〕。從洋布到洋西服的流行說明廣州服飾消費對西方進口商品已經廣泛接受，洋貨對城市消費文化的影響由此可見一斑。

20世紀初，新款西裝作爲西方文明的標誌，在廣州城內成爲一種時尚。洋服店經常在報紙上進行廣告宣傳，如一家永和祥洋服店宣稱：「本店製做華洋衣帽，中國戎衣，所用材料之豐富，工作之精良，久蒙諸君讚賞。」〔註70〕這些新式洋服，成爲社會新潮的標誌，具有非語言符號的意味。《震旦日報》更是以「西裝注意」的醒目標題，在顯眼位置刊出「安那公司」的廣告，並聲稱「本公司專造泰西男女衣服，辦各國呢絨、布匹及西式服裝用品」〔註71〕。20世紀初，民眾對洋服裝普遍有濃厚興趣（圖4-9）。據1906年廣州口岸貿易報告云：「那些毛織品和棉毛混紡織物用於縫製時下流行的仿洋式服裝。據稱全城新開了100家裁縫店，主要縫製軍服和校服。……西式小帽、大帽及手套，亦大有加增，因本口華人喜用之故，蓋男子約計有75%，均喜於冬令戴用西式小帽，惟多在入夜之時。」〔註72〕西式服裝成爲文明和進步的象徵，一些年輕人以此作爲炫耀的對象。1906年廣州出版的《賞奇畫報》，在描述社會新聞時，許多人物都是身穿西裝，其徵訂廣告，就是畫著一位身穿西裝，帶著西式小帽的先生，手拿著「賞奇畫報出世」的旗子作宣傳。1907年，《時諧畫報》的創刊號就以新潮人物形象進行廣告推銷（圖4-10）。粵東烟草公司出品的偉人香烟，其封面上也畫上一位紮領帶穿西服的先生〔註73〕。可見，西裝這一消費時尚具有廣泛的社會影響。「與其他消費類型相比較，在服裝上爲了誇耀而進行的花費，情況總是格外顯著，風氣也總是格外普遍。一切階

〔註68〕《始興公司廣告》，《時事畫報》，1907年第3期。

〔註69〕彭澤益編：《中國近代手工業史資料》，第377頁。

〔註70〕《永和祥製做華洋服式》，《羊城日報》，1906年3月29日。

〔註71〕《西裝注意》，《震旦日報》，1911年11月14日，第2頁。

〔註72〕《近代廣州口岸經濟社會概況——粵海關報告彙集》，第446、500頁。

〔註73〕參見《賞奇畫報》，1906年第1期、第4期。

圖 4-9：飲料廣告　　　　　　　　圖 4-10：牙粉廣告

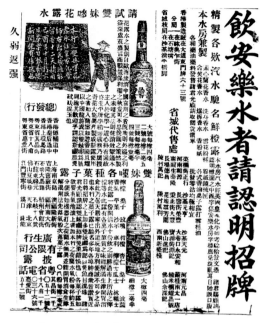
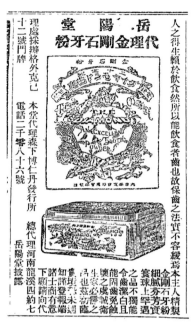

《七十二行商報》，1910 年 9 月 20 日。　　《國民日報》，1913 年 6 月 13 日。

級在服裝上的消費，大部分是為了外表的體面，而不是為了禦寒保暖。……高雅的服裝之所以能夠適應高雅的目的，不只是由於代價高昂，還由於它是有閒的標誌；它不但表明穿的人有力從事於較高度的消費，而且表明他是單管消費，不管生產的」〔註74〕。西裝的消費，更多地體現在精神追求和社會地位區分上，在某種程度上是對西方文明的一種認同，儘管對這種西式穿著的涵義並不一定瞭解，但是它對傳統服飾消費的背叛，代表著一種社會意識形態，極大地影響著人們的觀念，折射消費文化在日常生活中所體現的豐富內涵。

　　隨著進口副食品種類和數量的增多，報刊廣告對副食品的推銷頗為熱衷。特別是清末禁烟活動以後，進口香烟作為一種新的替代品，在社會中上層開始流行起來。報刊紛紛推出各類進口香烟的廣告，並特別注意品牌營銷。如日本三井頂靚牌香烟廣告云：「本行由本國政府考察上等烟草專制雲龍嘜、鳳凰嘜、百合嘜、水仙嘜紙捲烟仔發售，此烟氣味清香馥鬱，性亦溫潤純良，

────────────────

〔註74〕　〔美〕凡勃倫著，蔡百受譯：《有閒階級論》，第 122、125 頁。

吸食此烟……有衛生之裨益。」〔註 75〕該廣告極力突出香烟的口感和衛生，由於香烟比烤烟味道溫和，「可以減少試抽時的不舒服感覺」〔註 76〕，具有誘惑受眾的強烈動機。但是進口香烟的價格較高，如「飛腳麥接臣烟仔」，為英美烟草公司出品，「一百枝（支）莊（裝）每罐一元，五十枝（支）莊（裝）每罐五毫，十枝（支）莊（裝）金嘴每盒一毫」〔註 77〕（圖 4-11）。顯然，這樣的價位，對於一般消費者而言，還是難以作為「日用品」消費，吸用某種進口香烟便成為身份的象徵，如英美烟草公司的「壓巴士香烟」廣告云：「著作家不可不試，營業家不可不試，衛生家不可不試，賞鑒家不可不試，行樂家不可不試。」〔註 78〕可見，進口香烟廣告所傳達的「形象」，是一種地位商品，對消費者具有「身份」界定的意義，吸烟成為中產階級的生活情趣和休閒活動，「在烟霧之內，你會感到平和、喜悅和無盡的滿足」〔註 79〕。香烟還

圖 4-11：飛腳麥接臣煙仔廣告　　　　圖 4-12：《國民日報》

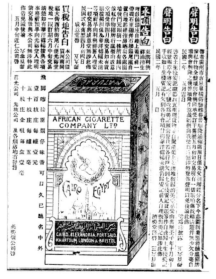

《七十二行商報》，1913 年 6 月 2 日。　　　　1912 年 2 月 29 日。

〔註 75〕　《三井洋行靚紙捲烟仔》，《安雅書局世說編》，1901 年 8 月 15 日。
〔註 76〕　〔美〕米切爾・舒得森著，陳安全譯：《廣告，艱難的說服》，第 110 頁。
〔註 77〕　《七十二行商報》，1913 年 6 月 12 日，第 2 頁。
〔註 78〕　《請用壓巴士香烟》，《總商會新報》，1919 年 3 月 5 日，第 1 頁。
〔註 79〕　轉引自〔美〕杰克遜・李爾斯著，任海龍譯：《豐裕的寓言，美國廣告文化史》，第 133 頁，上海人民出版社，2005 年版。

為新興中產階級提供了一種時尚，《國民日報》在 1912 年刊出一則名為「大三炮臺」的香烟廣告，其背景為當時罕見的飛機畫面，這種背景烘托將香烟進一步時尚化，突出其性能上的優越感，「其香濃之味，遠非市上紙烟所能及」。（圖 4-12）當然，這種香烟的價格當然也不便宜，「每罐五十枝（支）。價銀七毫五仙」〔註 80〕。進口香烟廣告不僅傳播了消費時尚，還向受眾推介一種生活方式，並以具有想像性的奢華畫面，為受眾提供了新的生活標準，從而使許多中產階層在廣告的導向下加入到「吸烟俱樂部」，以時尚來表徵自己的社會地位和文化品味。

與香烟相似，報刊廣告對洋酒的推銷，也是以奢侈品形象而吸引受眾的眼球。早在鴉片戰爭前，廣州的十三行行商就有與「番鬼」飲洋酒的習慣，但在進口貨物中，很難發現進口洋酒的蹤影。19 世紀末，洋酒開始進入廣州市場，但是，習慣於飲用米酒的廣州人並不歡迎洋酒。20 世紀初期，隨著廣州高級酒樓的大量出現，許多社會上流人物在宴會中開始飲用洋酒。如胡樸安描述廣州的酒樓：「可謂冠絕天下，其建築之華美，陳設之幽雅，器具之精良，裝潢之精緻，一入其中，輝煌奪目……若軍政兩界及巨商富紳之宴會，則多用洋酒，其價更昂。」〔註 81〕作為一種地位商品，洋酒成為體現消費者價值的標識物，受到了上流社會的廣泛歡迎。民國初年，廣州報刊以大幅版面刊登推銷洋

圖 4-13：碾米機器

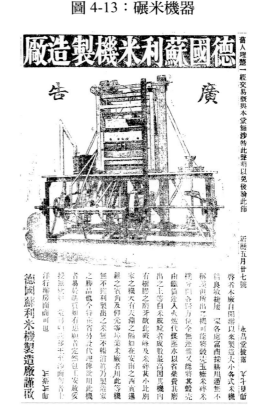

《七十二行商報》，1913 年 6 月 12 日。

〔註 80〕 《國民日報》，1912 年 2 月 29 日。三炮臺香烟廣告曾出現在 1918 年 11 月 5 日的《安雅報》的頭版，但廣告語則聲稱：「其質料、氣味及價值如何，當各界君子所洞悉，似可無庸多贅矣。」

〔註 81〕 胡樸安：《中國全國風俗志》（下編），河北人民出版社，1986 年版，第 372 頁。

酒的廣告。如《民生日報》在1912年12月6日（圖4-13）的洋酒廣告云：

> 本公司所辦各款上等洋酒及果子酒，俱皆物料精美，飲味香純，久
> 爲中外所讚賞，然非徒空言也。諸君嗜此者，惠然肯來，便知本公
> 司製洋酒遠勝別家也。……砵酒，每樽價銀由壹元至貳元七毫半，
> 此酒係最舊的，且性極純和，最合衛生之用。威士忌酒，此酒本公
> 司另有多種貨式……每打銀一十六元五毫，每樽一元四毫半。佛蘭
> 地酒，每樽由壹元七毫半至四元五毫……此酒味極香純，另有利矯
> 佛蘭地，此係上等最舊、最純之酒，每樽價銀四元五毫。〔註82〕

由此可見，洋酒價格較高，一般月薪在二三十元左右的普通消費者難以承受
這樣的高價位。但社會中上層對洋酒的消費還頗爲熱衷。洋酒所宣稱的「衛
生」、「純和」，與米酒相比，具有很高的消費品味。同時，通過廣告推銷，高
級洋酒作爲社會中上層之間交往的禮品，在民國初年頗爲時尙。

清末民初，一些洋行還在報刊上推出汽水廣告，汽水作爲新式飲料，與
街頭涼茶相比，在口感方面有著明顯差異。一些進口的品牌汽水，爲了與廣
州當地廠商區別，特登報聲明其品牌價值。如屈臣氏汽水號稱汽水之王（圖
4-14），「潔淨、汽足、美味、
有益、」〔註83〕「諸君賜顧
屈臣氏荷水者，請分辨本號
商標爲記，便知本號之水格
外精美，與別不同，請勿以
本號價值購別家汽水，以致
魚目混珠爲幸。」〔註84〕一
些汽水廠，亦借用洋名博得
聲譽，如香港某汽水廠的廣
告云：「本水房汽水，經英國
皇家化學師考驗給發文憑。
諸君賜顧，請驗明樽面之中
西字，係安藥水房字樣。庶

圖4-14：屈臣氏汽水廣告

見《國事報》，1910年5月6日，第8頁。

〔註82〕 《專辦各款洋酒、果子酒及利矯酒》，《民生日報》，1912年12月6日，第1
頁。
〔註83〕 《屈臣製品》，《總商會新報》，1919年10月26日，第5頁。
〔註84〕 《飲屈臣氏汽水請看》，《羊城日報》，1909年8月4日。

免混亂耳目，貽誤口腹」〔註85〕（圖
4-15）。在擁擠的街頭飲上一瓶帶有奇
特味道的汽水，成為民眾的一大消費
時尚。

圖 4-15：飲料廣告

《七十二行商報》，1910 年 9 月 20 日。

　　西洋糖果早在鴉片戰爭之前就有
進口，但由於價格昂貴、包裝簡單，
難以在市場上流行。1887 年，《廣報》
曾多次刊出「出投白糖」的廣告，說
明進口白糖在廣州一定的市場前景。
到了 1888 年，「糖果，儘管大部分是
最劣等品，在本市很多商店中都在出
售，這些商店從沒有外國人光顧，所
以只是賣給中國人的。中國人的宴會
向來以土產蜜餞作為點心，但現在你
也可以看到常有幾碟葡萄乾或外國糖
果了」〔註86〕。20 世紀初期，報刊刊登了一些西洋糖果廣告，如 1904 年 2 月
20 日，《安雅書局世說編》的一則廣告云：「本局每遇西人冬節，向由英京專
辦上等各款新式糖果，以應中西仕商送禮之用。現下所到各款糖果，更覺色
色皆新，異常香美，而且裝潢之華麗，又復遠勝往年，誠為送禮中最珍無上
之品也。價值亦較往年格外相宜。」〔註87〕可見，當時廣州市面已經有上等
西洋糖果，並用來作為年節禮品，具有豐富的文化意蘊。送禮者和受禮者都
將西洋糖果作為一種奢侈品，充當「聯絡情感」的中介。正如西莉亞·盧瑞
所分析的那樣，「消費者頻繁地將商品當作社會地位和文化方式的標記，他們
試圖以自己和其他消費者的關係來界定自己的社會地位。」〔註88〕

　　清末民初，西方消費潮流對廣州民眾的影響不斷加深。進口牛奶粉和飲
料作為新的時尚，也通過廣告傳播，為受眾提供新的消費方式。如一則澳洲

〔註85〕　《飲安樂水者請認明招牌》，《七十二行商報》，1910 年 9 月 20 日，第 2 頁。
〔註86〕　姚賢鎬編：《中國近代對外貿易史資料》，第 1096 頁。
〔註87〕　《屈臣氏買客須知，沙面屈臣氏藥房謹白》，《安雅書局世說編》，1904 年 2
　　　　月 20 日，第 1 頁。
〔註88〕　〔英〕西莉亞·盧瑞著，張萍譯：《消費文化》，南京大學出版社，2003 年版，
　　　　第 37 頁。

牛奶粉的廣告聲稱：「牛奶為食物中之無上品也。無論少壯強弱，食之健體壯魄，益壽延年……澳洲孖蘇孖素廠所制之牛奶粉，其功效比之牛奶，更勝十倍。每晨用此奶粉一匙羹，沖水一奶杯，服之尤為滋補。我國衛生家購買者，**趨之若鶩**。」〔註89〕顯然，每天早上沖上一杯牛奶，是社會中上層當中流行的生活方式，對於下層民眾而言，連溫飽問題還沒有解決，與「衛生家」的稱號是不相符的。

　　19世紀末到20世紀初期，烟酒糖等高檔的西洋商品仍然充當「消費調節器」的作用，「過去的穩定的身份系統受到來自商品數量與商品可獲得性大量涌現的威脅的時候，它指示著什麼樣的群體能夠消費什麼樣的商品，穿戴何種式樣的服飾」〔註90〕。通過消費環節，可以探尋複雜的社會關係。在商業較發達的廣州，奢侈消費品與實用消費的關聯性不大，它往往代表一種符號體系，成為區分社會階層的標籤。

　　一些洋貨廣告還具有社會新聞的性質，清末民初，在十八甫商業大街，許多新奇洋貨時常見諸報端，它不但是一種經銷廣告，而且成為當時的社會新聞，極具轟動效應。如《安雅書局世說編》刊登了一則神奇的地球時鐘廣告，描述得繪聲繪色。其廣告云：「地圖配以時鐘，運以機器。如畫十二點，其針指中國，夜十二點，其針指美國，早六點，其針指太平洋，晚六點，其針指西洋之類，而且春秋不同，溫熱不同……」〔註91〕十八甫某店僅購一座，某富翁知道後，迫不及待地以高價購買。店主不但獲得暴利，且大大地提高了知名度，可謂一舉兩得。

　　清末民初，牙膏對於一般民眾而言仍然是奢侈品，早晚刷牙的習慣在城市下層社會尚未流行。因此，對於進口的牙膏粉，尚缺乏足夠的廣告傳播予以推廣。1913年的《國民日報》刊登了一則牙粉廣告（圖4-16），將其與「衛生家」使用的商品結合起來，視為一種消費時尚。這種產自日本的新商品尚不為一般受眾所認知，其廣告稱：「本主人精製金剛石牙粉，細膩芬芳，實環球之罕見之品。不獨令齒潔白，且能固齒，免蝕壞之虞，誠衛生家必需之品也。初臨貴境，恐未周知，謹登報端。」〔註92〕

〔註89〕　《大幫澳洲牛奶粉到港》，《七十二行商報》，1919年11月5日，第1頁。
〔註90〕　〔英〕邁克・費瑟斯通著，劉精明譯：《消費文化與後現代主義》，第24頁。
〔註91〕　《地球時鐘》，《安雅書局世說編》，1901年8月31日，第1頁。
〔註92〕　《岳陽堂代理金剛石牙粉》，《國民日報》，1913年6月13日。

而一些進口保健品廣告，對受眾進行消費誘導，取得了較好的促銷效果。如仁丹本是西方的普通家用保健品，而一些商家爲了牟取暴利，對仁丹的功效大加吹噓，稱之爲「環球無二，常備神藥……仁丹精選貴重藥料……實爲人生常備之至寶」〔註93〕（圖4-17）。一些仁丹廣告配以西方紳士圖像，藉以證明它是西方上流社會的時髦保健品，以此鼓動受眾參與到消費時尚中來（圖4-18）。一些仁丹廣告以文明氣象爲背景，通過消費活動打破所謂的階層區隔，推出的仁丹廣告詞頗有煽動性：「王侯將相寧有種，要在常服仁丹矣。出則堂堂風格經綸縱橫有樞，入則穆穆容止行窮隱括爲彝。」〔註94〕似乎購買仁丹成爲進入社會中上層的「標誌性」行爲，與消費者的政治資本無關，只要具有經濟實力者，通過具體的購買行爲就可以擁有中上層的文化品味，體現中上層人士的精神面貌。

洋貨在廣州社會的流行，意味著消費群體的擴大。隨著市場上洋貨品種和數量的增多，一些貴重洋貨的價格也有下降趨勢。例如花露水，在進口初期，一般限於上流社會婦女使用，但是經過一段高消費時期，其

圖4-16：牙粉廣告

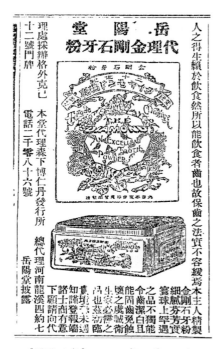

《國民日報》，1913年6月13日。

圖4-17：仁丹廣告

《商權報》，1918年2月23日。

〔註93〕 《藥界空前之聲價》，《商權報》，1918年2月23日，第2頁。
〔註94〕 《仁丹》，《商權報》，1914年6月6日，第3頁。

價格逐步回落。1901 年，屈臣氏大藥房所銷售的花露水，「大瓶價銀四毫，小瓶價銀一毫半」〔註 95〕，這一價位，普通消費者都可以承受。又如肥皂，在 1880 年代開始在廣州市場上出現時，銷量甚少，但是，在 20 世紀初，報刊廣告對肥皂的好處大加宣傳。「凡用日光梘洗衣者，四圍輕擦壹次，放在熱水中約半小時之久，再用冷水一漂，便潔白如雪矣」〔註 96〕。一個「試」字，道出了肥皂開始了消費大眾化的過程，廣告沒有強調「試」者的身份背景，而是突出產品的優越性，只

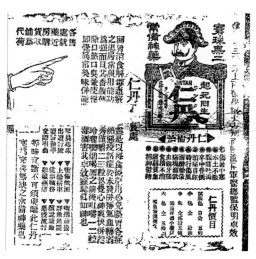

圖 4-18：仁丹廣告

《國民日報》，1913 年 6 月 13 日。

要願意使用，就會感覺到肥皂的好處。這顯然是針對一般受眾而推出的推銷方式。當奢侈品變得不再稀缺時，對消費者的心理預期產生較大影響，價格的降低，無疑提高了消費者的購買欲望。

洋務運動推動了清末製造業的發展，為機器進口業提供了廣闊的市場。機器進口行業利潤很高，以廣州為中心的南方地區，對進口機器需求量很大。一些洋行專營機器，經常在報紙上刊登廣告，推銷機器產品。如瑞記洋行的廣告稱：「本洋行在省城、香港開設有年，接辦開礦築路鐵軌、龍頭製造、織造、捲烟、印務，一切日用大小機器，總期貨適於用，價取相宜。」為方便顧客採買，「各種機器均有形圖說，略備存本行，以便採擇」〔註 97〕。

民國初年，外國洋行對於西方新式機器的推銷更為熱衷。如沙面一些洋行就經常在《七十二行商報》上刊登進口機器廣告，德商高技洋行的廣告聲稱：「本行專辦德國各種新式槍炮，並各國名廠電機、鐵路火車、各種機器、匹頭洋貨等物，均價廉物美，久蒙官商各界稱賞」〔註 98〕。英商渣甸洋行介紹其經營的機器和電器云：「本行添辦英國名廠汽機、鐵爐、汽燈、電燈、電

〔註 95〕 《屈臣氏鮮花露水》，《安雅書局世說編》，1901 年 9 月 2 日。
〔註 96〕 《請試日光梘》，《國民報》，1913 年 6 月 3 日，第 1 頁。
〔註 97〕 《瑞記洋行機器告白》，《羊城日報》，1906 年 10 月 9 日。
〔註 98〕 《德商高技洋行》，《七十二行商報》，1913 年 6 月 2 日，第 8 頁。

線、風扇、鐵路材料、水泵⋯⋯紡織
印刷、磨米麵各種機器及機司所用一
切物料。」〔註99〕進口機器在廣州市
場的行銷，對於清末民初廣州經濟的
發展起著直接的推動作用，同時，在
民用工業方面大量使用機器動力，不
僅提高了生產效率，也極大地改變了
民眾的消費習慣。如德國蘇利米機製
造廠直接在《七十二行商報》刊登碾
米機器的廣告云：「本廠自創辦以來，
製造大小各式米機，精良敏捷⋯⋯其
水磨出之上等白米，成粒者成數最
高。因其機內有樹膠之磨牙，故此破
峰及米碎甚小，比別家之機大有天淵
之隔。」〔註100〕（圖4-19）機器碾米，
極大地節約了勞動成本，如《農工商
報》介紹道：「舂米出買為銷路之大
宗。用人工每人每日以三石計，若用
機器做至三十六石，用兩人更替，一

圖 4-19：碾米機器

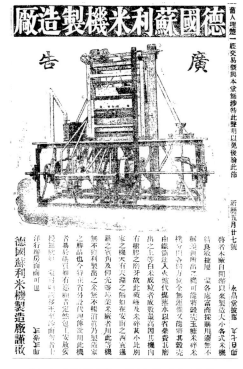

《七十二行商報》，1913 年 6 月 12 日。

人可敵六人之工夫，一日可當十二人之工夫，每月約省人工食用銀一百元，
半年可得機器之價矣。」〔註101〕同時，機器碾米也提高了大米的消費質量，
自然受到消費者的青睞。

　　洋貨消費者對於消費文化的傳播有著直接影響。廣州通商最久，受西方
消費文化的染識深刻。鴉片戰爭後，許多粵商到上海、天津、廈門等通商口
岸經商。他們不僅對當地商業經濟的發展作出了巨大貢獻，在傳播西方消費
文化，轉變消費觀念等方面，也產生了很大影響。張燾在《津門雜記》中描
寫道：

　　　　紫竹林通商埠頭，粵人處此者頗多。原廣東通商最早，得洋氣在先，

〔註99〕　《七十二行商報》，1913 年 6 月 2 日，第 8 頁。
〔註100〕　《德國蘇利米機製造廠廣告》，《七十二行商報》，1913 年 6 月 12 日，第 2
　　　　　頁。
〔註101〕　《舂米機器》，《農工商報》，1908 年第 40 期。

類多效泰西所爲。嘗以紙捲烟葉，衘于口吸食之。又如衣襟下每作布兜，裝置零物，取其便也。近則天津人習染，衣襟無不作兜，凡成衣店、估衣鋪所製新衣，亦莫不然。更有洋人之侍僮、馬夫輩（英語呼僮曰百寧，廣語呼曰細崽），率多短衫窄袴，頭戴小草帽，口衘烟捲（英語呼烟捲曰司個兒），時辰錶鏈，特掛胸前。顧影自憐，唯恐不肖。〔註102〕

可見，清末民初，粵人在日常消費中，已深受西方消費文化的影響。洋貨消費不但帶來物質上的滿足，還在消費過程中，作爲社會關係的標誌，具有傳播文化的導向。正是由於消費者的文化傳遞和信息交流，使得洋貨的符號意義不斷拓展，通過粵人的「消費示範」，不斷向全國各地輸出洋貨消費文化。

清末民初廣州報刊上刊登的大量洋貨廣告，對推動洋貨消費的大眾化，培育民眾的洋貨消費理念、消費方式和消費習慣，有著潛移默化的作用（圖4-20）。這種洋貨廣告，「既不讓人理解，也不讓人去學習，而是讓人去希望，在此意義上，它是一種預言性話語，它所說的並不代表先天的眞相（物品使用價値的眞相），由它表明的預言性符號所代表的現實推動人們在日後加以證實。這才是其效率模式」〔註103〕。洋

圖4-20：魚肝油廣告

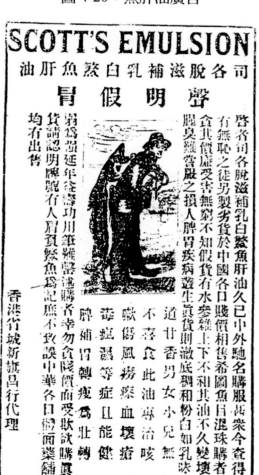

《安雅書局世說編》，1901年7月24日。

〔註102〕 張燾：《津門雜記》卷下，光緒十年（1884）刊本，第38頁。
〔註103〕 〔法〕讓‧波德里亞著，劉成富等譯：《消費社會》，南京大學出版社，2003

貨廣告成為誘導讀者購買的「說客」，在西方工業品大舉入侵的背景下，「侵略性地推銷產品比以前更加激烈。這种競爭促成了廣告界的第一次真正的改革，並因而促進了消費文化的發展」〔註104〕。洋貨廣告利用報紙這一當時最流行的大眾傳媒，不僅影響了城市民眾的購買欲望，而且對處於社會轉型期的廣州消費文化發生了深刻的影響。

年版，第 138 頁。
〔註104〕〔英〕西莉亞‧盧瑞著，張萍譯：《消費文化》，第 151 頁。

第五章　國貨廣告：地方文化與本土消費理念的建構

　　即使在傳統社會，大都會的生活，由於與市場的緊密聯繫，而具有一定的公共性。19 世紀初以來，隨著農業商業化水平的不斷提高，珠江三角洲市場聯繫更爲緊密，廣州城市經濟的輻射力不斷擴大。報刊國貨廣告作爲流行的媒介方式，不僅有效地降低了信息費用和交易成本，極大地推動了廣告主與消費者之間的「溝通」。還通過商品形象和文字傳播，不斷地傳播著新興商業文化和生活方式，建構地方文化的視覺形象。同時，國貨廣告還引導著國貨運動，對城市「消費革命」和民族文化認同產生了直接的影響。

第一節　地方媒介與國貨運動

一、地方性媒介與地方主義

　　鴉片戰爭後，廣州的經濟地位由全國貿易中心降爲嶺南市場中心，廣州經濟的輻射範圍以珠江三角洲爲主，廣州與上海的差距，不僅體現在經濟的輻射範圍上，還體現在媒介的社會影響力方面。在整個近代社會，廣州沒有產生過像上海《申報》之類的全國性大報，中國內地受眾在經濟上關注上海的變化，在政治上重視北京的言論，廣州媒介與內地受眾中間的關聯性不大，無論是《廣報》還是《羊城日報》這樣曾經有影響的大報，其代銷處一般以廣州和廣東境內城市爲主，而省外發行點較爲少見。因此，從總體上看，將近代廣州報刊視爲地方性媒介，應該是比較符合實際的。

　　然而，近代廣州報刊並不以區域性局限爲禁錮。近代廣州報界精英非常

重視報紙與地方社會的關係，將新聞重點轉向於廣東和廣州，力圖使報刊成
爲地方性媒介形象，與地方社會尤其是廣州都市生活建立廣泛的社會認同。
這體現在當時報刊的「論說」、「本省新聞」和「廣州新聞」所佔的版面優勢
上，尤其值得注意的是，當時的報刊文藝副刊和娛樂性欄目，如粵謳、粵聞、
班本、諧文、趣言、小說等，也以廣州和廣東題材爲主。翻開當時的報刊，「吾
粵」是出現頻率很高的字眼。以各報的論說爲例，可以看出辦報者服務地方
社會的價值取向。如《珠江鏡》在辦報宗旨中指出：「《珠江鏡》之意義，大
約可分爲三，一曰珠江之政治，二曰珠江之人物，三曰珠江之風俗。」〔註1〕
可見該報以報導廣東社會爲要務。《賞奇畫報》則對當時省港各報的地方文藝
欄目進行了總結：「粵謳、班本、南音，則吾粵報界之別開生面者。遍觀省港
各報，平奇濃淡，無所不有。」〔註2〕可見，廣州報刊必以地方特色取悅於受
眾，並以此爲榮。

　　正是由於近代廣州報刊以地方性媒介自居，其影響限於嶺南，亦無法與
《申報》等全國性報刊抗衡。但是，這些地方性報刊卻與地方經濟的發展有
著天然的聯繫，其資金籌措、發行管道、廣告刊佈等方面都離不開本地經濟
的支持。因此，在20世紀初期，儘管廣州報刊的意識形態分化比較明顯，尤
其是民主革命派和守舊派的報紙在政治取向上存在著不可調和的矛盾。但
是，各種商業性報紙卻脫穎而出，如《七十二行商報》、《廣州總商會報》、《商
權報》、《農工商報》等等，這些報紙以振興商務和實業，推動廣東經濟發展
爲要務，比較淡化政治主張，尤爲商人所歡迎。而即便是政治導向非常鮮明
的報刊，如《國事報》、《南越報》、《光華報》等，也非常重視報紙的商業經
營和產業化運作，擴大報刊廣告版面，加強與本地工商界的聯繫，使報紙廣
告版面具有「中立」特質，以便成爲展示地方經濟成就的窗口。正是由於報
刊傾力塑造地方媒介的形象，在研究近代廣州工商經濟和消費狀況時，報刊
廣告的重要性更爲明顯。

二、國貨運動與地方形象的建構

　　19世紀末到20世紀初，洋貨進口數量增長十分迅速。「逐漸增多的引人
注目的外國存在引起了當地中國人的反對，他們舉行的抗議將外國在中國的

〔註1〕　《珠江鏡慨言》，《珠江鏡》，1906年5月28日，第1頁。
〔註2〕　《吾報宗旨詳述》，《賞奇畫報》，1906年第5期，第12頁。

活動政治化，並堅持中國人應該控制自己的經濟」〔註3〕。20 世紀初期的抵制洋貨運動和推廣國貨運動幾乎是同時進行的。而報刊媒介對抵制洋貨運動最為熱衷，在輿論上引導了民眾的抵制熱情。翻閱當時的廣州報刊，抵制洋貨與愛國主義和民族主義幾乎具有等同的意義（圖 5-1）。在抵制過程中，地方精英則採用了更為精明的策略，他們在維護國家主權和民族利益的前提下，更多地認識到發展地方工商業的重要性，而振興地方實業則與他們的實際利益密切相關（圖 5-2）。《南海鄉土志》稱：「農工

圖 5-1：對日本的仇恨

《大同日報》，1918 年 8 月 11 日。

圖 5-2：商界集會

《賞奇畫報》，1906 年第 4 期。

〔註 3〕　〔美〕葛凱著，黃振萍譯：《製造中國：消費文化與民族國家的創建》，第 57 頁。

不興，商務乃困，欲塞漏邑，非振作實業無以補救耳」〔註4〕地方精英對本地商務的考察，有著濃烈的地方保護主義情結。在整個 20 世紀的前 20 年，振興實業與發展廣東尤其是廣州地方經濟成為報刊的輿論重點。尤其在 1905 年的抵制美貨運動中，廣州報刊反應非常激烈。如《遊藝報》對粵商發出忠告，要求粵商形成團體，尤其要求廣東總商會有組織地進行抵制。組織化的抵抗往往會形成強大的輿論力量，通過報刊的傳播產生巨大的社會影響力。1907 年，廣東粵商自治會就曾組織地方勢力抵制西江捕權，並致電廣東總商會云：「西江為兩粵商務樞紐，貴總會尤有密切之關係，應請刻日電京力拒，並分電各省商會合力電爭。」〔註5〕可見，抵制西方入侵與振興本地經濟存在著密切關係。抵制洋貨就是要挽回利權，進而發展本地工商業，《總商會新報》則在其時評中對廣東商人聯合抵制極為重視，其稱：「振興土貨，人人俱應實行，然欲其收效最捷，而又能喚起全國商人之視聽者，則莫若由各商人之各自聯合本行，互相策勉，共為一致之行動……考彼邦貨物，現在最消流於吾粵內地者，以海味、瓷器、洋貨、煤炭四者為最。故欲振興土貨，當先自由與彼有關係之一部分行商，不買仇我者之貨物始。」〔註6〕當然，工商業的振興則需要民眾的國貨消費熱情。而民族工商業的實力和規模都比較弱小，首先需要解決的是生存問題，這就需要本地民眾從地方利益的角度，首先購買地方性的國貨商品。報刊媒介以此為切入點，為本地受眾和工商界搭建互動的傳播平臺。

因此，在抵制洋貨運動中，國貨除了具有民族性因素之外，還有地方性因素。抵制運動需要媒體、消費者和工商界的相互支持和良性互動。如《廣州總商會報》就對本地商人設立皮革廠表示贊同，認為「革廠設立，製造愈精，何至仰給美歐，不能挽回利權耶。」〔註7〕由於報刊和輿論的鼓吹，民眾消費國貨的熱情陡增。如廣州府工藝學堂銷場處，「往日不甚暢銷，嗣經抵制事起，國人皆知購用土貨，以挽利權。故日來該工藝銷場處，購買什物者駱

〔註4〕 《南海鄉土志》卷十五，商務。

〔註5〕 《商界力爭西江捕權之傳單》，《廣州總商會報》，1907 年 11 月 21 日，第 3 頁。

〔註6〕 質庵：《行商實行抵制外貨之第一聲》，《總商會新報》，1915 年 3 月 6 日，第 7 頁。

〔註7〕 黃國祥：《論皮革為用甚廣宜設廠製造以挽利權》，《廣州總商會報》，1907 年 6 月 8 日，第 2 頁。

繹不絕。」〔註 8〕而規模較大的廣州工藝陳列所更引起《半星期報》關注：「所陳各物，分燒青、顧繡、藤器、木器、布匹等類。其製作之精巧，或與洋貨相伯仲。凡愛國之士，實行愛國主義者，不可不前往光顧矣。」〔註 9〕對於消費者的熱情，工商界亦及時回應，廣州三益公司不僅製造和銷售廣東土貨，還登報代銷特色土貨。其廣告稱：「專染三缸青薯莨、紗綢等，守粵省特色也。惟本公司雖具挽利權振工商之微願，尤冀各同胞之樂與贊成工商界之君子，有獨出新裁製成品物，足以頡頏洋貨者，本公司定必歡迎，代作銷場。」〔註 10〕（圖 5-3）顯然，這家公司以推廣特色土貨作爲營業之職責，在公眾當中樹立「企業公民」的形象，以此提高企業的品牌影響力，其廣告有一箭雙雕的意涵。而在報刊媒介看來，抵制洋貨就是愛國，而愛國對於廣州民眾而言，就是購買本地廠商所製造的商品。對於此種氣象，《半星期報》特地評論道：「洋貨之漏款，粵東較他省爲尤巨。誠以粵人嗜用洋貨甚於他省也。今陳

圖 5-3：徵求土貨廣告

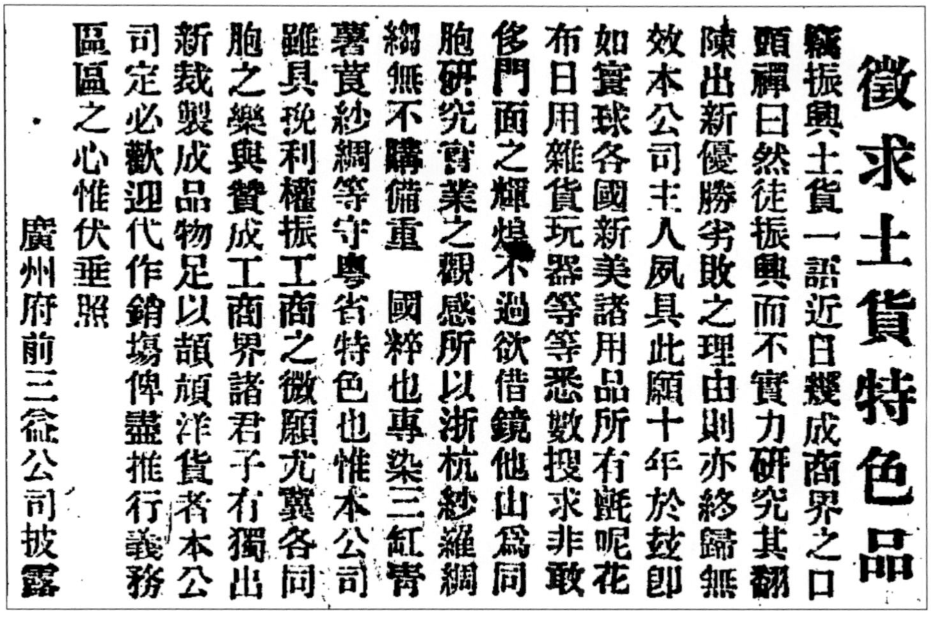
徵求土貨特色品
竊振興土貨一話近日幾成商界之口頭禪日然徒振興而不實力研究其翻陳出新優勝劣敗之理由則亦終歸無效本公司主人夙具此願十年於玆卽如寰球各國新美諸用品所有氈呢花布日用雜貨玩器等等悉數搜求非敢侈門面之輝煌不過欲借鏡他山爲同胞研究實業之觀感所以浙杭紗羅綢縐無不購備重　國粹也專染三缸青薯莨紗綢等守粵省特色也惟本公司雖具挽利權振工商之微願尤冀各同胞之樂與贊成工商界諸君子有獨出新裁製成品物足以頡頏洋貨者本公司定必歡迎代作銷塲俾盡推行義務區區之心惟伏垂照
廣州府前三益公司披露

《民生日報》，1912 年 9 月 11 日。

〔註 8〕《土貨日見發達》，《半星期報》，1908 年第 4 期，第 26 頁。
〔註 9〕《工藝發達之始聲》，《半星期報》，1908 年第 6 期，第 31 頁。
〔註 10〕《徵求土貨特色品》，《民生日報》，1912 年 9 月 11 日，第 5 頁。

列所陳列本省製造品，多能與洋貨相敵，而價較廉，人之爭購，勢所固然矣。況又知用回土貨之利益者乎。」〔註 11〕顯然，該報對消費者購買廣東商品而感到欣慰，對廣東本地工商業的發展寄予厚望。

由於洋貨多為消費類商品，關乎民眾日常生活。而土貨必須有替代性品質方可為民眾所接受。因此，報刊對廣州本地製造的日用品尤為關注，認為製造民眾必需的大宗土產日用品是挽回利權的關鍵。如火柴為日用所需，自抵制洋貨後，廣州土製火柴很受歡迎。廣州行商梁某在芳村開設太和公司，製造火柴。「近日各商店以該公司火柴為中國製造，紛紛向其定購，極形暢旺，大有應接不暇之勢。」〔註 12〕不僅如此，與廣州毗鄰的香港商人，也來廣州採買日用品，《半星期報》報導云：「昨有港商五人來省，寓於城隍廟前某某公司，專購工藝廠所出之毛巾及各貨，以運港發賣。」〔註 13〕針對廣州製造業蒸蒸日上之勢，更有論者認為，要在抵制洋貨的有利形勢下，將香港粵商引回廣州，以便恢復昔日的榮光。有評論云：「粵商營業於香港不下二十萬人，其平日受人駕馭，經已飽嘗。倘能聯結團體，痛念國恥，則我粵人商務盡可移植黃浦，自立一絕大之好市場，以脫外人之之束縛。」〔註 14〕儘管這是論者的一廂情願，卻表達了社會精英濃重的地方主義情結。

報刊媒介的立場，與民眾和工商界的抵制運動相互呼應。在 1905 年的抵制美貨運動中，許多報刊紛紛發表言辭激烈的評論予以配合。《遊藝報》更是以「要告」的形式迎合公眾輿論。其聲明稱：「此次抵制美約，為全國公憤。本報同仁，均國民之一分子，實行抵制美約主義。凡一切美貨告白，不敢領教。」〔註 15〕不僅如此，一些報人還創辦《拒約報》，「專以發揮拒約為宗旨，內容、資料精確有力，月出三冊。」〔註 16〕報刊對抵貨運動如此傾力，反映了 20 世紀初期廣州媒介生態環境的變化。從辦報精英的本身立場而言，儘管辦報者的「觀點」和「主義」存在很大差異。但他們絕大部分都是愛國者和地方利益的堅定支持者，通過大量報導抵制運動，可以展示報刊本身的價值取向和社會責任，進而擴大在地方社會的影響（圖 5-4）。從外部環境看，20

〔註 11〕 《工藝發達之始聲》，《半星期報》，1908 年第 6 期，第 31 頁。
〔註 12〕 《土貨銷場之發軔》，《半星期報》，1908 年第 3 期，第 26 頁。
〔註 13〕 《土貨銷場之發軔》，《半星期報》，1908 年第 3 期，第 26 頁。
〔註 14〕 《港商亦知國恥》，《半星期報》，1908 年第 7 期，第 27～28 頁。
〔註 15〕 《本報實行抵制美約要告》，《遊藝報》，1905 年 8 月 7 日，第 2 頁。
〔註 16〕 《看〈拒約報〉出世》，《遊藝報》，1905 年 8 月 18 日，第 2 頁。

世紀初，廣州本地消費型工業〔註 17〕迅速發展，
給報刊廣告業帶來無限的商機。報刊媒介爲了適
應廣告客戶和受眾的需要，必須對國貨運動積極
回應。而這種回應，除了表現爲各種新聞和評論
之外，還以大量國貨廣告的刊登予以證實。這些
國貨廣告爲我們解讀國貨運動浪潮、工商經濟發
展和消費文化的變遷提供了豐富的材料。

圖 5-4：抵制美貨廣告

《時事畫報》，1906 年第 7 期。

第二節　醫療廣告：身體與治療性消費文化

一、醫藥廣告：強制性的消費誘惑

　　廣州天氣炎熱，故多時疫，中醫藥業具有悠
久歷史。19 世紀 70 年代以來，隨著廣州商業經
濟的不斷恢復和發展，廣州藥品市場逐步繁榮，
中藥店和診所紛紛開展廣告營銷，除了運用招牌
廣告和傳單廣告之外，報紙廣告成爲醫藥推銷的主要媒介。從 1886 年《廣報》
刊登醫藥廣告開始，醫藥廣告一直是報刊廣告的重要內容。醫藥業作爲廣州
經濟的重要組成部分，具有很強的產業優勢，1912 年的《民生日報》統計，
僅「本城熟藥丸散店」就有 63 家〔註 18〕，各類私人診所更是不計其數。醫藥
廣告的盛行，與這一行業的強大需求有很大關係，相對於其他行業，醫藥廣
告投入的資金占整個行業的利潤是非常低的，而醫藥廣告一旦獲得受眾的
關注，就會產生相當可觀的預期收益。因此，醫藥廣告的流佈，與受眾對於
醫藥業的心理預期有著密切聯繫。

　　消費者對身體的關注和對魔法般自我變形的渴望，是醫藥廣告取得成功
的重要因素。正如杰克遜・李爾斯所言：「秘方藥的魅力與其他與健康相關的

〔註17〕　關於消費型工業的討論，參見拙作：《廣州消費文化與社會變遷（1800～
　　　　　1911）》，第二章。廣州消費型生產企業的規模不大，但數量很多，產品範圍
　　　　　較廣，爲了與洋貨競爭，本地工商企業大量刊登廣告，爲報刊業的發展提供
　　　　　了大量的資金支持。
〔註18〕　《本城熟藥丸散店一覽表》，《民生日報》，1912 年 8 月 22 日，第 11 頁。

廣告一起，爲宣揚一種狂歡式的商業語言作出了貢獻。」〔註 19〕由於缺乏法律約束，醫藥廣告對於藥品功效的誇張甚至造假，並沒有爲報刊經營者帶來任何麻煩，也沒有受到受衆的普遍抵制，在不斷的廣告傳播過程中，醫藥廣告不僅培育一個強大的產業，還作爲強制性的消費誘導方式，構築著媒介文化的內容，改變著受衆的生活方式和消費模式。

　　與傳統醫藥店鋪的招牌廣告相比，廣州報刊刊登醫藥廣告出現較晚。儘管廣州的一些傳統藥店如陳李濟、潘高壽等品牌有數百年的歷史，但是在 19 世紀 70 年代前，這些老牌藥店並沒有意識到本地報刊媒介的重要性，對報刊廣告這一新的傳播方式漠然視之，這與當時報刊傳媒的影響力較低亦有很大關係。19 世紀 80 年代後，粵人自辦報刊對於廣告經營較爲重視，醫藥行業成爲報刊經營者非常關注的廣告對象。如 1887 年 11 月 19 日的《廣報》的 11 則廣告中，醫藥廣告就有 3 則，1892 年 9 月 20 日，第 3 頁的廣告欄目中，醫藥廣告占到 2／3 以上的版面。20 世紀初期的報刊中，整版的醫藥廣告更是屢見不鮮。醫藥廣告作爲報刊廣告的重要組成部分，成爲報刊發展的重要資金來源。

　　醫藥廣告的刊播，與醫藥消費的時代特色有關。19 世紀 80 年代，廣州鴉片消費盛行，鴉片的種種危害也受到廣泛批判和抵制，地方政府也深入開展戒烟運動，民間組織在抵制鴉片消費的活動中表現尤爲積極，在強大的政治、經濟和輿論壓力下，一些烟民開始選擇戒烟，適應新式消費需求的各種戒烟藥便應運而生。戒烟藥價格不菲，但在報紙上刊登廣告的成本較低，推銷效果卻非常明顯，各類戒烟藥魚目混雜、良莠不分，生產商或銷售商在報紙上大肆吹噓其神奇功效，其目的是獲取暴利。各類戒烟藥，都號稱配製得法、老少咸宜、能很快戒除鴉片烟癮。一位梁天保醫生獨出心裁，創制了戒烟餅。其廣告稱：「兼能益胃培元，殊無烟灰、嗎粉，入口香甜，立即止引（癮），能卻毛病……每引一錢用餅一個，價銀一分八釐，中樽載餅十個，價銀一錢八釐，大樽載餅二十二個，價銀三錢六分……歐亞各洲、南北口岸、日本、安南均有貨付。」〔註 20〕老牌藥鋪六和大藥房也不甘落後，在其戒烟藥廣告中聲稱：「此丸配製得宜，不寒不燥，無論輕重烟引（癮），年之老少，體之

〔註 19〕　〔美〕杰克遜・李爾斯著，任海龍譯：《豐裕的寓言，美國廣告文化史》，第 100 頁。
〔註 20〕　《梁天保創制檜松戒烟餅》，《中西日報》，1892 年 6 月 4 日，第 4 頁。

強弱，均能藥到病除。」〔註 21〕另外一家名爲桐君閣的藥店所創制的「仙方戒烟人參丸」，則吹噓得更加神奇：「其功至大，其效至捷……服後不用禁口，不思吸烟，自然引（癮）斷病離，精神百倍，誠戒烟第一仙方也。此丸如有烟膏烟灰配入以至害人，神明鑒之。」〔註 22〕此類廣告，多半對其產品大加誇張，其實際功效並非如此。事實上大部分戒烟丸，都使用了嗎啡等麻醉品，消費者非但沒有戒除鴉片烟癮，還受到麻醉品的危害。戒烟藥的暴利吸引了許多藥房從事這一行業，以各種標新立異的廣告進行市場推廣，在各類藥房相互競爭的情況下，戒烟藥不得不降價促銷。如 1901 年，六和大藥房所推出的戒烟丸，「大樽價銀五毛，中樽價銀二毛，小樽價銀一毛」〔註 23〕。比起十多年前屈臣氏的同類洋戒烟藥，有了明顯的降低。辛亥革命前後，由於廣東地方當局實行了比較嚴厲的禁烟措施，鴉片消費量大爲降低，戒烟藥也失去了消費市場，各類戒烟廣告在報刊上難得一見。

　　20 世紀初期，隨著戒烟藥廣告的消退，性病廣告則不斷出現，並隨之占據了大量版面，成爲醫藥廣告的「新貴」。性病廣告的流行，反映出廣州色情業「欣欣向榮」之勢。性病的蔓延，爲各類藥店、診所提供無限的商機。20世紀初期，花柳病作爲一種普通傳染病，在西方已經廣泛採用抗生素藥物進行有效治療，但是，當時國內醫藥界對於花柳病的認識還不夠深入，一般採取中藥治療，其效果遠不如西藥明顯。一些妓女、嫖客得病以後，迫切希望獲取相關的治療信息，一些藥店和診所正是利用了患者病急求醫的心態，通過介紹治療性病的藥方和方案，快速獲得「病友資源」。清末廣州名醫梁培基說：「花柳病，本是最平常，吾人稍講應酬者，幾無不會曾經此患也。然花柳之毒實最劇烈，調治稍失其方，則不獨諸病叢生，並且傳染妻子，因治花柳，市上沽藥固旗布星羅，如花界中幾無不有一二，所謂獨步單方，以爲防身之寶，然世之被花柳病毒害累月經年，幾成殘廢者猶比比皆是。」〔註 24〕（圖5-5）梁培基說出了當時廣州市場上治療花柳病藥物的現狀，各類性病廣告都

〔註21〕　《六和大藥房靈驗戒烟丸》，《安雅書局世說編》，1901 年 7 月 24 日，第 7頁。

〔註22〕　《桐君閣仙方戒烟人參丸》，《安雅書局世說編》，1901 年 7 月 24 日，第 8頁。

〔註23〕　《六和大藥房靈驗戒烟丸》，《安雅書局世說編》，1901 年 7 月 24 日，第 7頁。

〔註24〕　《梁培基創制花柳藥王培元搜毒汁》，《光華報》，1911 年 12 月 15 日，第 1頁。

號稱「立可痊愈」，片面誇大療效。如威建大藥房在廣告中更是利用嫖客圖像
爲其「花柳骨痛汁」（圖 5-6）進行「形象推銷」：

> 余患骨痛之症，經年不愈，百藥罔效。幸得友人送此藥汁，一服痊
> 愈，神妙莫名。如染花柳各症者，不妨一試，免爲庸醫所誤，費時
> 失事，勞神傷財尚不能見效。若服此汁，立起沉疴，誠花柳藥汁無
> 價之寶也。〔註25〕

圖 5-5：靈丹妙藥　　　　　　圖 5-6：保健茶廣告

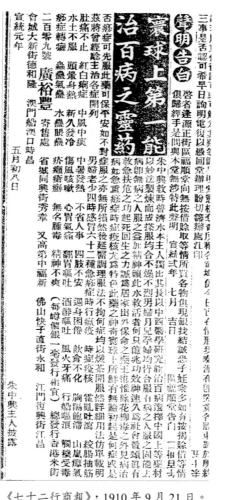

《七十二行商報》，1910 年 9 月 21 日。　　　《遊藝報》，1905 年 8 月 8 日。

〔註25〕　《威建大藥房花柳骨痛汁》，，《商權報》，1918 年 2 月 23 日，第 1 頁。

另外一種名爲「養身除毒汁」的廣告，直接刊登了一名叫「蕭月南」的嫖客肖像，並以其口吻廣告道：

> 鄙人蕭月南，年四十五歲，乃居住香山海州。因昨年正月耽於花柳場中，酒色過傷，以至腎虧虛弱，常見精流。迨至三月，發出魚口瘡疔，誤醫數月，疔毒結墜，四處發爛，更兼毒入筋骨，痛之不止……一日舍弟偶閱諸報，見有趙伯年君登錄鳴謝釗龍氏大醫生之養身除毒汁……鄙人聞說如此靈驗，即速購買一樽試服，果然見功。再買一打，連服共六樽，大有起色之望，此病症暫退，服再三樽，血毒魚口瘡疔以除，亦見身體復原，胃口加增。〔註26〕

但是，此類花柳藥實際療效並不明顯。由於花柳藥成本較低，只要在報紙上進行廣告宣傳，獲取暴利的機會大增，所以，清末廣州報紙上到處是花柳藥廣告。如光緒年間廣州有一定知名度的黃保安醫生，擅長治療花柳病、麻風病等，其創制的藥丸，價格很高。《廣報》刊登該花柳藥價：「花柳搜毒百解丸，每料銀一兩四錢，花柳骨痛丸，每料實價七錢二分」〔註27〕。

一些與性病相關的解毒藥也紛紛刊登廣告，如廣東黃慎堂密製的各種解毒藥，「解毒得法，有益眞元，症無大小，應時湊效」〔註28〕。橘花仙館創制的牛黃丸、至寶丹、紫雪丹三種新藥，「專治瘟疫溫熱，本館獨出心裁，精工製煉，故能屢建奇功」〔註29〕，治療麻風病的藥，也利用了患者病急求愈的心態，高擡價格，「麻風保命丹每料該銀十兩，三蛇入骨捲雲退紅丸每料該銀二十四兩」〔註30〕。此類藥號稱祖傳密方，其治療功效並非像吹噓的那樣，然嫖客妓女往往迷信一些性病藥品，其價格雖高，卻有很好的銷路。

性病的流行，自然也給診所帶來了滾滾財源。一些診所也在報紙上刊登廣告，大肆吹噓其治療性病的醫術。如南寧伍某在雙門底開設了一家診所，號稱專治花柳病：「遠年花柳，入骨最頑症，邪風雜症，不若服藥，限日痊愈，永無復患……」〔註31〕又如一家名爲洪桂昌的診所，在《天趣報》、《國民報》、

〔註26〕　《恭頌釗龍氏大醫生養身除毒汁救我命》，《民生日報》，1912年6月19日，第2頁。

〔註27〕　《包醫頸癧花柳雜症》，《廣報》，1887年11月17日，第2頁。

〔註28〕　《廣東黃慎堂扶元搜毒藥膠、白濁各症藥丸》，《安雅書局世說編》，1901年9月25日，第6頁。

〔註29〕　《自摘化州橘紅》，《安雅書局世說編》，1901年7月24日，第8頁。

〔註30〕　《中華醫生黃保安》，《廣報》，1887年12月9日，第2頁。

〔註31〕　《花柳須知》，《中西報》，1899年10月3日，第2頁。

《七十二行商報》等多家報紙上刊登廣告，號稱在省城、佛山、香港、江門等地開有診所，爲「五千年老鋪」，其創制的「扶元搜毒膠」，可以「宿娼免毒」，「花柳外科，萬症俱好」〔註32〕。「包醫限期列左……限日全愈，過期不愈，原銀加倍送回」〔註33〕。一些醫生還以西醫之名進行廣告宣傳，如一名叫陳鐵魂的醫生，自稱「西醫全科畢業，歷充紅十字會及改良會醫生，每日診症二百餘人，臨症最多，療法最善，有花柳者注意」〔註34〕。這類肉麻的吹噓，的確取得了較好的廣告效果。使一些妓女嫖客和無辜染病者在醫療消費上增加支出，也使得醫療市場魚目混珠。各種游醫混迹其中，醫德敗壞，所謂「以毒攻毒」，極大地破壞了道德倫理和社會風尚。

一些治療流行時症、傷風感冒、頭痛發熱、止咳消炎之類的藥品，具有較爲廣闊的消費市場，這些藥品廣告在向受眾介紹用途和性能的同時，也提高了知名度和品牌營銷的效果。由於常用藥品的價格與其他商品的價格存在較大差別，其決定性因素體現在三個方面：一是藥品的治療功效；二是有藥品的知名度，特別是市場佔有份額；三是藥品的製作工藝和原料的價格。其中藥品的功效是最爲重要的因素，因此，許多生產商非常注重對藥品治療功能的宣傳。如福至大藥房的「紅白痢丹」廣告稱：「此丹清血理氣，消積去滯，無論紅痢白痢俱驗。閉口重症，藥到病除。有陰陽轉輪之功，無霸烈消耗之患。症輕者兩日痊愈，症重者四日痊愈。」〔註35〕

一些藥品價格往往通過明示的方式，向受眾公佈。如位於西關十二甫一家由顏遜軒醫生經營的顏過安堂，其藥品價格爲：「脫膜眼藥、光明眼藥、蛾喉散即止吐血丸每樽一毫；疳積眼散、痘後眼散、救睛眼丸、傷眼止痛丸每樽二毫五仙；立即止咳丸每樽五仙。」〔註36〕另一家兩儀軒藥店出售的蛇膽油，「力勝如意油十倍，大樽二毫」〔註37〕。藥品價格爲受眾消費提供了明確的信息。

常用藥品的治療功能，往往是吸引受眾的賣點，如一則《燕醫生除痰藥》

〔註32〕　《扶元搜毒膠》，《國民報》，1910 年 12 月 5 日。
〔註33〕　《香港洪桂昌遷鋪告白》，《遊藝報》，1905 年 7 月 12 日，第 3 頁。
〔註34〕　《陳鐵魂醫花柳》，《民仇報》，1918 年 6 月 17 日，第 1 頁。
〔註35〕　《福至大藥房紅白痢症》，《民仇報》，1918 年 6 月 17 日，第 4 頁。
〔註36〕　《恭頌顏遜軒先生擅脫眼膜》，《安雅書局世說編》，1901 年 8 月 15 日，第 8 頁。
〔註37〕　《時事畫報》，1907 年第 7 期。

（圖 5-7）的廣告云：「功效神速，久
已爲中外馳名，交相信用。凡傷風咳
嗽、痰迷氣急，久咳失音及一切喉症
等患服之，包能限日痊愈。五十年來
治愈各症不下數十萬人，實爲無上上
品之藥。」〔註 38〕另外一家治咳的廣
告則利用人物形象加以推銷，圖畫中
展示了一位黃包車夫拉著病人快速趕
往診所的場景，並配以一首五言詩：
「因爲秋風起，忽然咳不止。痰與血
齊來，幾乎絕了氣。即刻叫架車，去
求唐拾義。醫咳稱老手，藥到病遂除。
久咳固能醫，內傷亦可愈。有咳諸先
生，不妨往一試。」〔註 39〕如此形象
的描繪，對藥品推銷起著「現身說法」
的作用。

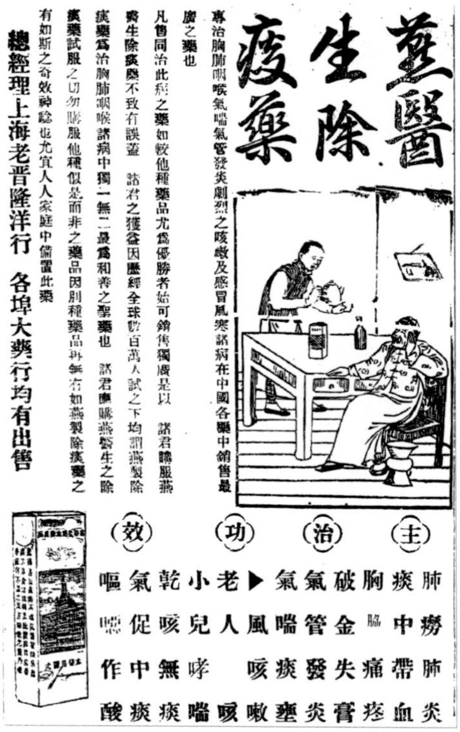

　　顯然，報刊廣告對藥品功能的盲
目誇張，利用了受眾與廣告主之間信
息嚴重不對稱的現狀，採取各種花

圖 5-7：燕醫生除疫藥

《商權報》，1916 年 6 月 20 日。

招，向受眾提供虛假信息，騙取受眾的信任，從而牟取暴利。正如一首竹枝
詞所言：「西醫門市百餘家，廣告宣傳未免誇。兒婦兩科誰妙手，肯堂王氏太
平沙。」〔註 40〕這種普遍帶有虛假信息的廣告，能夠在清末民初盛行，有如
下幾方面的緣由：一是報刊媒介普遍缺乏公共精神，完全從自身利益考慮投
放藥品廣告的收益，而不顧虛假廣告產生的社會危害。二是制度監管缺失導
致了廣告市場的混亂。政府對虛假廣告聽之任之，降低了虛假廣告的制度成
本，並在社會上形成一種從眾心理，極大地破壞了社會風氣。三是受眾對虛
假信息的甄別能力很低，缺乏有效的信息反饋途徑，在報刊媒介的「強制性」
信息輸送過程中，受眾處於弱勢地位，在藥品廣告強勢誘導下，受眾對藥品

〔註 38〕　《燕醫生除痰藥》，《商權報》，1916 年 6 月 20 日，第 1 頁。
〔註 39〕　《天下第一家咳丸》，《新報》，1916 年 3 月 6 日，第 7 頁。
〔註 40〕　鬍子晉：《廣州竹枝詞》，見雷夢水等編：《中華竹枝詞》（4），第 2905 頁。

療效失去了辨偽能力。有竹枝詞作了生動的描繪了廣告的虛假推銷：「能醫麻毒太奇新，廣告街招著手春。易氏沃林傳妙藥，卻教依舊有瘋人。」〔註 41〕「易沃林」是清末民初廣州報刊中最爲常見的「標誌性」醫藥廣告，由此可窺斑見豹。

二、保健品廣告：品牌營銷與消費臆想

醫藥廣告針對受眾病急求醫的心態，可以進行「強制性」的信息傳播。而保健品則不是每個受眾的生活必需品，因此，在傳播方式和說服手段上，保健品廣告體現了另外一種「消費文化」。保健品與藥品有著較爲明顯的區別，它一方面具有強身養顏的功效，另一方面則代表著一種新的生活方式，是受眾在滿足「醫療性」治療之後，在消費層次上通過保健品的養護，達到提高生活質量的目的。顯然，對於保健品消費，一些收入水平較低的受眾是難以承受的。由此決定了保健品的廣告風格不是治療性能的誘導，而具有品牌營銷和消費臆想的特點。絕大多數保健品廣告商都希望通過傳媒的推銷，使受眾能夠記住特定品牌，感覺與眾不同，從而建立起一套識別系統，爲受眾的生活方式貼上一個標簽，創造出消費文化。

顯然，對於報刊而言，保健品廣告可以帶來大量的廣告收入，也豐富了報刊廣告表現方式。因爲保健品廣告更重視「藝術」表達，對商標、人物和產品形象的刻意追求，使得保健品廣告具有一定的美學特徵和符號化意象，從而在很大程度上改變了報刊廣告的整體性形態，使廣告版面更具色彩、線條和美感，這是 20 世紀初期的報刊廣告創新的重要表現。

與藥品相比，保健品在廣州市場上出現得較晚，但是它比起一般的藥品，更注重消費的附加值，保健品廣告注重消費者對生活質量和對身體的關注，強調其預期「收益」，其主要消費對象是社會中上階層。爲了吸引有錢人家購買，保健藥品非常注重包裝和商標上的美觀，而且對藥品的養生和理療作用進行突出宣傳。養經活血、滋陰壯陽、養顏補腦、健身強體等廣告術語在清末廣州報刊廣告中隨處可見。如一種名爲「救時普濟水」（圖 5-8）的藥品，在廣告中聲稱：「選擇中國上等藥材，以妙法製煉而成。搽服均合，不燥不烈，男婦、月兒、孕婦均皆合服。有病之人服之，固能去病；無病之人服之，益加精神。賴此水救活者，何只億兆，功效神速，久爲社會贊頌。眞有

〔註41〕鬍子晉：《廣州竹枝詞》，見雷夢水等編：《中華竹枝詞》（4），第 2901 頁。

圖 5-14：補品廣告

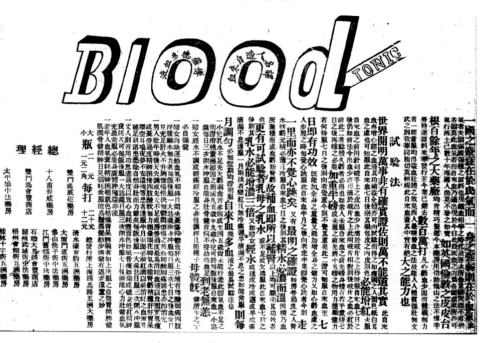

《民生日報》，1912 年 8 月 2 日。

救急扶危之功，起死回生之力。誠爲居家出外保命之藥。」〔註 42〕又如廣州
毓和堂創制的仙授毓氣和神丸，「此丸大補氣血……能健脾開胃，溫中養心，
益肝補腎……大瓶一兩，銀二兩一錢六分，中瓶五錢，銀一兩零八分」〔註 43〕。
位於西關第七甫的春生園藥店，出售一種搜毒酒，能夠兼治疳疔、花柳等病，
「大樽一元二毫，小樽六毛。」〔註 44〕由於保健品具有預防疾病的作用，商
家自然將此類附加值作爲「賣點」，藉以提高產品的價格。

　　一些保健品利用傳統中醫藥方，強調某些藥物的防治功能，並與日常飲
食消費結合起來，形成保健丸、保健油、保健酒之類的系列產品，在報刊上
廣爲推銷。廣州一家名爲「珍聚」的藥店推銷的如意油，「以艾油和藥製
成」，號稱能防治感冒、風寒等多種疾病，在廣告中特地推出清末名臣翁同龢

〔註 42〕　《環球第一能治百病之靈藥》，《七十二行商報》，1910 年 9 月 21 日，第 1
　　　　　頁。
〔註 43〕　《毓和堂始製仙授毓氣和神丸》，《安雅書局世說編》，1901 年 7 月 24 日，第
　　　　　8 頁。
〔註 44〕　《□公亮始搜毒酒》，《安雅書局世說編》，1901 年 8 月 15 日，第 7 頁。

的題詞「功侔仙露」〔註45〕，利用名
人廣告宣傳其品牌。忠厚堂所創制的
毛雞藥酒，聲稱其原料毛雞從安南、
龍州進口，「最能驅風活血，用以浸
酒，功效非凡……並配入驅風活血、
固本培元之藥，故此酒與市場所售
者，功力更加數倍」〔註46〕。（圖5-9）
著名的「兩儀軒」藥店，創制「種種
靈效三蛇藥物」，其功用頗為神奇，「蛇
果皮，男婦老少均萬應，蛇麗參，能
救危脫以回陽」〔註47〕。尤其是該藥
店創制的「三蛇藥物十五種，滋補藥
物十四種。」〔註48〕在廣州市場頗有
知名度。該藥店經常在《羊城新報》、
《時事畫報》、《商權報》、《震旦日報》
等多家報刊上刊登廣告，尤其是《時
事畫報》上的廣告，利用了美女、俊

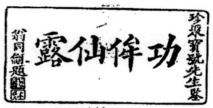

圖5-9：名人招牌廣告

《嶺南日報》，1893年11月15日。

男的形象，為「兩儀軒」系列品牌現場說法，具有較強的視覺衝擊力。

　　廣州飲茶風氣很濃，一些藥店為適應市場需求而創制各類保健茶。如橘
香齋創制的萬應甘泉茶，兼具多種功效：「此茶不寒不燥，味甘性純，善疏風
消暑，清熱去滯……萬應甘露油，每兩價銀一元，大小樽均有零沽。萬應
甘露茶，每盒十三包，銀一毫，每大箱二百四十盒，實銀十八大元。每十二
盒銀一元。」〔註49〕（圖5-10）比起一般的茶葉，此類保健茶的價格顯然過
高。一家永春堂創制的「萬應甘露如意茶」（圖5-11），「用舊清遠配合良藥製
造，此茶最能消暑散熱、解渴滌煩，如外感風寒，內患積滯，用滾水沖服，
便見奇效。」〔註50〕黃志居草堂則始創「普寧茶」，作為「消暑散熱，生津止

〔註45〕　《功侔仙露》，《嶺南日報》，1893年11月15日，第7頁。
〔註46〕　《忠厚堂專辦毛雞藥酒》，《七十二行商報》，1910年9月21日，第5頁。
〔註47〕　《救命救命》，《商權報》，1913年8月6日，第4頁。
〔註48〕　《長壽兩儀軒》，《羊城新報》，1914年11月27日，第1頁。
〔註49〕　《橘香齋萬應甘泉茶》，《商權報》，1913年8月6日，第4頁。
〔註50〕　《永春堂呂日如始創護身百勝豆蔻油》，《遊藝報》，1905年8月8日，第4頁。

渴之良劑。」與生薑、葱等物一起煎製，對於一般的感冒，可以「立即痊愈」〔註 51〕。而一些茶莊也研製出保健茶應市，如玉壺春茶莊創制的「保安甘和茶」，能「止渴消滯，有益衛生」，爲了防止仿製，「特改換點石內票，以分眞僞」〔註 52〕。此類保健茶由於在品味和防治疾病方面的功效，而具有較高的產品附加值，其價格比普通茶葉要高出許多。

圖 5-10：橘香齋甘露茶廣告　　　圖 5-11：廣東香煙廣告

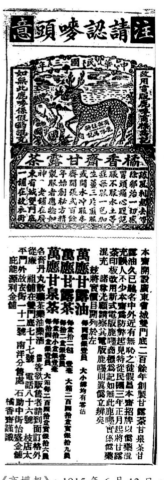

《商權報》，1915 年 6 月 12 日。

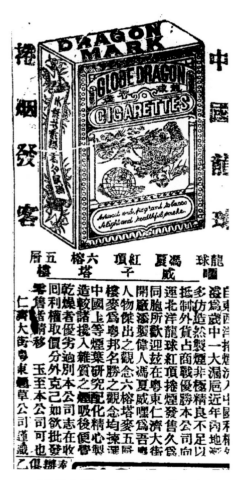

《羊城日報》，1906 年 10 月 9 日。

〔註 51〕　《黃志居草堂始創普寧茶》，《時事畫報》，1910 年第 2 期。
〔註 52〕　《玉和春茶莊始創保安甘和茶》，《七十二行商報》，1913 年 6 月 12 日，第 2 頁。

　　一些飲料也被商家包裝爲保健品，並強調了其對人體的多種功效。飲料在 19 世紀末期開始在廣州街頭出現，最初爲屈臣氏大藥房銷售的進口用品，在 20 世紀初期，許多藥房和商家自製飲料銷售，在報刊上加以推銷。如九丹池創制的消暑葡萄霜，「消暑散熱，止渴生津，開胃健脾，解酒去濕，有益衛生，男女老少皆宜。誠暑天飲料之珍品」〔註53〕。安藥水房發售的各種汽水，「料眞氣厚，味美質清」，爲突出其消費時尚，便在廣告中強調：「近更研究精良藥料，添置新試汽機，務期飲者獲益。」〔註54〕飲料廣告強調西方技術優勢，有利於提高本土名牌的知名度，也易於吸引受眾的注意，品牌營銷的效果較爲明顯。

　　清末，隨著西方國家的一些保健品在廣州市場的出現，一些藥房也大量仿製補腎丸、補腦丸（圖 5-12）、補腦汁、自來血（圖 5-13），由於新式補藥對於頗爲時髦，成本較低而售價頗高，如果獲得消費者的認可便會有滾滾財源。一些藥房急需進行市場推廣，便經常在報刊上進行大篇幅的廣告推銷。在保健品製造方面，上海藥房則領先一步，這些藥房爲拓廣廣東市場，經常在廣州報刊上進行廣告促銷。如上海震寰藥廠生產的「愛理士紅衣補丸」，可以「補血壯筋，益腦固腎，兼治男婦老幼內部一切虛氣……補者服之均效」〔註55〕。其價格爲「每瓶洋壹圓貳角，每半打洋六元」〔註56〕。上海兜安氏西藥公司創制的「保腎丸」，「能強壯腎力，排泄血內污毒及膀胱內之石質盡由小便而出」〔註57〕。上海五洲大藥房（圖 5-14）所研製的博多

圖 5-12：補腦廣告

《遊藝報》，1905 年 8 月 7 日。

〔註53〕　《九丹池創制消暑葡萄霜》，《天趣報》，1910 年 11 月 19 日，第 3 頁。
〔註54〕　《安藥水房馳名各種汽水》，《商權報》，1913 年 8 月 6 日，第 4 頁。
〔註55〕　《震寰藥廠》，《國事報》，1910 年 5 月 6 日，第 4 頁。
〔註56〕　《愛理士紅衣補丸》，《南越報》，1910 年 4 月 16 日。
〔註57〕　《兜安氏秘製保腎丸》，《人權日報》，1914 年 9 月 19 日，第 4 頁。

圖 5-13：自來血廣告

《總商會新報》，1918 年 6 月 17 日。

德（Blood 的音譯，筆者注）多血液，在廣告中聲稱借用西人之法，滋補效果
甚佳：「凡心虧血小，因而體弱無力者，一經嘗服，均得益血狀體之效果。」
〔註 58〕，五洲大藥房還在《商權報》上推銷一種名為「非洲樹皮丸」的保健
品，這種利用所謂「進口原料」研製的藥丸，「能使精薄身虧化為充足之驗，
能使力弱骨軟話為健壯之驗」〔註 59〕當然，此類保健品價格不菲：人造自來
血「大瓶二元，每打二十元，小瓶一元二角，每打十二元」〔註 60〕。非洲樹
皮丸「每瓶一元」〔註 61〕可見，保健品對於社會下層而言，仍然是不可奢望
的。

　　各類補品的高額利潤，自然引起廣州本地藥房和廠商的關注，他們紛紛
製造各種新式保健藥品，與洋保健品和外地保健品抗衡。如當時廣州著名醫

〔註 58〕　《BLOOD》，《民生日報》，1912 年 8 月 2 日，第 2 頁。

〔註 59〕　《非洲樹皮丸》，《商權報》，1915 年 9 月 25 日。

〔註 60〕　《Blood》，《民生日報》，1912 年 6 月 19 日，第 2 頁。

〔註 61〕　《非洲樹皮丸》，《商權報》，1915 年 9 月 25 日。

生梁培基創制的磷質補腦丸，除了在報紙上大肆宣傳外，還在醫藥期刊上作專業廣告。其稱：「此丸乃酌華人臟腑研究新法而製，故我國人服之最為和宜。……初服便覺神強魄壯，長服定可益壽延年」〔註62〕。其他如魚肝油、補腦汁、人造自來血等新式保健品在清末報紙上屢見不鮮。《南越報》1910 年每期的保健品廣告都在 2 個版面以上。此類新奇補藥，利用當時富裕人士對保健藥品的盲目崇拜心理，極力誇大其根治多種慢性病的作用，利用一些不太常見的配方，獲取消費者的信任，從而牟取暴利。

圖 5-14：服裝廣告

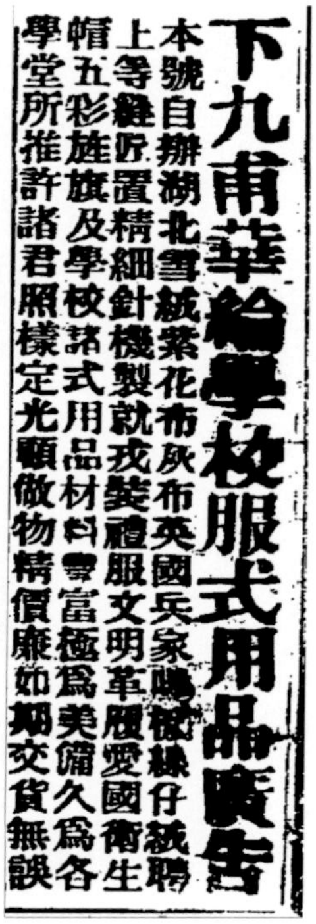

《羊城日報》
1906 年 3 月 29 日。

第三節　日用品廣告：本土消費文化的構建

一、烟酒副食廣告：本土品牌的形成與傳播

在傳統社會的生活方式中，菜肴和食品一般是「自給自足」，19 世紀初期以來，隨著廣州商業經濟的發展，果菜和副食市場規模也不斷擴大，與民眾日常消費的聯繫非常密切。但是市場與民眾之間的空間距離較近，民眾對這些日用品的購買，很大程度上依賴購物體驗，在熙熙攘攘的市場中，消費者通過與商販之間的直接交易達到消費的目的。買賣雙方通過人際傳播的方式來降低交易成本，招牌廣告和商販的信譽在交易過程中起著重要作用，因此，一般商鋪很少在報刊上刊登果菜和食品廣告。

廣告使日用商品的消費範圍擴大，這在副食行業尤其如此。飲食消費是消費文化的重要內容，與社會變遷有著直接聯繫。清末民初，隨著廣州城市生活水平的提高，在消費方式上也呈現新的特徵。社會中上層對於一日三餐更為講究，一些包裝食品由於做工考究，選料上乘而受到關注。早在 1892 年的《中西日報》廣告中，就有「雲南火腿」的品牌推銷，一家「永興隆」店長年刊登此類廣告，聲稱「異味甜滑」〔註63〕。雲南火腿行銷粵港，香港一

〔註62〕《醫藥士梁培基創制燐質補腦丸》，《光華醫事衛生雜誌》，1910 年第 2 期。
〔註63〕《雲南火腿》，《中西日報》，1892 年 5 月 21 日，第 3 頁。

家聯興泰商行也代理雲南宣和公司的
罐頭火腿，並介紹道：「其味甘香……
送禮合宜」〔註64〕。20 世紀初期的食
品廣告，更注重突出食品的營養價值
和保健作用，如一則《釗龍氏牛肉汁》
（圖 5-15）的廣告云：「本行揀選精壯
最嫩正黃牛肉，……功能專補氣血，
凡病後元氣難復，腦力耗竭，……均
宜合服」〔註65〕。一些藥店還特地推
介某些罐頭食品，如鹿肉在南方較爲
少見，一則「三星牌鹿肉汁」的廣告
介紹道：「鹿生深山，食能別良草，臥
則口朝尾……其肉甘濕無毒……實爲
大補血肉之品，並無鹿性過熱不多
食，及少年忌食之說。本藥房派友購
來關東肥鹿，用西醫提汁之法，生製
成汁，以備衛生家購取。其汁味鮮，
較牛肉汁尤爲適口，且亦久藏不變。」

圖 5-15：牛肉汁廣告

《商權報》，1916 年 6 月 12 日。

〔註66〕此類包裝食品，由於其稀缺性和高營養價值，自然成爲一種時尚食物，
而受到社會中上層的歡迎。

　　清末之際，由於各類洋酒價格偏高，一般消費者難以問津。而米酒似乎
難登大雅之堂。隨著廣州酒樓消費的流行，食客對瓶裝酒的需求量也大增。
一些釀酒商便改良釀製技術，注重酒的包裝和推銷，在報刊上廣登廣告。如
信元酒莊（圖 5-16）所釀各款美酒，「名馳遐邇。數十年來，有劉伶癖者，莫
不嘖嘖稱善。然尤近日發明之西莊菩提酒，最爲特色。味厚醇香，養顏固腎，
可稱並皆佳妙。閒嘗遊歷名區，凡各大酒莊所醞佳釀，均已嘗試殆遍，鮮有
出其右者」〔註67〕。民國初年，一些藥房利用藥方研製各類補酒，在產品營

〔註64〕　《新到雲南罐頭火腿、全隻火腿》，《廣州共和報》，1919 年 3 月 7 日，第 1
　　　　　頁。
〔註65〕　《釗龍氏牛肉汁》，《商權報》，1916 年 6 月 12 日，第 4 頁。
〔註66〕　《三星牌鹿肉汁》，《廣粹旬報》，1909 年第 11 期。
〔註67〕　《何忍獨爲醒》，《廣州共和報》，1919 年 3 月 7 日，第 3 頁。

銷過程中強調補酒能「補氣血滋陰陽」，以「提倡國貨」的名義與洋酒進行市場競爭。如上海大藥房製造的鐵精肉汁酒，在廣告中與洋酒進行了對比：「其色與佛蘭地相同，其味比佛蘭地稍純，其補益遠勝於佛蘭地……大瓶一元，細瓶半元。」〔註 68〕比起昂貴的洋酒，補酒確有一定的價格優勢。此類國產瓶裝酒在市場上的行銷，改變了一些消費者的酒類消費方式，也提高了酒的消費門檻（圖 5-17）。

圖 5-16：酒廣告　　　　　　　圖 5-17：藥酒廣告

《廣州共和報》，1919 年 3 月 7 日。　　　《總商會報》，1907 年 9 月 16 日。

　　清末進口香烟的銷路頗好，並作爲一種「文化標誌」，在精英階層中流行。由於進口香烟價格高昂，其營銷手段也引起本地廠商的關注，並紛紛加以模仿，廣州本地一些烟草公司經常開展廣告推銷。如粵東同益公司的「金龍仙士」牌香烟廣告稱：「本公司揀選地道上等烟草，研究泰西製法，生津、化痰、補腦、提神、衛生、除瘴、闢疫，氣味清純，性質和潤，洵佳品也。」〔註 69〕爲了進行促銷，該公司還在香港商業鬧市中環大馬路設立「分局」。可見，該烟廠希望通過香港市場進一步打開銷路。

〔註 68〕　《提倡國貨》，《眞共和報》，1919 年 11 月 15 日，第 7 頁。
〔註 69〕　《粵東同益公司烟廠》，《賞奇畫報》，1906 年第 17 期。

一些烟草公司在 1906 年抵制美貨風潮之際，在香烟廣告中將「收回利權」和「振興國貨」作爲口號，以此與進口香烟進行競爭。爲了使消費者認同本土品牌，烟草公司在廣告營銷過程中，將本土香烟與國家利益結合在一起，強化民族主義和地方主義消費情結，南方愛國烟草公司在廣告中用一首詩表述了土製香烟與愛國主義的關係：「南方新制好香烟，愛國諸君要試先。海陸軍牌須記得，提倡土貨挽利權。」〔註 70〕廣東南洋烟草公司聲稱其產品勝過進口貨：「本公司不惜重資，得其秘訣，製爲紙捲烟，純用至佳之葉，味美香濃。雖歐美最著名之烟，無以過焉。連吸一二十枝（支）亦無舌燥頭暈之弊。」〔註 71〕粵東烟草公司研製龍球牌（圖 5-18）捲烟發售，強調產業報國的雄心，在報紙上突出其產品特色：「自東西洋捲烟流入中國，利權外溢。爲歲中一大漏厄，近年內地漸多仿造，然製烟非極精良，不足以抵制，外貨占商戰優勝。本公司向運北洋龍球紅頂捲烟發售，久爲同胞所歡迎。茲在粵東仁濟大街開廠，添設偉人馮夏威嘜，吾粵人物傑出之觀念；六榕塔嘜、五層樓嘜，爲粵邦名勝之觀念。均選中國上等烟葉研究配化，精心製造。較諸攙入雜質之烟，吸後便覺乾燥者，優劣迴別。」〔註 72〕（圖 5-19）中國南洋烟草公司直接將香烟與愛國之心聯繫起來，其廣告稱：「這國產的寶塔牌香烟，是救中國的命的，諸君見了這七級浮屠，便當想想救國的責任。」〔註 73〕廣東土製烟草公司的廣告，也突出土貨的優勢，「眞土貨出世，新發明自製。其味香且純，改良求實際。總要好入口，烟色無所謂。全用人手造，大家謀生計。國民興國貨，何必倡抵制。敬告有心人，謂分眞與僞」〔註 74〕。對於自製香烟，一些廠家在廣告推銷中頗有自信。

在 20 世紀初期，吸烟作爲休閒消費的一大內容，自然與民眾的愛好和消費品位有著一定聯繫。一些廠家將香烟與官紳富商、美女形象結合在一起，突出香烟在構造優雅生活方面的特殊作用。如中國南洋烟草公司便推出「美人牌」香烟，廣告詞云：「美人今獻身爲本公司香烟代表，因應名。吾新製

〔註 70〕　《請吸南方愛國香烟》，《新報》，1917 年 3 月 26 日，第 7 頁。
〔註 71〕　《精品紙捲烟新張廣告》，《香港東方報》，1906 年 7 月 29 日，第 1 頁。
〔註 72〕　《中國龍球捲烟發售》，《羊城日報》，1906 年 10 月 9 日。該廣告在 1906 年的《賞奇畫報》、《時事畫報》上也曾多多次刊登。嘜爲廣東方言，意爲商標、牌子。
〔註 73〕　《寶塔香烟》，《廣州民國日報》，1921 年 8 月 1 日，第 1 頁。
〔註 74〕　《廣東土製烟草公司香烟》，《總商會新報》，1919 年 5 月 3 日，第 3 頁。

圖 5-18：廣東香煙廣告　　　　　　圖 5-19：本土香煙廣告

《羊城日報》，1906 年 10 月 9 日。　　　　《賞奇畫報》，1906 年第 15 期。

之最上等金嘴香烟，美人歟、香烟歟、二而一，一而二者。是在吸吾（美人麥）香烟。諸君之領略耳。第一華美，無可與比；結烟火緣，皆大歡喜。」〔註 75〕（圖 5-20）而另外一種「四喜牌」香烟則描繪了英雄美女與香烟相伴的圖景，「設使英雄垂莫日，溫柔不住住何鄉。新出十枝（支）莊（裝）四喜香烟，為英雄兒女醉心之品，不可一日忘之者也。」〔註 76〕（圖 5-21）香烟與美女形象的結合，使廣告傳播不僅是產品本身的意義，還向受眾推介新的消費時尚，美女代言香烟廣告，體現了 20 世紀初期的文明氣象，女性作為公共形象，在媒介中大膽展示其開放、自信、活潑，她們梳著短髮、身穿長裙，足登高跟鞋，體現出新女性的審美觀。香烟廣告利用女性的新形象，向

〔註 75〕　《破天荒之美人出現》，《天聲日報》，1918 年 6 月 11 日，第 2 頁。
〔註 76〕　《總商會新報》，1917 年 12 月 3 日，第 3 頁。

受眾灌輸新的消費理念和生活方式，將時代變遷與廣告營銷理念結合起來，
頗具新意。

圖 5-20：美人牌香煙廣告

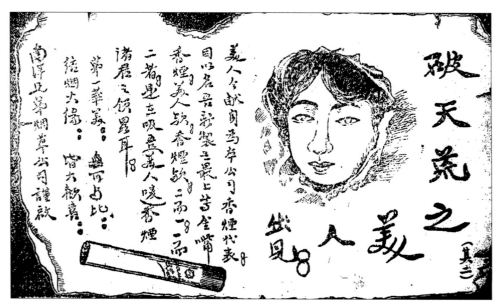

《天聲日報》，1918 年 6 月 11 日。

圖 5-21：土製香煙廣告

《總商會新報》，1917 年 12 月 3 日。

　　20 世紀初烟酒副食品廣告的盛行，說明消費型工業對民眾日常生活的影響進一步增強。在 19 世紀晚期，烟酒及副食品廣告還很少在報刊上露面，民眾對於「包裝」食品和進口烟酒尚感到陌生。隨著民族工業的發展，原來被認為是奢侈消費的商品逐步向社會擴散，尤其是技術上的模仿，使烟酒副食品的生產成本不斷降低，從而擴大了消費的空間。那些社會下層人士，也可能在雜貨店裏購買到烟酒副食品，儘管這種消費對他們而言仍然是「節日般的盛宴」，但這些商品畢竟與一般民眾逐步接近，並以新興的消費方式改變並影響著民眾的消費觀念。

二、服飾廣告：視覺的標準化

　　19 世紀 70 年代以來，紡織業成為廣州的主要產業之一，紡織業的產業集聚效應明顯，極大地推動了城市消費型經濟的發展。20 世紀初，隨著機器工業的發展，廣州紡織工業大量採用機器織布，據 1907 年的《農工商報》報導：「省城西關一帶業織造者三千餘人。」〔註77〕而廣州及其附近地區，紡織工人達數萬人之多。紡織業的發達，也直接促進了服飾製造業的發展。特別是各類服裝店採用縫紉機制衣之後，傳統家制服裝業逐步喪失了競爭力。

　　清末民初，服裝消費深受「西風東漸」的影響，各類新式服裝不斷推出，各類服裝店更是生意興隆，紛紛在報刊上刊登廣告，招徠生意。如西關大興隆裁縫店，較早在 1894 年的《嶺南日報》上刊登廣告，聲稱「專辦家用針車唐洋衣服，廉幔蚊帳……單夾各衣」〔註78〕。20 世紀初期，西裝開始在廣州流行，服裝店紛紛製作西裝出售。中和祥服裝店在廣告中特別指出：「製做華洋衣帽，中國戎衣，所用材料之工作之精良，久為諸君讚賞。」〔註 79〕當時西關下九甫一帶集中了大量裁縫店和服裝店，併兼營布匹及其他業務，頗具規模。如一則學校服式用品（圖 5-22）廣告云：「本號自辦湖北雪絨紫花布、灰布，誠聘上等縫匠，置精緻針機，製就戎裝、禮服、文明革履、愛國衛生帽、五彩旌旗及學校諸式用品，材料豐富，極為美備。」〔註 80〕另外一家名為啓新號的店鋪，除了經營各類布匹之外，主要經營的品種有：「男女學校操

〔註77〕　《省城織業之調查》，《農工商報》，1907 年第 9 期。
〔註78〕　《廣東大興隆家用唐洋針車衣服》，《嶺南日報》，1894 年 10 月 19 日。
〔註79〕　《中和祥製做華洋服式》，《羊城日報》，1906 年 10 月 9 日。
〔註80〕　《下九甫華綸學校服式用品廣告》，《羊城日報》，1906 年 3 月 29 日。

衣、帽履、陸軍海軍戎裝，禮服⋯⋯」〔註81〕清末廢書院、停科舉之後，各類新式學校紛紛設立，中小學校均統一校服，形成了巨大的消費市場，從而爲服裝店帶來了大量生意。服裝店的廣告也將迎合學校的需要，製造大量校服及其相關用品出售，而許多維新志士也與新式學校有著密切聯繫，具有新思想者喜歡在穿著方面區別於守舊分子，西裝、中山裝、學生裝大量流行，是社會新潮對服裝消費帶來的直接影響。

圖 5-14：服裝廣告

《羊城日報》
1906 年 3 月 29 日。

民國初年，社會改革之風甚熾。社會變革者不僅要求民眾剪掉象徵滿清愚昧形象的辮子，還期待通過身體象徵符號的改變迎接新時代的到來。在開明認識看來，服裝是體現國民精神的重要方式。採用新制服來表明新社會制度的支持，是民主人士們共同的觀念。因而，要在社會上推廣民主、平等思想，首先必須消除傳統服裝的等級化，通過重新確定國民的服裝形象來構建全新的民族主義視覺認知。社會精英對使用國產布料有著一致性的意見，但是對推廣西裝卻有不同看法，傳統士紳對民族服裝帶有深厚的民族情感，尤其是當時的中華國貨維持會竭力支持穿傳統服裝，當然，這樣的服裝是經過社會精英改良的式樣。因此，「通過搶救傳統款式和重新賦予它們『愛國』含義，保守的中國經濟精英成功地把他們自身徹底改造成文化仲裁者、民族主義美學的闡釋者〔註82〕。

民國初年，校服成爲新式學堂和新式學生的象徵性符號，是新式教育推廣的社會象徵。因此，學生裝的視覺效果引起各界的關注，冒穿學生裝成爲當時一大公共治理問題，《珠江鏡》就對此報導云：「邇來下流社會，多冒穿學堂服式，以致無從分別，日前業經督憲札行，諭飭葛學堂學生，必須一律標籤，務使一望便知。其餘尋常人等，一律不准冒亂，以示區別云。」〔註83〕

〔註81〕《羊城下九甫啓新號操衣帽履學校用品廣告》，《珠江鏡》，1906 年 6 月 6 日，第 3 頁。
〔註82〕〔美〕葛凱著，黃振萍譯：《製造中國：消費文化與民族國家的創建》，第 116 頁。
〔註83〕《學堂服制自應嚴定》，《珠江鏡》，1906 年 6 月 22 日，第 3 頁。

顯然，學生服具有規範社會身份的符號價值。除了少數不法分子以假冒學生裝圖謀不軌之外，大部分假冒者對學生裝帶有新潮和品位追求之意。因此，《珠江鏡》加以評論道：「學生服制，關於學界全體名譽，惜乎有好趨時者多好穿之。穿之何傷，傷其人服學堂之衣，而無賴其行也。不知者見其學堂裝束，又目為學生之無賴，而抑知服操衣者，豈盡學生乎哉。魚目混珠，不能不嚴為區別。」〔註84〕然而假冒者趨之若鶩，竟然有妓女冒穿校服而假裝文明學生。如《賞奇畫報》就報導了妓女阿菱冒充女學生的新聞，並評論道：「以此最高尚、最文明之人格，乃被以淫賤流娼，冒其名以謀一己之私利益，貽學界羞。其藉此自增身價，其害小；其藉此障礙女學者，其實大也。」〔註85〕可見，服裝是具有深刻內涵的身份標誌和社會形象，有評論指出：「校服之設，所以振尚武之精神而尊學生之人格也。」〔註86〕（圖 5-23）由於校服和各類制服有著旺盛的消費需求，報刊刊登的服裝廣告也成為新的視覺文化表達形式。

圖 5-23：妓女冒充學生

《賞奇畫報》，1906 年第 5 期。

〔註84〕 《學堂服制自應嚴定》，《珠江鏡》，1906 年 6 月 22 日，第 3 頁。
〔註85〕 《論阿菱》，《賞奇畫報》，1906 年第 5 期。
〔註86〕 《論濫用校服之亟宜嚴杜》，《振華五日大事記》，1907 年第 8 期，第 9 頁。

　　同時，在鞋帽消費方面，傳統的布鞋、頭巾、布帽也受到社會新潮的衝擊，而皮鞋、皮帽、襪子則成爲消費熱點，受到年輕人的歡迎。早在 19 世紀末，一些裁縫店便用機器制襪，與進口襪幾無區別。如一家福容店在《中西日報》刊登廣告云：「本店專造新式車裝定襪、襪絲線……底如面樣，並可反穿。」〔註87〕但襪子畢竟難以體現時尚，20 世紀初期，各類鞋店製成的皮鞋，頗受消費者的青睞。一些鞋店刻意突出其西方技術背景，以獲取消費者的信賴。如西關一家名爲履祥源的鞋店就告知受眾：「本主人親歷歐美，研究中外精巧各款男女革履靴鞋。特請西洋名師，皮色精良，款式日出新奇，物美價廉，軍學紳商各界均堪適用。」〔註88〕另一家名爲永福祥的鞋店廣告也有異曲同工之妙：「本號主人向在歐洲精造機器軟皮革履，素爲西人所公認。現初回祖國，特運上等全副機器，用文明之新式，趨近世之時裝。皮料堅固，性質軟便……誠士商所歡迎者也。」〔註89〕可見，皮鞋作爲時髦消費品，具有西方消費文化的時代背景，穿上新式皮鞋，意味著新潮和進步。

　　清末服飾消費的變革，體現了新興社會群體對城市生活的向往和追求。他們通過展示時尚來證實「社會身份」，服飾作爲非語言符號，爲城市社會變遷提供了注釋。而女性在建構新型消費文化的過程中，起著非常重要的作用。在清末民初，大量女性進入新式學堂學習，使她們能夠脫離家庭的樊籬，在城市公共空間裏獲得大量的信息，進而重新定位女性形象之美。清末民初，廣州消費型工業的發展，也使紡織業、服務業的女性從業者數量快速增長。女工工資也有很大幅度的增長，1891 年，紡織女工的月薪爲 4 元〔註90〕，1912 年，刺繡女工的日工資由 20 分增加至 40 分〔註91〕，與十年前相比，紡織女工的工資增加了 80%〔註92〕，女工月薪普遍在 10 元以上，這雖然屬於較低的薪資水準，但這些女工多爲未婚女性，無家庭拖累，對工資有著較大的支配權。這些女工在閒暇時，「有了日益增長的自由，可以穿梭於大街小巷中，穿梭在城市向她們開放的公共領域中」〔註93〕。女性通過購物和

〔註87〕《時款定襪》，《中西日報》，1892 年 6 月 16 日。
〔註88〕《履祥源中外男女靴鞋》，《天趣報》，1910 年 11 月 19 日，第 3 頁。
〔註89〕《革履公司永福祥》，《南越報》（附張），1911 年 10 月 25 日。
〔註90〕參見《近代廣州口岸經濟社會概況——粵海關報告彙集》，第 874 頁。
〔註91〕參見《近代廣州口岸經濟社會概況——粵海關報告彙集》，第 1051 頁。
〔註92〕參見《近代廣州口岸經濟社會概況——粵海關報告彙集》，第 1051 頁。
〔註93〕米卡‧娜娃：《現代性所拒不承認的：女性、城市和百貨公司》，見羅鋼、王中忱主編：《消費文化讀本》，中國社會科學出版社，2003 年版，第 176、177 頁。

社交活動，將她們的形象展示給公眾，「女爲悅己者容」，社會是一個最爲廣闊的舞臺，經常出入街道的女性，不但感受著消費潮流，還將自己裝扮起來，傳遞著時尚。

三、化妝品廣告：女性主義與審美意識

化妝品爲女性的公共活動提供了更好的點綴，特別是花露水，「馥鬱宜人」，與花香有著直接的聯繫，「花可娛情，而悅心意。香能關機，以助芳妍，可知花香者，盡人所同好也」〔註94〕。花露水的迷人之處，自然爲女性所關注，也爲廣告推銷提供了很好的媒介生態環境（圖5-24）。

圖 5-24：花露水廣告　　　　　圖 5-25：國產花露水

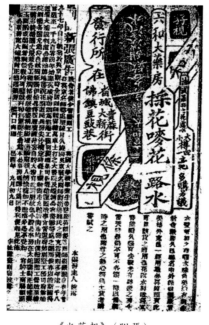 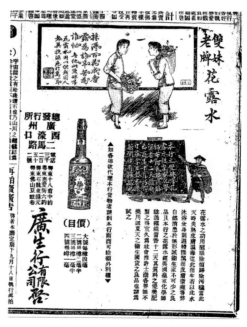

《光華報》（附張）　　　　　　《國華報》
1910 年 2 月 14 日，第 1 頁。　　1919 年 9 月 9 日。

19 世紀末期，廣州市場的高級化妝品大多爲進口貨，由於價格昂貴，一般女性難以問津。20 世紀初期，一些國產化妝品開始出現在廣州市場上，這些化妝品模仿西方化妝品的配方，價格也有一定程度降低，而在廣告推銷中

〔註94〕　《一號各種香水》，《國事報》，1910 年 5 月 6 日，第 3 頁。

所宣稱的效果卻較爲顯著。如一種名爲「雙妹老牌花露水」（圖5-25）的香水，頗有特色：

> 花露水之功用，醒腦除煩，闢除污穢。當此天時炎熱，皮膚濕毒從此而生。若以此水沐浴全身，則遍體雅潔。而皮膚瘡癩等弊，自然消患於無形，誠衛生家不可少之良品。且本行之花露水經英國皇家化學師驗過，確能留香十二天。其質料之優美，配製之得宜，久爲社會推許。〔註95〕

在另外一則廣告中，該花露水還聲稱能使消費者「如入蘭室，如遊香國」〔註96〕。如此奇妙的感覺，自然令那些新潮女子格外向往。

除了花露水之外，雪花膏、固髮油、生髮油等化妝品也頗有市場。這些化妝品一般以年輕貌美女子作爲形象代言人。她們穿著時髦，兩眼脈脈含情，其畫外音正如一則《美容藥精》廣告所言：「美容藥精能保容貌之美麗，請一試驗便知功傚之特色」〔註97〕。而雪花膏作爲一般的護膚品，也被廣告美化爲「男婦修飾之良品」，「專治男女肌膚暗晦，面皮粗魯……能深入血管，使皮肉幼嫩，有美容艷肌膚之功」〔註98〕。這種雪花膏兼具治療皮膚病的功效，且男女適用，頗具市場前景。固髮油、生髮油作爲美髮用品，在廣告中往往聲稱有多種療效，如泰安大藥房推出的固發藥汁，「善能固髮、長髮兼令毛髮美澤，禿者復生，能培益頭膚生髮之氣，兼去頭膩。能治髮落，亦免髮白過早之患」〔註99〕。此類固髮汁廣告，片面誇大了美髮品的用途，有欺騙消費者的嫌疑。但由於其新奇性，一些愛美者仍然對此深信不疑。

清末民初各類化妝品廣告廣爲流佈，使化妝品消費在社會上也不斷擴張。除了各類藥店、診所銷售化妝品之外，一些專業的化妝品商店也開始出現。如一家名爲港粵滬百家利有限公司（圖5-26）的商店，專門銷售平安水、雪花膏、生髮油、香葉頭水、花露水粉〔註100〕，等等。由於進口化妝品與各式國產化妝品種類繁多，各種化妝品在廣州市場上競爭也日趨激烈，國產化妝品的價格也日漸走低，如六和大藥房生產的「最好之花露水，大樽四毫，

〔註95〕　《雙妹老牌花露水》，《國華報》，1919年9月9日，第2頁。
〔註96〕　《請試雙妹牌花露水》，《七十二行商報》，1910年9月21日，第2頁。
〔註97〕　《美容藥精》，《羊城新報》，1914年11月27日，第1頁。
〔註98〕　《雙妹嚜雪花膏》，《七十二行商報》，1919年11月6日，第5頁。
〔註99〕　《泰安大藥房固發藥汁》，《時事畫報》，1907年第7期。
〔註100〕　《港粵滬百家利有限公司》，《平民報》，1918年5月28日，第7頁。

小樽一毫，多購另議」〔註 101〕。雙妹嘜花露水的價格分類更爲細緻，「大號每樽四毫，二號每樽二毫半，三號每樽一毫半，四號每樽一毫」〔註 102〕。這樣的價格定位，考慮了消費者的實際消費能力和購買需求，即便對於那些月薪 10 餘元的紡織女工而言，花上一毛錢購買一小瓶花露水，也不算是一件難事。化妝品在廣告推銷的過程中，不斷將時髦向社會擴張，促進了時尚消費的大眾化。

圖 5-26：商場化妝品廣告

《平民報》，1918 年 5 月 28 日。

四、貨價行情：民眾日常消費的晴雨錶

　　柴米油鹽爲民眾日常所需，早在鴉片戰爭之前，《東西洋考》就刊登貨價行情，但由於涉及的貨物品種較多，加之《東西洋考》發行量較少，難以影響民眾的日常生活。19 世紀 80 年代後，在國人自辦報刊的熱潮中，廣州的報刊經營者非常注重物價信息的報導，並將其列爲廣告欄目中的重要內容，其中主要是刊登米、豆、油、海味價格。這些日用品與民眾生活密切相關，是報刊吸引受眾的重要信息資源。與一般的商業廣告相比，貨價行情欄目沒有明確的廣告主，其內容大多是報刊經營者通過市場調查製作的。同時，這類欄目主要是爲了方便受眾的日常生活，沒有贏利的目的。因此，在某種意義上看，貨價行情帶有公益廣告的性質。清末民初，廣州許多報紙相繼開設「貨價行情」專欄，這些欄目內容較爲固定，便於受眾搜尋信息。將連續性的報

〔註 101〕 《南越報》（附張），1910 年 2 月 14 日。
〔註 102〕 《請試雙妹牌花露水》，《國事報》，1910 年 5 月 6 日，第 3 頁。

導整理歸納，就可以基本上看出廣州在數十年來的物價變動情況，並由此探究民眾的消費狀況。

在 19 世紀 80 年代，《廣報》開始報導省城貨價行情，對米市的各類大米價格進行了統計，這在當時是較為先進的做法。如《廣報》1887 年 12 月 9 日公佈的米價如下：

表 5-1：1887 年 12 月廣州米價行情　　　　　　　　　　（單位：元／石）

品　種	價　格	品　種	價　格	品　種	價　格
紅豆赤樸	1.7	靚雪赤樸	1.9	上油黏樸	2.22
上圍田樸	2.2	金鳳雪樸	1.94	上銀黏樸	2.28
新秋香樸	1.12	花羅黏樸	1.8	上鎮江樸	1.66
靚蕪湖樸	1.9	上方村玉	1.84	上宣占樸	1.74
三河黏玉	1.94	上蔴黏玉	2.07	中火車樸	1.54

資料來源：《廣報》，1887 年 12 月 9 日，省城貨價行情。

報紙公佈的米價，對當時廣州市場上銷售的主要品種都進行了詳細地調查，比官方上報的米價要全面得多，這種貨價行情的公佈，對普通消費者而言，可以避免信息不對稱條件下的價格欺詐。根據經濟實力和個人偏好，選擇自己喜愛的品種，節約了大量信息搜尋費用。

20 世紀初期，各報刊對價格行情的報導更為詳細，對於同一品種的米價的差異都進行了披露。如《嶺海報》對光緒二十七年（1901）的米價行情作了比較詳細的報導，現將部分日期的米價列表如下：

表 5-2：1901 年部分日期米價行情　　　　　　　　　　（單位：元／石）

品　種	6 月 6 日	7 月 24 日	8 月 23 日	9 月 22 日
靚宣占	3.46 / 3.44 / 3.44	3.53 / 3.51 / 3.5	3.65 / 3.64 / 3.63	3.64 / 3.6 / 3.58
銀條占	3.7	3.7	3.7	3.76
貢占樸	3.12 / 3.1	3.12 / 3.1	3.12 / 3.1	3.12 / 3.1
更　玉	3.36 / 3.37	3.41 / 3.4	3.41 / 3.4	3.41 / 3.4
蔴占玉	3.62 / 3.56	3.58 / 3.52	3.58 / 3.52	3.58 / 3.52
蕪湖玉	2.92 / 2.86	2.9 / 2.87	2.96 / 2.87	2.96 / 2.82

蕪湖糯	3.68	3.65	4.65	4.65
大糯玉		4.8	4.8	4.8

資料來源：《嶺海報》，1901 年 6 月 6 日、7 月 24 日、8 月 23 日、9 月 22 日，省城貨價行情。

從表中所列的價格來看，1901 年 4 月到 8 月米價基本保持穩定，一些品種有較爲微小的價格波動。對米價的整體變化影響不大，但是蕪湖糯在該年 6 月猛漲了一元，價格波動很大，另外一種大糯玉的價格一直居高不下，對糯米價格的整體上揚有一定的拉動作用。按照平均價格計算，該段時間廣州的糧價約爲每石 3.4 元，遠高於 1899 年平均每石約 2.2 元的價格。到了宣統年間，廣州米價上漲得更快，如《國民報》刊登 1910 年 6 月（圖 5-27）的米價行情如下：

表 5-3：1910 年 6 月 19 日廣州米價行情

（單位：元／石）

品　種	價　格	品　種	價　格	品　種	價　格
黃黏玉	5.5	牙黏玉	5.36 / 5.32	良江玉	4.9 / 4.68
貢黏樸	4.52 / 4.26	中車樸	3.96 / 3.84	局色樸	4.22 / 4.04
安黏玉	5.26 / 4.96	柱東玉	4.72 / 4.28	北寧玉	4.98 / 4.84
宣占撲	4.94 / 4.84	白總玉	4.52 / 4.84	大糯玉	5.98
宣占玉	5.5 / 5.42	東津玉	5.2 / 5.16		

資料來源：《國民報》，1910 年 6 月 19 日。

圖 5-27：貨價行情

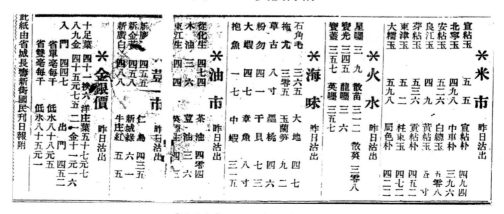

《國民報》，1910 年 6 月 19 日。

　　《國民報》統計廣州米市行情比較細緻，同種類的大米，由於質量上有所差異，價格也有一定的區別。從 1910 年 6 月的米市行情看，廣州市場平均米價約爲每石 4.9 元，從 1901 年到 1910 年，在 10 年間廣州米價上漲了 40% 以上，民國初年，廣州米價繼續上揚，以《七十二行商報》所刊登的米價行情爲例，可以看出米價進一步上漲的趨勢：

表 5-4：1912 年 6 月 19 日廣州米價行情　　　　（單位：元／石）

品　種	價　格	品　種	價　格	品　種	價　格
蔴黏樸	5.15	油黏玉	5.90	宣占玉	6.5
銀條樸	5.2	牙黏樸	5.15	上坊玉	5.1
白更玉	5.98	東京玉	5.2	杭州玉	5.65
江北玉	4.9	白總玉	6.3	西黏玉	6.5
旱　玉	5.55	白黏玉	6.3		

資料來源：《七十二行商報》，1912 年 6 月 2 日。

　　通過上表綜合計算，可知當日米價爲每石 5.67 元，比兩年前又上升了 15%，然而，米價上漲的趨勢並沒有停止，《商權報》刊登 1915 年的米價又有進一步上升：

表 5-5：1915 年 5 月 20 日米價行情　　　　（單位：元／石）

品　種	價　格	品　種	價　格	品　種	價　格
機器毛玉	6.17／6.14	一號白玉	6.42／6.2	二號白玉	6.22／6.2
杭州玉	6.06／6.04	祥和玉	5.96／5.9	白更玉	6.14／6.18
毛　玉	5.92／5.9	更　樸	5.41／5.4	上方玉	5.81／5.8
一號宣占玉	7.12／7.09	毛　樸	5.64／5.62		

資料來源：《商權報》，1915 年 5 月 20 日。

　　1915 年 5 月 20 日，廣州的米價平均每石爲 6.06 元，比 1912 年上升了 7% 左右。從 1901 年到 1915 年，廣州米價上升 80% 左右，遠高於工資上升的幅度，基本生活資料價格的攀升，在很大程度上影響了民眾的生活質量和消費水平的提高。

除了大米之外，豆類在居民飲食消費中佔有一定比例。清末豆市的行情也成為報紙上貨價行情的主要內容，現將部分日期的豆價列表如下：

表 5-6：廣州豆市價格行情　　　　　　　　　　　　　　　（單位：元／擔）

品　　種	1887 年 12 月 9 日	品　　種	1901 年 6 月 7 日	品　　種	1912 年 6 月 2 日
新牛莊綠	1.65	牛莊綠	5.93	新津鳥	4.5
新大竹豆	2.3	新金黃	6.12	新廣白	5.0
西枝青豆	2.3	弔殼黃	4.36	新城綠	7.9
靚東眉豆	2.55	漢口黃	3.93	新廣黃	4.96
大花紅豆	2.2	廣寧黃	4.22		
新津鳥豆	1.7	毛　黃	3.96		
新黃金豆	1.87	新城綠	5.93		

資料來源：根據《廣報》，1887 年 12 月 9 日；《嶺海報》，1901 年 6 月 7 日；《七十二行商報》，1912 年 6 月 2 日，省城貨價行情統計而得。

1901 年的豆市價格普遍高出 1887 年，而且漲幅很大，1901 年的平均豆價比米價還要高出三分之一左右，大豆的品種價格差距較大，但是相同品種價格的漲幅一般都在一倍以上。但是從 1901 年到 1912 年，大豆的價格上升較為緩慢。從總體看，豆類價格是偏高的，對一般消費者而言，提高了他們市場準入的難度。在以大米為主食的廣州，一般居民對大豆的消費主要看其對價格的承受能力，當豆價比米價偏高時，一般居民就會放棄對大豆的購買，對於那些下層民眾而言，豆類消費是非常少的。其主食有時還需要其他雜糧補充。但是大豆作為豆製品的原料，在城市食品消費結構中有一定的比重，其價格變化直接影響到居民對豆腐、豆醬等食品的購買。

油類也是居民生活必需品，油類價格的敏感度要高於米豆，其價格受到市場行情的影響較大。通過不同日期的油價比較我們看出其的變化幅度：

表 5-7：廣州部分日期油類價格　　　　　　　　　　　　（單位：元／擔）

品　　種	1901 年 6 月 9 日	1910 年 10 月 18 日	1912 年 11 月 23 日	1914 年 6 月 6 日	1915 年 5 月 20 日
花生油	4.33	4.67	5.71	4.69	4.2
生油	4.3	4.64	5.68	4.66	4.3

茶　油	3.8	3.7	5.16		4
豆　油	2.8	3.46			
木　油	2.6	3.44	4.62	5.09	3.85

資料來源：根據《嶺海報》，1901 年 6 月 9 日；《七十二行商報》，1910 年 10 月 18 日；《安雅報》，1912 年 11 月 23 日；《商權報》，1914 年 6 月 6 日、1915 年 5 月 20 日的油價行情計算而得。

　　可見，油類的價格是經常變動的，儘管變動的幅度不是很大，這說明油價受供求關係的影響更爲明顯。從總體上看，1910 年的油價比 1901 年高出 10%，1912 年油價有所上升，1914 年和 1915 年的油價有一定幅度的下降，比起米價的猛漲，油類上漲幅度在較爲合理的範圍之內。

　　值得注意的是，清末廣州居民家庭普遍使用煤油，煤油與糧食一樣，成爲居民生活必備之物。報紙對煤油價格也非常重視，在其貨價行情中作爲主要品種予以公佈，以滿足讀者對市場價格信息的需求。當時報紙將煤油名之爲「火水」，是對煤油的一種通俗性稱呼。《嶺海報》在省城貨價行情欄目中標明了「火水」價格，如農曆 1901 年 6 月 10 日每罐煤油的價格爲：「新星嘜，2.68 元；新貓嘜，2.48 元；新寶蓋，2.46 元；新龍嘜，2.36 元，舊罐 2.36 元。」〔註103〕在 20 世紀初期，煤油價格與其它商品一樣，也不斷飛漲。如《國民報》刊登 1910 年 6 月每罐煤油的價格爲：「新星嘜，3.9 元；散苗，3.12 元或 3.1 元；散英，3.08 元或 3.05 元；寶蓋，3.57 元或 3.55 元；龍嘜，3.6 元，寶光 3.45 元或 3.42 元；英嘜，3.57 元或 3.56 元。」〔註104〕10 年之間，廣州煤油價格平均上漲 40%以上，基本生活用品價格上漲過快，勢必影響普通民眾的購買力和消費水平。

〔註103〕《省城貨價行情開列左》，《嶺海報》，1901 年 6 月 11 日。

〔註104〕《火水》，《國民報》，1910 年 6 月 19 日，「嘜」是粵方言，即「牌子」之意。

第六章　店鋪與百貨公司廣告：消費文化的公共空間

　　消費文化並不單純是西方現代化的產物。在近代中國社會，由於自然經濟的逐步解體和商業文化的發展，在廣州這樣的通商口岸城市，報刊媒介得到了較快的發展，報紙廣告為傳播新式生活方式和消費理念提供了一條新的途徑。本章通過解讀清末民初廣州報紙上刊登的一些店鋪和百貨公司廣告，展現這些消費場所在擴展公共空間、媒介民眾消費方式和傳播消費文化方面的獨特作用。

第一節　店鋪廣告：消費文化的社會化進程

一、店鋪廣告發展的動因

　　19世紀80年代以前，由於報刊發行量甚少，「每日印報不過數百紙」〔註1〕，即便如此，也難以通過自辦發行售罄。「其剩餘之報，則挨門分送於各商店。然各商店並不歡迎，且有屬聲色以餉之者。而此分送之人，則唯唯承受惟謹。及屆月終，復多方善言，乞取報資，多少即亦不論，幾與沿門求乞無異」〔註2〕。可見，當時報紙發行渠道十分有限，在城市的公共空間裏，能夠適合報刊發售的地方難以尋覓。相對而言，店鋪已是最有可能為報刊提供受眾的傳播中介。但是，店鋪與報刊經營者之間的地位是很不對稱

〔註 1〕　戈公振：《中國報學史》，第 125 頁。
〔註 2〕　戈公振：《中國報學史》，第 127 頁。

的。店鋪並沒有覺得報刊發行爲其生意帶來任何好處，反而認爲那些討厭的發行人妨礙了生意。

報刊借店鋪擴大發行量，是近代報刊發展初期的普遍做法。如《廣報》在廣州城內唯一的代理處就設在「雙門底聖教書樓」，《中西日報》在廣州的六個代售點均爲店鋪，這些店鋪深知報紙發行之艱難，對於其廣告傳播效果亦存懷疑，因此，在報刊上刊登廣告的欲望並不強烈。《廣報》創辦初期，每期刊登《貨價行情》，其餘廣告多爲書籍、藥品類，除了沙面旗昌洋行刊登了一則「按期出投白糖」的廣告外，本地店鋪很少對報紙廣告感興趣。之後的《中西日報》。《嶺南日報》，廣告數量有一定增加，但店鋪廣告仍然較爲少見。店鋪對報紙的商業信息傳播功能尚沒有充分認識。

20 世紀初期，隨著洋貨進口量的大量增長，商業性農業和手工業的快速發展，以及區域性商業經濟輻射範圍的擴大，廣州商業店鋪大量增加。《香港華字日報》1904 年的一則報導稱：廣州老城、新城、東關、西關、南關、河南共街巷 2591 條，鋪戶 93621 間〔註3〕，其中有相當部分是以經營雜貨爲主的商業店鋪。辛亥革命前後，廣州城的商業店鋪近 3 萬家，據 1909 年的一份統計報告顯示，廣州城區有店鋪 27524 家〔註4〕，1911 年 9 月，廣州有珠寶店 1094 間、銀器店 407 間，而米店則有 817 間〔註5〕。商業網點遍布城內各個街道。而城南和城西作爲清末民初廣州商業店鋪最集中的區域，成爲消費市場的繁華之所。1925 年，廣州店鋪達到了 31715 家〔註6〕，同時，隨著洋貨在廣州的大量傾銷，廣州的洋行數量也不斷上升，「1891 年只有 35 家商行，而至 1901 年已增加爲 58 間」〔註7〕。

各類店鋪在數量增加的同時，其經營商品的結構也發生很大改變。19 世紀 70 年代以前，廣州的「雜貨店」較爲常見，其經營品種主要爲本地及其國

〔註3〕 《省城街鋪之實數》，《香港華字日報》，1904 年 4 月 29 日。轉引自丘捷：《〈香港華字日報〉對研究辛亥革命的史料價值》，《廣東史志》，2002 年第 2 期，第 37 頁。

〔註4〕 《廣東咨議局編查錄》（1910，下），「政治叢述之部」，第 113～114 頁。

〔註5〕 《省城各項職業戶數表》，《香港華字日報》，1904 年 4 月 29 日。轉引自丘捷：《〈香港華字日報〉對研究辛亥革命的史料價值》，《廣東史志》，2002 年第 2 期，第 37 頁。清末民初，報界和知識界對社會調查頗爲重視，以上數據應爲當時廣州有關方面經過實際調查得出的數據，可信度較高。

〔註6〕 參見黃增章：《民國廣東商業史》，第 37 頁。

〔註7〕 《近代廣州口岸經濟社會概況——粵海關報告彙集》，第 927 頁。

內農副產品，洋貨雖然擺上了店鋪的貨架，但銷量並不可觀。19 世紀末到 20 世紀初，廣州的進出口貿易快速增長，其中主要原因是，「香港、澳門與廣東達成禁止鴉片走私的協議，在查緝鴉片方面進行合作，雙方原來的緊張關係得到改，……廣東在征稅上作了讓步，進口貨物只需在通商口岸一次性匯兌交納子口稅，便可以自由運往其他地區出售……」〔註 8〕隨著鐵路的開通和內河航運業的發展，廣州與嶺南市場的輻射力更強。從 1901 年到 1911 年，「所有主要的毛織品都有所增加，……水泥、香烟和雪茄烟、日本煤和（安南）東京煤、電器材料、紙張、汗衫、褲子和短襪、鐘表以及其它類似的雜貨，需求量都很大，而且還在日益增長」〔註 9〕。與此同時，廣州本地的紡織、藥材、火柴、玻璃、紙張、橡膠、皮革、烟酒等行業，已經形成較大規模，尤其是僑匯和蠶絲業已成爲珠江三角洲的兩大經濟支柱，20 世紀初，廣東移民海外的人數，「達三百萬之譜」〔註 10〕。20 世紀初期，每年數億美金以上的匯款，不僅促進了廣州及珠三角民族工業的發展，也有利於珠三角地區居民消費水平的提高。這對廣州商業經濟尤其是商業店鋪的發展，產生直接的推動作用。

　　外國工業品的大量輸入與本地新興產業的發展，使廣州店鋪類型和商品經營結構發生巨大改變。各類藥店、雜貨店、鐘錶店、針織店、皮鞋店、印刷店、眼鏡店、玉石店、金器店紛紛設立。光緒年間，廣州商業以七十二行著稱，「七十二行者，土絲行、洋裝絲行、花紗行、土布行、南海布行、……米埠行、酒米行、糠米行、澄面行、鮮魚行、屠牛行、西豬行、茉欄行、油竹豆行、白糖行、醬料行、花生行、芝麻行、鮮果行、海味行、茶葉行、酒行、烟行、烟絲行、酒樓茶室行、生藥行、熟藥行……」〔註 11〕，等等。商鋪林立，使商家之間的競爭更爲激烈，也使報刊媒介開始凸顯商業信息傳播中心的優勢。20 世紀初期，廣州報刊傳媒隨著政治運動的發展而不斷獲得受眾的關注，一般報刊發行量都在 3000 份以上，傳媒影響力已與往昔不可相提並論。報刊作爲信息傳播的主流媒介，已經得到店鋪經營者的普遍認同，廣告亦成爲報刊發展最爲重要的資金來源。店鋪廣告作爲報刊廣告的主要形

〔註 8〕　黃增章：《民國廣東商業史》，第 3 頁。

〔註 9〕　《近代廣州口岸經濟社會概況——粤海關報告彙集》，第 956 頁。

〔註 10〕　葉顯恩：《珠江三角洲的開發與近代化進程》，《珠江經濟》，2007 年第 1 期，第 59 頁。

〔註 11〕　民國《番禺末業志》卷四，「工商業第四」。

式，已勢不可擋。

值得注意的是，各類店鋪經營者不僅積極在報刊上刊登廣告，他們同時還作為一個龐大的受眾群體，通過讀報獲取新聞和商業信息，以提高應變能力和經營水平。如一則《利記綢店》（圖 6-1）的廣告，比較形象地放映了店主的「商戰」能力：「昨閱報紙，有『盈昌』付家捏稱小號店伴黎保餘串倒情事，殊堪駭異。但小店向業紗綢，卓橋乃銀業生理，雖屬兄弟，各營各業，界限分明，而『盈昌』與小號既無股份……豈能任其牽毀，實因小號名譽所關，特登報端，俾知小號被人簧惑也。」〔註 12〕正是由於各類商人對報刊廣告的高度關注，並發展成為報紙的重要受眾群體，使報刊廣告的發展獲得了強大的經濟來源和信息資源。

圖 6-1：綢店廣告

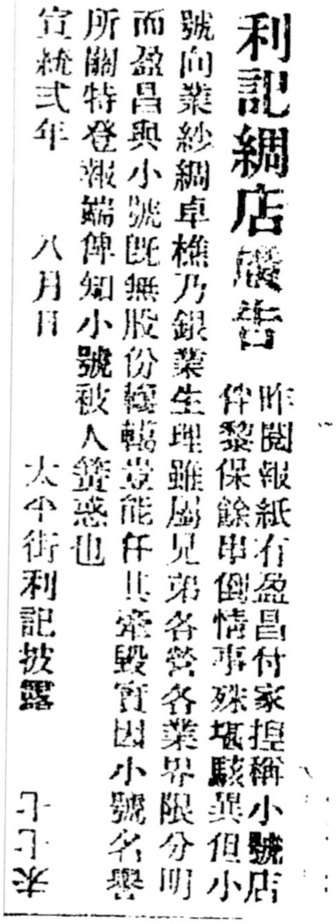

《七十二行商報》
1910 年 9 月 21 日。

二、店鋪廣告與消費者範圍的擴大

20 世紀初期，報刊店鋪廣告已經較為常見。除了各類雜貨店刊登廣告外，各種類型的專業性店鋪大量刊登廣告，主要有洋貨、書籍、藥品、保健品、化妝品、捲烟、彩票、房地產、五金、金銀首飾、旅館等十多種類型。報刊刊登的各式店鋪廣告，使受眾體會到「豐裕」的商業印象，店鋪廣告通過商品性能的介紹和商品圖像的推介，為受眾提供了眼花繚亂的視覺滿足。

清末，店鋪廣告的種類不斷增多。如 1901 年 11 月 19 日的《安雅書局世說編》，共有店鋪廣告 9 條，占所有廣告的 30%左右，1906 年 10 月 19 日的《羊城日報》第一、二頁就有店鋪廣告 11 條，占到兩頁廣告總數的 60%左右。1910 年 5 月 6 日的《國事報》，店鋪廣告達到 40 餘條，占到該期報紙所有廣告總數的 60%左右。可見，各類店鋪廣告已發展為報刊廣告的主要形式。

〔註12〕《利記綢店》，《七十二行商報》，1910 年 9 月 21 日，第 3 頁。

　　店鋪廣告反映出營銷策略的變化。早期店鋪廣告的內容一般較爲簡單，以介紹商品信息爲主，一般以標題突出所銷售的商品。如《神效湯火膏》、《華英字典出售》、《梁天保創制木棉戒烟藥發售》、《石印芥子園初集附海上名人畫譜》等等。廣告標題明確地表明了商品信息，使受眾一看便知廣告主的營銷意圖。此類廣告文字比較簡約，以介紹商品的性能、價格爲主，如介紹神效湯火膏的廣告云：「此藥專治滾油、滾水淋傷、火燒傷、火藥焚傷……鋪在廣東省城太平門外打銅街南約東向開張。」〔註13〕另外一則《遷鋪召頂》云：「本號向在沙基大街開張京貨、洋貨生意，歷經數載。今本號遷往十八鋪昭隆泰號對門開張。」〔註14〕昭隆泰是當時一家極爲有名的商鋪，這家店鋪巧用別家名號爲自己進行品牌營銷，通過搬遷地址獲得更多的客源，其優越的地理位置暗示了自身的實力。簡短的開張消息，達到了刊登廣告的主要目的。總體上看，1890 年代的店鋪廣告內容較爲簡單，由於當時報紙按照廣告面積收取廣告費，一般店鋪爲了節約費用，很少在報紙顯要位置刊登廣告，加上報紙發行量不多，商家對於廣告的傳播效果並無充分的信心。

　　20 世紀初期，報刊經營者在辦報理念上更接近商業社會的實際需求。將廣告費作爲報刊發展的重要資金來源。大部分報紙都將第一頁辟爲廣告專頁，在其他頁面上也廣登廣告，一些報紙的廣告版面占到一半以上。當時一般報紙發行量在數千份以上，且多數報刊爲日報，新聞時效性更強，信息量更大。各類商人本身就是報紙的訂閱者，通過讀報獲取商業行情。報紙所擁有的大量受眾，成爲店鋪千方百計爭取的優質客戶資源。因此，各類店鋪爭相刊登廣告，以推銷商品，招徠生意。

　　店鋪廣告的增多，與報刊印製技術的進步有著密切聯繫。鉛印技術的廣泛使用，使報刊的版式更爲整潔，文字更爲美觀；機器印刷極大地降低了印刷成本，提高了出版效率。各種報刊在激烈的競爭中對美學表達方式也更爲注重。爲避免文字上的呆板，一些報刊採用圖畫和照片增加版面的美感，專業畫師成爲許多報紙聘用的職員，如《時事畫報》、《時諧畫報》的編輯兼畫師高劍父系嶺南畫派的主要創始人，畫技堪稱一流。所繪製的各類圖畫，形象逼眞，細緻入微，深受讀者喜愛（圖 6-2）。畫師不僅設計版式和插圖，也作爲廣告設計者爲客戶提供各種服務（圖 6-3），按照客戶的要求，描摹各類

〔註13〕　《神效湯火膏》，《中西日報》，1892 年 9 月 20 日。
〔註14〕　《遷鋪召頂》，《中西日報》，1892 年 6 月 30 日。

商品圖像，設計廣告的款式和風格，使店鋪廣告從簡單的內容介紹逐步轉向專業性的廣告創作，從而提高店鋪廣告的審美情趣和傳播影響力。

店鋪廣告的形象符號，體現出經濟發展和技術進步的成就。在 19 世紀 80 年代前，洋貨在廣州銷路不暢，廣州機器工業進展甚微。報紙對商品形象的展示極為少見。19 世紀 90 年代後，西方工業品在廣州銷量猛增，廣州本地輕工業、手工業亦快速發展，城內各類店鋪林立，尤其是各類與日常生活相關的專業性店鋪大量增加。對於店鋪經營者而言，僅靠文字廣告不足以展現新興商品的形象，利用圖畫和照片，更能顯示店鋪的經營特色、商品外觀和圖像符號的作用受到店鋪的高度關注。在 20 世紀初的廣州報刊廣告中，廣告圖像已較為常見，並發展為廣告傳播的重要手段。

圖 6-2：眼鏡店廣告

《國華報》，1919 年 9 月 5 日。

圖 6-3：光商公司廣告

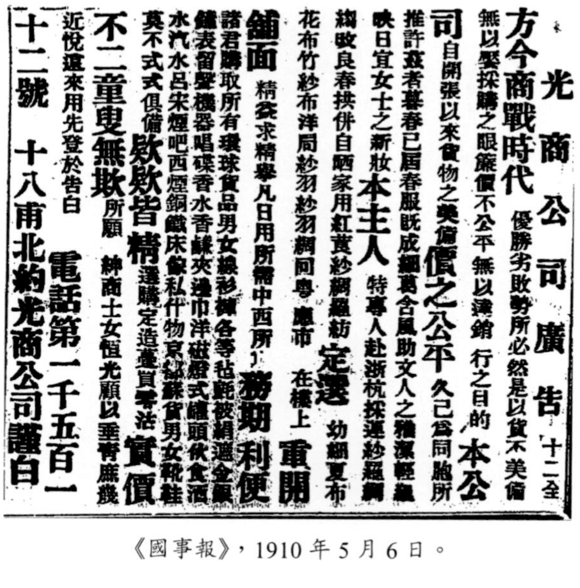

《國事報》，1910 年 5 月 6 日。

店鋪廣告所刊登的圖像，是商業文化發展的結果。20 世紀初，廣州店鋪經營的商品琳琅滿目，尤其是一些剛剛打入市場的商品，通過報刊廣告圖像的展示，使受眾很快瞭解到消費市場的最新動態，並產生購物動機。商品圖

像不僅對商品進行編碼，而且通過受眾對形象符號的解碼，形成一種消費觀念，進而影響生活方式的變化。廣告圖像符號還展現了消費潮流，如 1905 年《羊城日報》、《遊藝報》等刊登的廣告圖片，進口香烟、西洋糖果等商品的圖片佔有很大的比重，1906 年的《珠江鏡》報，還多次刊登了留聲機的圖片。店鋪對洋貨促銷十分熱衷，民國初年，《七十二行商報》、《國民報》、《民生日報》等報紙，刊登大量保健品、藥品、服裝、烟酒圖片，尤其是一些自來血、汽水、補腦汁之類的商品圖片，商品外觀十分顯眼，翻開報紙就能感覺到此類商品的「控制性傳播」，各類廣告還利用美女俊男圖像進行現身說法，人物形象的暗喻，使商品從直接的價值訴求，「轉向了對隱喻的價值與生活形態的塑造」〔註 15〕。店鋪廣告的視覺刺激，提高了受眾對商品的關注程度，也在不知不覺中改變著消費文化的具體表現方式。

20 世紀初期報刊所登的店鋪廣告，在文字內容和形式上都有較大的變化。一是廣告的標題更為顯眼，許多店鋪廣告在報紙第一頁刊登廣告，採用套黑的超大字體吸引廣告受眾的注意。如《沙面裕興泰洋行廣告》，標題居於《羊城日報》的正下方，採用白字黑底，標題字體為特大號，翻開報紙，格外顯眼。二是廣告內容十分豐富，具有煽動性、趣味性的文字較為常見，除了突出商品的性能外，往往採用多種手法表現商品的價值。如威建大藥房的一則介紹治療性病的廣告聲稱：「余染花柳骨痛之症，經年不愈，百藥罔效。幸得友人送此藥汁，一服痊愈……」〔註 16〕借顧客之口增強商品功效的說服力，是藥品、保健品廣告常用的手段。又如一則光和眼鏡店（圖 6-4）的廣告，對眼鏡的好處極盡誇張之能事：「莫道借光多 須知有術察秋毫。自為視官，監察最靈。配以眼鏡，功用甚宏。製造得法，倍覺光明。倘若失法，為患匪清。光和眼鏡，遠近知名。光學儀器，創辦美英。驗光準確，配鏡工精。電機製片，最合衛生。」〔註 17〕廣告詞對仗工整，讀來琅琅上口，對近視眼患者有很好的傳播效果。三是採用一些激勵手段吸引受眾注意，如一些商家採取發行贈券、抽獎等方式進行促銷活動。如《華嚴報》刊登的一則廣告頗有誘惑力：「諸君如有廿莊（裝）玫瑰包內之紅色贈券五十張，或十莊（裝）玫瑰包內之藍色贈券一百張，或四莊（裝）玫瑰空包一百五十個，交回本公司

〔註 15〕 〔美〕蘇特‧杰哈利：《廣告符碼》，第 26 頁。
〔註 16〕 《威建大藥房花柳骨痛針》，《商權報》，1918 年 2 月 23 日，第 1 頁。
〔註 17〕 《莫道借光多室礙，須知有術察秋毫》，《國華報》，1919 年 9 月 5 日，第 4 頁。

圖6-4：先施公司廣告

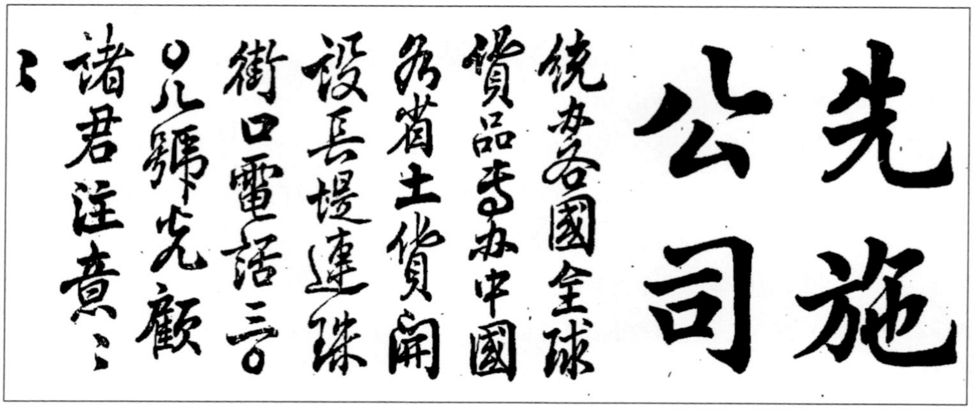

《民生日報》，1912 年 10 月 26 日。

之支店或代理處，即贈銀二毫半。並設彩銀三百大元，每月開彩一次，欲知
細情，請移玉至各分局取閱章程。分局一在西關三界廟前，一在第七甫二十
八號。」〔註 18〕一些店鋪通過獎勵「打假者」的手段提高知名度。如一家名
為孫義順的茶莊刊登打假廣告頗有聲勢：「本莊向在安徽省採辦雨前細緻六安
牌茶到粵，交佛山廣豐行發售，歷百餘年並無分別行代沽。近有無恥之徒假
本莊號，以假冒眞。……如能將偽茶並人捉獲，五捆至十捆賞花紅銀一百元，
十一捆至二十捆賞給花紅銀花紅銀二百元。」〔註 19〕茶莊開出如此高的獎賞，
巧妙地借用「製假者」這一靶子，吸引受眾的眼球，達到提高知名度，推銷
產品的目的。一些店鋪還利用徵集廣告並進行獎勵的方法，引起文人學士的
關注，這類「軟廣告」具有新聞轟動效應，通過一系列的活動，達到了廣告
促銷的效果。如光和眼鏡公司公開向社會徵求廣告，其稱：

> 美術以本公司出品眼鏡、熊膽油兩種為題目，須涵有本公司廣告性
> 質為及格；詩詞歌謠亦分眼鏡、熊膽油兩種，不拘體裁，不限音調，
> 以合本公司營業廣告宗旨為及格；投稿賜教以美術、圖畫兼題詩歌
> 謠者為上，若單獨圖畫或單獨詩詞歌謠者次之，至投稿尺寸，以英
> 尺橫十三寸高八寸為合格；投稿分眼鏡為東榜，熊膽油為西榜，須
> 注明東西一字，以免淆亂，並書姓氏里居暗碼為記，不收卷資，所

〔註 18〕　《華嚴報》，1914 年 10 月 26 日，第 1 頁。
〔註 19〕　《孫義順賞格》，《廣州共和報》，1919 年 3 月 7 日，第 1 頁。

有遺卷恕不奉還，定期八月尾止截。首名筆金二十元，二名筆金十
元，三名筆金五元，四名至十名筆金二元，十一名至五十名筆金一
元正。〔註20〕

此類廣告，巧借徵求廣告之名，對店鋪的商品進行介紹，並通過對應徵者的
徵稿要求，爲商品廣告提供了一個框架，使應徵者對於眼鏡店有多方瞭解，
進而提出有創意的設計。而眼鏡公司開出的賞金也頗有吸引力，眼鏡公司還
聘請社會名流擔任評委，對應徵者進行評獎，將廣告活動演變爲一件新聞事
件，從而獲得了較好的品牌營銷效果。

　　各類店鋪在報刊上大量刊登廣告，「爲廣告客戶提供了一個與消費者更多
接觸的機會」〔註21〕，使店鋪利用大眾媒介獲得了很好的信息傳播途徑，有
利於提高經營業績和發展後勁。大量的店鋪廣告，節約了受眾的信息搜集成
本，使城市商業社會在消費地理上得以快速的延伸。如《民生日報》刊登旅
館廣告，對廣州各大高級旅館採用調查的方式，詳細列出了各家旅館的食宿
費，爲旅客提供可信的一手信息：

表6-1：省城高等旅館調查表　　　　　　　　　　　　　　　　（單位：元）

旅館名	所在地	頭等宿費	食費	二等宿費	食費	三等宿費	食費
中　西	源昌街口	1.5	0.6	1	0.5	0.4	0.2
越　華	源昌街	1	0.5	0.5	0.5	0.3	0.4
賓　華	其昌街	0.5	0.5	0.5	0.2		
嶺　南	其昌街	1	0.5	0.5	0.5	0.3	0.2
泰興祥	其昌街	1	0.5	0.5	0.5	0.3	0.2
中　華	西濠口	0.8	0.4	0.3	0.2		
泰　安	油欄門外	1	在內	0.5	在內		
海　珠	海　珠	2	在內	1.5	在內	1	在內
鹿　角	太平沙口	2	0.5	1.5	0.5		

資料來源：《民生日報》，1912年6月10日。

〔註20〕　《徵求廣告之廣告》，《大同日報》，1920年9月9日。
〔註21〕　彼得・杰克遜、尼格爾・斯內夫特：《消費地理學》，見羅鋼、王中忱主編：
　　　　　《消費文化》，第451頁。

　　總之，報刊發行範圍的擴大，使那些偏遠鄉村的受眾也可以通過廣告的指引，獲得大量的購物信息以及相關的知識。特別是一些新式工業品廣告，更是開拓了受眾的視野，增強了對工業文明的認識。店鋪廣告的推銷，爲受眾提供了一種生活範式和價值追求，即便一些廣告帶有虛假和誇張的成分，它仍然誘導受眾按照廣告倡導的「理想生活」，潛移默化地改變著消費方式，樹立對美好生活的信心。

第二節　百貨公司廣告：消費空間與消費革命

一、百貨公司與消費空間的拓展

　　清末廣州商業店鋪的發展，使消費者的購物活動變得更爲便利。商業店鋪通過廣告活動，激發了消費者的購物動機，使店鋪作爲消費的公共空間，爲更多的消費者所光顧。但是，商業店鋪作爲傳統的營銷模式，存在許多局限。首先，由於受到場地和經營品種的制約，店鋪難以給消費者提供全面的購物服務，消費者可能爲購買某種商品而花費大量時間，店鋪並不能滿足消費者的全面購物需求，從而使購物行爲的時間成本過高。其次，由於商鋪經營規模較小，進貨渠道也較爲狹窄，經營成本相對較高，難以成「規模經濟」，特別是一些中小店鋪，一旦遭遇經濟蕭條，其經營往往陷於困境。隨著洋貨大量進口和工商業的發展，傳統店鋪經營方式與大規模消費需求之間的矛盾日益明顯。

　　適應集約化經營的百貨公司於 19 世紀二十年代出現在美國，之後風靡歐美，是近代消費革命的主要表徵。但是，華人社會對於歐美百貨公司的功效認識比較晚。19 世紀中後期，隨著大量粵人到海外經商和務工，對百貨公司這一新興消費場所有了一定認識。最先引進西方百貨公司經營理念的是廣東香山籍的旅澳商人馬應彪，他於 1899 年〔註22〕創辦了近代中國第一家大型百貨商店——先施公司（Sincene），這家位於香港的百貨公司同樣是我國最早的股份有限公司之一，並在 3 年後已達到年 9 萬元的贏利。先施公司在香港取得的成功，爲拓展廣州市場奠定了基礎。清末民初，香港與廣州之間的商貿往來十分密切。旅港粵商成爲發展香港商貿業的中堅力量。香港是粵商最爲集中的城市，粵商頻繁往來於省港之間，兩地經貿往來日益密切，先施公司

〔註22〕另有一些學者認爲先施公司成立於 1900 年。

的新式百貨公司經營模式，引起許多粵商的注意。同時，對於興辦商場所帶來的好處，廣東地方政府也有一定的認識，1907 年，兩廣總督周馥對在廣州東堤一帶興辦商場頗為重視，《振華五日大事記》有報導云：「堤岸工程，前既即由大吏擬定，飭令大加修理，嗣即由農工商局稟准，即在東堤一帶新闢大商場，以期振興商務各事。近日，周督憲（周馥）又以商場應辦事宜，工程浩大，非設局在該處，派員專辦，不足以重責成。」〔註23〕在官方和商人的合力推動下，廣州新式百貨商場得到快速發展，1907 年，光商公司作為廣州第一家百貨公司在十八甫開業，首創分櫃售貨，以及訂立雙薪等經營原則。1910 年比光商公司規模更大的真光公司也在十八甫開業。先施公司也於 1913年在廣州長堤開設百貨商場，成為廣州最大的百貨公司之一。民國初年，生生、同益、德昌、大新等大型百貨公司相繼成立。

　　百貨公司改變了傳統的購物方式，使消費者有了更多的自主選擇權。百貨公司「改變了購物的整個行為和藝術。顧客不再是簡單地走進一家商店，請店主到他的貨架上或後間去取一件商品。在百貨商店裏，商品得到充分展示，購物者可以看到很多東西。百貨商店的所作所為，與其說是倡導消費平等，不如說是促使各種渴望和欲望大眾化，它們煽起了大眾羨慕豪華生活的情緒」〔註24〕。大眾化的商業經營場所，改變了民眾的消費習慣，晚清以來在廣州社會普遍盛行的奢華之風，與消費品市場的豐富和購物方式的轉變有一定的內在聯繫。

　　百貨公司一般位於城市商業中心，作為新的經營模式，百貨公司以其高大華麗的建築、琳琅滿目的商品和自由開放的購物場所，發展為城市新的商業標誌。百貨公司的經營方式，對傳統商鋪構成了極大的挑戰。鬍子晉描述民國初年的店鋪生意慘淡之狀：「西關揚（疑為楊）巷為洋貨匹頭聚處，年來生意為先施、大新、真光各公司吸引。揚（楊）巷各匹頭店均用少年三五人，遇過客即招之入店求照顧，生意艱難，此其一斑。」〔註25〕

　　清末民初，西關一帶的百貨公司，成為民眾購物和休閒的理想場所。民眾閒逛百貨公司已成為一種生活情趣和社會景觀。正如清末一首竹枝詞所言：「大洋貨鋪好銷場，拆白聯群獵粉香。畢竟西關人尚侈，食完午飯去真

〔註23〕　《開闢商場之經營》，《振華五日大事記》，1907 年第 1 冊，第 52 頁。

〔註24〕　〔美〕米切爾・舒德森著，陳安全譯：《廣告，艱難的說服》，華夏出版社，2003 年版，第 87、88 頁。

〔註25〕　鬍子晉：《廣州竹枝詞》，見雷夢水等編：《中華竹枝詞》（4），第 2906 頁。

光。」〔註 26〕可見百貨公司生意十分興旺，逛百貨公司已成爲一種時尙，深刻地影響到人們的生活方式和消費偏好。

二、百貨公司廣告：商品推銷與消費時尙

　　早在廣州的百貨公司成立之前，一些香港百貨公司便利用粵港之間的緊密關係，在報刊上刊登廣告，向廣州民眾傳播新型的購物方式和消費理念，通過消費空間的擴散，推廣新型商業文化。百貨公司作爲異域情調和時髦生活方式的象徵，引起廣告受眾的高度關注。如先施公司在《珠江鏡》上刊登的廣告，較爲全面地介紹了百貨公司的宗旨及其經營範圍：

> 世界之文化日進，則日用之器物亦必日求精巧。近年香港風氣大啓，採買外洋之器物日多，洋貨生意充塞衢巷。本公司開設已久，隨時改良，尤以劃定價錢，不欺婦孺。新到貨物：線襪、線衫、洋遮、膠鞋、中國絲巾……夾邊巾、冷線、線襪帶、上好刀仔、較剪……男子梳妝器具全套散件、琥珀水泡烟嘴、銀包、皮夾必裝、書袋、西式皮鞋……〔註27〕

先施公司的廣告，代表了新型百貨公司在廣告營銷的重要特點，一是注意倡導新消費方式，二是較多地介紹商品行情。與一般店鋪廣告不同，百貨公司經營商品品種極多，可以滿足不同層次消費者的消費需求，此類大規模經營，在很大程度上降低了商品的價格，並以「婦孺無欺」等口號倡導消費平等觀念，與社會文明之風相一致。顯然，早期香港百貨公司的廣告宣傳，使廣州報刊受眾極大地開闊了視野，增長了見識。

　　香港一些百貨公司在經營上取得的成功，爲其在廣州、上海等地的擴張提供了基礎。值得注意的是，廣州是中國內地最早設立百貨公司的城市，這與香港百貨公司的經營者多爲粵籍商人有很大關係，粵商與廣州社會多有聯繫，熟悉廣州商業環境，故將廣州作爲分公司的首選之地。如香港眞光公司在廣州設立分公司之前，特在廣州《七十二行商報》刊登廣告云：

> 本公司開設在香港中環大馬路，專辦洋什貨、家私、匹頭、絲綢生意，惟夥伴眾多，於銀兩交收等事，或有錯誤。除交到本公司內賬房蓋章爲據外，如有出外收銀者，必要有黃在朝、黃佐廷、余近

〔註26〕 鬍子晉：《廣州竹枝詞》，見雷夢水等編：《中華竹枝詞》（4），第 2897 頁。
〔註27〕 《先施公司始創不二價》，《珠江鏡》，1906 年 7 月 9 日，第 1 頁。

卿、蕭魯彬、梁信營、王玉廷此六人中之一人簽收，方爲實據。倘
有誤交，惟經手是問，與本公司無涉，更不得在貨項內扣除，特此
廣告。〔註28〕

這則廣告表面上看是澄清交款方面的事項，事實上是爲提高在廣州市場的知
名度進行「造勢」，之後不久，該公司就在廣州十八甫設立分公司。另外一家
光商公司爲了提高知名度，曾在《震旦日報》等報刊上向社會各界廣泛徵集
對聯並給予重獎，通過這種特殊途徑傳播商業文化。全省各地文人紛紛爲眞
光公司撰寫對聯，一些應徵者，「只注街名，不注里居」〔註29〕。眞光公司便
在報紙上刊登告白，通知一些沒有寫清地址的應徵者寄回準確地址。通過廣
告傳播，眞光公司的商業文化更爲受眾所知悉。

　　1910 年左右，廣州西關一帶已設立數家百貨公司，商家之間的競爭頗爲
激烈。爲了提高知名度和營銷水平，各百貨公司都競相在報紙上刊登廣告，
突出自身特色，介紹各類商品，以引起受眾的關注。如位於十八甫北約的光
商公司（圖 6-5）在《國事報》刊登的廣告較爲詳盡：

　　方今商戰時代，優勝劣敗，勢所必然。是以貨不美備，無以饜採購
之眼廉；價不公平，無以達銷行之目的。本公司自開張以來，貨物
之美備，價之公平，久已爲同胞所推許。茲者，暮春已屆，春服既
成。細萵含風，助文人之雅潔；輕□映日，宜女士之新妝。本主人
特專人赴浙杭，運紗羅、綢緞、改良並自曬家用紅莨、紗綢、羅紡，
定選幼細夏布、花布、竹紗布、洋局紗羽、紗羽綢，回粵應市。在
樓上重開鋪面，務期利便。諸君購取所有環球貨品，男女線紗褲、
各等氈毛被、絹遮、金銀鐘錶、留聲機、唱碟、香水、香碱夾、邊
巾、洋磁燈式、罐頭伙食、酒水、汽水、呂宋烟、巴西烟、銅鐵床
家私什物、京都蘇貨、男女靴鞋。莫不式式具備，款款皆精……實
價不二，童叟無欺。〔註30〕

從這則廣告可以看出，光商公司所經營的商品範圍之廣，遠非一般店鋪所能
力及。清末民初，廣州百貨業不斷有新成員加入，各家百貨公司經常在報刊
上發佈廣告，提升知名度。如先施公司（圖 6-6）的廣告云：「統辦各國全球

〔註28〕　《商場須知》，《七十二行商報》，1910 年 9 月 21 日，第 1 頁。
〔註29〕　《眞光公司告白》，《震旦日報》，1911 年 11 月 29 日，第 2 頁。
〔註30〕　《光商公司廣告》，《國事報》，1910 年 5 月 6 日，第 4 頁。

貨品，專辦中國各省土貨。」〔註31〕生生公司的廣告也極爲誇張：「搜羅各省
土貨　選辦環球貨品。」〔註 32〕此類簡單的廣告語，卻體現了百貨公司區別
於一般店鋪的特色，爲受眾提供了一種全新的購物方式，既然中外商品齊備，
受眾自然將百貨公司廣告作爲一種生活指南，有著親身實踐的強烈願望。

圖 6-5：生生公司廣告

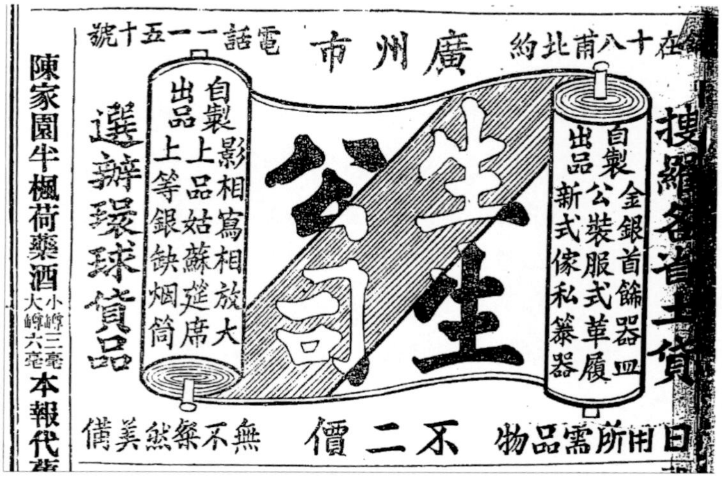

《國民日報》，1913 年 6 月 3 日。

圖 6-6：先施公司減價廣告

《商權報》，1916 年 6 月 20 日。

〔註 31〕　《先施公司》，《民生日報》，1913 年 12 月 16 日，第 3 頁。
〔註 32〕　《生生公司》，《國民日報》，1912 年 2 月 29 日。

　　百貨公司為不同層次的消費者提供了多樣化的選擇。既有留聲機、唱碟之類的時髦洋貨，也有國內各類日用商品，消費者可以根據自身的經濟實力和愛好，在百貨公司任意挑選中意的商品。百貨公司將貨櫃敞開，面向消費者展示商品，使所有消費者在觀覽時，一律得到店員的平等對待，在消費過程中並沒有身份上的差異，這是百貨公司區別於店鋪的一大優勢，也是百貨公司聚集消費者的魅力所在。

　　百貨公司廣告為受眾提供了想像的空間。由於清末廣州大眾遊樂場所較少，百貨公司免費向下層社會開放，將購物和休閒結合在一起，為受眾的購物活動增添了許多閒逛和觀賞的樂趣。因此，以富於挑逗性的話語吸引受眾注意，是百貨公司廣告的一大特色。如位於長堤的德昌公司在其開業廣告中用詞頗為考究：「規模宏敞，集環球之貨品。美不勝收；萃宇宙之珍奇，名難盡識。全場以內，價錢齊二，敢誇童叟無欺。器物悉不，允合中西適用。光顧不拘多寡，一概由人。交易務取公平，十分克己。」〔註33〕這樣的消費地點，為受眾營造了一個「夢幻世界」，廣告為消費提供了理想化的形式，使受眾將具體的購物活動演變為一種生活方式，通過到百貨公司的觀賞來滿足內心的好奇和欲望。

　　一些百貨公司除了經營商業之外，還將公司發展為綜合性的經濟實體，在社會上發行股份，通過募集資本進行多元化經營。如同益公司除了經營百貨之外，「定口外各種皮草，自曬紅莨紗綢，精造海陸軍禮服、軍學各界服裝、革履、用品，定做家用男女衣服，依期不誤」〔註34〕。相對一般的服裝店，百貨公司兼營服裝業有自身的優勢，由於布料價格相對低廉，自制服裝又在本公司銷售，節約了大量進貨成本和流通成本，服裝銷路自然不錯。

　　由於百貨公司聚集了十分旺盛的消費人群，消費者在購物之餘，尚有休閒與娛樂等方面的消費需求。一些百貨公司擴張營業場所，附設娛樂、飲食等場地，為消費者提供多樣化服務。民國初年的先施、大新等公司，有數層經營場地，其中遊樂場、酒樓佔一至二層，生意頗為興隆。如先施公司開設「影畫戲院」，較早在廣州開展電影放映業務。該戲院還引進進口影片，在《新報》上刊登電影預告：「公司現從美國新到連臺大部長劇一套，共三

〔註33〕　《長堤珠海前德昌公司開幕廣告》，《廣州共和報》，1919 年 3 月 7 日，第 2頁。

〔註34〕　《注意同益公司》，《平民報》，1918 年 5 月 28 日，第 7 頁。

十一幕，名曰《墨衣大盜》。」〔註35〕又如生生公司（圖6-7）兼營「酒菜茶面、精巧映相……」〔註36〕照相業是清末民初流行的文化消費方式，而百貨公司由於其地處鬧市，開設照相館，不但為消費者提供了便利，而且將照相作為一項時尚活動，與消費者的購物行為結合在一起，有著很好的市場前景。

圖6-7：先施公司減價廣告　　　　　　圖6-8：清明節推銷廣告

《民仇報》，1918年6月17日。　　　　　　《總商會新報》，1919年5月3日。

　　民國初年，百貨公司非常注重價格策略，在特定時段進行降價促銷，以盤活庫存，加快資金流轉，引發消費熱點。如先施公司往往利用開業週年紀念日，集中進行降價促銷。在廣州開業4週年紀念日，「貨價大減價，由五月初一至十五日止」〔註37〕（圖6-8）。在開業6週年之際，又多次在《民仇報》上聲稱：「大減價二十天，……大減特減，一律沽之。」〔註38〕此時，先施公司除長堤總公司外，已在廣州城內設立「惠愛街一支店、西關十八甫二支店」〔註39〕（圖6-9），連鎖經營的方式，使其降價策略更具規模效應。

〔註35〕　《先施影畫戲院》，《新報》，1918年11月2日，第7頁。
〔註36〕　《生生公司》，《七十二行商報》，1913年8月19日，第5頁。
〔註37〕　《國民報》，1916年6月12日。
〔註38〕　《民仇報》，1918年6月17日，第1頁。
〔註39〕　《民仇報》，1918年6月17日，第1頁。

圖 6-9：先施公司廣告

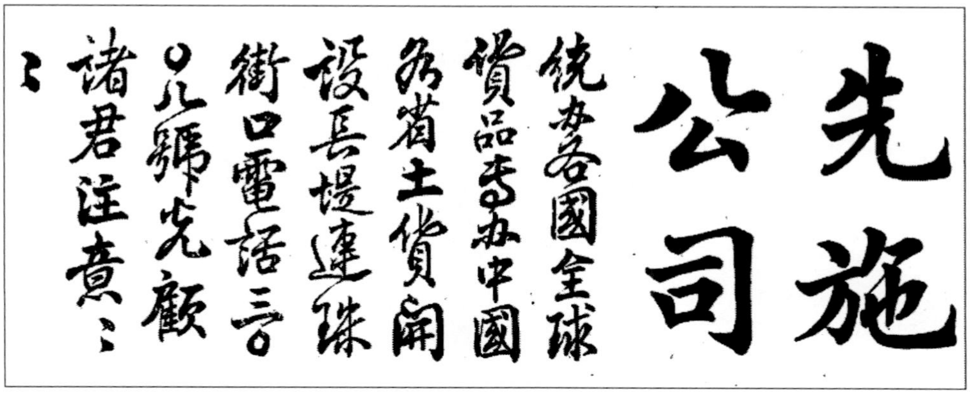

《民生日報》，1912 年 10 月 26 日。

中國傳統節日是百貨公司實行促銷策略的重要時機。消費者在節日裏往往比較慷慨，對商品的需求較爲旺盛，而商品在豐富節日文化方面所起到的特殊作用，亦爲商家所重視。大新公司（圖 6-10）就利用大量民眾在清明節回鄉掃墓之際，抓住商機進行廣告促銷活動：

> 諸君回鄉省墓，必須帶備種種品物，以應家中婦孺之需求。本公司爲利便諸君採用起，恰辦到大幫合時綢緞紗羅，一切絲髮用品，各種傢具，無美不備，價值格外相宜。自製各式西餅，特色餅乾，罐頭食品，批發零沽，額外克己。〔註40〕

一般而言，清明節對祭祀用品需求量頗大，但商家造勢往往會找到合適的理由。民國初年，珠三角大量流行人口前往廣州謀生，成爲城市消費的生力軍。每年回鄉省親掃墓，不僅是一場祭祀儀式，還由於城內民眾的大量外出，成爲一次消費的「盛宴」，途中食用所需，饋贈親友的禮物，是這些榮歸故里者必須考慮的。由於空間上的差距，商品變得格外重要。精明的商家正是看準了潛在的消費力而進行推銷活動。

總之，百貨公司廣告比較客觀了反映了清末民初廣州消費市場的發展狀況，廣告對商品的推介，體現出商品符號所蘊涵的社會意義。通過百貨公司這一大眾化的消費空間，新的購物方式逐步在城市社會流行，民眾從流行的商業文化中，更直接地感受到外部世界的變化，特別是西方第二次工業革命

〔註40〕《清明時節　請君注意》，《總商會新報》，1919 年 5 月 3 日，第 3 頁。

圖 6-10：生生公司廣告

《國民日報》1913 年 6 月 3 日。

所帶來的巨大變革。廣告對百貨公司的讚美，代表了新的消費潮流對傳統的革新，在開放和自由的消費空間裏，新興的消費秩序開始顛覆傳統的權力結構，金錢文化超越政治文化，對沉悶的社會等級制度提出挑戰，工業化浪潮所帶來的消費革命，在百貨商店廣告的話語解釋中，逐步被普通民眾所理解和認同，並通過新型的購物體驗，彙聚成巨大的消費潮流，爲城市消費文化帶來幾許清新的氣氛。

第七章　廣告與消費方式的多元化

第一節　酒樓廣告：飲食消費文化的繁盛

　　一些西方社會學家、歷史學家認為，理解資本主義和市場經濟，必須研究前工業化時期經濟活動的領域，而物質生活是最基本的研究對象。如布羅代爾指出：「日常生活無非是些瑣事，在時空範圍內微不足道。你愈是縮小觀察範圍，就愈有機會置身物質生活的環境之中，……有時候，幾樁傳聞軼事足以使某盞信號燈點亮，為我們展示某些生活方式。」〔註1〕清末民初期，酒樓作為一種飲食消費方式，能夠顯示物質消費的豐盛，揭示社會階層差異，展現消費文化的社會空間。本節以清末民初廣州地區的酒樓廣告為例，揭示廣州在近代社會轉型過程中，商業文化的興起對城市消費文化的影響，以及酒樓作為一種公共消費場所，在消費話語空間和文化傳播等方面的意義。

一、酒樓廣告對食譜的推介

　　在酒樓的發展過程中，起初靠自身的經營業績獲得顧客的嘉許，並且樹立良好的品牌形象。但隨著城市工商業的發展和社會流動人口的增加，餐飲業競爭非常激烈，一些酒樓要想贏得客源，便設法將其經營的菜色品種和食品風味推介給顧客。在不同的酒樓之間，招牌菜成為酒樓提高聲譽，獲取客源的重要手段。如光緒年間相繼在一些著名酒樓形成的太史（江孔殷）田雞、李公（鴻章）雜燴、汀洲伊（秉綬）面等，成為當時的招牌名菜。隨著

〔註1〕　〔法〕布羅代爾著，顧良、施康強譯：《15至18世紀的物質文明、經濟與資本主義》（第1卷），三聯書店，2002年版，第27頁。

招牌菜知名度的提高，其他酒樓也爭相仿製，這就迫使酒樓在經營上不斷創新，經常變換菜色品種，以獲得消費者的青睞。一些酒樓將佛山一帶的菜色品種加以引進，如佛山三品樓的乳鴿、豬頭肉、蒸雞香味獨絕，很有名氣，有詞云：「佛山風趣即村鄉，三品樓頭鴿肉香。聽說杜侯傳秘訣，半緣鼓味獨甘芳。」〔註2〕這類地方名菜自然有較好的銷路。廣州人好食動物，敢吃是廣州人生猛性格的反映。如北方人一般不敢吃老鼠，而廣州人視為餐桌上的佳肴，成為酒樓的一道名菜：「粵肴有所謂蜜唧燒烤者，鼠也。豢養生子，白毛長分許，浸蜜中。食時，主人斟酒，侍者分送，入口唧唧作聲，然非上賓，無此盛設也」〔註3〕。這種鼠餐，還頗為講究，實為廣州飲食消費的特色。

　　酒樓業的競爭，對當時的社會各階層而言，無疑是一種消費者主權意識的擴張，這是酒樓扮演大眾消費舞臺角色的重要特質。由於不同層次的消費者具有在消費欲求和消費品味方面有較大差異性，酒樓必須滿足消費者多方面的需要，由「經營者文化」向「消費者文化」轉移。而特色菜譜的推出，是消費者需求多元化的體現。

　　由於酒樓大多集中於商業發達地區，在上層富商之間，奢靡之風相沿已久，一道名貴菜肴往往成為上層人士爭相誇耀的對象。清人徐珂在《清稗類鈔》中記道：「閩、粵人之食品多海味，餐時必佐以湯，粵人又好啖生物，不求火候之深也。」〔註4〕食客對海鮮的偏好，使稍有檔次的酒樓對海鮮的經營非常重視。如漁洋山人有詞云：「行樂催人是酒杯，漱珠橋畔酒樓開。海鮮市到爭時，怕落品嘗第二回。」〔註5〕張心泰在《粵遊小記》中記載道：「入市酒食謂之上高樓。高樓買醉，食單烹黃鱔、田雞，名龍虎鬥，名甚奇。」〔註6〕除了這些品種外，吃蝦和螃蟹是廣州人的愛好，有竹枝詞云：「酒旗高插罩斜輝，膾出銀絲玉屑霏。鮮艷明蝦肥絕蟹，漱珠橋畔醉人歸。」〔註7〕這類海鮮，在晚清酒樓已成為普通品種，不能滿足上層富紳的炫耀性消費需求。一些酒樓便推出新式海鮮滿足食客的消費欲望，光緒年間南海女詞人梁

〔註2〕 雷夢水等編：《中華竹枝詞》（4），第2906頁。

〔註3〕 〔清〕徐珂《清稗類鈔》（第13冊），中華書局，1984年版，第6447頁。

〔註4〕 〔清〕徐珂《清稗類鈔》（第13冊），第6242頁。

〔註5〕 〔清〕金武祥：《粟香隨筆》卷六。

〔註6〕 〔清〕張心泰：《粵遊小記》卷七。

〔註7〕 〔清〕吟香閣主人選輯：《羊城竹枝詞》卷二。

和靄有詞云：「海鮮風味愛家鄉，冰裂瓷盆切嫩薑。新綠矮瓜紅莧菜，橋樓青饌薦鱘鰉。」〔註 8〕清末，食魚翅成爲酒樓新的消費風尚，正如鬍子晉在《廣州竹枝詞》中所言：「由來好食廣州稱，菜式家家別樣矜。魚翅乾燒銀六十，人人休說桂聯升。」〔註 9〕貴聯升作爲廣州著名的老酒樓，其乾燒魚翅雖然每碗高達 60 銀元。但是，對富有階層而言，恰恰滿足了他們的消費檔次，只有點上這樣一道名貴菜，才能向客人表明其高貴的身份。

　　19 世紀末至 20 世紀初，西關一帶有報館林立，一些資金較爲雄厚的酒樓注意到報紙廣告在擴大知名度和吸引客源方面的潛在價值，不惜重金在報紙上進行廣告推銷，以提升名牌知名度和拓展消費市場。酒樓廣告非常注重對菜色品種的介紹，如久負盛名的怡珍酒館在 1892 年重建開業時聲稱：「大小滿漢，而外有堂小酌。山珍備蓄，海錯紛陳。酒旨肴嘉，咸擅易牙之技；價廉貨美，洵稱適口之宜。故凡仕官紳商到滋歡敘者，無不意悅情怡。」〔註 10〕又如位於老城華寧里的新同升酒樓的開業廣告云：「內有雅座，大小廳堂雅潔，隨意小酌，滿漢戲筵酒席，南北酒菜⋯⋯」〔註 11〕號稱嶺南第一樓（圖 7-1）的某酒樓在《遊藝報》上廣告云：「本樓酒菜，日日新奇，承接包辦，價甚相宜。」〔註 12〕而頤苑酒樓酒店在其新張廣告中聲稱：「本號尚備南北酒菜、滿漢全席、大小全餐、九龍茶、新式麵食、點心⋯⋯價甚相廉。」〔註 13〕著名的天一樓酒店（圖 7-2）經常在《天趣報》上刊登廣告，公佈最新的菜色品種，如 1910 年 10 月 18 日的菜譜爲：「紅燒包翅、雞蓉雞腰、燒雞卷、炒白菜、

圖 7-1：
嶺南第一樓廣告

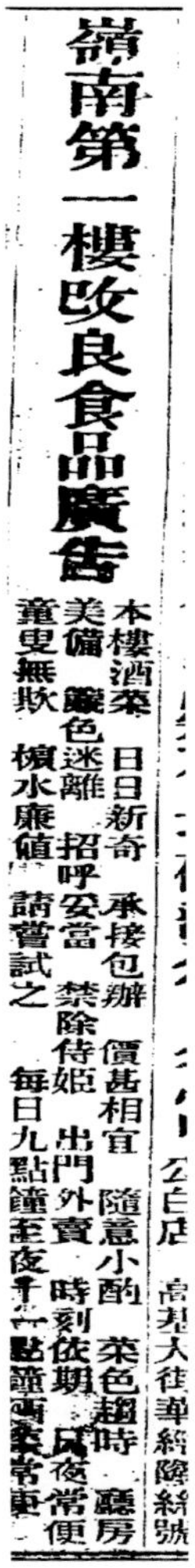

《遊藝報》
1905 年 8 月 28 日。

〔註 8〕　雷夢水等編：《中華竹枝詞》（4），第 2885、2886 頁。
〔註 9〕　雷夢水等編：《中華竹枝詞》（4），第 2898、2899 頁。
〔註 10〕　《省城怡珍酒館告白》，《中西日報》，1892 年 6 月 16 日。
〔註 11〕　《酒樓開市》，《安雅書局世說編》，1901 年 8 月 30 日。
〔註 12〕　《嶺南第一樓改良食品廣告》，《遊藝報》，1905 年 8 月 12 日，第 1 頁。
〔註 13〕　《頤園新張廣告》，《遊藝報》，1905 年 8 月 28 日。

精炒各式雀片、炒三冬、甫芋泥、原盅淮己黑雞。」〔註 14〕等等，此外其他菜式可以任意選取。菜色品種的推廣，使消費者能夠比較主動地根據經濟實力、消費偏好和生活習慣選擇喜歡的菜肴。

圖 7-2：天一樓廣告

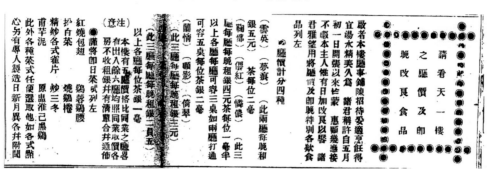

《天趣報》，1910 年 11 月 19 日。

　　高級酒樓要在名牌菜上下功夫，必須聘請有名的廚師才能樹立較好的聲譽，一些酒樓聘到著名廚師後，在報紙上大加宣揚，介紹新的菜譜，以提高知名度。如著名的嶺南酒店「在向外埠添聘頭等廚師」後，在《遊藝報》連篇累牘地展開宣傳。天一、玉波、富貴、大觀等酒樓經常在報紙上刊登改良食譜的廣告，花式多樣的菜譜宣傳成為當時社會信息傳播的重要方式，極大地促進了酒樓消費市場的繁榮。

　　一些實力雄厚的酒樓還承辦大型筵席，其規模可達幾十桌。並根據不同層次顧客的需要，設置價格多樣的包席菜肴。一些有一定經濟實力的消費者便將婚壽喜事從家庭轉移到酒樓，大型宴席推動了酒樓服務的大眾化和集約化經營，體現了酒樓經營思路的改變和經營範圍的擴展。如西關著名的頤苑酒樓在其包辦筵席的廣告中稱：「本苑自去歲重張，廣拓廳堂，改良食品……開筵須數十席，莫不寬敞，堪容咄嗟可辦，至於品物豐富，款式新奇，請君嘗試以還始信，價廉味高，方斯不愧用登報告。」〔註 15〕這種大型宴會，在富商雲集的西關一帶，具有較為廣闊的市場前景，而遠離市中心的一般酒樓，

〔註 14〕　《請看天一樓之廳價及改良之食品》，《天趣報》，1910 年 11 月 19 日，第 3 頁。

〔註 15〕　《西關十一甫頤苑茶點酒菜包辦筵席廣告》，《天趣報》，1910 年 12 月 20 日，第 3 頁。

對於此項業務的開展，則缺乏應有的條件。

　　一些酒樓爲了增加經營範圍，還兼辦茶點業務，如頤苑酒樓就多次在《時事畫報》上刊登廣告（圖 7-3），介紹其茶點的特色。森記館酒樓在其改良食品廣告中告知顧客，「本樓日夜茶話」〔註16〕，茶點業務已成爲一些酒樓的重要經營內容，這無疑對傳統的茶樓構成了挑戰，以至一些茶樓爲了提高競爭實力，開辦起餐飲業務，從而使酒樓茶樓業務出現了交叉。

圖 7-3：高級酒樓廣告

《賞奇畫報》，1906 年第 1 期。

　　19 世紀後期，西餐才開始成爲酒樓的菜色品種，並逐步在上層社會中流行。由於西餐特在調味佐料、原材料和飲品等方面與中餐的區別很大，對廚師也有較高要求。西餐慣於分食，對餐具特別講究，需要投入較多的資金，因此一般酒店無力經營。在清末社會，西餐成爲官商富紳追求的消費方式，一些著名酒樓將之視爲新的利潤增長點，紛紛調整經營方式，注意中西餐結合或者專營西餐（圖 7-4）。一些老牌的酒樓也紛紛推出西餐品種，以適應消

〔註16〕　《森記館改良食品廣告》，《天趣報》，1911 年 3 月 1 日，第 3 頁。

費者的需求。如嶺南酒樓「烹調各式西菜，美味無雙，並巧製西餅，一切便來往小酌」。清末，西餐消費也不是很貴，如嶺南酒樓標識 1905 年 7 月 8 日的西餐價格：「全餐收銀五毫，大餐收銀壹圓。」〔註 17〕比起每碗標價高達 60 元的魚翅，吃一頓西餐，還是比較便宜。

值得注意的是，香港澳門的一些經營西餐的酒樓也在廣州的報刊上經常刊登廣告，如澳門日照酒樓在《廣東白話報》上告白：「大小西餐，膾炙人口，中西人士，均贊不謬。」〔註 18〕澳門天香酒樓對西餐流行的原因進行了分析，認為「人情厭舊，世界維新，鋪陳可尚洋裝，飲食亦與西式，蓋由唐餐具食慣，異味想嘗，故此西餐盛行」〔註 19〕。對改良的西餐，該酒樓告誡顧客一定要注意衛生。港澳的酒樓將目標瞄準廣州市場，說明當時廣州商人和其他各界人士經常往返港澳，成為當地酒樓的重要客源，這在一定程度上反映了廣州與香港之間商貿關係和人員往來的密切。

圖 7-4：嶺南酒店

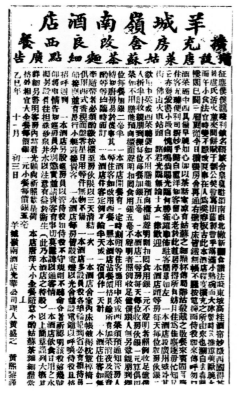

《遊藝報》，1905 年 9 月 10 日。

二、酒樓廣告對消費環境的渲染

各酒樓新張業務，意味著要分割一定的飲食市場份額，酒樓要想取得良好的社會聲譽，提高知名度和美譽度，就必須在開張之際樹立自己的特色。為了突出經營特色和設計風格，許多高檔酒樓在開業廣告中費盡心機，還聘請一些廣告文字高手設計廣告詞，用生動、明快、華麗的詞藻來形容酒樓的

〔註 17〕 《嶺南第一樓改良食品廣告》，《遊藝報》，1905 年 7 月 8 日，第 1 頁。
〔註 18〕 《澳門日照酒樓廣告》，《廣東白話報》，1907 年第 2 期。
〔註 19〕 《澳門天香酒樓廣告》，《廣東白話報》，1907 年第 7 期。

與眾不同之處。清末廣州的一些酒樓開張廣告，文字優美、對仗工整，讀來琅琅上口，引人入勝。如大觀酒樓刊出一則含有包房名稱的廣告：

> 月下笙歌，是玉暖香溫之地；簾前花鳥，正金迷紙醉之天。話好景
> 於金陵，稻花香處；憶前塵於珠海，荔子開時。錦帳列夫十圍，香
> 車駕夫七寶。美人似玉，春色如花，非買醉以尋歡，孰陶情而寄興。
> 此大觀酒樓所由建也。樓主人以風月之場，宜廣構行廚之館。於是
> 鈎心鬥角，傑構連楹；鳩工庀材，高樓矗日。橋通曲徑，游魚之水
> 漣漪；石疊文山，飛鷺之峰突兀。寄紅情於畫裏，如聽鶯歌；寫綠
> 意於花間，閒看蝶舞。廳開四柱，容珠履兮三千；地石數弓，列金
> 釵兮十二。況復筵登珍錯，式備中西。爐喜香熏，送暖則寒宵並卻；
> 扇憑電力，除煩則酷暑胥忘。虎跑之泉千尋，螺絲之梯百尺。諸君
> 朋簪雅集，剛逢黍穀春回；文筵流連，好趁甕頭春熟。用登告白，
> 伏冀垂青。試看（大）業宏開，遠攬珠江之勝；倘許（觀）風至止，
> 且停香國之車。〔註20〕

大觀酒樓位於陳塘南，這裏妓院雲集，是達官貴紳和浪蕩子弟銷金之處。酒樓廣告中極力渲染其環境的幽雅，陳設的華麗，位置的優越，運用了優美的詞句進行「話語」傳播，使受眾在閱讀過程中呈現出較為愉悅的審美情趣。在這裏不僅可以享受到美味佳肴，欣賞到珠江美景，體驗到高質量的服務。更為重要的是，酒樓與妓院相鄰，可以隨時招徠妓女宴樂侑酒，為酒色之徒提供了種種便利。大觀酒樓的廣告體現了其獨特的市場眼光，贏得了富裕階層的青睞，開業不久就成為清末廣州著名的高級酒樓。

一些社會上層人士將酒樓當作消遣和社交活動的重要場所，他們注意酒樓品牌與其身份的「對應性」。一些酒樓意識到豪華裝修是贏得競爭優勢的重要手段，便紛紛在環境布置上費盡心機。如頤苑酒樓在開張時對其優雅的環境作了宣揚：「茶烹龍潤，留題到苑，酒買羊垣，味佐盤餐。頤皆快我，香開餅餌，苑更宜人。況復頤解說詩，室談有月。苑遊秉燭，廳事皆花，指可從頤和……何妨箸下萬錢，觀頭消野蠻之惡潮；取廉河潤，入苑觀文明之空氣。」〔註21〕位於河南鰲洲的廣東大酒店（圖 7-5）在更換主人後，於 1907 年 5 月 10 日重新開張，其廣告稱：「明窗幾淨，房舍寬舒，近水樓臺，舟車

〔註20〕　《大觀酒樓開始廣告》，《天趣報》，1911 年 12 月 10 日，第 3 頁。
〔註21〕　《頤園新張廣告》，《遊藝報》，1905 年 8 月 28 日，第 4 頁。

咸便。」〔註22〕位於東堤一帶的富貴酒樓則有利用其靠近色情場所、又有東堤美景的優勢，其廣告詞也頗具誘惑力：「粵自東堤風月，別有一天，北里烟花，樂爲正地，既花明而柳媚之，當醉月而飛觴……房攏精潔，廳事軒宏，十色五光，金迷紙醉。」〔註23〕這對那些想尋歡作樂的富家子弟而言，自然心向往之。位於南堤的小南樓則也在廣告中突出了酒樓環境與色情消費的結合：「夥伴招呼慰貼，廳房潔靜。菜式則每日更換，甚合衛生，悉心講求。況此地相連堤岸，紅男綠女，香風散百里之芬芳；雛妓艇妹，花國聚十方之妙麗……登茲樓也，誰不快兩腋生風之趣，賞彼美兮，君莫忘倚欄對月之心。」〔註24〕

位於西關十八甫的玉波酒樓，爲了滿足商人社交活動的需要，在環境

圖 7-5：廣東大酒店廣告

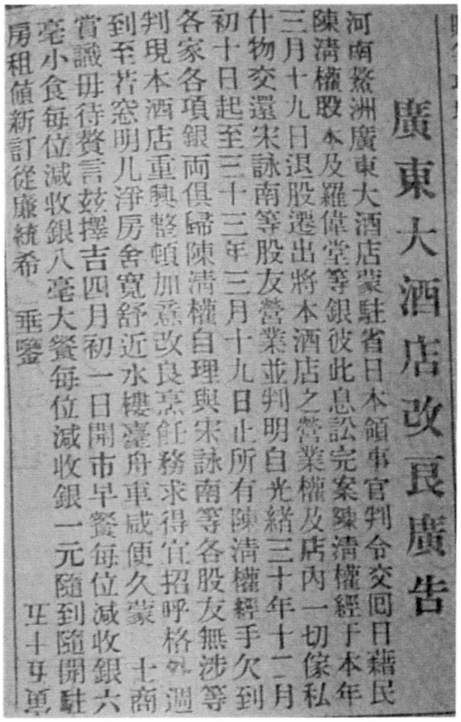

《廣州總商會報》，1907 年 5 月 10 日。

布置和裝備方面顯得與眾不同。在裝修後刊登廣告云：「本樓所以擴張餘地，增築層樓，一橋可通，六欄正曲，……塵事通風，極東壁西園之美；房廉卷雨，侈南軒北牖之華。臨水關窗，雲石與玻璃相映；裁花作局，假山偕樹木俱齊。電鐘開設而應靈通，風扇牽而清涼氣爽。」〔註25〕這是清末廣州的高級酒店的典型設施，不僅環境優雅，而且裝備了當時最爲先進的電器設備，對宴客者而言，電風扇和電鐘代表著消費檔次和消費時尚。由於硬件設施對顧客具有巨大的吸引力，許多酒店紛紛投資添置新的設備，如群樂酒樓就在1910 年 5 月新安裝了電燈，新式椅桌，〔註26〕在報紙上介紹其新裝修的消息，

〔註22〕《廣東大酒店改良廣告》，《廣州總商會報》，1907 年 5 月 10 日。
〔註23〕《富貴酒樓開張》，《天趣報》，1911 年 6 月 18 日，第 3 頁。
〔註24〕《小南樓新張價廉酒菜廣告》，《光華報》，1911 年 12 月 15 日，第 2 頁。
〔註25〕《玉波樓擴充廣告》，《天趣報》，1911 年 2 月 7 日，第 3 頁。
〔註26〕《群樂樓改良菜式酌減廣告》，《天趣報》，1911 年 6 月 5 日，第 3 頁。

以期引起消費者的注意。電燈和電風扇在酒樓的廣泛使用，使酒樓消費具有更多的文化意蘊。在「物」的消費同時，消費者在審美情趣上更關注「現代性」，傳統社會的沉悶氣息中，酒樓眩目的燈光和搖曳的電風扇無疑帶有強烈的誘惑力，為城市消費革命開創新的公共空間。

　　一些酒樓還充分利用清末廣州電信業務的拓展帶來的便利，紛紛安裝了電話，並在報紙上公佈其電話號碼，如頤苑酒樓的電話號碼為一千三百七十九號〔註27〕，大觀樓的電話為一千三百六十九號〔註28〕。電話延伸了人的聽覺，電話是一種冷媒介，「冷媒介要求的參與程度高，要求接受者完成的信息多」〔註29〕。受眾獲得電話號碼後，通過電話聯繫，使信息傳播的空間無限度地擴張，並極大地節約了信息搜尋的時間成本，電話不僅為受眾提供各種預約服務，還為酒樓經營者帶來許多便利。酒樓裝備技術的提升，從一個側面方面反映了西方工業革命對廣州城市生活所帶來的巨大變化。

　　提升服務水平是酒樓取得競爭優勢的重要手段，也是展開營銷宣傳的口號。許多酒樓都用「招呼周密，款待殷勤」〔註30〕等詞語來表達對顧客的服務承諾。隨著商業貿易的發展，廣州夜間消閒娛樂活動比較豐富。一些酒樓為了招徠生意，便延長夜間營業時間，以便適應當時工商階層的生活節奏，為他們的夜間消閒生活提供更多的選擇機會。如清末嶺南第一樓的營業時間是每天9點到夜11點鐘，嶺南酒樓的開餐時間由早上十點至晚上10點。一般酒樓的營業時間都延至晚上10點左右，特別是英商旗昌洋行創辦的電燈公司改為廣州民辦企業之後，電燈業務在20世紀初得到了較快的發展，主要街道都安裝了路燈，照明設施的改善大大方便了市民的夜間消閒活動，酒樓營業時間的延長是適應當時消費娛樂發展趨勢的必然選擇。

三、酒樓廣告突出包間的位置消費意義

　　19世紀晚期，廣州的一些酒樓為拓展消費市場而裝修不同規格的包間，這種包間的出現，是清末廣州社會的新潮，它在一定程度上代表了不同階層

〔註27〕　《西關十一甫頤苑茶點酒菜包辦宴席廣告》，《天趣報》，1911年6月23日，第3頁。

〔註28〕　《大觀樓改良菜式廣告》，《天趣報》，1911年6月16日，第3頁。

〔註29〕　〔加〕埃里克・麥克盧漢、弗蘭克・秦格龍編，何道寬譯：《麥克盧漢精粹》，南京大學出版社，2000年版，第245頁。

〔註30〕　《嶺南第一樓改良食品廣告》，《遊藝報》，1905年7月8日，第1頁。

的消費需求。一些酒樓對豪華包間的消費環境非常注重，將它作爲提升知名度和提高消費檔次的謀略，利用報刊媒介進行宣傳，如天一酒樓的廣告云：

> 開筵坐花。虹竿雉拂，春暖而錦障芙蓉；月兔羊燈，宵寒而爐薰蘭麝；扇憑電力，清風與故友俱來；窗映波光，明月偕美人並至。至若阿房結拘（構），廳事鋪陳，則有「鞠部」新聲，寫豪竹哀絲之韻；「蘭情」舊誼，爐驕花寵柳之歡；「春」夢無「痕」，揚州之遊一覺；「雲英」未嫁，鍾淩之別十年。合「倚翠」而「偎紅」，且「憐農」而「顧影」；掃「西廳」以延客，「唾」餘「香」而染衣。「燕燕」「鶯鶯」，嫦娥似月；「顯顯」「雅雅」，勝友如雲；不同桑者「閒閒」，盡是衣裳「楚楚」，面光眉。妓則「飄飄」欲仙，朋盍觀簪，客則「翩翩」濁世。此所以能燕居「安安」，而其樂「陶陶」也。〔註31〕

包房消費不但體現了裝修的華麗，它所包含的酒、色、音樂一體化服務，爲奢華消費提供了十分充裕的條件。包房作爲具有一定區別意義的消費空間，其消費指向較爲明確。不同規格的包房帶有標誌性的符號意義，代表不同層次顧客的身份和地位，具有炫耀性消費的基本特點。與傳統的家庭宴會不同，酒樓包房爲官商富紳提供了社會交往的新空間，成爲禮儀消費的重要形式，是一種榮譽消費。上層人物的消費習慣一旦形成，就會在消費的數量等級方面進行競賽。因此，「在明顯消費方面後退是困難的。要博得名譽，就不能免於浪費」〔註32〕。包房的流行，客觀上反映了清末廣州社會流行的奢靡之風，爲上流社會的社會生活增添了新的景象。

豪華包間的租金相當昂貴，是經營者謀利的重要手段。清末廣州的各大酒樓都對包間制定了不同的使用價格。如嶺南酒店規定頭等房平均每位每天收取房夥銀 2 元，這 2 元錢包括房客的住宿費。〔註33〕這一價格對一般中等收入者還可以接受。玉波樓的套房分爲六等，價格從 3 元到 1 元不等。天一酒樓 1910 年 10 月的包間包房價格分爲四類：「雲英」、「夢痕」，此兩廳每晚租銀五元，茶每位 2 毫；「鞠部」、「偎紅」、「憐農」，此三廳每晚租銀四元，茶每位一毫半，以上三廳每廳可容三桌，如兩廳打通，可容五桌，每位茶銀二毫；「蘭情」、「顧影」、「倚翠」此三廳每廳每晚收租銀三元；「西廳」、「鶯

〔註31〕 《天一酒樓開始廣告小引》，《天趣報》，1910 年 12 月 10 日，第 3 頁。
〔註32〕 〔美〕凡勃倫：《有閒階級論》，第 26 頁。
〔註33〕 《羊城嶺南酒店擴充房舍改良西餐》，《遊藝報》，1906 年 8 月 12 日。

燕」、「唾香」此三廳每廳每晚租銀二元五，以上各廳每位茶銀一毫。〔註34〕
經營者將不同包房進行命名，並劃分不同的等級和價格，具有多種涵義。其
一，便於顧客識別，使他們在包房消費期間具有身份象徵。其二，由於包房
的價格是分等級的，對於顧客而言，可以根據宴請賓客的層次和本人的身份
進行選擇。其三，包房的名稱可以通過顧客的傳播具有營銷的效果，那些上
層富豪由於經常光顧上等包房，客觀上為酒樓作了宣傳。

但是由於各酒樓看到包房存在暴利，紛紛添設包房，使其價格有了一定
幅度的下降。如天一酒樓的雲英和夢痕兩個一等包房的價格在 1911 年 5 月就
由原來的每間 5 元下降到 3 元，而且在設施上有了改進，一些包間「俱備銀
器」〔註35〕。競爭的加劇客觀上推動包房消費方式的流行，對酒樓業的經營
方式和發展方向產生了較大影響。

清末著名的酒樓，大多集中在陳塘、東堤一帶。如富貴、群樂、大觀、
嶺南、天一等著名高級酒樓，都臨近高級妓院。有竹枝詞為證：「兩岸青樓接
酒樓，萬星燈火夜無收。郎如萍梗儂如葉，贈別琵琶唱粵謳。」〔註36〕高級
酒樓為富豪們爭強鬥富提供了極好的出處。酒樓為了招徠生意，務必突出其
與妓院的密切關係。酒樓包間，體現了富豪消費的私密性，與其消費上的檔
次相匹配，也為妓女提供聲色之樂提供雅致的環境。清末一名顧客在天一酒
樓包房消費後，寫下了他的真實觀感：「其廳事鋪陳，五光十色，壁上圖畫，
西式家私，金銀餐具，無不精美，極口稱歡。謂遨遊以來，所過蘇滬各地，
閱歷不少，能如此樓之精細者，不可多得，省港中允推巨擘矣。淮海南來第
一樓，可以移贈。聆一曲，則又讚不絕口，蓋是夕所徵歌鬟，則燕香月英、
得和九妹、同記順瓊、名花才仔及蘇仔矇蘇華，皆一時樂部中之著名者也，
客於是為之歎觀止。」〔註37〕可見天一樓的包房不僅在廣州鶴立雞群，就是
在國內其它城市，亦難有與其媲美者。酒樓包房為官商富紳提供了社會交往
的新空間，成為色情消費和禮儀消費的重要形式，是一種榮譽消費。上層人
物的消費習慣一旦形成，就會在消費的數量等級方面進行競賽。包房的流行，
客觀上反映了清末廣州社會流行的奢靡之風，為上流社會的社會生活增添了

〔註34〕《請看天一樓之廳價及改良之食品》，《天趣報》，1910 年 11 月 19 日，第 3 頁。
〔註35〕《天一樓改良菜式廣告》，《天趣報》，1911 年 6 月 1 日，第 3 頁。
〔註36〕〔清〕吟香閣主人編：《羊城竹枝詞》卷一。
〔註37〕《雲英廳之觀止》《天趣報》，1911 年 3 月 21 日，第 3 頁。

新的景象。

　　求新奇、求奢侈成爲富裕階層酒樓消費的特徵，正如當時的一首竹枝詞所描繪的那樣：「富家年少不知愁，酒地花天恣冶遊。轉瞬繁華春夢歌，阿官仔也雪盈頭。」〔註38〕他們之間進行爭強鬥富，引導著社會的奢靡之風。隨著工商業的發展，晚清廣州城內的手工業者和中下層商人等新的社會階層人數不斷增多，專業分工的發展，使他們有一定的時間和金錢從事消閒娛樂活動，對上層社會的消費行爲的推崇，使他們將在公共場所飲酒、吸烟看作是非常愜意的事，在社會中普遍形成了奢華的消費風氣。對社會風尚產生了較多的負面影響。

　　在清末的報紙廣告中，其他地區的酒樓廣告較爲少見。這是由於當時有影響的全國性大報一般不刊登酒樓廣告，或者說酒樓在全國性大報刊登廣告的作用甚微。而清末廣州娛樂性報紙的興起，爲酒樓廣告提供了很好的發展機遇。酒樓廣告改變了傳統人際傳播的方式，使傳播的空間得以迅速擴展。通過文字傳播，受眾獲取信息的方式更爲直接。特別是一些娛樂性報紙具有較爲穩定的讀者群體，這些讀者大部分是休閒娛樂消費的活躍分子，他們具備較強的經濟實力和廣泛的娛樂興趣。在這類報紙上刊登廣告，可以很快地將酒樓的信息傳播給潛在的消費者，使受眾在較短時間內瞭解廣州飲食消費市場的現狀，對各酒樓的動態有著較爲確切地瞭解。

　　酒樓作爲公共消費空間，不單是一種飲食消費場所，它作爲商業社會的一個縮影，體現了商業文化的發達和人際交往功能的增強。而酒樓廣告，就是爲了適應商業社會的人際互動的需要，爲消費者提供了新的社會交往空間，特別是清末廣州酒樓普遍安裝了電話和電器設備，拉近了消費者與酒樓的交往距離，爲消費者提供了新的消費操縱方式，也給經營者提供了服務的便利。消費者通過閱讀酒樓廣告，可以搜集大量信息並取得了更多的消費主動權和選擇權，酒樓廣告也爲拓展消費文化提供了廣闊的社會空間。

第二節　博彩廣告：畸形消費的表徵

一、賭博的種類及其傳播途徑

　　賭博的興起，與商業的繁盛有著密切關係。在商業社會，有閒和有錢人

〔註38〕　〔清〕陳坤：《嶺南雜事詩鈔》卷六。

士的數量會急劇增加。一口通商期間，廣州作爲世界貿易中心，是商人的淘金樂園。商人的社會影響力，已經深入到社會生活的各個方面。商人的生活習尙，以浮華奢靡爲榮。這種奢侈性消費，是引導社會消費風尙的巨大動力。商人體面而奢華的生活，成爲民眾羨慕而追逐的目標。鴉片戰爭後，賭博消費已成爲社會生活的重要方面，並在社會廣泛流行，反映了商業社會的畸形消費心態。賭博能夠使不同階層的人同時擁有一個不勞而獲、一本萬利的夢想。從某種程度上看，廣州賭博的發展軌迹，就是極度的消費，帶來極度的享樂，極度的逐利行爲。賭博的昌盛，是畸形消費無節制發展所結出的罪惡果實。

廣州賭博的種類繁多，流傳甚廣。「始則闈姓、白鴿票、繼則番攤、山票，幾於終日沉酣，不知世事。而下流社會中人，嗜之尤甚。此外又有詩票、鋪票者，詩票則用五言八韻詩一首，鋪票則用店鋪名號一百二十名，限猜幾字，其分簿開彩等，與闈姓、白鴿票大同小異」〔註39〕。可見各種賭博活動花招迭出，參與範圍相當廣泛。與日常生活的關聯性很大。「平日有普通忌諱之字，如牛舌則謂之牛利，蓋以舌爲粵音近息，與折閱之折字同音，聞之不利，故諱舌爲利，取利市三倍之意。又豬肝謂之豬潤，蓋以肝與乾同音，人苟至於囊橐皆乾，不得孰甚，故諱肝爲潤，取時時潤色之意。……」〔註40〕在賭博活動中，賭民已將日常食物消費中的習俗，與賭博活動聯繫起來。賭博已經深入到民間生活的各個方面。

廣州賭博之聞名，與其名目繁多的賭法和消費的巨額金錢有著很大關係。如晚清番攤賭博，在廣州最爲盛行，「城內外之館，多至六七百處」，「其勝負極巨者，則書爲『內進金牌』，蓋所謂金牌者，每注必以銀幣五元十元爲起點，銀牌則以一元爲爲本位，一元以內，用小銀幣，不得以銅幣下注也。其最下者，則表明『內進銅牌』，爲下等社會中人賭博之處，銅幣、不論多寡也。」〔註41〕可見，番攤之賭，適合於各類賭徒，根據其消費水平的高低，進入不同層次的賭館，賭館在賭博的社會化過程中，起著社會分層的作用。高級賭館進入門檻很高，需要較強的經濟實力和社會身份，低級賭館則可以滿足那些既想發財有囊中羞澀的下層民眾的需求。在不同的賭館之間，賭徒

〔註39〕〔清〕徐珂：《清稗類鈔》（第10冊），第4879頁。
〔註40〕〔清〕徐珂：《清稗類鈔》（第10冊），第4879頁。
〔註41〕〔清〕徐珂：《清稗類鈔》（第10冊），第4909頁。

對金錢的夢想是相同的。

白鴿票則稱之為「小闈姓」，「取千字文前八十字，密點十字，令人亦猜。點十字猜得五字以上，每一錢贏十錢。城鄉各處具開有票廠，猜票者以票投之，每日猜一次，」〔註 42〕這種文字遊戲，簡單易懂，適合不同性別和年齡階段的人猜想，其普及程度很高。「恒有買主數百標，因而獲中，得數百金。故嗜利家往往競奔，雖鄉村婦女亦為之」〔註 43〕。「男女均被誘惑，約千人之鄉歲輒輸銀二千餘兩」〔註 44〕。這種高回報的賭博形式，非常迷惑人心，使許多下層民眾陷於其中，以致許多家庭為之耗盡錢財，無力進行基本的生活消費開支，導致家庭經濟的崩潰。這種看似小數目的賭博，使嗜賭者的注意力集中到奇怪的猜字遊戲中而不能自拔。

在科舉考試被廢除後，廣州賭商又開辦「山票」賭博，成為新的牟利方式，也成為民眾新的賭博熱點。山票賭博與白鴿票相類似，也以《千字文》首篇 120 字為猜買對象。猜買者可以任意購買 15 字為一條，買多少條無限制。「於數十萬條中，取中字多者得頭彩，同中同分。票盛時，頭票可得數萬元。」〔註 45〕但是由於一般猜中頭票的人往往較多，頭彩一般會由多人分配。山票賭本較低，獲利甚巨。「廣州極貧之人，或有不入番攤館者，而山票則無人不買，蓋以每票僅售一角五分，得標者可以獲利數十萬倍，故人人心目中，無不有中山票之希望也。」〔註 46〕

鋪票因店鋪捐借款發行彩票得名，興起於光緒年間，其目的是為了籌建公益事業，表彰商紳的功績，將商鋪名稱作為競猜的對象。投買者在票底所印各店鋪名中任選 10 個字為一條，票款為一兩或五錢，每月開獎一次，彩金分三等，中字者最多者為頭票，依次為二票、三票，同中同分，如無同中，則為獨得。〔註 47〕鋪票賭博的票金較高，但是選買字數較少，得彩率較高，在清末亦較為盛行。

由此可見，清末民初，廣州賭博形式多樣，參與人數非常廣泛，賭博已

〔註 42〕 同治《南海縣志》卷六，「輿地四」，「風俗」。
〔註 43〕 〔清〕黃芝：《粵小記》卷四。
〔註 44〕 同治《南海縣志》卷六，「輿地四」，「風俗」。
〔註 45〕 〔清〕徐珂：《清稗類鈔》（第 10 冊），第 4893 頁。
〔註 46〕 〔清〕徐珂：《清稗類鈔》（第 10 冊），第 4894 頁。
〔註 47〕 郭漢林、蕭梅花：《中華賭博史》，中國社會科學出版社，1995 年版，第 195 頁。

成爲廣大民眾「公共集會」和日常生活的重要組成部分，賭博公司規定了「開會」日期，主動向賭民約會，如利成公司「每會定期初二、初九、十六、二十四開會，開彩後三日派獎金」〔註48〕爲了激發普通賭民的興趣，大多數賭博活動採取「猜字」的方式，以極高的彩金引誘民眾上當，並通過定期公佈「中獎」號碼及其彩金數額的方式，向社會公開傳播賭博的信息。由於賭博公司與官方簽訂了「承賭」的協議，如耀鴻公司便在報紙上公開聲稱：「每認繳正餉毫銀一百零二萬三千元，另分年帶繳報效銀四十萬元，又特別一次過提前先繳報效銀二十萬元，爲數最多。准予承辦三年。」〔註49〕清末廣州各類賭博活動得到了地方政府的默許，並以「合法」的方式，侵入社會的各個角落，演變爲一項普及性的社會活動。

二、博彩廣告的傳播與畸形消費

在賭博活動蔓延的過程中，報刊媒介起著推波助瀾的作用。由於清末廣州報刊的商業性功能不斷擴張，報刊經營者大多以經濟利益作爲最高追求目標。對於當時盛行的賭博活動，一些商業報刊很少從「新聞良心」的角度進行批判和揭露。相反，他們對賭博信息傳播所帶來的商業價值十分關注，並很快與賭商同流合污，利用報刊媒介在受眾中的影響力和傳播信息的優勢，爲賭商提供種種刊播博彩廣告的方便。一些報刊還紛紛將報刊的頭版位置留給賭商刊登廣告，其牟利之目的昭然若揭。

彩票是清末流行的賭博方式，闈姓、白鴿票、山票、鋪票等彩票賭博形式，大多起源於廣州，並迅速在廣東全省流行，而廣州則是全省彩票發行的中心，專業的彩票公司與一般賭館相比，其贏利方式更爲靈活。發行彩票需要有著一定的經濟實力和政治背景，還必須具有市場競爭意識，在眾多的彩票業務中取得賭民的信任。一些彩票公司千方百計擴大宣傳，提高其知名度和營銷水平，利用報紙和其他傳播手段擴大影響。使更多的賭民能夠參與其中，以獲取更多的利潤。

20世紀初期，《羊城日報》、《國事報》、《安雅書局世說編》等報紙的頭版，經常刊登的博彩業廣告。博彩廣告的信息較爲全面，一般會公佈「所開之字」，以便賭民認眞對照，然後告知中獎名次及其獎金，並預告下次開彩的

〔註48〕　《大公無私》，《商權報》，1918年2月23日，第2頁。
〔註49〕　《承辦廣東全省水陸花捐筵捐耀鴻總公司廣告》，《新報》，1917年2月16日。

時間等等。報紙所提供的詳盡信息，使受眾足不出戶可知賭場大事，博彩廣告在某種程度上充當著「博彩專欄」的作用，成爲廣大賭民採集賭博信息的最爲便捷的途徑。爲保證信息傳播的權威性，一些賭博公司還特定在廣告上注明開賭的監督員。如廣州名利公司開設的山票賭博，在廣告中注明：「本公司奉憲特派委員廣東補用縣正堂夏，監核謝教，山西補用州正堂何，監督開彩。」〔註 50〕通過「權威」的監督，來證實廣告主的「至大公正」，顯然是賭博公司增強廣告說服力的有效手段。

賭博公司雖然幹著欺世盜名的勾當，在廣告推銷的過程中，卻強調其「童叟無欺」、」大公無私」的社會形象。如廣州中和、巨益等彩票公司，多次在《安雅書局世說編》上進行彩票宣傳，中和公司（圖 7-6）的廣告稱：「本公司開辦廣東彩票業務以來，開彩一秉至公，謝教總期快捷荷，蒙士商賜顧，久已遐邇盛行矣。」〔註 51〕境外的澳門恒和公司也經常在廣州報紙上刊登廣告云：「本公司自承充澳門彩票以來，誠信相孚久矣，流行中外。」〔註 52〕博彩公司通過「誠信」的承諾，在廣告傳播過程中提升自身的品牌形象和社會影響力，也給賭民提供了一種心理上的安全感。

由於賭民迫切需要瞭解所買彩票的中獎結果，賭博公司往往定期在報紙上公佈各類彩票的中獎字號。如名利公司公佈第 61 會的「所開之字」爲：「原、月、盈、昃、暑、騰、麗、果、珍、奈、火、帝、拱、臣、荒、宿……」〔註 53〕共 30 字，以中字最多者獲頭彩。澳門大利公司的第 114 會的中獎字爲

圖 7-6：彩票廣告

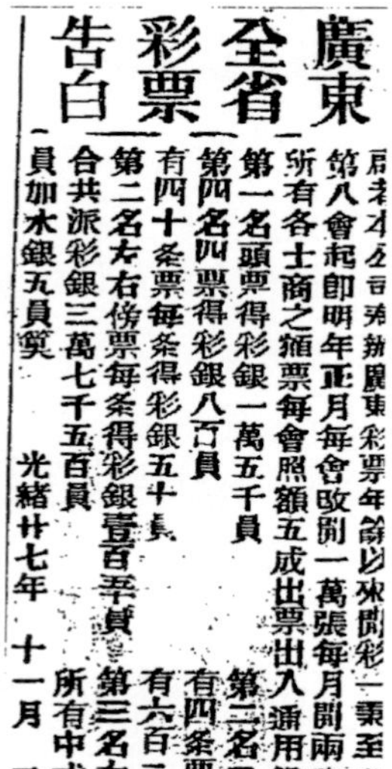
廣東全省彩票告白
啓者本公司承辦廣東彩票年餘以來開彩一秉至公謝教總期快捷荷蒙 士商賜顧久已遐邇盛行矣現議改新章由第二年第八會起即明年正月每會改開一萬張每月開兩次首次訂期正月初九日開彩一次總在正月下旬開彩按月均分兩期開彩所有各士商之䌓票每會照額五成出票出入通用銀紙茲登告白以便士商週知此佈 ○茲將中式彩銀數臚列于左
第一名頭票得彩銀一萬五千員
第二名二票得彩銀三千員
第三名三票得彩銀一千五百員
第四名四票得彩銀八百員
有四條票每條得彩銀二百員
有十條票每條得彩銀一百員
有四十條票每條得彩銀五十員
有六百二十五條票每條得彩銀二十員
第一名左右傍票每條得彩銀二百員
第二名左右傍票每條得彩銀壹百弍員
第三名左右傍票每條得彩銀一百員
以上共得彩票六百八十九條
合共派彩銀三萬七千五百員
所有中式彩銀由宏豐公司擔保依期開派一經得彩銀即憑紅票到領彩銀另每千員加水銀五員奠
光緒廿七年十一月二十日
承辦廣東彩票中和公司謹啟

《安雅書局世說編》
1901 年 1 月 7 日。

〔註 50〕《名利公司山票增彩謝教單》，《國事報》，1910 年 5 月 6 日，第 1 頁。
〔註 51〕《廣東全省彩票公告》，《安雅書局世說編》，1902 年 1 月 15 日，第 1 頁。
〔註 52〕《廣東全省彩票公告》，《安雅書局世說編》，1902 年 1 月 7 日，第 1 頁。
〔註 53〕《名利公司山票增彩謝教單》，《國事報》，1910 年 5 月 6 日，第 1 頁。

「地、黃、盈、寒、往、雪、致、金、
號……」〔註 54〕而鋪票則以猜中的商
鋪名為中獎結果，如新發源公司的第
9 會鋪票「入點」為「宏昭、宏綸、
宏新、宏隆、宏亨、宏茂、宏開……」
等 12 家，以中字多者為頭名。

　　關於彩金的分配，一些賭博公司
在廣告中以「明示」的方式，向受眾
介紹具體「賬目」，如名利公司（圖
7-7）第 34 會的彩票投注和彩金分配
情況為：「是會共受票三拾萬零壹仟零
貳拾玖條，共受銀三萬零壹佰零貳兩
玖錢正，八成派彩，共派出首貳三肆
名謝教銀貳萬肆仟零捌拾貳兩三錢貳
分……」〔註 55〕通過公佈明細賬目，
彩票廣告給賭民一種高度透明的錯
覺，增加了對博彩公司的盲從，使賭
博信息的傳播具有很強的偽裝性。

圖 7-7：彩金的誘惑

《羊城日報》，1909 年 8 月 4 日。

　　博彩廣告的另一特點是將每期中獎彩銀數目在報紙上公佈，以巨大的獲
獎數目吸引受眾的目光。如中和公司在 1901 年 11 月 20 日公佈的中獎金額為：
「第一名頭彩得銀一萬五千元，第二名二票得彩三千元，第三名三票得彩一
千五百元，第四名四票得彩得彩銀八百元，有四條票得彩銀二百元，有十條
票每條得彩銀一百元。……」〔註 56〕又如巨益公司的山票，1901 年 7 月第 23
會的彩金，「首名中十字，均四份，每份得彩銀四百八十兩一錢九分，二名中
九字，均五十份，……每份得彩銀八兩九錢六分九釐，……三名中八字，每
名中八字，二百三十二份，每份得彩銀一兩三錢八分。」〔註 57〕相對於廣州
的賭博公司，澳門一些公司所開出的彩金更為驚人，如澳門恒和公司第 3 會
的彩金數為：「第一名得彩銀五萬大員，第二名得彩銀一萬五千大員，第三名

〔註 54〕　《澳門大利公司山票增彩謝教單》，《南越報附張》，1910 年 2 月 14 日。
〔註 55〕　《名利公司山票增彩謝教單》，《羊城日報》，1909 年 8 月 4 日。
〔註 56〕　《廣東全省彩票公告》，《安雅書局世說編》，1902 年 1 月 15 日，第 1 頁。
〔註 57〕　《巨益公司山票告白》，《安雅書局世說編》，1901 年 8 月 24 日，第 1 頁。

得彩銀五千大員……」〔註58〕這種高額的彩金，對賭民具有巨大的誘惑力，賭博公司在廣告營銷方面，抓住了賭民的暴富心理，賭民的消費期望大爲提高，其消費上的拉動效應非常明顯。

博彩公司通過經常在報紙上刊登廣告，爲受衆提供快速致富的狂想。因此博彩廣告不單純是賭博信息的傳播，它在推動賭博消費社會化進程中，起著巨大的「牽引」功能。那些不明眞相的受衆，在巨額彩金的誘惑下，將大量資金轉入賭場中，形成一個吸引社會資本的「黑洞」，博彩業轉移了民衆的消費熱點。從參與動機上看，賭民總是先有了贏利的欲望，才會產生刺激作出消費上的購買行爲。這與賭民的理解、思考、判斷、預期等一系列心理狀態有關。對於賭博的風險，賭民都知道，但是，賭民對賭博的理解，由於博彩廣告的輿論導向作用而進一步喪失了理智，如廣告對巨額回報的宣揚，對賭民有強烈的消費示範作用，賭商在承賭過程中的「勸導」作用，賭民對投機行爲的特殊偏好等等，導致對消費行爲所帶來後果的錯誤估計。在賭商、地方惡勢力的操縱下，一般賭民與經營者之間存在著嚴重的信息不對稱，其獲利的機會非常小，但是極少部分的「成功」者，掩蓋了賭博掠奪賭民財富的本質。賭民的高支出低回報，與博彩廣告所倡導的低投入高回報恰恰相反。從這個意義上講，博採廣告見證了賭民消費異化的發展過程。賭博導致了無數賭民家破人亡，絕大多數賭民夢幻式的消費狂歡，都注定以悲劇結束。馬克思系統而精闢地闡釋了異化是人與自己的對象處於現實的物質的對抗狀態，即「對象化表現爲對象的喪失和被對象奴役」〔註59〕。賭博消費正是一種典型的畸形消費方式。

第三節　交通廣告與出行方式的變化

一、從交通廣告看交通工具的革新

在傳統社會，民衆出行方式一般依靠步行，轎子僅供官商富紳作爲代步工具。一口通商以來，廣州水上運輸發達，珠江上數以萬計的疍民以船爲家，船隻作爲交通工具在珠江兩岸的民衆生活中顯得較爲重要。各式帆船和

〔註58〕　《大西洋澳門彩票改開大彩》，《安雅書局世說編》，1902 年 1 月 7 日，第 1 頁。

〔註59〕　《馬克思恩格斯全集》第 42 卷，人民出版社，1979 年版，第 91 頁。

紫洞艇作爲珠江上一道獨特的風景，成爲民眾消閒的好去處。19 世紀六七十年代，外國輪船公司在廣州開辦了數家輪船公司，其中旗昌輪船公司、省港口輪船公司、太古及怡和公司在廣州都設立了航運機構，經營廣州到香港、澳門、上海等地的航線。廣州商人設立的小輪船公司也逐步發展起來，如光緒十五年（1889）創辦的民營平安輪船公司經營廣州一帶的內河航運，其他如廣州僑輪公司、僑辦新南海公司等等。清末，輪船作爲交通工具在粵港澳之間的交通往來中起著重要作用，「1882 年航行於香港、澳門間的河輪，每周載運來往的中國旅客約爲 2204 人次」〔註60〕，而到了 1902 年，「由輪船往來省城、香港、澳門者，一來一往，各約 50 萬人。又由省城來往西江各口之客，年多一年，本年扯計一來一往各約 1.2 萬人」〔註61〕。清末廣州至珠江三角洲周圍城市的鐵路開通，大大加強了地區之間人員和商品的流動。廣州至三水鐵路，僅 1904 年 12 月，「每日搭客扯計 7273 人……市上所出之物，亦多由載客火車轉運。1907 年，廣三鐵路載客約爲 3191524 人，其中外國人 2108人」〔註62〕。另外廣九鐵路於 1911 年全線通車，粵漢鐵路也於 1915 年年通車到韶州（韶關）。民國初年，廣州城內開始修建現代化的馬路和街道，以便通行人力車和機動車。到 1919 年左右，以廣州爲中心的水路、鐵路運輸網絡已較爲發達，廣州與珠三角之間的交通更爲便捷。

　　交通的發展，使報刊在爲受眾提供出行信息方面有著獨到的價值。早在鴉片戰爭前，澳門出版的《蜜蜂華報》就有輪船航行信息的報導。鴉片戰爭後，1855 年在香港出版的《遐邇貫珍》第一期就有汽船出發的廣告，之後，《香港船頭貨價紙》、《香港中外新報》等報刊都有船行信息的廣告。19 世紀六七十年代，省港之間已經有機動輪船航班，由於當時廣州報刊較少，對航運信息報導不多。值得注意的是，同治四年（1865）11 月至 12 月，《中外新聞七日錄》連續 3 期刊登了港省澳火船公司的的航行日期，該公司擁有金山、輝也得、白雲三艘機動船，「金山火船準以禮拜二、禮拜四、禮拜六由港上省、禮拜一、禮拜三、禮拜五由省下港，俱早九點鐘開行。輝也得火船準於禮拜一、禮拜三、禮拜五由港上省，禮拜二、禮拜四、禮拜六由省下港，亦以早九點開行，白雲火船除禮拜日不開行，每日以早八點由澳來港，下午兩點由

〔註60〕　《近代廣州口岸經濟社會概況——粵海關報告彙集》，第 271 頁。
〔註61〕　《近代廣州口岸經濟社會概況——粵海關報告彙集》，第 415 頁。
〔註62〕　《近代廣州口岸經濟社會概況——粵海關報告彙集》，第 432 頁。

港往澳，依期不誤」〔註63〕。在 1865 年，除禮拜日之外，每天都有來往於香港廣州之間的航班。令人遺憾的是，此後出版的《中外新聞七日錄》，不再刊登輪船航行廣告。

1884 年，《述報》刊登了廣州輪船招商局的廣告，但內容主要以催交客戶所欠「水腳銀」爲主，很少刊登輪船開行的信息報導，之後的《廣報》、《中西日報》也很少有交通信息方面的廣告。創辦於 1898 年的《嶺海報》，對輪船航行信息非常注重，每期有都設有《入口船頭》、《各船開行日期》專欄，詳細介紹進出廣州的輪船航班。入口輪船主要有英、美、德等國的商船，以裝載貨物爲主。出口輪船中，也多屬於洋行。如光緒二十六年（1900）八月的一則《各船開行日期》的廣告云：「往安南、西貢火船名刁打剌士，十四日開行，廣發公司；往上海火船名龍士，十四日開行，禪臣洋行；往暹羅火船名德生，十四日開行，華商；往星架波、孟米火船名加蘭地亞，十五日開行，山打洋行⋯⋯」〔註64〕總共列出了未來 20 天左右開往國內外的 30 個班次的輪船，其中許多爲客貨並裝，爲商家和旅客出行提供了較爲詳盡的信息。

20 世紀初，隨著廣三、廣九等鐵路相繼開通，報紙對火車時間表頗爲重視，經常在顯眼位置刊出火車開行時刻表。如《光漢日報》刊登廣州至香港之間的火車時刻表（圖 7-8）爲：「第一次快車，上午七點十一個字鐘開行，至十二點八個字鐘到香港；第二次快車，下午二點五個字鐘開行，至七點五個字鐘到香港。」〔註65〕每天兩次的往返火車，使粵港之間往來較爲方便。

圖 7-8：交通廣告

《光漢日報》，1911 年 12 月 5 日。

〔註63〕 《港省澳火船公司》，《中外新聞七日錄》，1866 年 1 月 18 日。
〔註64〕 《各船開行日期列左》，《嶺海報》，1900 年 9 月 4 日。
〔註65〕 《省港通車》，《光漢日報》，1911 年 12 月 5 日。

民國初年，《民生日報》等報紙開設專版介紹廣州交通信息，名爲《廣州交通一覽表》，包含了廣州開往各地的輪船、火車往返時刻表。當時開通的粵漢、三佛、廣九、新寧、潮汕鐵路主要站點的開行時間都有詳細披露，如粵漢鐵路的火車時刻表如下：

表 7-1：粵漢鐵路時刻表

行　　程	開　　行　　時	到埠時
由黃沙至連江口	早九點 早十一點	一點十字 四點五字
由連江口回黃沙	早八點 早十一點	一點八字 三點半
由黃沙至新街	七點、九點、十一點、十二點、四點	約行一點
由新街回黃沙	八點四字、十二點三字、一點四字、二點六字、五點二字	約行一點

資料來源：《廣州交通一覽表》，見《民生日報》，1912 年 5 月 6 日。

　　這類交通廣告占據報紙的一個版面，儘管有一定的廣告費收入，但與一般商品廣告相比，此類廣告帶有某些「公共利益」的成分。由於新式交通工具的出現，民眾出行更爲快捷。但是，當時城市公共機構並沒有發佈交通信息的功能，民眾要獲取有關出行信息的途徑較爲狹窄。報紙對此類信息的廣告，無疑爲受眾提供了極爲快捷的信息通道，受眾無須遠行就可以搜集到自己所需的交通信息，從而爲新興交通消費方式的推廣提供了便利的條件。

二、交通費與交通消費方式的變化

　　民眾出行方式的變化，隨著交通工具的發達而變得更爲快捷，並且由奢侈消費向大眾化消費方向發展。在機器動力引入之前，轎子是社會中上層乘坐的主要短途交通工具。由於轎子使用兩人以上人力，人工費用很高，一般人遠行難以雇傭轎子代步，非機動船隻不僅需要熟練船夫，且速度較慢，效率低下。機動船舶、火車作爲當時先進技術的代表，是交通革命的先導。新式交通工具使旅客感受到安全、快捷和舒適，也使廣州作爲嶺南中心的地位和作用更爲突出（圖 7-9）。珠江三角洲地區的民眾可以坐上火車、輪船當天從廣州往返，這極大地改變了民眾的時間觀念，使城鄉之間的聯繫更爲緊密，商貿往來更爲便利。

圖 7-9：鐵路開工典禮

《賞奇畫報》，1906 年第 7 期。

　　新式交通工具的發展，為民眾提供了極大的方便。一般而言，民眾可以通過各種交通工具價格的比較分析，選擇合適的出行方式。有竹枝詞形象地描繪清末珠江小艇和電船的競爭：「西堤站立望鵝潭，舊式生涯也不堪。小艇呼人人弗管，電船爭落過河南。」〔註 66〕由於電船有明顯的速度優勢，雖然價格較高，「一等五銅元，二等二銅元，」小艇的票價，「從前每人二小制錢，今改為一銅元。」〔註 67〕儘管小艇價格較低，但是民眾紛紛選坐電船，新式交通工具憑藉技術優勢，取得了市場競爭優勢。

　　清末民初，廣州城內修建了新式大馬路，流行的代步工具是人力車，比起轎子，不僅速度快，且節約了人力，來去非常方便。有竹枝詞描繪道：「馬路縱橫處處通，洋車飛跑氣沖沖。獨憐轎館門羅雀，轎佬圍談訴困窮。」〔註 68〕人力車往返於各交通要道，形成了一些固定的線路，如《民生日報》

〔註 66〕　胡子晉：《廣州竹枝詞》，見雷夢水等編：《中華竹枝詞》（4），第 2900 頁。
〔註 67〕　胡子晉：《廣州竹枝詞》，見雷夢水等編：《中華竹枝詞》（4），第 2900 頁。
〔註 68〕　胡子晉：《廣州竹枝詞》，見雷夢水等編：《中華竹枝詞》（4），第 2899 頁。

就刊登了人力車價格的廣告：「由西濠口至靖海門，五仙；由靖海門至天字碼頭，五仙；由天字碼頭至川龍口，五仙；由川龍口至廣九鐵路，五仙；由廣九鐵路至咨議局，五仙；由咨議局至農事試驗場，一毫；由農事試驗場至沙河，一毫；由沙河至瘦狗嶺，五仙。」〔註69〕這是 1912 年人力車的消費價格，當時一般職員的工資都在 15 元以上，偶爾花費幾角錢坐人力車，還是可以承受的。至於官商富紳，乘坐人力車則成為家常便飯，人力車取代轎子，成為城內重要的公共交通工具。

　　清末民初，連通廣州與珠三角廣大區域的鐵路縮短了城鄉了空間距離。火車更是成為民眾出遠門的首選交通工具。在火車開通之初，鐵路公司為吸引普通民眾乘坐，定價較為適中。如廣三鐵路 1904 年的票價，「往佛山三等車費每人一毫五仙，往三水則五毫五仙」〔註70〕。一般旅客尚可接受這樣的票價。為了方便受眾瞭解鐵路票價信息，當時一些報紙紛紛開設交通廣告，詳細提供鐵路沿線各站點的票價。廣九鐵路、粵漢鐵路各站的票價如下：

表 7-2：廣九鐵路票價表

行　程	頭等票價	二等票價	三等票價
廣州至香港	五元四毫	二元七毫	一元三毫五仙
石龍至香港	三元八毫	一元九毫	九毫五仙
九龍香港至廣州	（港洋）五元	（港洋）二元五毫	（港洋）一元二毫五仙
九龍香港至石龍	（港洋）三元六毫	（港洋）一元八毫	（港洋）九毫

資料來源：《光漢日報》，1911 年 11 月 18 日。

表 7-3：粵漢鐵路票價表

行　程	頭等票價	二等票價	三等票價
黃沙至連江口	三元一毫五	一元九毫	一元零五
黃沙至新街	八毫半	四毫半	二毫半

資料來源：《民生日報》，1912 年 5 月 6 日。

〔註69〕　《省城手車價目表》，《民生日報》，1912 年 6 月 10 日，第 2 頁。
〔註70〕　《近代廣州口岸經濟社會概況──粵海關報告彙集》，第 432 頁。

　　交通部門將火車票劃分爲三等，考慮了旅客經濟承受能力和交通消費的實際狀況。不同等級的票價，提供的設施和服務有很大的區別，三等車票僅爲頭等票價的 1／2 至 1／4，旅客可以根據自己的經濟能力選擇相應等級的票價。票價作爲身份符號，爲旅客劃分了三種消費空間，也對旅客進行了身份上的「鑒別」，相似身份者共享一種票價，有一定的認同感，而不同等級車廂之間，則存在著明顯的身份區隔。報紙廣告對票價信息的公佈，爲潛在的消費者提供相應的「位置消費」，使受眾感受到消費差異的存在，並進行理性的選擇。

　　民國初年，廣州開往香港、澳門、陽江、惠州等地的客輪班次較多，各類客輪由於速度、設施等方面存在較大差距，往同一目的地的客輪之間，在票價上存在很大差距，現將 1912 年廣州往香港的客輪價格列表如下：

表 7-4：廣州至香港輪船票價表

船　名	餐　房	唐餐樓	尾　樓	大　艙
香　山	六元	二元	一元	三毫
河　南	六元	二元	一元	三毫
永　安	二元五	一元二	八毫	四毫
永　漢	二元	一元	六毫	三毫半
金　山	五元		八毫	二毫半
佛　山	五元		八毫	二毫半
哈德安	五元	一元六	八毫	二毫
播　寶	五元	一元六	八毫	二毫
海　通	二元	八毫	五毫	一毫半
海　明	二元	八毫	五毫	一毫半
廣　東	二元五	八毫	五毫	一毫半
廣　西	二元五	八毫	五毫	一毫半

資料來源：《民生日報》，1912 年 5 月 6 日。

　　相對於火車，旅客對輪船旅行方式的選擇更多，由於輪船本身具有較大的差距，選擇不同檔次的航班，票價上有很大區別。同時，輪船提供的票價更具多樣性，四種不同層次的票價相差懸殊，餐房與大艙相比，票價可以高

出 20 倍。大艙的票價，比三等火車票也要低 4 倍以上，這對於低收入階層而言，選擇坐最低等的大艙，可以節約一筆開支。而輪船提供的高級餐房，比火車頭等座位更爲奢華，因此，兩種交通工具各有所長，受眾通過讀報可以選擇比較適合自己的出行時間、交通工具和票價。

第四節　戲劇娛樂廣告與休閒消費新趨向

一、戲劇廣告與劇目介紹

　　晚清以來，隨著廣州工商業的恢復和發展，階層關係也發生深刻變化，城市商人和手工業者數量急劇增多，有閒階層的人數大大增加，極大地改變了廣州社會的消費結構和消費風氣。工商業的發展，爲民眾消費的多元化提供了廣闊的空間。戲劇消費也改變了原有的方式，逐步走向民間社會，成爲晚清廣州社會普遍流行的日常消費方式之一。戲院由此有著巨大的市場潛力，盈利頗豐，並促進商業的發展。如東關、西關一帶的戲院，「每園繳捐鉅萬」〔註 71〕，戲院成爲重要的稅收來源，也是民眾休閒消費的重要場所。

　　粵劇文化有著豐富的內涵，一些優秀劇目歷經千百年而長盛不衰。清末民初，廣州本地一些新劇目也大量涌現。劇目是吸引觀眾的重要前提，戲院要在商業運作中贏得優勢，必須根據當地文化傳統和戲劇欣賞習慣，充分進行市場調查，經常推出觀眾喜聞樂見的優秀劇目，以提高戲院的上座率和票房收入。

　　由於報紙有相對穩定的受眾群體，戲院經營者非常重視在報刊上進行劇目宣傳。一些戲院定期在廣州當地報紙的顯要位置刊登最近將要出演的劇目，使戲迷能夠及時瞭解到演出市場的信息，選擇自己喜愛的節目。這種提前公佈劇目的做法，較爲主動地爭取到潛在的觀眾，是戲院經營者的重要營銷手段。如西關是廣州的商業繁華地帶，報紙和著名戲院大多集中在此處。一些戲院利用天時地利之便。在報紙上展開宣傳攻勢。如西關廣慶戲院在 1892 年的《中西日報》上多次刊登劇目廣告，在當年 5 月公佈的劇目爲《河邊會》，聲稱「格外好看，出頭鴛鴦同心，柳底鶯眠，強僧逼辱……」在 5 月 26 日的廣告中公佈了農曆五月初一的劇目：「正本，假虎威，格外好看出頭，呂兄殺

〔註71〕　〔清〕徐珂：《清稗類鈔》（第 11 冊），第 5048 頁。

弟，路不拾遺……」〔註72〕對故事情節作了渲染，以激發受眾的想像力，並產生到戲院看戲的衝動。秋冬季節是市民休閒娛樂較爲集中的時期，一些戲院聘請著名的戲班，集中優勢節目，增加演出時間和場次，大力進行旺季「促銷」。如位於珠江河南的大觀戲院，在1893年11月的《嶺南日報》上作宣傳：「初七日正本，演至初九，共戲六套，初七正本西河會，初七晚演出頭江南盛……初八日正本說群賢。」〔註73〕可見當時看戲已不限於晚上，對於有閒階層而言，白天仍然是欣賞戲劇的好時光。

清末民初，廣州地區戲院數量大爲增多。廣慶、大觀、海珠、樂善、同慶等著名戲院在形象宣傳中，注重介紹其近期聘請的戲班，如樂善戲院（圖7-10）在1918年11月2日的廣告中，標明演出的劇班爲「警晨鐘全女班」，同日，珠海戲院則則聘請「香港民樂社配景白話班」〔註74〕演出，這些戲班

圖7-10：到戲院看戲

是清末廣州流行的消閒方式，戲院也是容易製造新聞的地方，見《時事畫報》，1906年第3期。

〔註72〕　《西關廣慶戲院接演舜豐年班》，《中西日報》，1892年5月21日。
〔註73〕　《河南大觀戲院大有年》，《嶺南日報》，1893年11月15日，第1頁。
〔註74〕　《新報》，1918年11月2日，第7頁。

都以表演新劇為特色，迎合了社會新潮，頗受開明人士的歡迎。一些劇院還在劇目預告中，告知將要登場演出的演員名單，並保證這些演員悉數出場。如廣慶戲院有時演出的劇目達 8 種，每個劇目都標明了演員的名單。如《斬黃袍》一劇的演員有夏月珊、杜雲霞、劉錫山、胡會芳、小來子等九人〔註 75〕，這些名角的出場，在提高戲院「上座率」方面有著明顯的促銷效果。同慶戲院在廣告中還聲稱，對《背解紅羅》這樣的大頭戲，保證「全班名角出齊同演」，戲院將全部班底展現給受眾，自然會受到戲迷們的歡迎。

在報紙刊出的各類劇目廣告，反映出戲劇傳播在時間和空間上的擴張程度。戲院的流佈，使戲劇消費方式從社會上層逐步向一般民眾開放，體現了商業化運作的社會效果。戲劇消費的流行，極大地豐富了民眾的業餘生活，提高了民眾對戲劇的鑒賞水平和審美趣味。

二、戲院門票與消費分層

戲院（圖 7-11）的出現，改變了觀眾在露天站立或者臨時搭建座位的傳統欣賞方式，也有利於維護觀眾和戲班的經濟利益。戲院專業化的舞臺和布景，以及固定的座位，使觀眾能夠擺脫天氣和演出時間的局限，獲得了更多的自主選擇權和享受到更舒適的環境。隨著戲院商業化經營的發展，晚清廣州的一些戲院經營者為了吸引戲迷而加強了對市場的爭奪。他們發現，一些上流人士到戲院看戲，不僅僅是滿足於戲劇情節和演技的精彩，在欣賞戲劇的過程中，他們對消費環境非常注重，那些裝修豪華，座位舒適的戲院，往往會吸引更多的上層人士光臨。看戲也成為上層人士之間交人際往的重要形式，他們需要區別於一般觀眾的位置空間，這樣更能顯示其身份和欣賞過程中的優越感。

圖 7-11：電影廣告

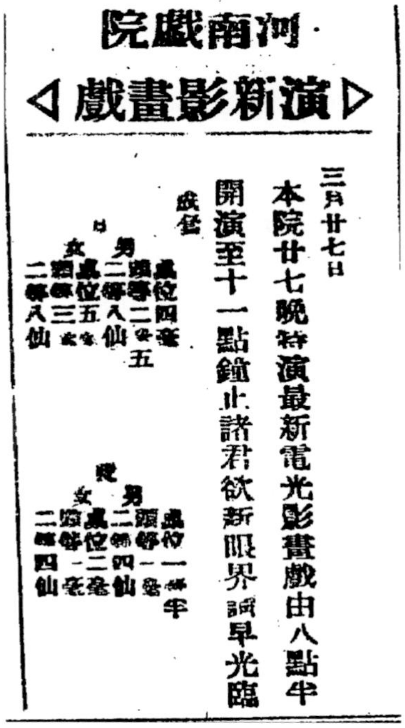

《國事報》，1910 年 5 月 6 日。

〔註 75〕 《西關廣慶戲院接演四喜京班》，《中西日報》，1892 年 6 月 4 日，第 1 頁。

　　戲院作為公共娛樂空間，只有在觀眾廣泛參與的情況下，才能獲得經濟和社會效應。戲院除了在其門口和附近張貼廣告之外，需要在民眾間傳播其最新的演出動態和門票價格。傳播是「一種交換的社會過程，其產品或是社會關係的標誌，或是它的具體表現」〔註 76〕。為了提高劇院在民眾中的影響力，劇院經營者經常利用報紙進行信息傳播，特別是門票價格信息的傳播，使廣大觀眾在戲劇消費上有著更多的選擇。戲院廣告刊登在較為固定的版面，一般讀者可以比較方便地找到自己需要的信息。

　　不同規格的座位帶有標誌性的符號意義，代表不同層次顧客的身份和地位。根據觀眾的消費能力，和戲院座位的規格，設置不同檔次的門票價格，是晚清廣州戲院的普遍做法。這種不同價格的座位對觀眾而言是一種位置消費（postitional consumption），是人們對相對經濟地位或名次的消費，也是典型的炫耀性消費。炫耀性消費主要是滿足心理的、精神的，更準確地是為了滿足虛榮心的要求，是一種顯示戲迷社會地位的消費。戲院廣告對門票價格的分類，顯示了「位置」消費價格上的差異。如廣慶戲院在 1892 年 5 月的座位價格是：「男，藤位日收銀錢二，夜收銀錢六；女，藤位日收銀錢二，夜收銀二錢二；男，木位日收銀錢五分，夜收銀錢五分；女，木位日收銀錢五分，夜收銀錢五分。」〔註 77〕

　　從各劇院門票價格的差異，可以看出戲院經營者的精心策劃，也反映了社會各階層和男女性別之間的消費差別。首先，藤位是為那些有一定身份的人準備的，其價格可高於普通的木位數倍。下層民眾的消費水平較低，對這種位置較好，價格很高的藤位票是不敢問津的。其次，對於一般木位消費者而言，他們一般屬於低收入階層，到戲院看戲，主要是考慮到經濟承受能力，如果收費過高，他們寧願放棄這種愛好，被戲院的高價門票「擠出」，而將這筆錢用於日常消費支出。而且，從長遠看，戲院的繁榮，還是依賴普通觀眾的參與。因此，戲劇消費的時間對於他們的效用沒有多大的差異，而價格是決定性因素。

　　戲院的票價，與劇目有較大關係，有時一些戲院邀請著名的京班到廣州演出，要投入更多的成本。由於京班的一些名角報酬較高，一般戲院如果沒

〔註 76〕　〔加拿大〕文森特・莫斯可著，胡正榮等譯：《傳播，在政治和經濟的張力下》，華夏出版社，2000 年版，第 72 頁。

〔註 77〕　《西關廣慶戲院接演舜豐年班》，《中西日報》，1892 年 5 月 21 日。

有較強的經濟實力，也很難進行市場運作。在 1892 年端午節前後一個月，著名的四喜京班到廣州廣慶戲院演出，其票價比平時高一些，「藤椅每位收費八錢，木椅每位收費三錢二分，日夜同價」〔註78〕。戲院票價的制訂，考慮到經營成本和戲迷的消費傾向，雖然價位較高，對於那些追求新奇的戲迷而言，價格稍高一些是值得的。經營者打破常規，將票價定位日夜同價，由於是外地著名京班的演出。只要有看戲的願望，一般觀眾會抽出時間到戲院去欣賞。這樣白天晚上的時段差就不太明顯。對經營者而言，增加了贏利的機會。與四喜京班相比，鳳凰儀班的知名度較低，其票價相對較低。以女位為例。「藤位日收銀二錢四，夜收銀三錢五；木位日收銀八分，夜收銀錢二。」〔註79〕而男位的價格更低。可見，其吸引力遠低於四喜京班，經營者必須考慮觀眾的上座率，因此，對於一般戲班，還是採取男女、日夜不同票價，以爭取票房收入。

清末民初，廣州城內的娛樂消費空前繁榮，留聲機、電影、賽馬等新式消閒方式在廣州頗受歡迎。戲院受到這些新式娛樂方式的衝擊，面臨強大的競爭壓力。一些戲院在消費環境和設備上加以改善，在座椅方面，添置彈弓床、貴妃床，比起以前的藤椅，顯得豪華而舒適，大大提高了市場競爭力。但是在票價方面，比起 10 年前，並沒有顯著的提高。如西關樂善戲院在 1909 年 8 月公佈的票價為：「彈弓床，（男日）收銀三毫，（男夜）收銀伍毫；（女日）收銀四毫，（女夜）收銀陸毫；貴妃床，（女日）收銀壹毫，（女夜）收銀貳毫。」〔註80〕戲院之間的競爭，使位置消費的檔次也不斷提升，樂善戲院在 1910 年 9 月 21 日的廣告中，聲稱農曆八月十八日有祝華年班演出，其演出的劇目有：「正本，郭之儀祝壽、醉打金枝；夜出頭，酒樓戲鳳，大鬧金山寺；作雙，金山七，京仔棠……」節目豐富多彩，有些劇目為首次演出，除了彈弓床之外，又新設了帆布床，更為舒適，「位置消費」的檔次更高：「（男日）帆布床六毫，（男夜）帆布床一元。」〔註81〕樂善戲院是當時一家高級戲院，從當時的票價報導看，一般戲院的票價低於這一水平，如 1909 年 8 月 4 日同慶戲院的票價，「彈弓床，（男日）收銀貳毫，（男夜）收銀三毫；（女日）

〔註78〕 《西關廣慶戲院接演四喜京班》，《中西日報》1892 年 5 月 26 日。
〔註79〕 《西關廣慶戲院接演鳳凰儀班》，《中西日報》1892 年 4 月 28 日。
〔註80〕 《西關樂善戲院》，《羊城日報》，1909 年 8 月 4 日。
〔註81〕 《西關樂善戲院演祝華年班》，《七十二行商報》，1910 年 9 月 21 日，第 8 頁。

收銀壹毫，（女夜）收銀肆毫。貴妃床，（男日）收銀三分六，（女日）收銀三分六。」〔註 82〕又如海珠劇院，平時票價一般在低於五毛，但 1918 年正月，聘請「周豐年班」演出，票價有一定上浮，「（男日）對號六毫，（男夜）對號八毫；（女日）對號六毫，（女夜）對號七毫」〔註 83〕。這一定價，考慮到了春節和戲班等綜合因素。宣統年間的物價比 10 年上升了 60%以上，但是戲票的價格似乎上升不大，這與當時娛樂業走向多元化應該有一定的關係。光緒末年到宣統年間，廣州物價上升較快，但是戲票的價格並整體上沒有大幅度提高，這與當時娛樂業走向多元化應該有一定的關係。

門票價格在整體上代表了當時戲劇消費的支出狀況，折射出戲院商業化運作的經濟背景和社會背景。門票的「等級化」，是戲院經營者對社會階層消費力綜合考察的結果。以價格差異拉開座位的檔次，符合觀眾的真實消費需求，體現門票消費的社會分層意義。

三、新式娛樂廣告與消閒消費的新態勢

隨著西風東漸，新劇在廣州社會逐漸流行。如 1906 年到 1907 年間，廣州盛行戒烟之風，各種戒烟的文學作品和民間故事甚為流傳，一些作品被搬上戲劇舞臺，並採用新式的說唱方式演出。《時事畫報》介紹戒烟新劇云：「戲劇感人，較捷於演說，無端歌泣，觀者動容，輒為之動容，更有忍淚不住者。西哲以戲劇為現身說法之學校，諒哉……我粵有天演公司，亦欲踵行媲美。爭奈社會積習太深，未能驟革，即破神權之事。……樂同春近串串新出頭，名曰新戒洋烟。描摹吸烟之惡現象，無微不至，其裨益於社會，當不鮮淺也。」〔註 84〕新的演唱方式，吸引了大量的戲迷前來觀看。這種取材於社會重大問題的新劇，貼近現實，針貶時弊，具有很強的教育意義和社會宣傳效果，是 20 世紀初期廣州社會改良運動中出現的新現象。

在清末廣州社會，一些西方的新奇娛樂方式傳入廣州，很快流行起來。一些戲院將西方的魔術引入戲院，引起較大的轟動，大大開闊了市民的眼界，成為當時演出市場的一個新的熱點。如《時事畫報》刊登了「開演變法戲」的廣告，「本院定到環球第一變法戲，在空中樓閣隨時開演。」其戲法變幻無窮，能夠變出各種東西。如「一粒官員所戴金頂，能變為白石、水晶、寶藍、

〔註 82〕　《同慶戲院》，《羊城日報》，1909 年 8 月 4 日。
〔註 83〕　《海珠戲院演周豐年班》，《商權報》，1918 年 2 月 23 日，第 1 頁。
〔註 84〕　《戒烟新劇》，《時事畫報》，1907 年第 3 期。

亮藍、淡紅、大紅各色；以豬一雙，用火燒之，能變爲金豬；鴨一雙，以火燒之，變爲火鴨；雞變爲火雞……」〔註85〕如此變幻多樣的「戲法」，觀眾大多頗感新奇。此類魔術，運用一些簡單的道具，演出方式較爲多變，與傳統戲劇欣賞方式有很大不同，對一些習慣了盛大演出場面的戲迷而言，無疑具有很強的吸引力。值得一提的是，此類魔術表演還很快在廣州附近的一些鄉鎮流行，清末《點石齋畫報》曾報導廣州南海縣松崗鄉三位魔術師大演戲法的情形：「令鄉人取一舊酒壇至焚符封口，隨即探手壇中，牽出一及笄處女。」而一位法師揮劍而入酒壇中，「近視壇內，已空無所有。」〔註86〕可謂神通廣大，引起圍觀者如潮，在當地引起極大轟動。魔術雜技這種新潮玩意在廣州附近鄉間的出現，是當時社會休閒娛樂活動廣爲流行的一個縮影。

　　值得注意的是，清末廣州的一些戲院不但裝上了電燈等新式設備，還將當時最爲時髦的電影引入戲院，號稱影畫戲，其實是無聲電影，對於看慣舞臺藝術的戲迷而言，具有很強的吸引力。相對於上海，廣州電影的商業營運要晚一些〔註87〕。其主要原因是地方官員對於電影這一新式媒介非常厭惡，視之爲洪水猛獸。1907 年 2 月，《廣州總商會報》的一則報導反映了電影試圖進入廣州的曲折歷程：

> 前准日□等國領事官先後照會督憲，請准外人在粵城開演洋戲等，由迭經岑前督（岑春煊）暨周玉帥（周馥）以粵省民情浮動，每輒生事，無論何項洋戲，未便在粵開演。迭次照覆在案……茲聞法領事由函致南署，以法商南德，不日在多寶大街開演影戲，如有不便之處，則該機器運到時，即送赴貴署，請將價值償還等。……〔註88〕

但是，新媒介還是打破了舊制度的束縛。1910 年 5 月 6 日（農曆 3 月 27 日），河南戲院就打出了「演新影畫戲」（圖 7-12）的廣告：「本院二十七日特演最新電光影畫戲，由八點半開演，至十一點鐘止，諸君欲新眼界，請早光臨。」由於不需要支付演員的報酬，這種新奇藝術的票價並不高：「日，（男）桌位

〔註85〕《開演變法戲廣告》，《時事畫報》，1909 年第 6 期。
〔註86〕《點石齋畫報大全》射上，第 83 頁。
〔註87〕1895 年，電影誕生。1896 年 8 月 11 日，在上海的徐園，中國首次放映電影。1905 年，中國最早的電影製作機構，北京豐泰照相館拍攝製作了中國第一部電影——由京劇演員譚鑫培主演的《定軍山》中「請纓」、「舞刀」、「交鋒」等場面。見 http://www.cctv.com/geography/tvonline/zdzy/bcsj/wy/article/2081.shtml。
〔註88〕《索償影戲價值之可異》，《廣州總商會報》，1907 年 2 月 26 日，第 5 頁。

四毫，頭等二毫半，（女）桌位五毫，頭等三毫；夜，（男）桌位一毫半，頭等一毫，（女）桌位二毫，頭等一毫。」〔註89〕而且白天票價高於晚上，這與一般戲劇欣賞習慣有著相反的消費傾向，對於那些追求新奇的觀眾而言，欣賞這類具有動感的電影，時間的稀缺性顯得並不重要，白天似乎更能滿足新奇的需要。另外，先施公司開設的影畫戲場，除了放映電影之外，還演出各類新劇，有時在正式開演之前，「先演全副音樂大洋琴十五分鐘。」〔註90〕西洋音樂登上公共舞臺，表明當時懂得西洋樂的觀眾並不在少數。

圖 7-12：廣東運動會

《賞奇畫報》，1906 年第 1 期。

　　除了魔術、電影之外，一些新式娛樂方式也引入廣州。如位於西關的志成公司刊登的一則《環球火車廣告》頗有新意：「本公司由外洋購到特別新式環遊配景車，座位雅潔，鋪陳華麗。登是車者，能環遊五大洲，周覽形勝新奇變化，飽飫眼簾。每日十一點鐘起，夜十一點鐘止，每點鐘開車一次，每位收銀貳毫，每日景色不同。欲遊埠者請嘗試之。」〔註91〕此類新景觀出現在商業鬧市，無疑會使遊客大開眼界。

〔註89〕　《河南戲院演新影畫戲》，《國事報》，1910 年 5 月 6 日，第 7 頁。
〔註90〕　《(粵東先施公司) 天台影畫戲場》，《商權報》，1918 年 2 月 23 日，第 1 頁。
〔註91〕　《環遊火車廣告》，《七十二行商報》，1913 年 6 月 2 日，第 6 頁。

清末，廣州民眾對體育運動也懷有強烈的興趣，除了觀看西人的比賽和演出之外，廣州人也舉辦各種運動會，豐富業餘生活。1906 年，廣東地方當局在廣州東較場舉行了首屆運動會，主要項目有賽跑、跳高、跳遠等，當時有 47 所新式學校的學生參加運動會，社會各界人士也積極參與，可謂盛況空前，為廣州當年一大重要社會公共活動，各報都在顯著位置予以報導（圖 7-13）。此後，廣州基本上每年都舉辦一次運動會，並作為群眾性體育運動的重要形式，延續到民國年間。報刊亦刊登運動會的廣告，如廣東運動會作為群眾性團體，曾多次在《天趣報》刊登廣告，發佈籌辦運動會消息，吸引民眾參與。如 1910 年的一則廣告稱：「本會定於十一月十八號七點半鐘，假座青年會，集議舉行運動。敬請本會同人依期到會。議辦一切，幸勿放棄。」〔註 92〕通過廣而告之，受眾對運動會的到來充滿期待。

可見，在清末民初，戲劇、娛樂廣告為受眾提供了極為豐富的休閒消費信息，便於受眾提前得知城市文化娛樂活動的最新動態，選擇自己喜愛的娛樂場所和娛樂方式。而相關經營者也通過廣告傳播，吸納更多顧客，獲得更好的經營效益。報紙的新聞和娛樂價值也進一步得以體現。

第五節　文化教育廣告與精神消費的新需求

一、出版業與書籍的規模化生產

廣州的刻書業，在道光、咸豐年已經在國內很有影響，書坊數量之多，在全國僅次於北京、蘇州而躍居第三位。書坊集中在學院前、九曜坊、西湖街、龍藏街、

圖 7-13：
書局廣告

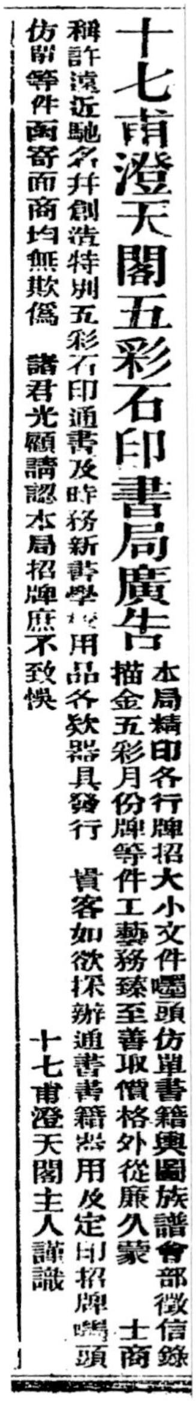

《遊藝報》
1905 年 8 月 8 日。

〔註 92〕　《運動會廣告》，《天趣報》，1910 年 12 月 20 日，第 3 頁。

雙門底一帶，有 70 餘家，其中著名的書坊有述古堂、拜鴛樓、修本堂、粵雅堂、隨山館等等。晚清廣州文人著作大量產生，極大地推動了書坊業的發展，出現了海墨樓、南雅、澄天閣等石印書局。這些石印書局採用機器印刷，「所印書籍、法帖，設色圖畫較前更爲精美」〔註 93〕。南雅石印書局「多延美術家以期繪畫」〔註 94〕，專業美術人員的創作提高了書報的檔次。海墨樓所承印的《述報》配有大量插圖，色澤鮮艷，製作精良，其印刷技術堪稱一流。中法戰爭期間，劉永福作爲著名將領在戰爭中聲名大震，海墨樓得到其照片後，「借其底本，影印上石，另紙印行，以公同好，小像價每張一中元」〔註 95〕。海墨樓充分利用了其技術優勢，對國內政治熱點大加渲染，通過印行照片，在宣傳劉永福的過程中，既獲得了經濟利益又在民眾中提高報紙的知名度。澄天閣書局（圖 7-14）採取彩色石印技術，「精印各行牌照、大小文件、嘜頭仿單、書籍、輿圖、族譜、會部徵信錄、描金五彩月份牌等件……並創造特別五彩石印通書及時務新書、學校用品各款器具發行」〔註 96〕。文茂印務館的業務範圍較爲廣泛，「承印中西大小活版書籍、文件、仿單、族譜、會部、花邊五彩墨頭、敏捷快廉」〔註 97〕。可見各類書局已成爲引導文化消費的重要組織，爲書籍出版事業的發展提供了很好的文化氛圍。

圖 7-14：教科書廣告

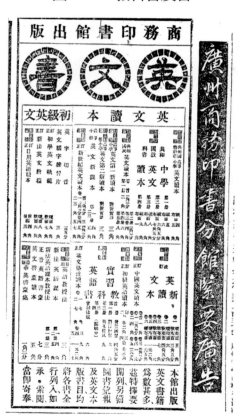

《廣東中華新報》，1918 年 3 月 16 日。

〔註 93〕 《海墨樓石印書局告白》，《述報》，1884 年 9 月 19 日。
〔註 94〕 《南雅石印書局遷鋪廣告》，《羊城日報》，1906 年 10 月 9 日。
〔註 95〕 《本館告白》，《述報》，1884 年 9 月 25 日。
〔註 96〕 《十七甫澄天閣五彩石印書局廣告》，《遊藝報》，1905 年 8 月 8 日，第 4 頁。
〔註 97〕 《羊城日報》，1906 年 10 月 9 日。

　　值得注意的是，晚清廣州書院數量居全國各大城市之首。書院除了承擔教學、祭祀、藏書功能之外，還對刻書事業情有獨鍾。早在阮元創辦學海堂時，便將刻書作爲傳播文化的重要職能，設立書局，從 1824 年開始，刊刻《皇清經解》，歷時 5 年才完成，共刻書 1400 卷，360 冊。該叢書集結了清代乾嘉學派的學術成就，在嶺南學術史上具有重要影響。此後，學海堂曾先後刊刻書籍 1254 冊，凡 3334 卷〔註 98〕。其中包括《國朝嶺南文鈔》、《學海堂集》、《南海百咏》《嶺南集》等大量廣東地方文獻。各類書院不僅爲振興地方文教作出了重要貢獻，而且集結了大量的民間知識分子，成爲知識生產和文化傳播的重要組織。

　　清末民初，印刷技術的進步，爲出版行業帶來了新的業務，也給文人墨客的文化消費提供了更多的機會。一些書坊和印刷公司所出經典著作、私人文集、工具書等，品位很高。在這些書坊集中的街道，還有許多文具店、古董店，文化氣氛非常濃厚，形成了全國著名的文化街。文化街極大地提升了城市文化教育的品位，給居民的文化教育消費提供了極大的便利。由於地方政府對出版市場的管制較爲寬鬆，書籍生產在「印刷革命」的帶動下，出現了欣欣向榮之勢。除了傳統的古籍經典外，新式教科書、詩詞小說、劇本、學術著作等各類書籍都大量出版，並擁有一定的消費市場。社會各界人士對於「出書」頗爲熱衷，如一名演藝界人士就出版了一本《小晴雯集》，「內容詩詞二百首」〔註 99〕。一些出版商還煞費苦心，「搜羅古今中外之奇異秘術」，出版所謂的「不可思議之奇術」書籍 40 種，其書名頗具誘惑力，如《絕食不餓之仙法》，《百年長壽法》、《預卜人之生死法》、《百日夜不眠而精神不疲法》、《人造黃金法》、《關除時疫法》、《試驗女子貞淫法》〔註 100〕，等等。此類所謂的「奇書」，有違出版道德，但從一個側面反映了書籍出版的多元化態勢。

二、書籍廣告與文化消費的新特點

　　由於出版印刷業的快速發展，廣州出版的各類書籍在質量和數量上都居於全國領先位置。民眾對購買廣版書的興趣大增。一些刻書商還充分利用宣

〔註 98〕　陳谷嘉、鄧洪波主編：《中國書院制度研究》，浙江教育出版社，1997 年版，　　　　　　第 305 頁。

〔註 99〕　《小晴雯集出版》，《國華報》，1918 年 9 月 17 日，第 3 頁。

〔註 100〕　《奉送不可思議之奇術四十種》，《商權報》，1918 年 2 月 23 日。

傳手段，策劃一些頗有影響，受讀者歡迎的書籍，在報紙和公共場所進行廣告宣傳。如《廣報》刊登了一則石印《芥子園初集》的廣告：

> 《芥子園畫傳》乃鴛湖張子祥先生家藏原譜，久爲藝林珍貴。今付石印以廣流傳，並增輯海上名人任伯年等數十家集成大觀。如蒙鑒賞者，可至制臺新豐街頭巷戶部謝寓購取。每部洋錢壹兩捌錢，二集《花卉》隨即續印，約年內出書。〔註 101〕

此類出售新書的廣告在 19 世紀末的廣州當地報紙上較爲多見。如廣州西關明經閣印行《武備志兵書全集》，在報紙上刊登廣告云：「是書二百四十卷，分裝八十本，價銀十二員（元）。」〔註 102〕這類大型叢書的出版，說明了書坊具有較強的經濟實力和市場開拓能力。

　　書坊和書局對於讀者的閱讀興趣有較爲深入的市場調查，最大限度地降低出版成本。從價格上看，除了一些經典著作較貴外，一般書籍都在幾毫左右，一般讀書人還是有能力購買的。光緒末年，廣州街頭出現了一些新式書莊，這種書莊，與書坊的零散經營有很大不同。它在品類和數量上更多地考慮了讀者的多元性，經營的範圍較廣。如鉛印書才剛剛上市，一些書莊便從書局批發過來進行推銷。其推銷的書籍往往是多品類的，與書坊就某一本書推銷相比，節約了廣告成本。如一家叫寶雲樓的書莊開出的書價爲：「《官場現形記》，二元；《洗恥記》，五毫；《近世中國秘史》，五毫；《秘密使者》（上、下），一元；《血性男子》，三毫；《明季稗史》，九毫；《西裝石頭記》，二元；《福爾摩斯》（六、七、八案）三毫，《人體解剖圖》，未表（裱），二元二，已表（裱），三元。」〔註 103〕清末偵探小說頗受歡迎，有一家英華書莊專營此類小說，在《廣東白話報》上刊登了新書廣告：

> 《花月痕》，五毫；《牛馬經》，五毫；《霧中人》一元正；《尸櫬記》，二毫半；《致富全書》，三毫；《奪嫡奇冤》，五毫；《爾雅圖》，三毫；《張保仔》，五毫；《快心編》，三毫；《八美圖》，三毫；《劉公案》，二毫；《千情記》，五毫；《愛國精神》，三毫；《怕老婆》，一毫；《名妓尺》，一毫；《狸奴角》，二毫半；《恨海春秋》，三毫；《一片情》，一毫。〔註 104〕

〔註 101〕　《石印芥子園初集附海上名人畫譜》，《廣報》，1887 年 11 月 17 日。
〔註 102〕　《明經閣現印武備志兵書全集發售》，《安雅書局世說編》，1901 年 9 月 19 日。
〔註 103〕　《廣告》，《唯一趣報有所謂》，1905 年 6 月 4 日。
〔註 104〕　《英華書莊偵探小說新書廣告》，《廣東白話報》，1907 年第 7 期。

可見，書莊所列書籍，價格定位較爲適中，可以滿足不同文化水平讀者的需要，讀者的選擇性較大。一些報紙利用書莊人群較爲集中，讀者文化水平相對較高，文化消費較爲旺盛的特點，紛紛在書莊設立分銷點，提高報紙的傳播效果和發行數量。如《廣報》、《遊藝報》就在雙門底聖教書樓設立銷售店，《述報》在十八甫嘉禾書室、十七甫品經書閣、雙門底大雅齋儒林閣等書莊集中地帶設立銷售處，爲讀者提供了方便，也爲報紙銷售提供了新途徑。

　　清末廢除科舉，提倡新學，各類新式學堂對教材的需求量大增，一些書局對教科書業務較爲注重，不惜在報刊上進行廣告宣傳。如廣雅書局「發售廣東學務公所排印出版各種書籍、表式，兼承印大小書籍、文牘……」〔註105〕爲了加強與各級學堂的業務聯繫，廣雅書局有針對性地在《廣東教育官報》上刊登廣告，部分教材及其價格如下：

> 《奏定學堂章程》，大五冊一元二角、小八冊八角；《小學各科教授法》，一冊三角；《新訂初等小學堂章程、中學堂分科章程》一冊八角；《本莊氏歷史教授法》，一冊二角五分；《奏定女學堂章程》，一冊一角；《理科教授法》，一冊一角；《初等小學堂章程、各學堂管理通則合刻》，一冊一角；《中國教育史料略》，一冊三角；《兩廣初級師範簡易科館講義合編》，十八冊三元二角、十三冊二元二角；《工業教育》，一冊三角；《師範講習所講本》，七冊一元二角；《速成師範館國文講義》，一冊二角五分；《國民教育愛國心》，一冊一角；《速成師範館地理講義》，一冊二角五分；《中等教育生理衛生學》，一冊一角五分；《速成師範館歷史講義》，一冊二角；《國際私法詳解附各國法制一班（應爲班)》，三冊三角五分……〔註106〕

該廣告刊登的書籍共 40 種，涉及當時各類學堂的各科教材，從一個側面反映了當時廣東新式教育教材編撰工作的成果，以及新學的普及程度。教科書由於發行量大，成本低廉，出版商的定價相對較低，適應了各類學堂的客觀需求。由於教材發行量大，利潤豐厚，一些外地大型書局也在廣州報紙上開展廣告推銷。如商務印書館推出的新式教科書有：「《小學初等珠算教科書》、《珠算教書教科授法》、《各科教授法》、《水學》、《氣學》、《靜電學》、《植物學》、

〔註105〕　《售書價目》，《廣東教育官報》，1910 年第 7 期。

〔註106〕　《售書價目》，《廣東教育官報》，1910 年第 7 期。

《中等鉛筆習畫帖》、《帝國英文》、《國民教育論》」〔註107〕另外，該書局還推出英文教科書廣告，包括「共和國教科書中學英文讀本、英文新讀本、英語實習教科書。」〔註108〕（圖7-15）以滿足學校英文教育的需求。

20世紀初期，社會日益開放，新式知識分子在閱讀趣味上追求浪漫和趣味性，適應社會新潮的言情小說，印製精美，以描寫才子佳人、男歡女愛為主要線索，文字清新、描寫手法多樣，頗受市場歡迎。各類言情小說廣告充斥著各類報刊，成為當時一大文化景象。如一則《破天荒新小說出世》的廣告，開列的書目及價格為：「《廣東英雄》，一角；《廣東女英雄》，一角；《廣東豪傑》，一角；《廣東女才子》，一角；《廣東才子》，一角；《廣東花月記》，

圖7-15：小說廣告　　　　　圖7-16：書籍廣告

《新報》，1918年11月2日。　　　《農工商報》，1907年第1期。

〔註107〕　《上海商務印書館最新教科書出版》，《羊城日報》，1906年3月30日。
〔註108〕　《商務印書館分館緊要廣告》，《廣東中華新報》，1918年3月16日，第1頁。

一角；《廣東奇人》，一角；《廣東雜誌》，二角。」〔註 109〕一些報紙還刊出言情小說的打折廣告，以廣開銷路，如《愛閱小說者快看》（圖 7-16）對小說打了五折：「言情小說《紅淚影》四冊，定價一元六角，特價八角，艷情小說《伉儷福》一冊，定價五角，特價二角五。」〔註 110〕一些廣告還刊登言情小說的概要，以吸引受眾注意，如介紹小說《茶香夢》的廣告云，「述某茶室主人及靚梳傭阿娥二人一生歷史。用深曲之筆、淺白之詞，描寫社會狀態，窮形盡相，頗堪發劇」〔註 111〕。當然，一些言情小說家的介紹，也是此類書籍廣告的亮點，如一則《惟一趣致新書出版》的廣告，就對作者大加讚美：「歐君博明爲報界中諸部之巨子，每出一藝，人爭歡迎，笑談歌謠、諧文小說皆極趣妙。誠有目共賞者也，今選其佳作，排印成帙曰《空即色》，曰《情天孽警》，曰《上爐香》，曰《風花雪月》。」〔註 112〕與一般教科書相比，此類言情小說和詩詞在市場化運作方面，更接近讀者的閱讀需要，成爲當時社會一大文化現象。

　　書籍等文化商品的消費，在消費文化的發展過程中具有特別重要的意義。不同社會群體，「試圖通過消費文化商品，如文學、音樂和藝術，重新定義其身份和消費的意義。所以，儘管文化商品的消費既不是具有代表性的也不是典型的更一般的消費，就它作爲消費的一種範例模式而言，它對我們理解消費文化具有特別重要的意義」〔註 113〕。

三、新式教育需求與招生廣告的互動

　　19 世紀晚期以來，在商貿經濟不斷發展的過程中，廣州的文化教育事業也取得了長足的進步。廣州官學和書院教育的發達，以及教育公共支出方面的大量投入，使官學和書院的教育功能得以充分地發揮，爲廣州地區科舉水平的提高和人才的培育，作出了極大的貢獻。同治、光緒年間，廣州地區的科舉水平大爲提高，其中番禺縣光緒年間考取進士 41 人、而同治年間爲 19 人，道光年間爲 22 人、咸豐年間爲 6 人，與光緒年間的差距比較大〔註 114〕。

〔註 109〕　《破天荒新小說面世》，《國華報》，1918 年 8 月 8 日，第 1 頁。
〔註 110〕　《愛閱小說者快看》，《新報》，1918 年 11 月 2 日，第 2 頁。
〔註 111〕　《新編近事小說〈茶香夢〉出版》，《國民報》，1916 年 6 月 12 日，第 5 頁。
〔註 112〕　《惟一趣致新書出版》，《羊城日報》，1906 年 10 月 9 日。
〔註 113〕　〔英〕西莉亞・盧瑞：《消費文化》，第 47 頁。
〔註 114〕　根據同治《番禺縣志》卷十二，宣統《番禺縣續志》卷十六統計。

良好的文化氛圍，有力地推動了廣州教育的發展。廣州人對私塾教育十分推崇。大凡富裕家庭，都聘請塾師到家中教授子弟。塾師收入頗爲優厚，塾師對雇主的的過分要求，還可以拒絕，並有挑選東家的較大餘地。如《點石齋畫報》曾報導過廣州南海一位富人，由於對塾師多有苛責，導致無人應聘的局面。「修脯既微，又苛於責備，師或因事外出返館，稍有遲，即令妻妾室中垢詈，使之聞之。曾聘某生至家，生不能堪，辭館而去……」〔註115〕作爲一種頗受尊敬的職業，塾師的收入和社會地位一直很高。民間對於文教事業的熱衷，直接推動了城市文化教育事業的發展。

清末民初，廣州作爲全國著名的教育發達城市，一改過去南蠻之地的頹勢。這與廣州人對教育消費的重視程度有著很大的關係。對精英教育的崇拜，促使廣州人的價值評判標準發生改變。清代以前，廣州文化教育相對落後。廣州人的教育觀念在清代中後期，特別是同光年間發生重大變化。從消費的角度上看，晚清廣州人對教育消費支出的慷慨，與清代以來整個廣州社會形成的教育風氣，有著一定的內在聯繫。官方在修建官學，創辦書院方面的熱情，對民間的教育消費起著示範的作用。清代廣州書院數字居全國之首，特別是一些著名書院的人才培養，取得了前所未有的成功，對兩廣地區人才的吸引力遠超過以前，一旦進入一些著名官學和書院就讀，取得功名的機會大增，這對基礎教育的導向作用非常明顯。那些期待子弟能夠顯身揚名的家庭，就必須對子弟的基礎教育加大投入，使他們能夠接受到名師的指點，以便有機會進入到高級官學和書院就讀。

清末維新，廣州成爲新式教育最爲發達的城市之一，從 1902 到 1911 年，廣州興辦了法律學堂、特等學堂、英文學堂、高等工業學堂、優質師範學堂等各類官辦學校 71 所，公立學校學生達 6195 人〔註116〕，新式學堂的創辦，使更多的學生接受到新式教育，他們在知識結構、思想觀念等方面區別於傳統知識分子，尤其是對新事物和新思想的開放程度，有利於新式書籍和報刊的傳播（圖 7-17）。

民國初年，廣州教育事業迅速發展。1912 年至 1921 年，廣州各類公私學校得到快速發展，公私立高等學校 8 所，公立學校 94 所，新式私立學校 168 所，高等學校在校生 1749 人，公立學校在校生 11546 人，私立學校（含私塾）

〔註115〕 《延師笑柄》，《點石齋畫報大全》革 9，第 70 頁。
〔註116〕 參見《近代廣州口岸經濟社會概況──粵海關報告彙集》，第 980 頁。

學生達到 37654 人〔註 117〕。學校教育的快速發展，極大地促進了教育消費水平的提高。各類學校利用報刊開展廣告宣傳，以擴大招生規模，爭奪優質生源，提高學校知名度。

耐人尋味的是，較早在報紙上刊登招生廣告的，不是新式學校，而是一些開設外語課程的私塾。清末廣州出洋留學成風，一些上流社會人士非常重視提高子弟的外文水平，聘請洋人爲家庭教師。有洋人對廣州人西式教育頗爲熟悉，便模仿中國儒者開館授徒的方式，設立教館，專門教授外文，頗受廣州上層人士的歡迎。《中西日報》的一則廣告云：

> 西人羅沙路先生，少而博學，長而壯遊諸國。通華英文字，曉英粵方言，且於洋務律例俱能翻譯，詳明周知洞悉，中外人士咸稱道之，以爲識時俊傑。前在香港臬司衙門充當文案者十有八年。現賦閒在河南洲頭嘴華光廟右鄰第二間，設館教習英語文字，修脯甚廉。方今通商互市，中外一家，上而朝廷時有玉敦珠槃之事，下而商賈不乏梯山航海之人，莫不憑乎文字語言，方能通乎意氣消息。〔註 118〕

當時，內地城市對西方文化的瞭解相當有限，而廣州人已經意識到將子弟送到外國人開設的私塾學習外語，對於西式教育消費，在當時廣州社會已經有了較深厚的基礎。1892 至 1901 年的《粵海關十年報告》客觀地反映了當時廣州人對西式教育的渴求：「廣州人中有很多人都想學習英文，因此，每年都有一些私立學校開辦，以滿足這一需求。但在許多情況下，這些學校的老師根本不適合他們所教的科目，不過他們所得到的支持表明了那裏

圖 7-17：
招生廣告

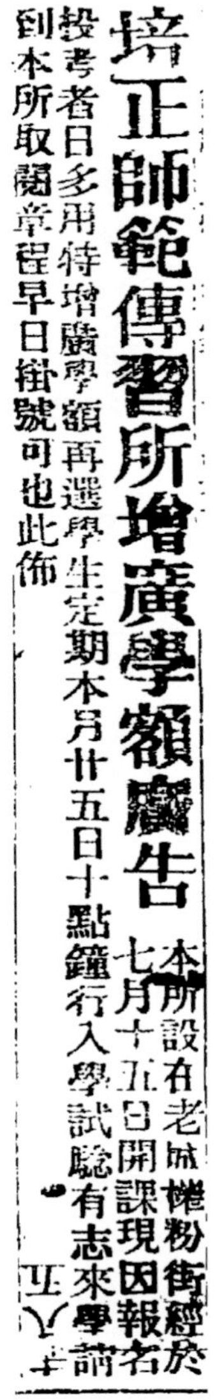
培正師範傳習所增廣學額廣告
本所設在老城榨粉街經於七月十五日開課現因報名投考者日多用特增廣學額再選學生定期本月廿五日十點鐘行入學試驗有志來學請到本所取閱章程早日掛號可也此佈

《羊城日報》
1906 年 10 月 9 日。

〔註 117〕參見《近代廣州口岸經濟社會概況——粵海關報告彙集》，第 1040～1042 頁。

〔註 118〕《中西日報》，1892 年 6 月 25 日。

對教育的需要。現在廣州人當中出現了這樣一種趨勢：放棄舊學，學習西方學科，特別是各種科學知識。」〔註 119〕光緒末年，一些私塾也適應時代變革，開設英文課程，在報紙上進行招生宣傳。如一家英文書室的廣告云：「本書室敦請吳書樵父子教習英文、英語、筆算、地輿等學，每月修金二元。」〔註 120〕英文與自然科學知識，成為各類私塾和學校十分重視的新課程。

民國初年，各類新式專門學校不斷設立，為渴求學習一技之長的學生頗有吸引力。如警察、師範等專科學校經常在報刊上刊登招生廣告，如民國初年警察職業頗為熱門，許多年輕人爭相報考警察學校，廣東高等警察學校是當時廣東少數職業院校之一，為適應社會需要，該校擴大招生規模，其廣告稱：「本校開設新班，有志願來學者須依期到校報名，取閱章程，定期試驗。」〔註 121〕師範專業也較有較多青年學子報考，培正師範傳習所（圖 7-18）的廣告云：「現因報名投考者日多，特增廣學額，再選學生，定期本月二十五日十點鐘行入學試驗。有志來學，請到本所取閱章程，早日掛號可也。」〔註 122〕由於學校層次差距較大，一些名校的考試較為嚴格，如民國初年的嶺南學校規定插班生也須通過考試，其廣告稱：「本校中小學、蒙學均於元月八號早九點招考插班生，有志來學者，請携筆墨及冊金一員（元）（港幣），依時到校投考。」〔註 123〕對插班考生收取報考費，在當時的中小學還不多見。

圖 7-18：招生廣告

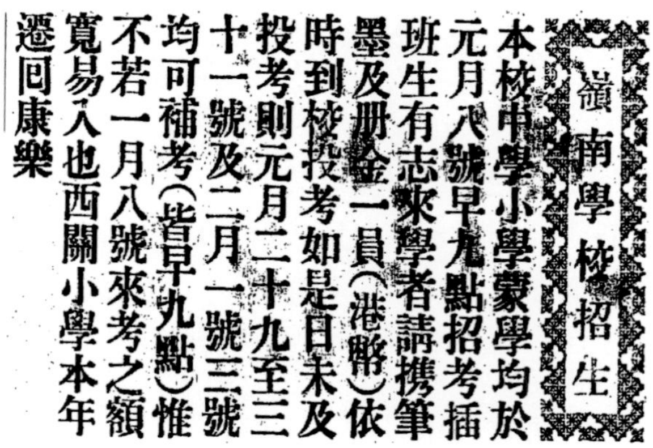
嶺南學校招生
本校中學小學蒙學均於元月八號早九點招考插班生有志來學者請携筆墨及冊金一員（港幣）依時到校投考如是日未及投考則元月二十九至三十一號及二月一號三號均可補考（皆早九點）惟不若一月八號來考之額寬易入也西關小學本年遷回康樂

《民生日報》，1913 年 1 月 8 日。

由於新式教育的普及，在受教育對象方面也發生了很大的變化。傳統封建教育是排斥女性的，但是清末一些外國人在廣州創辦女子學校後，對女子教育的觀念也

〔註 119〕《近代廣州口岸經濟社會概況——粵海關報告彙集》，第 938 頁。
〔註 120〕《英文書室告白》，《安雅書局世說編》，1904 年 2 月 22 日。
〔註 121〕《高等警察學校招生廣告》，《國民日報》，1912 年 2 月 29 日，第 1 頁。
〔註 122〕《培正師範傳習所增廣學額廣告》，《羊城日報》，1906 年 10 月 9 日。
〔註 123〕《嶺南學校招生》，《民生日報》，1913 年 1 月 8 日，第 3 頁。

有潛移默化的影響。一些開明紳士將
女孩送到女子學校就讀，女子學校還
在報刊上刊登招生廣告。如廣州聖希
理達女校（圖 7-19）由邊悌歷夫人
（Miss Bendelack M. Aide）擔任校
長，該校「設在東關較場側，均以高
等教授，定於九月八號開學，如有志
入學者，請至本校取閱章程，便可知
悉詳者也」〔註124〕。又如貞德女子學
校的新生廣告稱：「初等小學生以年七
歲至十六歲爲合格，以期學齡與程度
逐漸齊一。每學期學費四元，特爲廉
收，以見本學校注重小學之至意。」
〔註 125〕一般家庭還是可以基本承受
的。家長在教育消費觀念上的重要原
因，是女學興起的關鍵。儘管當時貞
德女子學校只有二百個學額，在清末
社會，這種私立學校的開設，對女子
接受新式教育，提供了難得的機遇。

圖 7-19：書籍廣告

《農工商報》1907 年第 1 期。

各類學校的招生廣告，不僅爲廣大學生和家長提供了較爲詳細的考試信
息，使考生能夠在眾多的學校中進行比較和選擇，提高教育消費的透明度。
同時，各類學校以廣告爲媒介，向社會展示了新式教育的成就，如自然科
學、外語教學課程的設置，職業學校、女子學校的開辦等等，爲民眾的教育
消費提供了更多的選擇，也爲廣州近代化進程提供強大的智力支持和人才
儲備。

〔註124〕　《聖希理達女校招生廣告》,《國華報》，1916 年 8 月 8 日。
〔註125〕　《貞德女子學校招收新生廣告》,《時事畫報》，1906 年第 3 期。

第八章　結語：報刊廣告、消費文化與都市變遷

　　以上幾章就近代廣州報刊廣告、消費文化與社會變遷之間的關係進行了探討。就報刊廣告的綜合研究而言，這僅僅是一個開端。作爲報刊史研究的重要組成部分，廣告不僅是報刊業發展的動力，也是報刊傳播商業信息、提高社會影響力的重要途徑。更爲重要的是，報刊廣告媒介了商業文化，拓展了城市文化的空間，並通過信息傳播滲透到普通民眾的生活方式當中。報刊廣告培育了新的消費方式，形成了新的消費潮流。廣告文化是社會文化的重要組成部分，在近代廣州報刊發展史上，報刊廣告呈現出多樣化形態和豐富內涵，以「活頁」的方式，敘說著商業文化的演進歷程。廣告主始終在做說服的工作，廣告文字的背後，是受眾對商品或服務的接受和傳播過程，廣告傳播的目的是推行消費的大眾化。因此，廣告作爲一種重要的媒介生產方式，見證了都市社會的變遷。

一、報刊廣告與時代之脈搏

　　某一時代之廣告，足以覘某一時代之經濟背景，與夫社會之榮枯〔註1〕。報刊廣告是商業社會的縮影，也是消費社會化進程的象徵。一口通商期間，廣州對外貿易十分發達，但傳統的自然經濟仍然佔有較大比重，轉口貿易推動了城市經濟的發展，但對民眾日常消費的影響並不顯著。儘管在鴉片戰爭前，廣州誕生了中國內地第一份中文報刊，但總體上看，中文報刊業尚處於

〔註 1〕 趙君豪：《中國近代之報業》，第 228 頁。

萌芽狀態，媒介影響力極為有限，廣州始終沒有產生像《申報》那樣具有全國性影響的大報。鴉片戰爭後的三十餘年，隨著廣州國際貿易地位的降低，香港和上海逐步成為西方人對華貿易關注的重心。廣州傳媒業的發展也長期受到阻滯。當《上海新報》、《香港船頭貨價紙》大量刊登船期信息和洋貨行情時，廣州尚未從戰爭的創傷中恢復應有的商業氛圍。廣州少數幾分中文報刊缺乏廣告營銷的媒介環境，洋貨在廣州缺乏流動性和擴散效應，廣州淪為香港的轉口貿易市場，缺乏強大的外部市場支撐，報刊廣告極為寥落，與上海、香港報刊媒介形成了向烈的反差。

19 世紀七八十年代後，隨著農業商業化水平不斷提高，廣州與珠三角市場的聯繫更為緊密。洋貨的大量進口，使本地傳統手工業經濟遭到遏制，但隨著機器繰絲業、紡織業和消費型工業的快速發展，外部經濟與本地產業實現了比較合理的對接，技術進步和產業革命對廣州社會的影響日益深刻，城市商業經濟趨向繁榮，民眾的整體消費力得以提高。外部市場的變化對家庭生活的影響較為明顯，自給自足的家庭消費模式已難以承載商業浪潮的衝擊。珠三角大多數家庭通過商業化生產獲得貨幣收入，並以購買消費品的方式來維持家庭生活的運轉。民眾對消費市場的依賴，是報刊廣告業發展的「民意基礎」。而市場上商品的豐盛，使商品供應方的競爭十分激烈，「待價而沽」難以獲得商機，積極地尋找潛在的消費群體，為消費者提供詳盡的消費信息，是廠商取得營銷業績的重要舉措，這是報刊廣告業發展的「物質基礎」。與清末以上海為中心的官辦工業不同，廣東本地廠商缺乏政府的財政支持，轉而以發展民用消費型工業為主，這些民用工業規模較小，要求資金周轉快、產品適銷對路，這就進一步推動了本地廠商與媒體的合作。報刊與廠商通過廣告擴大了雙方的贏利手段，雙方在互利的過程中加速了本土商業和文化理念的建構，這在很大程度上形塑了近代廣州報刊廣告的特色，使報刊作為地方媒介的形象極為鮮明，報刊廣告所具備的地方新聞價值，也通過廣告文本與話語表達方式而得到充分展示。

在供需雙方的價格博弈過程中，報刊廣告充當信息中介的作用非常明顯。與傳統招牌廣告、傳單廣告相比，報刊廣告是近代廣州社會最先進最流行的媒介方式。報刊具有發行量大、版面內容豐富、信息傳遞速度快、表現方式多樣等優點，這使報刊廣告在各類廣告形態中很快取得競爭優勢，成為廣受市場和受眾歡迎的媒介形態，並隨著報刊的大量生產，不斷在城市商業

社會進行符號擴張，誘發民眾的消費想像，形成巨大的消費動力，爲消費文化的「下移」提供了基礎條件。

與內地城市相比，近代廣州的「生產者文化」相對發達，廣州周圍的 400 多個圩市使城鄉之間的商貿聯繫非常緊密，正是由於農副產品的「相對過剩」，使得民眾對日用消費品的需求量不斷增多。清末民初，廣州報刊的發行總量在數萬份以上，人均擁有報刊的數量居於全國前列，與民眾對「商品信息」的渴求有一定關係。報刊廣告推動了「消費者文化」的發展，報刊將廣告內容傳播給受眾，並非爲了滿足不同受眾的消費個性，而是通過大規模的商品信息傳播，爲廣告主提供一個巨大的消費市場。值得注意的是，當時廣告版面的內容在相當一段時期保持不變，一則廣告可能數十次甚至上百次在同一報刊連續刊出，重複傳播的結果可能使受眾厭倦甚至產生「審美疲勞」，但在不斷的重複過程中，受眾記住了這些廣告，成爲廣告主的俘虜。廣告主也不斷提高文案創意和圖像設計水平，通過對商品的符號操縱，誇大商品的使用價值和符號價值，激發受眾的閱讀興趣，提高廣告的「閱讀率」。在其他媒介管道十分閉塞的情況下，報刊利用了其新聞的權威性，將廣告作爲新興媒介產品形態強加給受眾，並使之成爲一種日常閱讀方式，廣告主和媒介共同向受眾推介商業社會的最新成果，從而推動「消費者文化」的發展。

報刊廣告不僅擴大了消費的空間，也縮短了獲取消費信息的時間。報刊廣告猶如消費指南，受眾可以一覽而過，但顯眼的標題總能夠贏得一些忠實的閱讀者。一旦有了受到消費指引，廣告在節約受眾的時間成本和信息成本方面，就有了明顯的效果。也許一則藥品廣告對一般受眾不重要，但苦於病痛的患者可能通過讀報得到解救的良方。報刊發行到普通受眾手中，極大地縮短了信息傳播的距離，某類商品也許剛剛上市，受眾在家中便能對該商品的功效和購買地點瞭如指掌。紙質媒介的高度流動性，是人際傳播方式難以企及的。報刊廣告總是把商業社會美好的一面展現給受眾，清末社會最時髦的消費品，如留聲機、電風扇、香皂、洋酒、洋烟等等，往往較早出現在報刊廣告中，當這些商品不爲受眾所知時，廣告畫面展示了新式商品的圖景，並炫耀擁有新商品對生活的意義，誘導受眾產生購買欲望，使新興商品信息直接與受眾對接。受眾無須花費時間去市場走馬觀花，在報刊上隨意瀏覽，可感知商業社會的最近潮流（圖 8-1）。又如交通廣告對車船開行時間和票價

信息的傳播，可以節約大量的信息搜尋成本。因此，廣告在推銷商品和服務方面的功能，往往與消費方式的變遷聯繫在一起。

圖 8-1：洋煙廣告　　　　　　　　　圖 8-2：進口婦科藥品

《羊城新報》，1914 年 3 月 4 日。　　　《震旦日報》，1911 年 10 月，第 7 頁。

廣州報刊一般以面向廣東爲主，其中廣州城內的發行量佔有很大比重，儘管一些報刊也曾在海外發行，但所佔比重較低，對報刊廣告業務並無多大影響。近代廣州報刊廣告在「傳」「受」關係上，體現了比較明顯的地域性文化特色，廣告的發佈者多爲本地店鋪、企業和洋行等，與上海、香港等地的洋貨廣告相比，廣州洋行所刊登的洋貨廣告，主要以進口藥品（圖 8-2）、保健品、烟酒、糖果等附加值較高的日用商品爲主，進口機器、軍火等大宗工業品較爲少見。同時，廣州報刊洋貨廣告的比例也遠低於上海、香港報刊。店鋪、企業、學校等廣告主刊登的廣告，對當地受眾的消費引導較爲明顯。廣告主針對本地市場投放的廣告，以滿足民眾日常消費爲主要傳播路徑，尤其是各類店鋪刊登的藥品、日用雜貨、服裝等廣告，主要面向廣州城內的消費者，具有很強的針對性。大量的商品廣告，使豐富的商品市場在空間上得以擴張，通過閱讀報刊，受眾可以在較短時間內獲得繁多的商品和服務信息，

為購物和消閒活動提供了指南。

　　報刊廣告不僅介紹商品的用途和功能，隨著技術進步和廣告表達技巧的發展，廣告在激發消費欲望方面的作用更爲明顯。受眾閱讀廣告，除瞭解商品的性能和價格外，廣告刊登大量的圖像和具有誇張性的語言，使受眾在特定的語境中不自覺地受到廣告的引誘，不管受眾是否喜歡，越來越多的廣告符號充斥著報刊的版面，將報刊文化與商業文化結合在一起，以強制性閱讀的方式，爲受眾製造大量的商業話語。清末民初，廣州報刊的廣告一般都占據 1／4 以上的版面，這些廣告版面成爲報紙發展的資金來源，而受眾作爲版面的直接消費者，購買了大量的廣告信息，這些信息也許對許多受眾並無多大的意義，但是情景化商品形象的灌輸，使廣告作爲特殊的魔方，提高了受眾的「強制性」閱讀率，離開了廣告，報刊反而失去了受眾的關注，在商業社會，報刊廣告成爲媒介地方社會和商業文化最爲重要的方式。

二、報刊廣告與消費文化之形塑

　　廣告不僅展示了商品經濟發展的成就，也以多元化的方式，注釋了城市消費文化的變遷。近代廣州是受西方消費文化染識最深刻的城市，在一口通商期間，大量的進口洋貨及其招牌廣告，使十三行一帶成爲觀察西方消費文化的窗口，並對廣州上層社會的洋貨消費風尚產生直接影響。《東西洋考》所刊登的進口貨價行情，注釋了 1830 年代廣州洋貨貿易及其消費文化傳播的狀況。鴉片戰爭後，隨著洋貨貿易的重心轉移到香港、上海，廣州外貿業受到抑制。但是西洋文化的歷史沉澱仍在，並隨著廣州經濟的轉型而煥發生機。1880 年代後，廣州

圖 8-3：美容廣告

《總商會新報》，1917 年 8 月 28 日。

成爲嶺南洋貨消費市場的中心，大量的進口洋貨改變了民眾的消費結構和消費傾向。在洋貨消費大眾化進程中，報刊廣告充當著極爲重要的中介作用。洋貨廣告見證了洋貨價格的下降過程，並以多樣化的推銷方式爲受眾消費提

供種種理由。如洋佈在鴉片戰爭前屬於上層社會的奢侈品，而清末民初，洋布消費的大眾化，還促進了西裝消費文化的流行。報刊廣告將西裝描寫為一種文明的標誌，為社會新思潮提供物質文化層面的注解，引誘那些新式知識分子和開明紳商參與到消費時尚中來。報刊廣告借機將洋酒、洋烟、洋糖、洋化妝品（圖 8-3）、洋電器等作為「品味」的代言詞，極盡誇耀之能事，不斷地製造「審美標準」，為奢華之風尋找恰當的藉口。通過報刊廣告的巧妙遊說，普通民眾也被新的生活方式所迷惑，在對洋貨消費的美好期待中，逐步接受時髦的舶來品。報刊廣告正是通過誇耀性的文字和圖像，推動著洋貨消費文化的社會化進程（圖 8-4）。

圖 8-4：魚肝油廣告

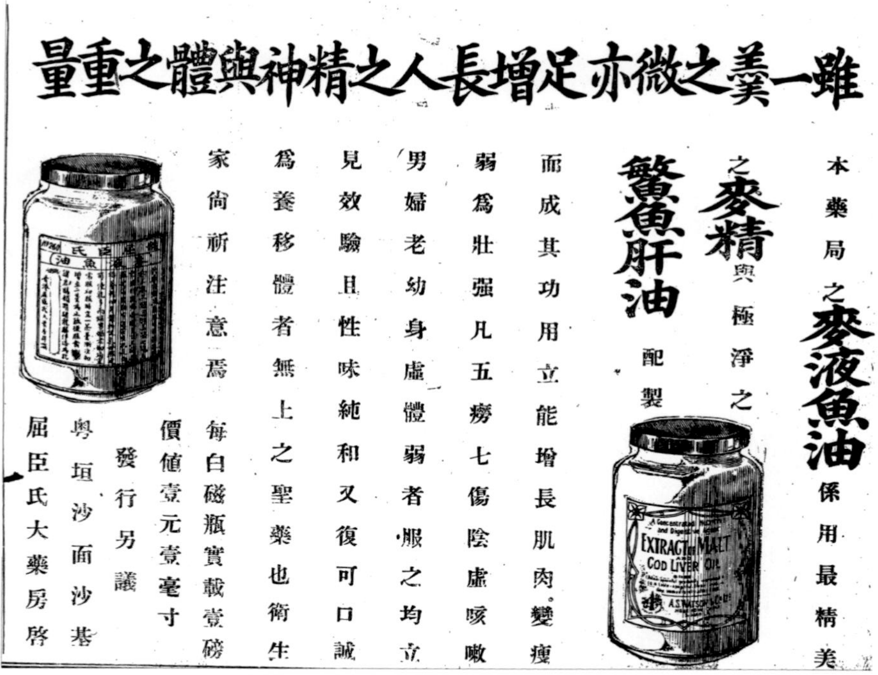

《民生日報》，1912 年 9 月 25 日。

然而，洋貨消費並沒有壓制國貨消費水平的提高。清末民初廣州地區農業商業化水平的提高和消費型經濟的發展，為民族工業提供了豐富的原料和資本，海外粵人的大量僑匯和投資，進一步推動了廣州工商業的發展。廣州醫藥、保健品等行業具有悠久歷史，在與洋品牌競爭的過程中，高揚「地域

文化」的優勢，在本地報刊展開市場營銷（圖 8-5），利用「戒烟藥」、「仁丹」、「性病藥」、「花露水」等消費熱點，從消費心理和產品功效等方面展開廣告攻勢，一方面展示傳統行業的文化積纍，另一方面巧借西方技術進行產品升級，通過具有煽動力的重複性傳播，在消費市場上取得不錯的戰績。國貨廣告還利用洋貨導致利權外溢的觀念，將國貨消費作爲批判崇洋媚外的目標，並在仿製洋貨的過程中提高本土產品的知名度和技術含量。

國貨廣告還與國貨運動結合起來。尤其是在 1905 年之後的數次抵制洋貨運動中，廣州報刊媒介主動迎合民意的訴求，利用新聞報導和評論推動愛國運動和發展地方工商業運動。地方社會精英更是將這場運動推向本土消費主義的浪潮，將空泛的愛國主義和民族消費觀念歸納爲愛「吾粵」和愛廣東產品，將抵貨運動與地方文化和身份認同有機結合起來，以聚合民間社會的鄉土文化和本土消費主義熱潮，這股潮流對推動本地廠商廣告的迅速發展起著極爲重要的作用。同時，它直接促進了廣州消費型工業的發展和民眾本土消費觀念的普及。如

圖 8-5：國產仁丹廣告

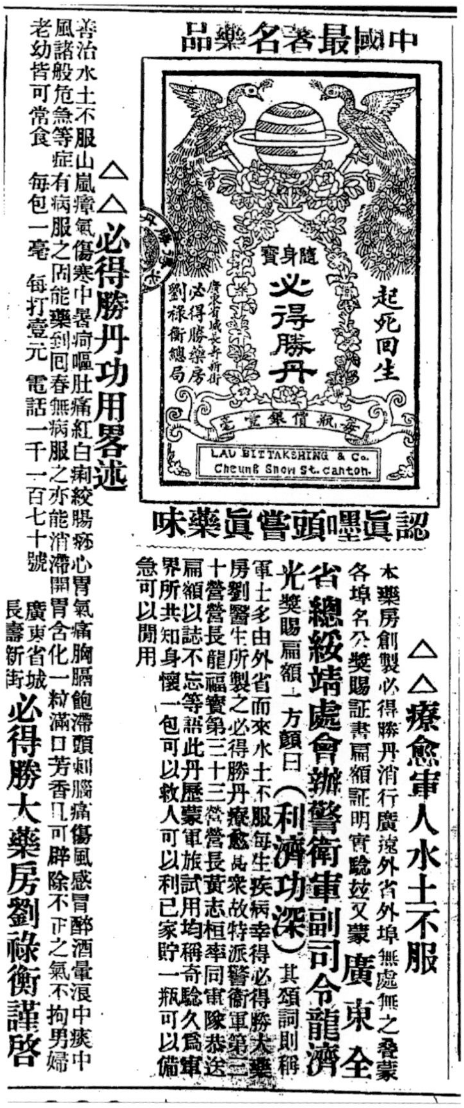

《民生日報》，1912 年 8 月 14 日。

廣州的烟酒副食、紡織服裝等勞動密集型行業，通過模仿西方技術降低生產成本，在產品價格方面也具有一定競爭優勢。這些國貨廣告以推動本土消費大眾化爲目的，向受眾介紹本土產品的種種好處，爲國貨消費市場打開了一條信息傳播的通道。受眾在眾多的國貨廣告的影響下，保持著對本土品牌的

消費熱情與文化認同。

清末民初，隨著廣州社會的轉型，教師、警察、工程師、產業工人和其他職業人群數量不斷增加，對城市消費革命產生了極爲深刻的影響。新興社會階層思想活躍、觀念開放、消費趨時，在引領消費時尚方面表現突出。同時，官商富紳等社會上層人士作爲炫耀性消費的主體，對新興奢華消費方式接受較快，這就爲報刊廣告推銷消費時尚提供了較好的條件。清末，酒樓文化已成爲商業文化的重要標誌，在城市消費的公共空間裏具有深刻影響。報刊對酒樓廣告的重視，無疑迎合了「有閒人士」的消費需求。酒樓廣告對美味佳肴的推銷，對包間和消費環境的烘托，對電話聯繫方式的公佈，拉近了受眾與餐桌的距離，酒樓廣告還通過對美人陪酒的文字描繪，將「酒」「色」聯繫在一起，使餐桌聚會具有更多公共交往的目的。酒樓廣告爲受眾提供了人際互動的新方式，尤其對文人騷客和官商富紳而言，酒樓聚會取代家庭宴客，是消費觀念變革的必然趨勢。酒樓廣告還與報刊休閒小說、詩詞欄目一起，成爲受眾開時閱報的佐料，並指引著受眾走出門外，通過餐桌來建構社會交往方式。

百貨公司廣告是城市商業現代化的重要標誌。值得注意的是，廣州是中國內地最早出現百貨公司的城市，香港先施百貨公司創立不久，廣州報刊上便刊登了大量先施公司的售貨廣告。1907 年後，廣州出現了先施、眞光、大新、生生等數家百貨公司，這些新式百貨公司紛紛在報刊廣告上亮相。百貨公司廣告往往炫耀寬闊的營業場地，集中進貨的價格優勢，成千上萬的商品，一覽無餘的陳列式貨架，面帶微笑的營業員，等等。百貨公司的集約化經營，使受眾對新興消費地點充滿著夢幻般想像，在一個充滿巨大商品誘惑的公共空間裏，購物行爲成爲一種情趣，飯後到西關一帶的百貨公司溜達，成爲普通民眾新的生活內容。而百貨廣告極力宣揚消費平等、消費大眾化理念，爲城市消費革命提供了輿論環境和信息支持。

報刊廣告爲受眾的休閒娛樂提供大量的信息。儘管粵劇在廣州已有數百年的歷史，但是適應大眾消費需求的戲院，在 19 世紀中期才開始出現，並在 19 世紀 80 年代登上大雅之堂，成爲報刊廣告的一大種類。戲院廣告公佈劇目，介紹不同等級的票價和演出時間，並形成一個專欄，使愛好戲劇的受眾，通過看報得知整個演出市場的動態，以便選擇合適的劇院和票價。戲院通過報刊傳媒向受眾預告了大量的戲劇信息，推動了戲劇消費在大眾化。

同時，魔術、花展、電影、運動會、遊樂場等新式消閒形式，也通過報刊廣告及時向受眾傳播信息。這些新興的娛樂方式，在廣告媒介的作用下，很快地被受眾理解和接受，並轉化為消費時尚，推動著城市休閒方式的發展和創新。

　　清末民初，社會處於劇烈的轉型之中。文化教育事業在開啟民智方面功不可沒。報刊廣告及時地將文化教育信息傳遞給受眾，為受眾接受新式文化教育提供了多樣化的選擇。如廣州各類書局、書坊出版了大量教材、小說、文集、研究著作，報刊經常刊登最近出版的書籍廣告，並重點介紹一些書籍的內容摘要，為受眾瞭解書籍市場的動態提供了一手信息。而各類新式學校為了擴大影響，招收新生，經常在報刊上刊登廣告，為受眾及其子弟的教育消費提供了多樣化的選擇。此類廣告儘管不是公益性質的，但在推動新式教育消費大眾化方面，起著重要的文化傳播和輿論導向作用。

　　但是，報刊的商業化運作也產生了一些負面影響。其中廣告對商品和服務的片面誇張和吹噓，有欺騙和愚弄受眾的目的。傳統的禮俗社會在商業廣告的衝擊下，出現了普遍性的道德墮落，這在當時的博彩廣告表現尤為嚴重。一些報刊經營者背離了「社會良心」，在利欲的引誘下，竟然在頭版刊登博彩廣告，為賭博公司傳播博彩信息提供了極為便捷的通道，也直接推動了「賭徒心理」的蔓延。巨額的彩金誘惑，像一個無底黑洞，導致無數民眾家破人亡，賭博消費作為典型的異化消費方式，是社會走向衰敗和墮落的重要標誌。

三、報刊廣告與都市消費空間之拓展

　　近代廣州報刊業的發展歷程，呈現首尾繁榮、中間平淡的特點。在鴉片戰爭前，廣州是中國報刊業中心，這與廣州的國際地位是相一致的。鴉片戰爭後到 19 世紀末，廣州也出版了多種報刊，但與香港、上海比較，顯得勢單力薄，廣州傳媒的影響力相對較低。但是，這一時期的報刊，在本土化方面，創出了特色，就其對於廣州受眾的影響而言，遠遠超出了鴉片戰爭前中英文報刊。在印刷技術、新聞報導、廣告策劃、時政評論等方面，也取得了長足的進步。20 世紀初期，廣州報刊業十分發達，反映出廣州作為近代民主革命策源地的重要地位（圖 8-6），廣州報業與香港、上海形成鼎足之勢。廣州報刊廣告業亦與之相隨，鴉片戰爭前，《東西洋考》開創了中文報刊報導貨價行

情的先例，但報刊廣告尚在
萌芽之中。鴉片戰爭後的三
十多年，廣州報刊廣告極為
少見，商業信息傳播非常滯
後。19世紀末以後，報刊廣
告不斷增多，至20世紀初，
終於大放異彩，形成百花競
艷的態勢。

圖8-6：《賞奇畫報》

1906年第7期封面序。

　　廣告是都市文化的重要
內容和表現方式。鴉片戰爭
前，傳統廣告方式如招牌廣
告、傳單廣告，使廣州商業
街道的文化氣息較為濃厚。
但是這些廣告存在著傳播的
偏向，注重時間上的流傳而難以在空間上擴張。報刊廣告實現了信息的「集
成化」，如《東西洋考》貨價行情報導一百多種進出口貨物及其價格，是一般
傳單廣告難以收集到的信息。19世紀80年代後，廣州報刊廣告更是實現了多
元化的組合。書籍、藥品、茶葉等不相關的商品在同一版面出現，使信息容
量進一步增大，受眾進行選擇性閱讀成為可能。廣告的拼湊，並沒有造成廣
告文化的雜亂無章，多樣化的廣告反映了消費市場供應的豐富，以及受眾需
求範圍的不斷擴大，這在20世紀初的廣告中表現更為明顯。藥品、保健品、
烟酒、書籍、社團、房地產、金融、酒樓、茶樓、戲院、書籍、學校、博彩
等各類廣告異彩紛呈。尤其是工業製成品的廣告占到很高的比重，說明廣州
社會正在由傳統社會向現代社會轉變，民眾對新式工業品的大量需求，反映
出工業化大生產以高效率和低成本贏得了競爭的優勢，進口洋貨和新興消費
型工業產品逐步得到了消費者的認同。廣告作為展示消費社會化進程的方
式，在其話語表達、商品包裝、形象展示等方面隨著時代發展而不斷呈現新
的面貌。如魚肝油、自來血等保健品，初為舶來品，然而，在民國初年，國
產仿製品大量出現，通過在報刊上大幅的廣告推銷，以「提倡國民精神」的
方式贏得受眾的消費認同。又如捲烟廣告，19世紀末多為英美烟草公司的進
口貨，在1906年的抵制美貨風潮中，「龍球牌」等國產捲烟便以「愛國」為

口號，表現了民族企業對受眾的產品推銷方式。廣告內容變化，展現了消費品不斷升級換代，消費熱點不斷變化的特點。

清末民初，廣州城市消費文化的發展，還與香港、上海等城市之間的社會互動有很大關係。廣州作爲香港進口貿易的轉口城市，與香港之間的聯繫極爲密切。新式消費時尚在香港流行後，很快在廣州傳播，而粵港兩地的報刊在傳播消費文化的作用更爲突出。兩地報刊經常刊登香港店鋪和娛樂場所的廣告，使受眾對香港消費市場較爲熟悉，如洋傢具、電風扇、洋酒、留聲機等時髦洋貨，就是通過香港商行的介紹，而逐步在廣州行銷。廣州報刊上初期的新式銀行、保險公司的廣告，多爲香港公司刊登。而香港報刊更是依靠來自廣州的社會新聞，贏得廣大粵商的關注，並刊載廣州商家的土產、書籍、藥品等廣告，爲香港市場提供大量商品信息。兩地之間通過報刊廣告傳播，使消費空間上更爲接近，消費文化的互補性也得以體現。19 世紀 70 年代後，隨著上海貿易地位的提高，廣州與上海之間的商貿往來也日益增多，上海企業爲擴大經銷範圍，經常在廣州當地報刊上進行廣告推銷。如上海震寰藥廠在廣州多家報刊上刊出「愛理士紅衣補丸」廣告，上海商務印書館也在廣州報刊上刊登書籍廣告，等等。而廣州的粵劇、土產品，也經常出現在上海的報刊廣告上。三地之間的廣告互動，有利於促進城市消費方式的多元化。

近代廣州報刊廣告以其豐富的內容和表達方式，爲我們認識廣州消費文化的變遷開啓了一扇窗口。報刊廣告不僅是向受眾進行產品和服務推銷，更是作爲商品經濟發展的記錄者和見證者，向我們證實一個時代的消費文化變遷。「廣告是一場革命，廣告的發展趨勢，是推翻既有的理念，在讀者腦中掀起新的思想，誘使他去嘗試從未做過的事情。」〔註2〕通過閱讀廣告，我們瞭解到商品和服務是怎樣在社會上傳並被接受的。廣告史不僅是商業史的重要組成部分，也是民眾消費過程的歷史見證。在破舊的報刊碎片中，我們通過廣告可以看出當時社會在消費什麼，並在消費大眾化過程中如何轉變爲文化現象的。從這個意義上講，在近代廣州社會，報刊廣告是閱讀消費文化的極佳方式。

〔註2〕 轉引自〔美〕捷克遜・李爾斯著，任海龍譯：《豐裕的寓言，美國廣告文化史》，第 115 頁。

參考文獻

一、報 刊

1. 愛漢者等編，黃時鑒整理：《東西洋考每月統記傳》，中華書局，1997 年版。

2. 《中外新聞七日錄》（廣州），1862 年至 1865 年，臺北華文書局，1969 年影印本。

3. 《述報》，1884 年至 1885 年，方漢奇先生私人珍藏。

4. 《廣報》，1887 年零散報紙，中山圖書館縮微膠捲。

5. 《中西報》，1899 年零散報紙，中山圖書館縮微膠捲。

6. 《嶺南日報》，1893 年至 1894 年零散報紙，中山圖書館縮微膠捲。

7. 《中西日報》，1892 年零散報紙，中山圖書館縮微膠捲。

8. 《南越報》，1909 年零散報紙，中山圖書館縮微膠捲。

9. 《天趣報》，1910 年至 1911 年零散報紙，中山圖書館縮微膠捲。

10. 《遊藝報》，1905 年零散報紙，中山圖書館縮微膠捲。

11. 《安雅書局世說編》，1901 年至 1902 年零散報紙，中山圖書館縮微膠捲。

12. 《七十二行商報》，1910 年至 1913 年零散報紙，中山圖書館縮微膠捲。

13. 《羊城日報》，1906 年零散報紙，中山圖書館縮微膠捲。

14. 《唯一趣報有所謂》，1906 年零散報紙，中山圖書館縮微膠捲。

15. 《香港少年報》，1907 年零散報紙，中山圖書館縮微膠捲。

16. 《香港華字日報》，1905 年至 1911 年，香港中央圖書館縮微膠捲。

17. 《國事報》，1910 年 5 月 6 日，中山圖書館縮微膠捲。

18. 《嶺學報》，1898 年第 1 期，中山大學圖書館善本。

19. 《嶺海報》，1900 年零散報紙，散見於《粵督奏稿》光緒二十六年（1900）
    鉛印本。

20. 《時事畫報》，1906 年至 1911 年，中山大學圖書館善本。

21. 《賞奇畫報》，1906 年第 1～23 期，中山大學圖書館善本。

22. 《時諧畫報》，1907 年第 2 期，中山圖書館縮微膠捲。

23. 《點石齋畫報大全》，1910 年刊本，廣東社會科學院圖書館古籍。

24. 《東方雜誌》，1904 年至 1911 年，中山大學圖書館善本。

25. 《廣東日報》，1904 年至 1906 年，香港中央圖書館縮微膠捲。

26. 《國民報》，1911 年零散報紙，中山圖書館縮微膠捲。

27. 《光華醫事衛生雜誌》，1910 年，中山圖書館古籍。

28. 《兩廣官報》，1911 年，中山圖書館古籍。

29. 《農工商報》，1907 年至 1909 年，中山圖書館古籍。。

30. 《光漢報》，1911 年零散報紙，中山圖書館縮微膠捲。

31. 《光華報》，1911 年零散報紙，中山圖書館縮微膠捲。

32. 《廣東警務官報》，1910 年，中山圖書館古籍。

33. 《廣粹旬報》，1909 年，中山圖書館古籍。

34. 《震旦日報》，1911 年 10～12 月，北京大學圖書館善本。

35. 《中國叢報》，1834 年至 1840 年，中山大學圖書館複印件。

36. 《廣東教育官報》，1910 年，中山圖書館古籍。

37. 《廣粹旬報》，1909 年零散報紙，中山圖書館縮微膠捲。

38. 《珠江鏡》，1906 年零散報紙，中山圖書館縮微膠捲。

39. 《廣東化學實業報》，1910 年，中山圖書館古籍。

40. 《安雅報》，1910 年至 1914 年零散報紙，中山圖書館縮微膠捲。

41. 《民生日報》，1912 年至 1913 年零散報紙，中山圖書館縮微膠捲。

42. 《人權報》，1914 年零散報紙，中山圖書館縮微膠捲。

43. 《國華報》，1916 年零散報紙，中山圖書館縮微膠捲。

44. 《廣東中華新報》，1918 年零散報紙，中山圖書館縮微膠捲。

45. 《廣州共和報》，1919 年零散報紙，中山圖書館縮微膠捲。

46. 《大同日報》，1919 年零散報紙，中山圖書館縮微膠捲。

47. 《中華新報》，1909 年零散報紙，中山圖書館縮微膠捲。

48. 《天聲報》，1918 年零散報紙，中山圖書館縮微膠捲。

49. 《時敏報》，1915 年至 1916 年零散報紙，中山圖書館縮微膠捲。

50. 《平民報》，1918 年零散報紙，中山圖書館縮微膠捲。

51. 《民仇報》，1918 年零散報紙，中山圖書館縮微膠捲。

52. 《華嚴報》，1914 年零散報紙，中山圖書館縮微膠捲。

53. 《嶺南新報》，1919 年零散報紙，中山圖書館縮微膠捲。

54. 《總商會新報》，1915 年零散報紙，中山圖書館縮微膠捲。

55. 《商權報》，1913 年零散報紙，中山圖書館縮微膠捲。

56. 《真共和報》，1919 年零散報紙，中山圖書館縮微膠捲。

57. 《新報》，1916 年零散報紙，中山圖書館縮微膠捲。

58. 《光華醫事衛生雜誌》，1910 年，中山圖書館古籍。

59. 《女界燈學報》，1905 年，中山圖書館古籍。

60. 《廣東財政月刊》，1918 年，中山圖書館古籍。

61. 《上海新報》，1861 年至 1872 年，《近代中國史料叢刊三編》第 59 輯，臺灣文海出版社，1990 年影印本。

62. 《社會公報》，1907 年零散報紙，中山圖書館縮微膠捲。

63. 《廣州民國日報》，1921 年零散報紙，中山圖書館縮微膠捲。

64. 《平遠留省學報》，1919 年，中山圖書館古籍。

65. 《中華醫報》，1910 年，中山圖書館古籍。

66. 《農林月報》，1913 年，中山圖書館古籍。

67. 《申報》，1872 年至 1919 年影印本，上海書店，1987 年版。

68. 《嶺南白話雜誌》，1908 年，中山圖書館古籍。

69. 《廣東白話報》，1907 年第 1～2 期，中山圖書館縮微膠捲。

70. 《婦孺報》，1904 年零散報紙，中山圖書館縮微膠捲。

71. 《文言報》，1902 年，中山大學圖書館善本。

72. 《振華五日大事記》，1907 年，中山大學圖書館善本。

73. 《砭群叢報》，1909 年，中山大學圖書館善本。

74. 《半星期報》，1907 年，中山大學圖書館善本。

75. 《廣州總商會報》，1907 年 3～12 月，中山大學圖書館善本。

76. 《香港東方報》，1906 年零散報紙，中山圖書館縮微膠捲。

77. 《民權報》（汕頭），1913 年零散報紙，中山圖書館縮微膠捲。

78. 《嶺東日報》（汕頭），1903 年零散報紙，中山圖書館縮微膠捲。

79. 《新中華報》（汕頭），1910 年，上海圖書館善本。

二、古　籍

1. 同治《廣州府志》，光緒五年刊本。

2. 道光《南海縣志》，同治八年刊本。

3. 同治《南海縣志》，同治十一年刊本。

4. 宣統《南海縣志》，宣統三年刊本。

5. 光緒《南海鄉土志》，光緒三十四年刊本。

6. 同治《番禺縣志》，同治十年刊本。

7. 宣統《番禺縣續志》，民國二十年刊本。

8. 民國《番禺縣續志》，民國七年刊本。

9. 《番禺末業志》，民國刊本。

10. 光緒《九江儒林鄉志》，光緒九年刊本。

11. 南海《潘氏家乘》，光緒四至六年刊本。

12. 番禺河南《潘氏族譜》，民國九年抄本。

13. 俞洵慶：《荷廊筆記》，光緒十一年刊本。

14. 廣東清理財政局編：《廣東財政說明書》，宣統二年刊本。

15. 梁松年：《夢軒筆談》，咸豐年間稿本。

16. 張心泰：《粵遊小記》，光緒十七年刊本。

17. 李調元：《南越筆記》，光緒十七年刊本。

18. 李調元：《粵東皇華集》，光緒八年刊本。

19. 太平洋客傳：《新廣東》，光緒二十七刻本。

20. 《物意管窺——光緒年間物產選購標準》，光緒十八年稿本。

21. 《戊戌年娶媳婦支用簿》，光緒二十四年稿本。

22. 《癸卯年娶媳婦支用簿》，光緒二十九年稿本。

23. 《家用收支簿》，道光年間稿本。

24. 《粵保定堂收支簿》，光緒年間稿本。

25. 《買物歸來價值記》，宣統年間稿本。

26. 《進支銀簿》，光緒二十二年稿本。

27. 吟香閣主人選輯：《羊城竹枝詞》，光緒十四年刊本。

28. 馮向華撰：《羊城竹枝詞》，清末刊本。

29. 張心泰：《粵遊小識》，光緒二十六年刊本。

30. 陳坤：《嶺南雜事詩鈔》，光緒刊本。

31. 張燾：《津門雜記》，光緒十年刊本。

三、中文論著

1. 方漢奇主編：《中國新聞事業通史》，中國人民大學出版社，1992 年版。

2. 方漢奇：《中國近代報刊史》，山西人民出版社，1981 年版。

3. 戈公振：《中國報學史》，臺灣學生書局，1976 年版。

4. 尹世杰：《消費文化學》，湖北人民出版社，2002 年版。

5. 王鍾翰：《清史補考》，遼寧大學出版社，2003 年版。

6. 王笛著，李德英等譯：《街頭文化：成都的公共空間、下層民眾與地方政治》，中國人民大學出版社，2006 年版。

7. 陳坤宏：《消費文化理論》，臺北揚智文化事業股份有限公司，1998 年版。

8. 趙君豪：《中國近代之報業》，上海申報館，1938 年 12 月再版。

9. 陳培愛：《中外廣告史》，中國物價出版社，1997 年版。

10. 許俊基主編：《中國廣告史》，中國傳媒大學出版社，2006 年版。

11. 劉家林：《新編中外廣告通史》，暨南大學出版社，2000 年版。

12. 劉家林：《中國近代早期報刊廣告源流考》，《新聞大學》，1999 年第 2 期。

13. 王寧：《消費社會學》，社會科學文獻出版社，2001 年版。

14. 蕭湘文：《廣告傳播》，威仕曼文化事業有限公司，2005 年版。

15. 李仁淵：《晚清的新式傳播、媒體與知識分子》，臺北稻鄉出版社，2005 年版。

16. 孫秀蕙：《廣告文化》，臺北揚智文化股份有限公司，1995 年版。

17. 楊朝陽：《廣告理論》，臺北新文京開發出版有限公司，2002 年版。

18. 程曼麗：《〈蜜蜂華報〉研究》，澳門基金會，1998 年版

19. 梁嘉彬：《廣東十三行考》，廣東人民出版社，1999 年版。

20. 卓南生：《中國近代報業發展史》，中國社會科學出版社，2002 年版。

21. 厲以寧：《消費經濟學》，人民出版社，1984 年版。

22. 厲以寧：《經濟學的倫理問題》，三聯書店，1995 年版。

23. 趙漢平主編：《西方經濟思想庫》，經濟科學出版社，1997 年版。

24. 彭信威：《中國貨幣史》，上海人民出版社，1958 年版。

25. 于光遠：《談談消費文化》，《消費經濟》，1992 年第 1 期。

26. 王樂忠：《中國消費文化探析》，《東嶽論叢》，1999 年第 1 期。

27. 聶寶璋：《中國買辦資産階級的發生》，中國社會科學出版社，1979 年版。

28. 歐陽衛民：《中國消費經濟思想史》，中共黨校出版，1994 年版。

29. 馬千里：《中國消費文化的傳統與現實》，《南京理工大學學報》（哲學社會科學版），1998 年第 4 期。

30. 余繩武、劉存寬主編：《十九世紀的香港》，中華書局，1994 年版。

31. 廣州歷史文化名城研究會等編：《廣州十三行滄桑》，廣東省地圖出版社，2001 年版。

32. 上海市糧食局等編：《中國近代麵粉工業史》，中華書局，1987 年版。

33. 劉志琴主編，李長莉著：《近代中國社會文化變遷錄》（第一卷），浙江人民出版社，1998 年版。

34. 費孝通：《江村經濟》，商務印書館，2001 年版。

35. 〔美〕葛凱著，黃震萍譯：《製造中國：消費文化與民族國家的創建》，北京大學出版社，2007 年版。

36. 〔美〕詹姆斯·特威切爾著，屈曉麗譯：《美國的廣告》，江蘇人民出版社，2006 年版。

37. 〔日〕佐藤卓己著，諸葛蔚東譯：《現代傳媒史》，北京大學出版社，2004 年版。

38. 〔美〕尼古拉斯·米爾佐夫著，陳偉譯：《視覺文化導論》，江蘇人民出版社，2006 年版。

39. 〔美〕埃德溫·埃默里、邁克爾·埃默里著，蘇金琥等譯：《美國新聞史——報業與政治、經濟和社會潮流的關係》，新華出版社，1982 年版，第 53 頁。

40. 〔日〕清水公一著，胡曉雲等譯：《廣告理論與戰略》，北京大學出版社，2005 年版。

41. 〔加〕哈羅德·伊尼斯著，何道寬譯：《帝國與傳播》，中國人民大學出版社，2003 年版。

42. 〔加〕哈羅德·伊尼斯著，何道寬譯：《傳播的偏向》，中國人民大學出版社，2003 年版。

43. 〔美〕米切爾·舒德森著，陳安全譯：《廣告，艱難的說服》，華夏出版社，2003 年版。

44. 〔美〕捷克遜·李爾斯著，任海龍譯：《豐裕的寓言，美國廣告文化史》，世紀出版集團、上海人民出版社，2005 年版。

45. 〔美〕約瑟夫·塔洛著，洪兵譯：《分割美國，廣告主與新媒介世界》，華夏出版社，2003 年版。

46. 〔英〕克里斯托弗·貝里著，江紅譯：《奢侈的概念，概念及歷史的探究》，世紀出版集團 2005 年版。

47. 〔美〕凡勃倫著，蔡百受譯：《有閒階級倫》，商務印書館，2002 年版。

48. 〔法〕鮑德里亞著，劉成福、全志剛譯：《消費社會》，南京大學出版社，2001 年版。

49. 〔美〕黛安娜·克蘭著，趙國新譯：《文化生產：媒體與都市藝術》，譯林出版社，2001 年版。

50. 〔美〕蘇塔·杰哈里著，馬姍姍譯：《廣告符碼》，中國人民大學出版社，2004 年版。

51. 〔英〕邁克·費瑟斯通著，劉精明譯：《消費文化與後現代主義》，譯林出版社，2000 年版。

52. 〔英〕弗蘭克·莫特著，余寧平譯：《消費文化》，南京大學出版社，2001 年版。

53. 〔英〕西莉亞·盧瑞著，張萍譯：《消費文化》，南京大學出版社，2003 年版，第 66 頁。

54. 〔德〕弗羅姆著，孫愷祥譯：《健全的社會》，貴州人民出版社，1994 年版。

55. 〔法〕鮑德里亞著，劉成福、全志剛譯：《消費社會》，南京大學出版社，2001 年版。

56. 〔加〕埃里克·麥克盧漢、弗蘭克·麥克盧漢著，何道寬譯：《麥克盧漢精粹》，南京大學出版社，2001 年版。

57. 〔美〕丹尼爾·貝爾著，趙一凡譯：《資本主義文化矛盾》，三聯書店，1989 年版。

58. 〔德〕哈貝馬斯著，曹衛東譯：《公共領域的結構轉型》，學林出版社，1999 年版。

59. 〔法〕讓－諾埃爾·讓納內著，段慧敏譯：《西方媒介史》，廣西師範大學出版社，2005 年版。

60. 〔美〕威廉·C·亨特著，馮樹鐵譯：《廣州「番鬼」錄》，廣東人民出版社，1993 年版

61. 〔美〕威廉·C·亨特著，沈正邦譯：《舊中國雜記》，廣東人民出版社，1992 年版。

62. 〔加拿大〕文森特·莫斯可著，胡正榮等譯：《傳播，在政治和經濟的張力下》，華夏出版社，2000 年版

63. 〔美〕道格拉斯·C·諾斯著，陳鬱鬱，羅華平等譯，《經濟史中的結構與變遷》，上海三聯出版社，1999 年版。

64. 〔法〕布羅代爾著，顧良、施康強譯：《15 至 18 世紀的物質文明、經濟與資本主義》，三聯書店，2002 年版。

65. 〔加〕馬歇爾·麥克盧漢著，何道寬譯：《理解媒介——論人的延伸》，商務印書館，2001 年版。

66. 〔荷蘭〕丹尼斯·麥奎爾著，劉燕南等譯：《受眾分析》，中國人民大學出版社，2006 年版。

67. 〔美〕伯格著，姚媛譯：《通俗文化、媒介與日常生活中的敘事》，南京大學出版社，2002 年版。

68. 〔瑞典〕龍思泰著，吳義雄等譯：《早期澳門史》，東方出版社，1997 年版。

69. 〔英〕格林堡著，成康譯：《鴉片戰爭前中英通商史》，商務印書館，1961 年版。

70. 〔英〕尼克‧史蒂文森著，顧宜凡等譯：《媒介的轉型——全球化、道德和倫理》，北京大學出版社，2006 年版。

71. 〔美〕大衛‧奧格威著，林樺譯：《一個廣告人的自白》，中國友誼出版公司，1991 年版。

72. 〔法〕尼古拉‧埃爾潘著，孫沛東譯：《消費社會學》，社會科學文獻出版社，2005 年版。

73. 〔法〕阿芒‧馬特拉著，陳衛星譯：《世界傳播與文化霸權——思想與戰略的歷史》，中央編譯出版社，2005 年版。

74. 項士元：《浙江新聞史》，之江日報社，1930 年版。

75. 劉聖宜：《近代廣州社會與文化》，廣東高等教育出版社，2004 年版。

76. 王放：《中國報紙廣告一百年》，廣州出版社，1998 年版。

77. 李楠：《晚清民國時期上海小報》，人民文學出版社，2006 年版。

78. 梁群球主編：《廣州報業（1827～1990）》，中山大學出版社，1992 年版。

79. Don Slater 著，林祐聖、葉欽怡譯：《消費文化與現代性》，弘智文化事業有限公司，2004 年版。

80. 鄭超然、程曼麗、王泰玄著：《外國新聞傳播史》，中國人民大學出版社，2000 年版。

81. 朱英：《近代中國廣告的產生發展及其影響》，《近代史研究》，2000 年第 4 期。

82. 黃平：《面對消費文化，要多一份清醒》，《人民日報》，1995 年 4 月 30 日。

83. 姚賢鎬編：《中國近代對外貿易史資料》，中華書局，1962 年版。

84. 孫毓棠編：《中國近代工業史資料》，科學出版社，1957 年版。

85. 雷夢水等編：《中華全國竹枝詞》（4），北京古籍出版社，1997 年版。

86. 孫毓棠編：《中國近代工業史資料》，科學出版社，1957 年版。

87. 朱有瓛主編：《中國近代學制史料》（第一輯上冊），華東師範大學出版社，1983 年版。

88. 嚴中平等編：《中國近代經濟史統計資料選輯》，科學出版社，1955 年版。

89. 汪敬虞編：《中國近代工業史資料》，科學出版社，1957 年版。

90. 《中國近代教育史資料》，人民教育出版社，1993 年版。

91. 中國史學會編：《鴉片戰爭》，上海人民出版社，2000 年版。

92. 胡樸安編：《中華全國風俗志》，河北人民出版社，1986 年版。

93. 劉志文主編：《廣東民俗大觀》，廣東旅遊出版社，1993 年版。

94. 陳谷嘉、鄧洪波著：《中國書院制度研究》，浙江教育出版社，1997 年版。

95. 《近代廣州口岸經濟社會概況——粵海關報告彙集》，暨南大學出版社，1995 年版。

96. 莫世祥等編譯：《近代拱北海關報告彙編》，澳門基金會出版，1998 年版。

97. 廣州市政協文史委員會等合編：《廣州工商經濟史料》（2），廣東人民出版社，1989 年版。

98. 廣州市政協文史委員會等合編：《廣州工商經濟史料》（3），廣東人民出版社，1997 年版。

99. 中國民主建國會廣州市委員會等合編：《廣州工商經濟史料》，廣東人民出版社，1986 年版。

100. 駱偉主編：《廣東文獻綜錄》，中山大學出版社，2000 年版。

101. 徐珂編撰：《清稗類鈔》，中華書局，1984 年版。

102. 許道夫：《中國近代農業生產及貿易統計資料》，上海人民出版社，1983 年版。

103. 姚賢鎬編：《中國近代對外貿易史資料》，中華書局，1962 年版。

104. 盛洪主編：《現代制度經濟學》，北京大學出版社，2003 年版。

105. 湯敏、茅於軾主編：《現代經濟學前沿專題》（第三集），商務印書館，1999 年版。

106. 高鴻業主編：《西方經濟學》（上冊），中國經濟出版社，1996 年版。

107. 《清代日記彙抄》，上海人民出版社，1982 年版。

108. 溫孝卿等主編：《消費心理學》，天津大學出版社，1995 年版。

109. 王樂忠：《中國消費文化探析》，《東嶽論叢》，1999 年第 1 期。

110. 高丙中：《西方生活方式研究的理論發展敘略》，《社會學研究》，1998 年第 3 期。

111. 黃淑娉主編：《廣東族群與區域文化研究》，廣東高等教育出版社，1999 年版。

112. 孔明安：《從物的消費到符號消費——鮑德里亞的消費文化理論研究》，《哲學研究》，2002 年第 11 期。

113. 周叔連：《如何加強對消費文化的研究和引導》，《消費經濟》，1994 年第 6 期。

114. 黃增章：《民國廣東商業史》，廣東人民出版社，2006 年版。

115. 文娟：近代書局對小說書籍的促銷——以〈申報〉小說廣告爲例》，《中文自學指導》，2005 年第 6 期。

116. 許紀霖、王儒年：《近代上海消費注意意識形態之建構——20 世紀 20～30 年代〈申報〉廣告研究》，《學術月刊》，2005 年第 4 期。

117. 張晨陽：《〈申報〉女性廣告：女性形象、現代性想像以及消費本質》，《婦女研究論叢》，2005 年第 3 期。

118. 王省民：《從〈申報〉香烟廣告看中西文化的融合》，《東南文化》，2006 年第第 3 期。

119. 陳彤旭：《論 30 年代上海報紙廣告的多元價值觀》，《中國青年政治學院學報》，2002 年第 2 期。

120. 趙楠：《十九世紀中葉上海城市生活——以〈上海新報〉爲例》，《史林》，2004 年第 1 期。

121. 孫麗瑩：《報紙廣告與近代天津社會（1886～1911）》，南開大學碩士論文，2003 年。

122. 戴柏俊：《清末天津的廣告業》，《天津史志》，1994 年第 4 期。

123. 亦鳴：《近代上海廣告文化》，《上海大學學報》，1992 年第 2 期。

124. 屈大均：《廣東新語》，中華書局，1985 年版。

125. 仇巨川纂，陳憲猷校注：《羊城古鈔》，廣東人民出版社，1993 年版。

126. 王之春：《清朝柔遠記》，中華書局，2000 年版。

127. 鄭觀應：《盛世危言》，中州古籍出版社，1998 年版。

128. 林升棟：《中國近現代經典廣告創意評析——〈申報〉七十七年》，東南大學出版社，2005 年版。

129. 秦其文：《近代中國企業的廣告促銷研究》，南開大學博士論文，2005 年。

130. 許清茂：《〈湘報〉廣告考辨》，《新聞與傳播研究》，2003 年第 4 期。

131. 蔣建國：《廣州消費文化與社會變遷（1800～1911）》，廣東人民出版社，2006 年版。

132. 蔣建國：《報界舊聞》，南方日報出版社，2007 年版。

133. 蔣建國：《廣告、受眾與消費文化形塑——傳播社會學視野下的近代廣州報刊廣告研究》，《新聞與傳播研究》，2007 年第 3 期。

128. 蔣建國：《馬克思主義消費文化理論及其當代意蘊》，《馬克思主義研究》，2007 年第 3 期。

134. 蔣建國：《符號、身體與治療性消費文化》，《甘肅社會科學》，2007 年第 6 期。

135. 蔣建國：《20 世紀初期廣州百貨廣告所構建的購物想像》，《國際新聞界》，2007 年第 8 期。

136. 蔣建國：《晚清廣州出版業與文化的繁榮》，《出版發行研究》，2007 年第 8 期。

137. 蔣建國：《清末廣州報紙廣告與洋貨推銷》，《船山學刊》，2007 年第 1 期。

138. 蔣建國：《清末廣州的戲劇消費與新聞話語的社會空間》，《學術研究》，2006 年第 11 期。

139. 蔣建國：《廣告符號與消費主義文化批判》，《消費經濟》，2007 年第 1 期。

四、英文論著

1. Dr. Yvan *Inside canton* London: Henry Viaetelly Bough Square 1858.
2. John Henry. Ggray *Walks in the City of Canton* Hong Kong De Souza & Co. 1875.
3. Josiah Quincy Journals of Major Samuel Shaw *The First American Consul at Canton with a Life of the Author*. Boston: WM. Crosby and H. P. Nichols 1847.
4. *Correspondence Relative Entrance into Canton1850~1855*. London Printed by Harrison and Sons 1857.
5. Donald Quataert *Consumption Studies and the History of the Ottoman Empire 1550~1922*; An Introduction. Arbarny: state University of New York Press 2000.
6. Phyllis Forbes Kerr. *Letters from China:the Canton-Boston Correspondence of Rbert Bennet 1838~1840*. Mystic Seaport Museum. c1996.
7. Maxine Berg Helen Clifford *Consumers and Luxury Consumer Culture in Europe 1650~1850* Manchester and New York: Manchester University Press 1999.
8. Junice E. Stockard. *Daughters of the Canton Delta*. Standford University Press 1989.
9. Susan Strasser. *The Alien Past: Consumer Culture in Historical Perspective*. Journal of Consumer Policy vol. 26 2003 pp. 375~393.
10. Ciarlo David M *Consuming Envisioning Empire: Colonialism and German mass Culture 1887~1914*. PHD Thesis University of Wisconsin-Madison 2003.
11. Osmond Tiffany JR. *Canton Chinese* Boston and Cambridge: James Munroe and Company 1849.

後　記

　　本書根據我的博士論文和博士後出站報告的基礎上修改而成。2002 年以來，我收集了大量清末民初廣州報刊縮微資料，這些資料大部分來自中山圖書館特藏部，也有一部分來自北京、上海、香港、臺北等地的圖書館。與一般紙質文獻不同，閱讀縮微膠捲需要在特定的技術和語境支持，勞心費力，自不待言。

　　由近代社會史轉向新聞傳播史研究，也許是「史料」安排的結果。我在研究近代廣州消費文化史過程中，注重報刊廣告史料的挖掘，而大部分廣告史料未能在消費文化史研究中派上用場。因此，集中研究這些比較稀缺的報刊廣告史料，便成為自己的長期研究規劃。2005 年 4 月，我申請到中國人民大學新聞學院從事博士後研究，幸運地師從新聞史大家方漢奇教授。在博士後研究期間，曾多次聆聽方師的教誨，並就研究報告提出了許多中肯的意見，令我茅塞頓開。先生以大家風範，縱論新聞史事，其學術見解，多出於不經意之間。先生的睿智、謙和與豁達，更令我敬仰。本書出版之際，又應我之懇求，特為之作序，對於先生的嘉勉，弟子銘記於心。

　　近年來，近代新聞史和社會史研究者很注重報刊史料的開掘，報刊廣告的個案研究也受到了一定的關顧。但是，就報刊廣告與都市社會之間的整體研究，尚未引起學界的注重。長期以來，報刊廣告作為史料的真實性受到質疑，並被正統史學研究者所忽略。但是，廣告作為記錄商業文化和社會文化的載體，其「言外之意」往往折射了深刻的文化意涵和社會背景。廣告話語和視覺形象不僅可以折射商品傳播的社會化進程，還能反映意識形態、消費文化與都市空間之間的滲透過程。儘管零散的史料無法完整地提供都市

社會的全貌，但是，這些歷史的碎片卻可以將有關概念和觀點串聯起來，爲我們重塑遠逝生活的種種迹象。因此，本書將 80 餘種珍貴的報刊廣告材料進行重新解讀，以期在近代廣州、地方社會、消費文化與都市空間之間建立新的聯繫，爲我們重新解讀 1827 年至 1919 年的廣州社會提供一種新的闡釋方式。

懷著這樣的期盼，我不厭其煩地品味每一條廣告，不僅注重其話語表達方式，還揣摩其傳播語境和社會關聯性。值得慶幸的是，近代廣州報刊廣告的重複率較高，這就使零散報刊的作用進一步凸顯。通過不同報刊廣告之間的整合和互證，我們可以獲得商品消費社會化進程的整體視覺形象，而將這些廣告進行歸類和提升，更能獲得都市文化發展的具體表徵。基於這樣的考慮，本書從五個方面論述了近代廣州報刊廣告與都市社會的關係。這些嘗試性的探索，還有待讀者的鞭策和批評。

本書得到了中國博士後科學基金和廣東省社科規劃項目的資助。暨南大學新聞與傳播學院對本書出版予以大力支持，中國人民大學新聞學院的陳力丹教授、喻國明教授、鄭保衛教授在具體研究方法給予了悉心指導，王鍾翰教授、尹世杰教授、程恩富教授、程曼麗教授等學界前輩提供了多方幫助，對於他們的關心和愛護，深以爲謝。

在博士後研究期間，妻子付瓊給予了極大的幫助和理解，並承擔了教育孩子的任務，岳母料理家務，操勞頗多，她們的大力支持，使我能有較多時間投入到研究工作中。我的父母遠在家鄉，卻默默無聞地關注著我的成長，家人的呵護，是我莫大的安慰，也是我今後繼續向上的動力。

蔣建國
於廣州暨南大學